玉林师范学院文学与传媒学院硕士点建设经费资助

文化阐释与比较文学

WENHUA CHANSHI YU BIJIAO WENXUE

秦鹏举◎著

西南交通大学出版社

·成都·

图书在版编目（CIP）数据

文化阐释与比较文学／秦鹏举著. —成都：西南
交通大学出版社，2017.8
ISBN 978-7-5643-5736-8

Ⅰ.①文… Ⅱ.①秦… Ⅲ.①比较文学－文学研究
Ⅳ.①I0-03

中国版本图书馆 CIP 数据核字（2017）第 221656 号

文化阐释与比较文学	秦鹏举　著	责任编辑　郭发仔
		特邀编辑　邱　宁
		封面设计　严春艳

印张　16　　字数　288千	出版发行　西南交通大学出版社
成品尺寸　170 mm×230 mm	网址　http://www.xnjdcbs.com
版次　2017年8月第1版	地址　四川省成都市二环路北一段111号
	西南交通大学创新大厦21楼
印次　2017年8月第1次	邮政编码　610031
印刷　四川煤田地质制图印刷厂	发行部电话　028-87600564　028-87600533
书号　ISBN 978-7-5643-5736-8	定价　80.00元

序 ‖ XU

本书主要从四个方面论述东西方文化与文学：日本文学与文化、伊斯兰文学与文化、西方文学与人文精神、比较文学与综论。

夏目漱石的地位一如中国的鲁迅，本书从"夏目漱石在中国的译介与研究""刘振瀛论夏目漱石"和"章克标与夏目漱石创作比较"三个方面对夏目漱石进行了研究。《万叶集》是日本的"《诗经》"，从其开端到最终由大诗人大伴家持编纂成稿，历经400余年，中间历经了复杂漫长的过程，无数诗人（如额田王、柿本人麻吕、山上忆良、大伴旅人、大伴家持等）都为这部歌集的形成作出了贡献。它是中日文学友好往来的见证，更是日本文学深受中国唐文化影响的佐证。日本"汉学"的发展既反映了国外汉学研究的历史与现状，也对我们自己的文学和文化研究、传播、发展具有较大的现实指导意义和借鉴意义。

马哈福兹的创作是东西古今文明融汇创新的艺术结晶。作家的创作既打上了很强的时代烙印，又超越了时代，体现了他对时代本质的思考、对人类命运的深沉思索。马哈福兹终其一生都在探索人性，揭示人的复杂面貌。尤其在他的代表作"开罗三部曲"中，他对人的本能欲望的揭示、对人的灵魂的深层剖析，更是彻底、深刻、淋漓尽致。萨迪是波斯历史上伟大的抒情与哲理诗人，其代表作《蔷薇园》实现了叙事、说理与抒情的完美结合，处处闪耀着人性的光芒。穆太奈比是阿拉伯历史上最伟大的诗人，被称为阿拉伯古代的李白。其诗"诗风健劲新奇，富于哲理"。

西方人文精神经历了四个主题的发展变化，即人与自然、人与社会、人与人和人与自我。这四个层次，从内外两个方面共同构筑了一个完整统一的人文世界。西方文学自始至终贯穿着深刻的生命意识和人本精神，体现了人的自我觉醒和衰落。西方文化具有强烈的"他者"意识，也正因为如此，当今西方文化遭遇困厄。正如马丁·布伯在《我与你》中所说，我们既不在宇宙中寻求救赎，也不在自身内寻求救赎，真正的救赎在于"我—你"的关系，正是在这里，"我"与"你"都实现了升华，超越了自身。

综论从比较文学的学科发展、东西文化与文学的比较以及电影美学等方面阐释了作者的见解。

本书的特点集中体现在以下几个方面：

(1) 综合性。本书大部分都是学术专题论文，具有较强的学术性和综合性。

(2) 注重东方性。在东西文化与文学的研究评论中，西方文学与文化占据主流。选择东方文学与文化进行评析，一方面有矫枉之意，另一方面更是专业方向选择的需要。

(3) 注重文化阐释。本书注重跨文化的阐释与比较研究，从文本美学、政治意识形态、宗教文化、文化观念等方面进行跨文化的研究与阐释。

由于时间匆促，水平有限，书中不足之处敬请批评指正。

作　者

2017 年 8 月

目录

一、日本文学与文化

中国的夏目漱石译介与研究

刘振瀛论夏目漱石

在理想与现实之间

  ——章克标与夏目漱石创作比较

读《万叶集》

东亚汉学研究

夏目漱石在中国的译介与研究

一、 夏目漱石的译介情况

(一) "五四" 时期到 20 世纪 50 年代的译介

夏目漱石在中国的译介始于 1918 年周作人在北京大学的一场演讲《日本近三十年小说之发达》,演讲对日本明治维新以来近 30 年的小说概况进行了梳理,尤其对夏目漱石表露文学的"低徊趣味"和"有余裕的文学"进行了个人意义上的深入理解与阐析。他认为:"自然派的小说,凡小说须触着人生;漱石说,不触着的,也是小说,也一样是文学。并且又何必那样急迫,我们也可以缓缓的,从从容容的玩赏人生。譬如走路,自然派是急忙奔走;我们就缓步逍遥,同公园散步一般,也未始不可。这就是余裕派的意思的由来。"①

周作人对夏目漱石"有余裕的文学"的推崇并不是一个偶然现象,这与周作人本人对"人的文学"的追求和"五四"时期对"人的发现"、思想启蒙有着不可分割的联系。周作人对晚明小品文的迷恋,延续了中国古人对独抒灵性的一种人生的品位和格调,这是他对夏目漱石产生浓厚兴趣的一个潜在文化因素。而"五四"时期对个人思想解放的呐喊,对个性解放的追求,其实蕴含对人的重现发现以及一种个人主义的自由抒发。当然,我们也要看到,夏目漱石在 40 年代,只在中国少数几个文人间进行译介交流,因为一般人只是将夏目漱石的"余裕"与"悠闲"定位

---

① 《新青年》,第五卷第 1 号。

为一种有闲文化，在整体氛围上，夏目漱石与自梁启超以来提倡"小说与群治"的宏大家国话语是抵牾的。"五四"以后，革命政治文学的风潮以"革命救亡"的高调掩盖了这种对人的全面发现和自由追求。周作人在政治追求中的失调，更加剧了人们对夏目漱石这种"有余裕的文学"的疏淡与冷遇。在某种程度上，周作人对夏目漱石的论析，规约和牵制了三四十年代的人对夏目漱石的进一步解读。即便是现代文学的启蒙大家和后来作为革命青年人和革命战斗文学的引路人、推动者鲁迅来讲，也是将夏目漱石定位为一种"余裕文学"，并在与周作人编辑的《现代日本小说集》（1923，商务印书馆）提出："夏目的著作以想象丰富、文词精美见称，……轻快洒脱，富于机智，是明治文坛上的新江户艺术的主流，当世无与匹者。"①鲁迅翻译了夏目漱石的两个短篇小说《挂幅》和《克莱喀先生》，对夏目漱石的看法与周作人基本一致。作为中国现代文学的开创者和思想启蒙者，鲁迅对夏目漱石的喜爱当然有他个人美学上的追求。事实上，他对汉魏六朝的崇尚自由和强烈个性表达的散文就十分偏爱，如他曾经写下了流传广泛的名篇《魏晋风度及文章与药及酒之关系》，对"清峻""通脱"的魏晋风度大为赞赏。这种风格追求与夏目文风是有着密切关联的。实际上，夏目除了在文风上吸引周氏兄弟外，他的"文明批评"和社会批判思想对鲁迅影响尤为明显，他的《阿Q正传》和《藤野先生》等文章，都受到了夏目这种思想的启发。

1929年，上海真善美书店出版了《草枕》（即《旅宿》）的译本，由崔万秋翻译（1941年，上海益智书店又出版了李君猛的译本。1956年，丰子恺翻译了《旅宿》，收入《夏目漱石选集》。）文中描述了一个躲避俗世烦扰的画家来到一个偏僻的山村，寻找一个"非人情"的唯美世界的见闻感悟。文中，对空灵世界的唯美描写，对东方尤其是中国庄禅世界的追求和向往，深得国人的喜爱。译本一经传世，便赢得了世人的广泛注目与好评。当时市面上多次流传翻译的盗版本，后来亦有学者多次翻译，比较突出的是丰子恺于50年代的译本。

1931年，神州国光社出版了张我军翻译夏目的《文学论》，周作人为之作序。这是我国较为系统地翻译国外文学理论的著作，对我国文学理论的写作及文学创作

---

① 《鲁迅全集》（第十卷），北京：人民文学出版社，1982：57。

均产生了较大的影响。这是夏目于1907年发表的成体系的文学概论性质的专论，在理论的系统性和完整性方面远远超出同时期的欧美。他提出，文学是从心灵出发的，文学是"F+f"的结合，即认识性的要素（F）和情绪性的要素（f）的结合。王向远认为："作者不是以某种'主义'而是以'全义'的视阈，以文学批评家、文学史家、作家的三重角色，从（F+f）的"文学公式"出发，以'焦点意识''幻惑''文学语法''暗示''渐进推移'等一系列独特的概念范畴为中心，以18～19世纪英国文学原著为主要例证，阐述了文学构成论、文学特性论、文学创作与文学鉴赏论、文学修辞论、文学推移论，形成了独特的理论体系，堪称世界上第一部用社会心理学方法写成的自成体系的文学概论著作，对今天的中国文论界仍具有重要的参考价值。"[①] 由于翻译时间较早，译者对夏目《文学论》中的一些概念的理解存在不准确甚至错误的地方，这也促发了王向远重译这一对我国产生重大影响的文学理论专著。

1932年，中国开明书店出版了章克标的《夏目漱石集》，内收中篇小说《哥儿》、短篇作品《伦敦塔》和《鸡头序》。译本前有章克标写的题为《关于夏目漱石》的译本序言。章克标认为："漱石的文艺的精神，第一是在俳句，他大概很受了正冈子规的感化。子规和他同时在第一高等学校及帝国大学念书，他们是很好的学友。其次是写生文，也是子规所提倡的照真实叙写自然的文章。因此达到托怀感于天然自然的风物、忘却尘世俗事的一种东洋的趣味。再由此达到对于禅味的兴感，造成了漱石的文艺观的不动的根基。"[②] 章克标在译介过程中，对夏目的文风深有研习。他指出，夏目将小说分为两类，即"有余裕的小说"和"非余裕的小说"。"所谓有余裕的小说，是优游不迫的小说，避开非常这字眼的小说；没有余裕的小说是紧张逼迫的小说，像要窒息的小说，不含有幽闲悠逸的分子，而以关于一生沉浮的大问题为主的小说。"[③] 而由"有余裕的小说"，发展出一种"低徊趣味"，"此种风趣，贯流于漱石的全部作品之中，稍一留神就可以发现的。更从这低徊趣

---

① 王向远：《卓尔不群，历久弥新——重读、重释、重译夏目漱石的〈文学论〉》，《南京师范大学文学院学报》，2014（1）：78。
② 夏目漱石：《夏目漱石集》，章克标译，上海：上海开明书店，1932：2。
③ 夏目漱石：《夏目漱石集》，章克标译，上海：上海开明书店，1932：3。

味联想过去，还有一种非人情的世界，是主张艺术的一境地中，有一种超越了人情的世界。《草枕》可以算是去描写这境地的。"① 从中可以看出，章克标对夏目的文风了然于胸，他在以后的创作中多有借鉴。

1958 年，人民文学出版社出版了两卷本的《夏目漱石选集》，包括《我是猫》及《哥儿》《旅宿》（即《草枕》）。其中，《我是猫》由胡雪和由其（即尤炳沂）翻译，《哥儿》由日本文学教学与研究大家刘振瀛先生翻译，《旅宿》由我国著名文学家、画家丰子恺先生翻译。此外，选集中收入多篇论夏目作品的译本序以及关于夏目漱石的思想、艺术特色的剖析文章，刘振瀛先生为选集作了总序。刘振瀛先生介绍了夏目漱石的生平与创作，重点评论了《我是猫》及《哥儿》《草枕》三部作品。他指出了夏目对社会批评的批判现实主义文风以及文本所体现的一种人民性的特点，由此透露出鲜明的时代烙印。丰子恺先生在文学方面的精深造诣以及对日本文学精髓的感悟，使他的《旅宿》充满了一种日语与汉文的交融之美：既最大限度地保留了日本词汇的原有语感，又体现了汉语的包容性和古雅。夏目在文本中所体现的空灵虚幻的唯美世界，他独特的意象世界和结构特色，借鉴了中国道家和佛禅的哲理思维，妙用中国古典诗词，这些因素都契合了中国文人对文学理想和纯美世界的崇高追求。因此，他的译本文采斐然，古雅而不失明晰。我们选取一段丰译本来看：

> ……诗思岁不落纸，而铿锵之音起于胸中。丹青虽不向画家涂抹，而五彩绚烂自映心目。只要能够如此观看自身所处的世间，而把浇季浑浊的俗界明朗地收入在灵台方寸的镜头里，也就够了。是故无声之诗人虽无一句，无色之画家虽无尺绢，但在能观看人生的一点上，在如此解脱烦恼的一点上，在能如此出入清净界的一点上，以及在能够建立这晴朗的天地的一点上，在扫荡我利私语的羁绊的一点上，——比千金之子，比万乘之君，比一切俗界的宠儿，都更加幸福。（选自丰子恺《旅宿》，见《夏目漱石选集》）

整体上，这几位译者由于自身文化修养较高，对中日文学的造诣颇为精深，个

① 夏目漱石：《夏目漱石集》，章克标译，上海：上海开明书店，1932：4。

别学者曾长期从事中日文学的教学与研究，因此，对于夏目漱石的文风和遣词造句颇为了解，译出的文本质量较高，受到了世人的广泛好评，是后辈学人研究夏目漱石的重要参考译本。

(二) 80~90 年代的译介

这一时期对夏目漱石的译介呈现系统性，规模幅度较以前有较大的提升，这是随着我国对夏目漱石翻译与研究的深入而不断发展变化的。最为突出的是湖南人民出版社和上海译文出版社出版的相关书籍。80 年代初，陈德文翻译出版了《三四郎》《从此以后》的单行本，以及《夏目漱石小说选》（上下卷），由湖南人民出版社出版。《夏目漱石小说选》上卷于 1984 年出版，是陈德文在发行单行本的基础上加以修改而成。1985 年，该社又出版了下卷，包括由张正立、赵德远、李致中翻译了夏目的《春分以后》《使者》（原名《行人》）、《心》三部小说。这套总共 100 余万字的小说译本，是自 50 年代人民文学出版社的《夏目漱石选集》之后规模最大的中文译本，是我国夏目漱石研究中必要而厚重的参考资料。

日本文学翻译家吴树文在上海译文出版社于 1983、1984、1985 年连续出版了《三四郎》《其后》《门》。1988 年，他将以上这三部作品合为《爱情三部曲》在该出版社发行。吴的译本文风老道，文辞优美，可读性强。1987 年，该出版社出版了刘振瀛等译的《哥儿》，还包括《伦敦塔》《玻璃窗内》《文鸟》《十夜梦》等散文作品，这些均由陈德文译。夏目的后期两部长篇小说《道草》和《明暗》（未完成）则分别由柯毅文和于雷于 1985 年和 1987 年翻译出版。

除了上述这些译作外，还有关于夏目的重译作品。如 1989 年海峡文艺出版社出版了陈德文翻译的《哥儿·草枕》。我们比较章克标、刘振瀛、陈德文三人对《哥儿》翻译的版本，可以看出他们对翻译文风有不同的追求。章译追求的是像鲁迅一样的忠实于原文，但又超于鲁迅的硬译风格。而刘译除了追求文本的"信"和"达"以外，还追求一种神似和生动传神的效果。陈译文学性也极强，生动可读。总的来说，这些译者的日语水平和文化修养都很高，译本质量可靠，既较好地传达了原文的韵味（章译稍逊），而且突破了简单的翻译语词转换，更加注重一种个人式的翻译效果，讲究文学性和文本的审美特色。另一个被重译的突出经典文本是

《我是猫》。1993 年南京译林出版社出版了于雷的译本，1994 年上海译文出版社出版了刘振瀛的另一个译本。于雷先生认为："文学翻译，既是翻译，又是文学。二者浑然一体，如同花卉与色彩，并无轻重之别，主次之分，忽视这两个特征的任何一方，都谈不上文学翻译。"① 由此，他指出翻译就要"力求与原文词语等呈信息的转换；力求准确地译出原文句式与语法特色；力求最充分、最贴切地转达原文的内容、神韵以及文字美、风格美②。"这种对文学翻译精益求精、孜孜不倦的追求与刘振瀛先生是相似的。刘振瀛先生认为，翻译不应只追求表面上的"信""达"，翻译者"应当是他所从事翻译的那个作家的研究者，或者退一步说，也应当是个好的理解者"，他翻译的《我是猫》就很好地贯彻了他的翻译主张，译文生动准确而传神。二人对这种由翻译而文学的理解，在翻译过程中追求锲而不舍、兢兢业业的态度，奠定了他们译本的高质量，成为后辈学人翻译和研究的优秀范本。

（三） 新时期的译介

2000 年，花城出版社出版了林少华译的《心》。小说以徐缓沉静而又撼人心魄的笔致，描写了爱情与友情的碰撞、利己之心与道义之心的冲突，凸现了日本近代知识分子矛盾、怅惘、无助、无奈的精神世界。这是夏目后期作品中较为注重从心理刻画方面描写人物的重要作品。华东师范大学出版社于 2008 年出版了李正伦、李华译的《十夜之梦》，这是夏目漱石的随笔集。上海文艺出版社于 2012 年出版了夏目的《玻璃门内》，含夏目漱石小品四种。

中国著名日本文学翻译家竺家荣于 2013 年翻译了夏目的《心》（陕西师范大学出版社），于 2014 年出版了夏目的《我是猫》（中国华侨出版社）。由于翻译较晚，译者能够充分吸收先前译本的特点和长处，加之译者本身所具有的艺术修养，译本成为能够吸收众家之长的优秀译本。

值得一提的是，著名文学翻译家文洁若翻译了夏目的《杂忆录》（2013 年红旗

---

① 金中：《艰苦探索的结晶——评介于雷著〈日本文学翻译例话〉》，《日本研究》，1994（2）：75。

② 金中：《艰苦探索的结晶——评介于雷著〈日本文学翻译例话〉》，《日本研究》，1994（2）：75。

出版社），收入了夏目漱石的小说《趣味的遗传》（1906）、散文《杂忆录》（1911）、怀念文章《基布勒先生》（1912）、《战争造成的差错》（1914）。夏目的文学理想是一种尊重道义的个人主义，由此出发对日本进行社会批判。这本《杂忆录》，深刻反映了作者的内心复杂思想状态。而一直没有得到翻译的《虞美人草》在新时期也得到大家的关注，并由陆求实于 2014 年在陕西师范大学出版社出版。小说以三对青年男女的恋爱为线索，描写了一系列的纠葛和冲突，小说反映的不仅仅是情感上的纠葛，更是价值观、人生观的冲突。它是夏目漱石成为职业作家后的首部作品，也是他从创作初期进入中期的承上启下和转型之作，作品深刻揭示了"我执"这个人性主题。2015 年，北京理工大学出版社出版了《日本文学大师夏目漱石作品精选集》。应该说，这是夏目漱石译著的一个普及本。对于喜爱夏目漱石的读者来讲，这是一件值得庆幸的事情。

　　总的说来，夏目漱石在我国的译介走过了一条从简单到深刻、从单部作品的译介到有系统成规模译介的历程。从最初的周氏兄弟对夏目漱石的译介，就翻译的"信"而言，鲁迅显然要做得更为忠实。但就翻译的文学性而言，显然，周作人要高出一筹。而稍后的章克标在文风上酷似周作人，但在翻译理念上确实是传递鲁迅等人的"硬译"思想。而 50 年代刘振瀛先生和丰子恺先生既做到了较好地传达原文的韵味，又做到了优美传神，可说兼顾"信""达""雅"之美，翻译的文本呈现一种各因素浑融的审美之境。80 年代以来，于雷、陈德文、吴树文等人的译本尤其突出，他们深厚的语言功底和较高的艺术修养，对翻译至高境界的臻臻追求，奠定了他们译本的可靠性和可读性。新时期的文洁若、竺家荣等人，或对经典的重译如《我是猫》《心》《哥儿》等，或翻译夏目漱石未译之作如《虞美人草》《杂忆录》等，表明我国翻译界对夏目漱石的作品翻译和研究的不断发展和深化，认识也越来越深刻。在兼采众家之长的基础上，翻译家的功底和水平得到了最大限度的发挥和展现，夏目漱石译本的文学性和语言的准确性都得到了进一步的提升。各种小说、散文的选读、选集等开始纷纷面世，这将意味着新时期对夏目漱石作品的译介在中国全面开启并得到重视。对于夏目漱石在日本与鲁迅在中国相似的崇高地位比较而言，鲁迅在日本受到了应有的重视，各种选集和全集都有面世；相反，夏目漱石至今在中国没有见到全集出版。这既与我国特定条件下特殊的政治环境和学术氛围有关，也与夏目漱石本人的文学理想和追求以及国人对之进行阐释而产生的误解有极为密切的关联。但无论怎样，各种现象都表明，新时期对夏目漱石作品的译介和研究，既是一个起点，也是一个契机。

二、 夏目漱石的研究

除了周氏兄弟对夏目漱石的"有余裕的文学"的推崇，从而无形之中给后人以潜在的影响之外，中国革命风潮的汹涌，导致人们对夏目漱石产生片面理解。加之夏目本身存在的主观唯心主义倾向和后期在纯审美的艺术之境中做心灵的遨游，提倡"则天去私"的无为思想，中国大多数学人对夏目的理解仅仅止步于资产阶级化的"悠游"和"余裕"，认为其书是一种有闲阶级的奢侈品，因此，一般学人对夏目都保持敬而远之的态度。当然，鲁迅除了在文学创作上持有"余裕"心态而对夏目持赞赏态度之外，也对之进行了符合自己审美习惯的改造，这一点我们下一节会详细论述。

作为有留学日本经历并翻译了夏目作品的章克标来说，其受到夏目的影响是不言而喻的。在文本中，二者对社会的批判意识、文学理想和创作手法方面有诸多的相同点，但其本质的差异也是明显的。1930年，章克标翻译并出版了《漱石集》，其中包括中篇小说《哥儿》、散文《伦敦塔》以及一篇夏目论高滨虚子的"鸡头序"。章克标对夏目流露在小说中暴露社会的黑暗与腐败，对不公平社会的批判以及幽默诙谐的创作手法都了然于胸。章克标一系列的作品，都体现了夏目的这种潜在影响。他认为夏目的性格"第一就是反抗的精神，反抗时代的潮流及锄强扶弱的一种所谓侠气；第二是依了正义的所指，调制自己的行动；第三是轻快洒脱的趣味"①。章克标指出，《哥儿》"自然是着意地痛骂当世的社会及教育界了，但是只使人觉得痛快的。这比他别的小说，还有一个异点，是在滑稽谐谑的嘲骂世俗以外，还是替天行道，对于不正不德的人，加以制裁，有高树理想的旗帜之概"②。

① 夏目漱石：《夏目漱石集》，章克标译，上海：上海开明书店，1932：2。
② 夏目漱石：《夏目漱石集》，章克标译，上海：上海开明书店，1932：12。

夏目这种对教育界的醒目辛辣的批判给予章克标极大的警醒和启发，他也曾产生"对于教育界的痛下针砭，毫不容赦地笑骂，实在使人冷汗淋淋的。这个我想对于现在中国的教育界，也可以当做一声警钟吧"的类似思考。

50 年代，对夏目漱石有突出研究的是刘振瀛。他不仅是夏目作品的翻译者，而且是夏目作品的深刻解读者。刘振瀛最早接触夏目漱石，应该是在他早年留学日本时。在回国后的教学和研究中，他逐渐加深了对他的认识和理解。在对夏目漱石的作品进行翻译之前，他早已对他的小说创作有了一定程度的了解和研究，尽管这种研究不可避免地打上时代的烙印。在《〈夏目漱石选集〉前言》中，刘振瀛对夏目漱石的三部作品（《我是猫》《旅宿》《哥儿》）进行了自己的分析和评论。有学者认为，刘在"选集"中的分析有着强烈的 50 年代的印记："一方面，在文学批评的方法、视角上，有僵硬地套用苏联式马克思主义文学批评的一面，但他作为熟知夏目漱石及其作品的专家，其批评基本上是从作品实际出发，学风和态度是严肃求实的，这与后来出现的极'左'的主观臆断的批评还是不同的。"① 事实上，刘振瀛对夏目漱石的认识有一个不断深入和变化的过程，这在他后来翻译的夏目漱石的作品中所写的序言中可以体现出来。如刘振瀛于 1994 年翻译出版的夏目漱石的《我是猫》，这一时期他对作家的看法对比以前发生了改变。不再局限在资产阶级的批判层面，而是建立在对作品的详细分析上。不再从"批判现实主义"的角度看待这部作品，而是力图从作品分析入手，探讨这部小说的美学特征。也不同意其他研究者对这部作品所作的"对小资产阶级知识分子的自我批判"的断言，他以为这没有体现出作家笔下知识分子的实质。

何乃英的《夏目漱石和他的小说》（1985，北京出版社），这是我国最早的论述夏目漱石的学术专著，但该论著并不是严格意义上的学术研究专论，而是介绍夏目生平与创作经历的具有普及意义的著作。不仅对夏目的生活经历有着详细的资料考证和说明，同时也论析了他创作过程的一些心路历程。这是后人研究夏目不可缺少的资料性著作。在我国还未见到夏目专论的阶段，这确实是一本开拓性论著。

---

① 王向远：《八十多年来中国对夏目漱石的翻译、评论和研究》，《日语教学与研究》，2001
　　（4）：43。

李国栋的《夏目漱石文学主脉研究》（1990，北京大学出版社）。论者长期浸润在日本文学里，对夏目的创作有颇多的体会与理解。在掌握大量资料的基础上，进行了扎实的文本考证，对夏目的中长篇小说进行了认真细致的解读与阐发；往往从小说的关键词出发，找到能够涵括文本的语汇，由此透视文本的时空结构、写作视角与叙述路径。从一个新的角度解读夏目，为我国的夏目研究提供了一个崭新的范例。作者认为，"头脑"（形式逻辑）与"心灵"（实质）是相克的，运用这种理论，从新的角度解读了夏目的中长篇小说，并在第四章展开了与鲁迅的比较研究，视角集中在《梦十夜》与《野草》。这既是该著作的结尾，也是论者宏大目标的开始，因为对夏目的解读归根结底是为了他既定的宏伟目标：展开对鲁迅与夏目漱石的比较研究。对夏目的研究可以看作其前期的准备工作。

何少贤的《日本现代文学巨匠夏目漱石》（1998，中国文学出版社），是作者集十年之功论述夏目漱石文艺理论和文学思想的论著。作者以夏目的两部文学理论著作《文学评论》和《文学论》为立论基点，展开自己的阐发和解读。论者认为，夏目以社会学和心理学相结合的形式展开自己对文学理论的论述，同时大量征引东西方文学实例，为自己的文学理论打下了坚实的基础。只知道东方文学或只理解西方文学的人是不可能读懂其中的深意的。只有建立在东西方文学与文化融会贯通的基础上，才能理解夏目的博大精深和思想的深邃性。论者还讨论了夏目对文学与其他学科的比较认知，夏目对想象的重视、对读者的推崇、对西方"个人主义"的理解、对日本自然主义的批评等都成为论者论述的对象。夏目文学批评的特色在于"真""善""美""庄严"的统一，最后形成了他"则天去私"的文艺观和人生理想。

李光贞的《漱石小说研究》（2007，外语教学与研究出版社）。该论著主要集中在夏目的小说研究上，对夏目的文学观、小说的思想内涵、人物形象、叙事特征四个方面进行了详细论述。夏目小说的立足点首先在于搞清他的文学创作思想，这从他本人对文学的阐释和理解可以看出。实际上，夏目的文学理想包含中国"文以载道"的社会理想和发源于西方的个人主义的"自我本位"思想。他将这两者融于自己的创作中，既保持了文学的个性和自由，也把东方人特有的一种社会理想包容进来。夏目的小说立足于文明批评和社会批判，这与他自身的经历以及对东西文化的深切体会有密切的关联。夏目小说的描述重点是知识分子，通过塑造不同类型的知识分子，作者揭示了他们的痛苦、希望、迷惘与孤独的心路历程。另外，该论著还探讨了作品中的叙事结构、视角和语言的特色，这对进一步解读夏目提供了坚实的文本实证分析。应该说，这种实证分析是该论著的一大特色。

张小玲的《夏目漱石与近代日本的文化身份建构》（2009，北京大学出版社）。作者从夏目漱石关于"文"的追寻，探讨日本近代语境中文化身份的建构问题。可以说，著作有意从论述较多的夏目的文明批评和东西文化比较等视角中脱离出来，立足于文学的视角，以"文"这个独特的审美现代视野来关照近代日本知识分子与文化身份的密切关联，不失为一种有个性的独立思考之作。论著将文学性即对"文"的探寻作为理论基点，考察了夏目漱石对"文"的独特理解，同时也在日本近代化语境中，将探寻知识分子的生存方式作了较好的勾勒。

李玉双的《疯狂与信仰——夏目漱石研究》（2013，中国社会科学出版社）。论著视野宏阔，试图在多元文化语境中把握夏目漱石的创作。通过对夏目文学理论的解读、对"存在"的认识、对女性观的探讨、宗教观的透视，全面地展示了夏目文学中对人性的思考和人的存在现状的剖析，深刻地阐析了人类各种复杂的心理幽思与欲望潜流。论著中关注点之一是从宗教的视角探讨夏目的宗教观，以及这种宗教观所导致的人生痛苦与矛盾，实则揭示了他对人的生存本质的深切关怀。以宗教的情怀介入人生的问题，二者并不是矛盾的，而有一种紧密的联系。

以上关于夏目漱石的研究都是目前我国具有代表性的学术著述，而单篇的关于夏目的研究论文则较多。仅以"夏目漱石"为题名检索知网，发现有 431 篇论文。以之为博硕士学位论文的占到了 337 篇，且呈逐年增加的势头。这一方面说明我们对夏目的研究兴趣与日俱增，另一方面说明我们对夏目的认知、了解与体会也越来越深刻，夏目于我们的重要性可见一斑。从这些众多的学术论文中，既有对夏目单篇论文的分析，也有对整个创作历程的阐发；既有对文学思想的解析，也有对作品艺术手法的深刻解读；既有纯粹的作家作品解读，也有和其他作家作品的对比阅读；既有人生历程的勾勒，也有文学创作过程的还原；既有文学理论的阐发，也有文学批评实践的检验；既有文学观和宗教观的考察，也有女性观和哲学观的透视。总之，新时期以来，我国对夏目漱石的研究呈现规模化、多元化、立体化的特色，这为我们从深层理解夏目提供了坚实的基础，也为进一步研究夏目提供了扎实丰厚的参考资料，指明了某种方向。

三、 对夏目漱石研究的焦点

（一） "余裕文学" 与 "非余裕文学" （"文明批评"） 的文学理想与区分

夏目漱石提出，文学分为"余裕文学"与"非余裕文学"两种。在周氏兄弟看来，尤其是对于周作人而言，他更看重夏目的"余裕文学"。关于这一点，我们在第一节已经分析过，这与作者本人的思想倾向以及当时"五四"时期对"人的文学"的发现的整体氛围有关。但是，对于鲁迅来讲，情况更为复杂。

夏目小说中的"余裕"思想，其实并不能代表他创作的整体概貌，这只是他创作思想的一部分，而他同时还提出了小说的"非余裕"思想，也即文学的批判功能和批评色彩，这是夏目在深刻考察和分析东西方文明之后发挥的"文明批评"即意识形态批评的功能。在这一点上，夏目更契合了中国自古以来提倡的"文以载道"的政治使命感和文学的社会意义。因此，我们将夏目的这两方面结合起来看，就不会对具有启蒙意义的鲁迅接受夏目的"余裕"论感到惊异了。但长期以来，尤其是"五四"到50年代期间，我国学界一般都偏向于接受周氏兄弟对夏目"有余裕的文学"的认定，导致对夏目文学认识的片面化，这也直接造成了他在中国特定历史条件下的冷遇。即使注意到夏目文中的"文明批评"思想，一般也是从批判资产阶级文化的角度以符合当时中国政治文化语境的阶级批判论来看待，而没有从根本上注意到夏目"文明批评"的立足点在于东西文化冲突中对文明形态的批评。

对于鲁迅那一代人来讲，他们是中国文化革新的先锋人物，在打倒传统、启蒙民众的态度上，他们对古老中国的封建传统是持推翻一切、打倒一切的决绝态度。这与中国自鸦片战争以来受欺凌的整体挫折感，以及国人在一系列探索失败之后猛然在文化上启悟有极大的关联。鲁迅作为新文化的干将，有着传统中国文化人的责任意识和强烈使命感，他首要的任务在于推翻旧文学，崇尚新文学。鲁迅在《文化偏至论》里提出："外之既不后于世界之思潮，内之仍弗失固有之血脉，取今复古，别立新宗，人生意义，致之深邃，则国人之自觉至，个性张，沙聚之邦，由是转为人国。"由此，我们不难理解他对域外的夏目产生兴趣的原因了。他的目的在于借来域外的小说清风，推翻国内陈腐的压抑人性的封建余毒。而夏目提倡的一种悠游余裕的心态，一种个性彰显的"自我本位"主义，就是鲁迅借来批判压抑人性的八股文章而主张"人的发现"与个性自由的接受前提了。鲁迅提倡的"余裕文学"，就是一种精神的解放。同时，鲁迅也认为余裕心态对文艺的创作起着重要的作用。有论者认为："鲁迅以外国的讲学术文艺的书为例，说它们往往夹杂闲话或笑谈，以增添活气，使读者更感兴趣，但中国的有些译本却偏偏把它删去单留下艰难的讲学语，正如折花者除去枝叶，单留花朵，使花枝的活气都被灭尽了？'到了失去余裕心，或不自觉地满抱了不留余地心时，这民族的将来恐怕就可虑。'"① 关于文艺，鲁迅在《文艺与政治的歧途》中，早就表达得清晰明了，他说："但做文学的人总得闲定一点，正在革命中，那有功夫做文学。我们且想想：在生活困乏中，一面拉车，一面'之乎者也'，到底不大便当。古人虽有种田做诗的，那一定不是自己在种田；雇了几个人替他种田，他才能吟他的诗；真要种田，就没有功夫做诗。革命时候也是一样；正在革命，那有功夫做诗？"这就深刻说明了文学家不能不拥有一种悠游余裕的心态，"余裕"实在是做文艺的人必备的一个质素。

但是，"余裕"只是做文艺的条件之一。鲁迅还提出："据我的意思，即使是从前的人，那诗文完全超于政治的所谓'田园诗人'，'山林诗人'，是没有的。完全超出于人间世的，也是没有的。既然是超出于世，则当然连诗文也没有。诗文也是人事，既有诗，就可以知道于世事未能忘情。"（《魏晋风度及文章与药及酒之关系》，见《而已集》）事实上，夏目除了"有余裕的文学"主张之外，还提倡一种易卜生式的"非余裕的文学"观念。关于这一点，新时期以来，国内有学者也从夏目的政治倾向上进行了详细分析，如高宁认为："应该说夏目漱石在政治上是保守的。？他根深蒂固的尊皇思想制约着他的国家观，左右着他的文明批评和社会批评。"② 这里，我们无意评说论者的对与错，但这从某一个方面启示着我们，夏目

---

① 孙席珍：《鲁迅与日本文学》//《鲁迅研究论文集》，杭州：浙江文艺出版社，1983：143。
② 高宁：《夏目漱石的政治倾向研究》，《日本研究》，2000（4）：90。

并不是超脱于社会的有闲者，他的文艺思想的根底是与社会现实紧密相连的。而他这种思想，与他对传统中国儒家的道德情怀的吸纳以及与他本人的经历有不可分割的血肉联系。

夏目对"非余裕的文学"的观念，是影响鲁迅接受他的另一个层面。只不过，夏目主要是从东西文化的文明形态和价值观上进行考量的，他批判的立足点在于日本国民不可一味执着于追赶西方文明，而抛弃自己的东方文明价值观。从这一点上，鲁迅又是有别于夏目的。鲁迅主要是从文艺与政治和社会的辩证关系上进行阐析的。文艺本来就与社会脱不了干系，另外，中国"五四"以后特殊的社会现状，也极易使鲁迅进行一种社会启蒙意义上的辨析。他认为，文艺不能沉浸于象牙之塔，这也是他与周作人等人发生分歧的要义所在。实际上，我们在后来的章克标、刘振瀛等人身上，都看到了他们对夏目"有余裕的文学"的观点所作的一种切合于中国传统道德文人的改变与思考。也就是说，夏目的"文明批评"被这些人拿来作为自己批判资产阶级的腐朽和国内封建思想的有力武器，并没有意识到双方批评的立足点是大不相同的。但我们无法苛责他们，毕竟，这是时代的烙印。

（二） 鲁迅与夏目漱石比较研究

鉴于夏目漱石在日本的地位与鲁迅在中国的地位的相似性，不少学者从比较研究的角度论析二者的思想与创作手法。国内较早从事鲁迅与夏目漱石比较研究的是1985年刘柏青先生出版的《鲁迅与日本文学》（吉林大学出版社），其中有专章论述二者。论者认为，鲁迅之所以对夏目漱石产生兴趣的原因在于："看重夏目漱石作品中的批判精神，为那种寓庄于谐的文明批评和社会批评所吸引，而成了夏目漱石作品的热心读者。"[①] 论者还认为："鲁迅创作的嘲讽中轻妙的笔致，颇受夏目漱石的影响；并且说，对于这种影响鲁迅自己也不否认。他的这种论断是正确的，虽然鲁迅的讽刺以及语言风格和夏目漱石有很大的不同。但是，如果我们把影响理解为艺术上的启发，那么，鲁迅受夏目漱石的影响就不单是讽刺的笔致了。"[②] 事实

---

① 刘柏青：《鲁迅与日本文学》，长春：吉林大学出版社，1985：77。
② 刘柏青：《鲁迅与日本文学》，长春：吉林大学出版社，1985：87。

上，我们在结构上和文体上，也看到了这种相似性，比如鲁迅的散文集《野草》就是受到夏目的《梦十夜》的启发而作。关于二者的比较，论者作了一个总结，现在看来仍不失其价值和意义："同是探求理想人性的文学，我们看到了鲁迅与夏目漱石的不同。夏目漱石的文学，是想为资本主义制度清扫灰尘，使它多少能够清丽净朗一点；但夏目漱石离开人的社会实践性，抽象地谈人性，自然于事无补，他的文学也难以产生预期的效果。而鲁迅终能把人性的改造和社会的革命结合起来，算是找到了解决人性问题的正确途径，他的文学就为通向合理的社会进而改造人性指明了道路。从这一点看，这两种文学，在性质上毕竟是不同的。"①

1991年，刘振瀛的《日本文学论集》（北京大学出版社）收入了他的论文《夏目漱石的思想与前期鲁迅的思想》。实际上，这篇论文发表于1988年。论者认为，鲁迅"求新生于异邦"的启蒙主义，"在文学上推崇拜伦式的人物，主张作家要以主观与意力的浪漫主义精神，来'争天抗俗'"② 的叛逆思想是受到了夏目的启发，这也是他接受夏目的一个很重要的文化因素。另一个，就是作者的道德使命感和文人的家国情怀。在这一点上，我们前面已经分析了夏目对中国儒家观念的接受，自然很好理解鲁迅在这一层面上的接受。当然，关于二者的不同，论者也指出："一个是处在本国进入帝国主义内部相对安定时期的日本作家，一个是投身到社会伟大革命激流中去的中国作家，他们各自所处的社会、时代条件不同，作家本人从家庭环境到社会经历也各自不同，所有这些都使他们走着各自的道路，取得各自独特的成就，也使他们最后的到达点出现更大的差异。"③

1990年程麻的《沟通与更新——鲁迅与日本文学的关系发微》（中国社会科学出版社）第四章中以《夏目漱石的讽刺精神与鲁迅的能动文学》为题进行了专门论述，讨论了二者的讽刺手法的借鉴与传承关系，尤其是鲁迅在借鉴夏目的表现手法所作的具有能动性的创新。

王向远1998年出版的博士论文《中日现代文学比较论》（湖南教育出版社），视野宏阔，采用微观和宏观相互交叉的研究方法对中日现代文学进行了仔细辨析。

---

① 刘柏青：《鲁迅与日本文学》，长春：吉林大学出版社，1985：96。
② 刘振瀛：《日本文学论集》，北京：北京大学出版社，1991：195。
③ 刘振瀛：《日本文学论集》，北京：北京大学出版社，1991：211。

其中，对鲁迅与夏目漱石的关系也进行了有自己独特看法的研究。他指出，鲁迅的社会批判思想受到了夏目的"文明批评"思想的启发，同时又进行了某种程度的超越。这一点上文有论述，不再赘述。论者还分析了鲁迅的散文集《野草》与夏目《梦十夜》的关系，《野草》在梦境的借鉴和象征手法的运用上显然与夏目有密切关联。另外，论者还揭示了鲁迅之所以接受这种影响的共同文化底蕴即东方佛教文化思想。

2012 年，吉林大学孙放远的博士论文《鲁迅与夏目漱石》就二人的人生观、世界观、文学观进行了详细比较研究。尤其是将二人的讽刺艺术进行了对比。不仅解释了讽刺艺术的来源，而且对讽刺的不同类型进行了区分。事实上，我们在夏目漱石的文本中，确实体味了一种别有生味的讽刺艺术。

夏目漱石生活的时代，是一个闭塞、混乱而又黑暗的时代。日本在明治维新末年，推行西方的文明开化政策，却只是学习了西方的表面，并没有深入里层，所以造成了社会的种种流弊。而对于夏目漱石来说，他一方面接受了中国的传统文化教育；另一方面又留学英国，接受了西方的文明。因此，他对西方文明的弊端也十分清醒，保持理性的距离。面对国内生活的混乱，他深刻指出日本这种学虎画猫的肤浅，批判了种种不合理的社会现实。比如《我是猫》，通过一只猫眼，来揶揄国内种种肤浅地学习西方文明的现象，对种种不文明的事实进行了辛辣嘲讽和批判，其诙谐幽默的手法读来确实令人畅快淋漓。尤其是他通过一只动物的眼睛，来描绘社会万象，确实给人带来耳目一新的感觉。《哥儿》中，以主人公哥儿的经历为主轴，突出了哥儿、野猪一批人敢于同邪恶势力作斗争的不妥协精神；揭发了教育界的种种丑闻，暴露了知识分子的种种弊端。读起来简洁爽快，颇有批判力度。

《哥儿》中，哥儿给这些东西都一一取了绰号，而这些绰号都十分契合他们的本性，可谓一语中的。在给清的信中，哥儿把这些都讲了出来："校长是狐狸，教头是红衬衫，英文教师起蔓，数学是野猪，图画是花脸。"① 在接下来的行文中，夏目漱石都采用这种绰号，给人一种辛辣的嘲讽意味。红衬衫丑恶的嘴脸和哥儿正义勇敢的行为形成了鲜明的比对，其讽刺意味更为突出。在《我是猫》中，夏目漱

---

① 夏目漱石：《夏目漱石集》，章克标译，上海：上海开明书店，1932：36～37。

石通过一只猫的观察，表现了人类的种种丑恶行径。如对主人嗜睡的直接讽刺："咱家常常蹑手蹑脚溜进他的书房偷偷瞧看，才知道他很贪睡午觉，不时地往刚刚翻过的书面上流口水。他由于害胃病，皮肤有点发黄，呈现出死挺挺的缺乏弹性的病态。可他偏偏又是个饕餮客，撑饱肚子就吃胃肠消化药，吃完药就翻书，读两三页就打盹儿，口水流到书本上，这便是他夜夜雷同的课程表。"① 主人懒惰成性，附庸风雅、装点门面的虚假用功的形象一下子跃然纸上。

　　顺便向读者声明：原来人类有个毛病，动不动就喊叫什么猫呀猫的，平白无故以轻蔑的口吻评论咱家。这很不好。那些教师者流对自己的愚昧无知浑然不觉，却又摆出一副高傲的面孔。他们似乎以为人间的渣滓生了牛马，牛马粪里养出了猫。这在他们来说，也许已经习以为常，然而客观看来，却不是怎么体面的事。就算是猫，也不是那么粗制滥造就能画得像的。……何况，说实话，人类并不像他们自信的那么了不起，这就更难上加难"。更何况我家主人者流，连同情心都没有，哪里还懂得"彼此深刻了解是爱的前提"这些道理？还能指望他什么？他像个品格低劣的牡蛎似的泡在书房里，从不对外界开口，却又装出一副唯我达观的可憎面孔，真有点滑稽。②

比如对唯金钱价值观的讽刺：

　　嗬，又是阴谋！实业家果然势力大。不论使形容枯槁的主人上火，也不论使住人苦闷的结果脑袋成了苍蝇上去都失滑的险地，更不论使主人的头颅遭到伊索克拉底斯同样的厄运，无不反映出实业家的势力。咱家不清楚使地球旋转的究竟是什么力量，但是知道使社会动转的确实是金钱。熟悉金钱的功能、并能自由发挥金钱威力的，除了实业家诸公，别无一人。连太阳能够平安地从东方升起，又平安地落在西方，也完全托了实业家的福。咱家一直被养在不懂事的穷学生寄身之府，连实业家的功德都不知道，自己也觉得这是一大失策。不过我想，就算顽冥不灵的主人，这回也

---

① 夏目漱石：《我是猫》，于雷译，南京：译林出版社，2001：3。
② 夏目漱石：《我是猫》，于雷译，南京：译林出版社，2001：15。

不能不多少有所醒悟的。如果依然冥不灵，一硬到底，那可危险，主人最珍惜的生命可要难保。不知他见了铃木先生将说些什么。闻其声便自然可知其觉醒的程度如何了。别再啰嗦！咱家虽然是猫，对主人的事却十分关心。赶快告诉铃木先生，先走一步，回家去了。①

夏目漱石将心目中的理想人物与反面人物形成了鲜明的对比，比如苦沙弥与实业家金田的对比、苦沙弥与空谈家迷亭的对比、苦沙弥与狗腿子铃木的对比等。在《哥儿》中，与哥儿同一条战线上的有"野猪"，而与他们形成鲜明对比的是校长"狐狸"和教务长"红衬衫"以及帮凶"鬼花"。《我是猫》在讽刺爱作弄人的、夸夸其谈的迷亭的同时，突出了苦沙弥的实干和诚实。而实业家是作者要着力批判的对象，他奉行"三缺"主义：缺义理、缺人情、缺廉耻，唯有做到这三点，才能不愧称为一个赚得流油的实业家。为了达到他们的目的，他们可以不择手段，欺骗、撒谎、耍手段、玩诡计是他们的惯常。而狗腿子铃木，则充当金田的帮凶，鲜廉寡耻地帮他实现不可告人的目的。在这种对比下，尽管主人公苦沙弥养成了懒惰、嗜睡、头脑昏庸，也爱夸谈等种种不好的习惯，但在这些人的映照下，他就是作者理想中的人物。他诚实，不欺骗，不撒谎，不做作，不要阴谋诡计，就是一个清贫的知识分子，在强权和金钱面前，守住了自己的道德底线，没有做出违背良心和有辱知识分子人格的事情。《哥儿》中的哥儿就是一个耿直不喜撒谎的正直知识分子，在初来到学校时，校长就给他一个下马威，立下许多条目，要哥儿一一遵守。当时，哥儿就表示反抗，如果要全部做到是不可能的，还不如一走了之的好。只不过，因为虚伪的校长一再挽留才留下来了。后来，在教务长"红衬衫"的阴谋之下，哥儿被学生捉弄，还指责他不该在外面吃东西、洗澡。而"红衬衫"自己却在外面嫖娼。显然，他虚伪的本性一下子就暴露了。后来，起蔓君的未婚妻被"红衬衫"勾引了，他借故调走了起蔓君，还和校长堂而皇之地说什么为起蔓君考虑，简直是虚伪之极。哥儿和"野猪"合伙，逮住了正在嫖宿的"红衬衫"，将他暴打一顿之后，共同辞职了。

除了鲁迅与夏目漱石的研究著作外，单篇论鲁迅与夏目漱石的论文也较多，主

---

① 夏目漱石：《我是猫》，于雷译，南京：译林出版社，2001：244～245。

要集中在二者对"余裕文学"的理解、"文明批评"与社会批评思想的社会基础和文化语境的解读、个人主义的不同取向、讽刺幽默手法（除了讽刺和幽默的艺术手法外，还有对文本的叙事特色和结构特征也进行了探析）的借用与异同、《野草》对《梦十夜》的借用与异同比较等。

（三） 知识分子的觉醒与探索以及女性观

知识分子是夏目漱石一生探索的中心人物形象，他自始至终都没有放弃过对这一群体的关注。他们的彷徨、痛苦、矛盾、欲望都呈现在他笔端。夏目是"日本近代文学史上知识分子文学的开拓者。"① 他前期的作品主要是对人物的外部描述较多，以谐谑和讽刺的文笔，对各种不同形态的知识分子进行了嬉笑怒骂式的批评和描写。后期主要集中在对知识分子心路历程的描写，用笔多指向人物的内心。他们的种种失望与痛苦、欲望与理想、矛盾与彷徨等，都一一呈现在读者面前。在山东大学李光贞 2006 年的博士论文《夏目漱石小说研究》中，作者仔细清理了夏目对不同类型知识分子的描绘。论者将夏目小说中人物分为三种类型：江户儿、东西方文化冲突中的知识分子以及"多余人"。当然，江户儿除了体现出一种侠气之外，还不免透露出黑暗社会的一股邪恶之气，这使得人物也沾染了一些不良风气和恶的性质，这是夏目批评的对象。而"多余人"其实就是前面第一种人物类型的异化形象，也即《我是猫》中的苦沙弥。而夏目集中笔力最多的是第二类人物形象，即文化转型中的知识分子形象。在夏目一系列的文本中，都呈现了他们的彷徨苦痛的身影。这些人物形象也是研究者们着力的地方。

如前三部曲的《三四郎》（1908）描写了意气风发的有为青年三四郎在现实中处处碰壁，能力得不到发挥的痛苦。而《从那以后》（1909）中作为富家子弟的代助，虽然生活富裕，但同样对社会感到惊恐不安，"整个日本不管走到哪里都看不见一寸光阴，眼前只是一片黑暗。我一人置身在这样的环境里，能说些什么，做些什么呢？"②《门》（1910）讲述了宗助和朋友的女友阿米真诚相爱却不为世俗所容

① 何乃英：《夏目漱石——日本近代文学的杰出代表》，《国外文学》，1987（4）：75。
② 张良村：《世界文学历程（上卷）》，北京：国际文化出版公司，1997：768。

的爱情悲剧，深刻描写了知识分子在情感和道德、个性与世俗之间的矛盾冲突。三部曲暴露了时代闭塞、压抑的特征，对日本社会的黑暗腐朽作了深刻的洞察与批判，揭示了知识分子的软弱性格与人性的缺陷。后三部曲同样是描写知识分子，作者把笔触伸向人物内心，探索了知识分子心灵的矛盾与痛苦。《过了春分时节》(1912)、《行人》(1912)、《心》(1914) 小说的主人公须永、一郎和"先生"都经历了爱情的挫折和失败，都走向了人生的悲剧。而悲剧的产生是由于知识分子自私自利的利己主义和自我中心的个人主义。这种个人主义源于西方资产阶级的腐朽人生观对日本近代化的冲击，知识分子的人生悲剧表明了日本资产阶级树立的道德价值观的破产。

关于夏目漱石的研究，值得关注的一个视角就是对女性问题的研究。在夏目漱石的作品中，女性的描写所占的比重是很大的。他对女性的态度在某种程度也影响了章克标的女性观。夏目漱石从小就被养父母收养，可以说，亲生父母曾抛弃了他，尽管后来他又回到了自己的亲生父母身边，但骨肉之情却淡了许多。夏目漱石的童年是不幸的，他怀着对两个女人既爱又恨（感激养母的爱，同时恨自己的生母）的心情度过了自己的少年时代。这种经历导致他日后的"非人情"的艺术观和对女性爱憎分明的强烈态度。

在《哥儿》中，主人公"我"从小不被父母看好，与哥哥吵架，但家里唯一的仆人清却对我出奇地好，是她让我感到了人世间还有温情存在。他偷偷地给我零钱，夸赞我，令我感动不已，以致后来我无论在哪里，都要记起她来。这是一个无私地给予他爱的典型形象。而小说中的另一个人物形象麦童娜，却是一个令人憎恶的典型。她始终没有出现正面形象，只是在他人的口中刻画。她本是教员古贺先生的未婚妻，却被教务长"红衬衫"耍诡计霸占，而她自己甘愿被人摆弄，做人家的姘头，是主人公所不耻的对象。"野猪"（数学教师）在古贺君的送别会上说："延冈虽然是偏僻之地，比之此地自然有物质上的不便，不过听说风俗却极纯朴，职员学生都带着上代朴直的风气，说那些口不应心的虚谀，摆着好看的面孔，逼害好人的漂亮的坏坯子，我想一个也不会有的。像古贺君那样的温良笃厚的君子，必然受该地社会一般的欢迎。为此我们非常贺祝古贺君的转任。最后一句，希望他到了延冈之后，在该地非找到一个合于好述君子的淑女，早早地组织了圆满的家庭，使得那个朝三暮四的臭花娘惭死。"① 这些话既是主人公哥儿和数学教师的心声，同时也是对"红衬衫"和校长"狐狸"一帮人的讽刺与批判。在其代表作《我是猫》中，夏目漱石借主人之口表达了他的女性态度：

> "毕达哥拉斯说：'天下可畏者三，曰火，曰水，曰女人。'""希腊的哲学家们竟然出乎意料地说了些豁达的话呢。依我说：天下一切都不足惧。入火而不焚，落水而不溺……"独仙只说到这里便词穷了。迷亭充当援兵，给他补充说：

> "见色而不迷。"主人迅速接着谈下去：

> "苏格拉底说：'驾驭女人，人间最大之难事也。'德莫塞尼斯说：'欲困其敌，其上策某过于赠之以女，可使其夜以继日，疲于家庭纠纷。'寒涅卡将妇女与无知看成全世界的二大灾难；马卡斯·奥莱里阿斯说：'女子之难以驾驭处，恰似船舶。'贝罗塔说：'女人爱穿绫罗绸缎，以饰其天赋之丑，实为下策。'巴莱拉斯曾赠书于某友，嘱咐说：'天下一切事，无不偷偷地干得出。但愿皇天垂怜，勿使君堕入女子圈套。'又说：'女子者何也？岂非友爱之敌乎？无计避免之苦痛乎？必然之灾害乎？自然之诱惑乎？似蜜实毒乎？假如摒弃女人为非德，则不能不说不摒弃女人尤为可谴。'"②

这一段表明了夏目漱石对女性的评价并不高，甚至达到了苛刻的地步。实际上，我们了解到，在写《我是猫》之前，夏目漱石与其妻子镜子的关系已经非常紧张，他的妻子患有严重的精神病，而他本人也有神经衰落症，两人经常为小事吵架，家庭不和睦。这种紧张的家庭关系必然影响到作家对待女性的态度。我们看到，夏目漱石前期作品中的女性是灾难的代表，这种极端的女性观与作者的非同寻常的遭遇紧密相关。但从夏目漱石一生的创作来看，他显然对女性的态度是公允的，而且对女性摆脱男性、男权的束缚，大胆追求自己的婚姻，反抗不合理的婚恋，都提出了自己的期望。

---

① 夏目漱石：《夏目漱石集》，章克标译，上海：上海开明书店，1932：133。
② 夏目漱石：《我是猫》，于雷译，南京：译林出版社，2001：374。

因为丈夫永远是丈夫，不管怎么说，妻子也还是妻子。为人妻者，都是在学校里穿着没有裆的和服裙裤，练就了坚强的个性，梳着西式发型嫁进门来的，毕竟不能对丈夫百依百顺。而且，如果是对丈夫百依百顺的妻子，那就不算是妻子，而是泥偶了。越是贤惠夫人，个性就越是发展得棱角更大；棱角越大就越是和丈夫合不来；合不来，自然要和丈夫发生冲突。因此，既然名之曰贤惠夫人，一定要从早到晚和丈夫别扭。这诚然是无可厚非的事；但越是娶了个贤惠夫人，双方的苦处就越是增多。夫妻之间就像水和油，格格不入，存在着不可逾越的铜墙铁壁。①

这就为妇女走出男权的阴影、提倡男女平等、争取妇女的权益提出了很好的建议。还有比如《明与暗》对自由爱情的追求，《路边草》《三四郎》《虞美人草》对女性意识觉醒的赞赏等。夏目漱石的女性观有一个发展变化的过程，并没有停留在一味写女性恶、批判女性上。他十分清楚，女性的地位是环境和社会造成的，并不是女性本身的问题。在一个女性受压迫、受歧视，没有地位的社会，要想写出女性的好来，是不容易的一件事。但夏目漱石就敢于写女性的种种美的表现，这与他接受西方开放思想的影响不无关系。

（四）　"则天去私"

夏目漱石后期的小说明显倾向于探索人物内心，知识分子徘徊在幽暗的苦闷与痛苦中，不得解脱。这是当时日本国内一批知识分子的真实而生动的内心写照。夏目着眼的是东西方文化冲突中的文明人面对西方资本主义文明的个人主义以及处于极端的自私自利思潮时产生的一种焦虑感。具体表现为：文本中的知识分子，尽管他们有理想，有追求，但是却没有实际行动能力，最终在极端的利己主义和物欲大潮中凄惶不定，走向人生和命运的悲剧。这可以在夏目的后"三部曲"（《过了春分时节》《行人》《心》）中得到明显的体现。最终，夏目为自己这种矛盾的思想找到的一条解决路径，即"则天去私"，抛弃个人的"小我"，融于自然的"大我"，这个"大我"就是天道和自然，进入一种澄明的境界。但同时我们也要看到，这个自然的"大我"即天道，并没有抛弃与社会的关联。只是相比他前期明显的社会批

① 夏目漱石：《我是猫》，于雷译，南京：译林出版社，2001：369。

判，他表面的嬉笑怒骂和讽刺文风被弱化了，而沉潜入一种更深沉的哲理思辨中。正如有学者所言："总而言之，'则天去私'的含义是丰富的深刻的。从伦理道德看，它是无私无欲的，在处理人与人的关系时主张宽容；在人与世界的关系上，倾向超尘脱俗，万事顾其自然；作为一种文学创作方法，它是无私的。所谓无私包括两个意思：一是不要只写自己，更不要把自己写成完美无缺的人；其次，不要有人工雕琢的痕迹，而要做到天真地自然流露。这是返朴归真的艺术境界，也是他一生创作实践的最后总结。"①

所谓"则天"，就是讲求自然的浑融天成，不饰人工雕琢。这与夏目受到中国传统文化的滋养有密切的关联。儒家"天人合一"的自然伦理观和道家人与自然和谐混一的整体价值观，尤其是禅宗的"空""无"理念深深地影响了夏目的人生观和文学观。夏目把"则天去私"作为他最终化解东西文明冲突和矛盾的一条准则和信条，一种人生理想，这是他多年苦思之后的结晶。不管这条路行不行得通，我们都能看到夏目一生孜孜不倦的追求。

日本在文明开化后，走的是一条全面"西化"的道路。我们看到，夏目对日本这种盲目追求西方的做法是持排斥和鄙夷态度的。他并不是憎恨西方文明，他所反对和憎恨的，只是国人在吸纳西方文明的同时，不管不顾的囫囵态度。"一切西方的都是好的"的观念在他看来，就是不加选择地胡乱借鉴。比较明显的一个倾向，就是日本对西方个人主义的追赶，在物化大潮中，日本国民尤其是大多数知识分子陷入了极端个人主义和自私自利的深渊。另外，作为反对当时文坛极为流行的自然主义和"私小说"，也促发了他提出自己的这一主张。对于自然主义的纯生物性描写，夏目提出，小说应该有自己的社会意义和人生理想，那就是在审美的同时，不忘记社会批判。这是他前期小说的宗旨。越到后期，他越来越体味到日本人在西化思潮中的个人主义所走的一条狭窄的道路。于是，在借鉴中国传统和深入思考东方文明的基础上，根据他多年来创作经验和人生经历的总结，他提出了"则天去私"这一在人生观和文学观上具有双重指导意义的观点。这也是研究者比较感兴趣的话题，其中哲理的思辨、宗教的澄明以及后期更为成熟的文学创作，都成为学界关注的焦点之一。

---

① 何少贤：《日本现代文学巨匠夏目漱石》，北京：中国文学出版社，1998：335。

总的来说，我国关于夏目研究的重心集中在他文本中的思想探索，而对思想的探索又主要围绕"有余裕的文学"与"没有余裕的文学"即"非余裕文学"这一辩证的主题展开。沿着这一主题拓开去，我们可以深刻地了解到夏目在思想上的深层探索与思考，尤其是对东西方文明的思考。

另外一个学界一直以来的研究重点，就是鲁迅与夏目漱石的比较研究。这个研究课题一直是研究者的着力点，因为对于在日本和鲁迅之于中国相似的社会地位和文学成就而言，夏目与鲁迅的参照阅读与思考，自然是研究者们关注的重点。二者在文学理念、思想追求以及创作手法上，有着诸多的异同，这些异同源于两国不同的文化语境与个人在文学上的不同追求。二者的比较研究，既是一种从个体出发落实到文化辨析的深层思考，也是一种比较文学与比较文化的思维与跨文化眼光。更加值得关注的，是将二者融于特定历史条件下的世界文学与文化的坐标来展望，就会得出许多值得深思的结论。

知识分子是夏目漱石贯穿创作始终的一个话题和人物类型，因此，探索他笔下的知识分子形象就成为学界另一个研究重心。同样作为知识分子，他笔下的知识分子形象是千差万别的，这是他对这一特定的群体感同身受与深研刻画的结果。夏目虽然是一个有"余裕"的文学家，但他同时也是一个"文明批评"家和社会批判家，这是他接受中国传统儒家文化以及作为文化人的道德责任感和使命感。东方传统的审美心理和文化规约在牵制着他的创作心理和思想倾向。从另一个角度而言，这也是具有相同文化背景的中国学人能够接受、认同并认真研究他的前提条件。在他一生不倦的探求中，他始终痛苦地徘徊在东西方两种文化的矛盾与冲突状态中。当然，传统的东方文化底蕴始终是他的根基和基本文化质素。这在某种程度上决定了夏目的价值取向、思想追求和对西方文化的取舍。

最终，夏目为自己开出的文化药方就是"则天去私"，在人生观和文学观的双重性上，追求一种自然无痕、天道自然的浑融境界。不管是人与人之间的宽容忍让，是人与自然的亲密和谐，还是文学中的自然天成，都成了他解决人生冲突与文化苦恼的一剂良药。如果我们不去执着追问夏目的这种追求到底有效与否的话，那么，我们就不会怀疑与否认，夏目漱石的的确确是日本近现代文学史上一个文学与文化的先锋、引路者，甚至毫不夸张地说，是一个文化巨人。

刘振瀛论夏目漱石

刘振瀛（1915—1990 年），我国杰出的日本文学教学、研究和翻译者。早年留学日本，于 1941 年回国任教于北京师范大学。1951 年，调入北京大学东方语言文学系工作。他在日本文学的教学与研究实践中，逐渐理解并加深了对日本文学的认识，主张"须从日本民族的社会、文化的发展历史入手"，在"和汉""和洋"的文学交流和比较中探索日本文学的特点及其发展规律。① 与此同时，他还积极从事日本文学的翻译工作，如对夏目漱石《哥儿》（上海译文出版社，1987 年版）、《我是猫》（上海译文出版社，1994 年版）等文学作品的翻译。有学者评价道："刘振瀛先生是著名的日本语言文学专家、北京大学教授、国务院学位委员会学科评议组成员。他对日木文学研究造诣颇深，尤其对日本古典文学研究自成体系，在我国日本文学研究界是首屈一指的。"②

刘振瀛最早接触夏目漱石，是在他早年留学日本时。在回国后的教学和研究中，他逐渐加深了对夏目的认识和理解。在对夏目漱石的作品进行翻译之前，他早已对他的小说创作有了一定程度的了解和研究，尽管这种研究不可避免地打上了时代的烙印。在《〈夏目漱石选集〉前言》③ 中，刘振瀛对夏目漱石的三部作品（《我是猫》《旅宿》《哥儿》）进行了自己的分析和评论，有学者认为，刘在"选集"中的分析有强烈的 20 世纪 50 年代的印记："一方面，在文学批评的方法、视角上，有僵硬地套用苏联式马克思主义文学批评的一面，但他作为熟知夏目漱石及其作品

---

① 刘振瀛编著：《日本近现代文学阅读与鉴赏》，北京：商务印书馆，1993：19。
② 叶渭渠、唐月梅：《坚定·热烈·执著——读刘振瀛教授〈日本文学论集〉》，《北京大学学报》，1991（4）：122。
③ 胡雪，由其译.《夏目漱石选集》，北京：人民文学出版社，1958：126～144。

的专家，其批评基本上是从作品实际出发，学风和态度是严肃求实的，这与后来出现的极'左'的主观臆断的批评还是不同的。"① 事实上，刘振瀛对夏目漱石的认识有一个不断深入和变化的过程，这在他后来翻译的夏目漱石的作品中所写的序言中可以体现出来。如刘振瀛于1994年翻译出版的夏目漱石的《我是猫》，这一时期他对作家的看法与以前相比发生了改变。不再局限在阶级批判层面，而建立在对作品的详细分析上；不再从"批判现实主义"的角度看待这部作品，而是力图从作品分析入手，探讨这部小说的美学特征；也不同意其他研究者对这部作品所作的"对小资产阶级知识分子的自我批判"的断言，他认为这没有体现出作家笔下知识分子的实质。

有鉴于此，笔者将刘振瀛论夏目漱石的观点分为两个阶段进行论述，即翻译前对夏目漱石的小说研究和翻译中对夏目漱石小说认识的深化。这样，我们可以比较清晰地看出刘振瀛对夏目漱石的研究不断深化的过程。

一、 翻译前对夏目漱石的小说研究

20世纪50年代，刘振瀛进入北大后，开设了一系列有关日本文学的课程，如"日本文学史""日本文学选读"和"日本文学"等，这为他很好地解读夏目漱石积累了深厚的理论知识。这一时期，刘振瀛论夏目漱石的观点主要体现于《〈夏目漱石选集〉前言》（源自《日本文学论集》，1991年版）和《夏目漱石的艺术书简》（初发表于《世界文学》，1964年3月号）这两篇论文中。前一篇论文主要是运用阶级分析的观点来分析国内翻译的夏目漱石的三部作品即《我是猫》《旅宿》《哥儿》。后一篇论文主要是由夏目漱石对小说创作的一些直接看法，包括和青年的通信以及演讲内容。

夏目漱石（1867—1916）作为日本近代文学的杰出代表，是在中国被译介和影响最大的日本作家之一。在中国，研究家主要是着眼于夏目漱石截然不同的小说创

---

① 王向远：《八十多年来中国对夏目漱石的翻译、评论和研究》，《日语教学与研究》，2001（4）：43。

作技巧和深邃的主题思想。刘振瀛认为，夏目漱石的思想形成来源于两个方面，即西方的启蒙主义思想和中国文人的节操、风流思想。① 这样，启蒙的伟业经国和艺术的超凡脱俗能够很好地统一在夏目漱石的创作里。这也是我们后来在他的小说里见到的对资本主义社会现实的批判以及对现实绝望后的逃遁心理。我们看到，"驱使他在写完讽刺小说《我是猫》《哥儿》之后，又写了《草枕》（中译《旅宿》），在《草枕》这部作品中他的基本创作思想是要描绘出一种超尘出世的境界"②。他一方面对文学作了人生派的严肃主张，另一方面却不能完全放弃高级知识分子所最容易陷入的、对现实逃避的、高蹈的态度。③

夏目漱石在《文艺的哲学基础》里指出："文艺家的理想包括美、真、善、壮。"作家以为，这四种理想都有存在的理由。刘振瀛认为，夏目漱石由于不能认识到文艺思潮所赖以产生的时代、阶级的根源，所以尽管他对"自然派"的作品表示了由衷的厌恶，但他指不出"自然派"所主张的"写真实"的实质，只能提出四种美的标准均有存在权利的主张。他认为社会不像"自然派"所认为的那样，是不可改变的，社会可以在理性支配之下逐渐好起来，而文学则会使人向上，使理性居于上风，战胜邪恶。从这种意义说，这个作家担负了日本近代社会所缺少的启蒙主义者的使命。在"书简"里，刘振瀛突出地表达了这样的思想：夏目漱石的创作是一个复杂的体系和存在。他既是一位理性至上主义学者，同时又提倡人生的"余裕"。而且站在资产阶级个人主义道义观上看问题，所以，作家对知识分子估计不足，导致在创作中屡屡失败，到处碰壁。另外，刘振瀛还认为，漱石在形式与内容上也强调了内容和形式的统一关系，尤其提出不注重内容的形式是站不住脚的。

《我是猫》是一部幽默讽刺剧，以猫的奇特视角来透视人生，对资本主义的黑暗现实进行了无情鞭挞。文中并无连贯成篇的情节，但处处却充满了诙谐、戏谑与嘲弄，体现了一种"含泪的笑"。刘振瀛以为，作者把日本传统的"落语"（一种类

---

① 刘振瀛编著：《夏目漱石的艺术书简·日本文学论集》，北京：北京大学出版社，1991：187。

② 刘振瀛编著：《夏目漱石的思想与前期鲁迅的思想·日本文学论集》，北京：北京大学出版社，1991：210。

③ 刘振瀛编著：《夏目漱石的艺术书简·日本文学论集》，北京：北京大学出版社，1991：189。

似我国相声的民族曲艺）中的滑稽幽默的要素，和二十世纪的日本文学形式巧妙地结合起来，构成了生动活泼的艺术语言，这就保持了作品的内容形式与人民大众之间的亲切联系。从这种意义来说，这部作品是特异的，但同时又是民族的。刘振瀛认为，这部作品既有批判讽刺的一面，也有无法克服的缺陷。作品停留在19世纪批判现实主义范畴。在讽刺的背后，体现的是一股悲观虚无的精神和找不到出路的苦闷。而批判讽刺是建立在封建道德的儒家思想与西欧资本主义上升时期的从"个人主义"出发的"个性与良知"。这种批判体现在他前期的作品里。属于这个阶段的创作除了这里译出的《我是猫》《哥儿》之外，尚有短篇《二百十日》及中篇《疾风》。

《哥儿》这部作品不但在情节上显得紧凑，而且在人物性格的塑造上也要比《我是猫》形象得多。《哥儿》这部作品的客观意义，就在于它反映了日本资本主义社会中那种虚伪的、奸诈的、互相倾轧的人与人之间的丑恶关系。而这部作品的故事发展，则是借用日本现实社会中的"教育界"这个特殊背景进行的。夏目漱石作为一个教育工作经验丰富的人，对这种社会现实深怀不满，这就是创作《哥儿》这部作品的动机。但同样，刘振瀛认为这部作品看不到人民性。作者看不到造成社会黑暗现实的本质因素。

刘振瀛认为，作品《哥儿》比《我是猫》的批判性要强。在《我是猫》中，作者还只是冷眼旁观；而在《哥儿》中，作者与冷酷的现实作了不屈不挠的斗争。但这种不妥协的精神到了《旅宿》中作者却为自己安排了一个逃避的场所，那就是艺术世界、美的世界。这种逃避的艺术也叫作"非人情的艺术"。刘振瀛认为，这是一种唯心主义的美学观。而在现代，一切唯美的作家也只不过是资产阶级豢养的奴仆，为统治阶级的利益竭尽其遮蔽现实、粉饰现实的能事而已。刘振瀛进而分析道，夏目漱石在文中体现了一种资产阶级狭隘的反动美学观，对此要予以警醒和批判。他还认为："历来小资产阶级出身的作家在向现实呐喊了一阵之后，立刻退阵脱逃，钻到唯美的防空洞里去，原是文学史上常见的事实。但这种唯美的世界势必要窒息作家的创作生命，夏目漱石虽然终生未能忘怀于这个世界如他始终热心于画水彩画，作汉诗，但在创作上却很快地从里面解脱出来了。"①

在看透了东京的黑暗现实后，夏目毅然放弃了自己的教学生涯，而他的创作也由此进入第二个时期。刘振瀛认为，在这个阶段，作者对现实社会露骨的讽刺精神沉潜下来了。但作者所探索的主题仍然保留着对现实社会的关注和批判。作者的创作技巧（特别是人物内心世界的精神分析）、接触现实的深度都有了提高。但是作者所追求的，仅是从资产阶级个人主义角度出发的个人伦理观念与社会通俗道德的矛盾，这样就势必使作家的社会视野狭窄，对现实的认识也受到局限。这一时期的代表作为三部曲《三四郎》《其后》《门》。作品主要探索了知识分子的精神历程，最终都以失败告终。如刘振瀛所说，三部曲的主题，抛开它对现实的批判不说，是以探求知识分子所喜欢的"爱的真实"为内容的。作者在这里得到的结论是近于郁沉暗淡的"毫无办法"。

随后夏目漱石的创作进入第三时期即晚期阶段。这一时期的代表作为《过了春分时节》《行人》《心》《道草》以及未完成的遗作《明暗》。这一时期作者的创作态度发生了很大的变化，他在创作中对社会的批判精神减弱了，代之以知识分子的自我剖析。"在作者笔下，迷恋彷徨在个人主义利己主义死胡同里的现代知识分子的自我解剖，达到了精细悲怆的境地。而横溢在作品背后的，则是这种知识分子所持有的孤独寂寥与绝望感。"②

从夏目漱石一生的创作历程中我们不难看到，他主要以对知识分子的描写为主，围绕知识分子对社会的批判以及自身的悲剧命运和精细剖析为鹄的。刘振瀛认为，作者对真正的劳动人民的世界是生疏而无缘的。这是作者受到阶级出身、经历及社会地位局限的结果。因此在漱石的作品中，找不出对于未来世界的光明描述，也看不见属于主人公的未来世界的征兆，使作者苦恼的、作者所探索的不过是个人主义的"最高伦理"。而探索的结果，又不过是一种近于一切都认了的绝望观。因此，漱石的主观世界是和我们无缘的。当我们读漱石作品的时候，必须把作者的主观世界与作者所刻画的客观世界区别开来，换句话说，作者对日本近代社会所投掷

① 胡雪、由其译：《夏目漱石选集》，北京：人民文学出版社，1958：143。
② 胡雪、由其译：《夏目漱石选集》，北京：人民文学出版社，1958：143～144。

的强烈批判精神和讽刺精神，对我们才是有意义的。

20 世纪 80 年代，刘振瀛的日本文学研究进入一个新阶段。这一时期受社会思潮的影响，刘振瀛对夏目漱石的评论也随之发生了改变。刘振瀛在这一时期翻译了夏目漱石的几部作品，在对夏目漱石作品的认真琢磨和翻译中，他逐渐得出了自己较前一阶段更加深入的结论。翻译过程中对夏目漱石文本的反复研习，促成了他对夏目漱石认识的进一步深化。要说明的是，作为前一阶段的过渡阶段，刘振瀛发表了《日本近代文学中的自然主义与现实主义》（初发表于《北京大学学报》，1981年第 6 期）、《夏目漱石的思想与前期鲁迅的思想》（初发表于《东方研究论文集·日本语言文学研究专集》，北京大学出版社，1988 年版）两篇论文。笔者以为，尽管在时间上这两篇文章的发表都处在第二阶段，但作者在文中对夏目漱石的分析依然停留在阶级分析的层面。真正体现作者抛开阶级观念的影响，是作者在翻译夏目漱石的作品中所作的细致文本分析，体现在他为自己的译本所写的序言中。这些内容才真正体现了作者对夏目漱石文本的美学价值研究而完全抛开了阶级争论的观念束缚。为便于讨论，我们把时间上属于第二阶段的带有阶级分析特征的这两篇论文仍然放在这里进行讨论。

夏目漱石初登文坛之际，充斥文坛的正是自然主义思潮。面对自然主义的客观写实，注重生物性、遗传性的特点，夏目漱石并没有选择追随流俗，而是在理性的判断后进行自己具有独创性的个人创作。自然主义的主将田山花袋说："在漱石的作品中，经常揣摩作品中人物的心理而加以描写。而这种心理只是作者所想象的一般的、类型的心理，往往不是每一个作品中人物独自的心理。漱石虽然描写这类的心理，但却很少致力于状态描写，如果用状态描写，那么即使作者并不直接描写心理，作品中人物的心理也还是能表现出来的。"[①]

刘振瀛指出，作为前期优秀的批判现实主义作家的夏目漱石，尖锐地反驳了田山在理论上的弱点。漱石认为作家通过虚构，写出活的人，才是作家的真实本领，才配称得上是一位"创造者"，而不是一个照相师，作家决不应该是单纯的忠实记

---

① 刘振瀛编著：《日本近代文学中的自然主义与现实主义·日本文学论集》，北京：北京大学出版社，1991：74。

录员。这正击中了自然主义理论的要害。一部作品的成就，应该看它有无意义，如果只描写"无足轻重"的人或事，那么即使再怎样照原样子去写也是毫无价值的。漱石这些话，即使在今天，对我们判定日本自然主义的功过，对区分自然主义与现实主义的不同本质，仍然是有帮助的。由此可见，刘振瀛是将夏目漱石的这些观点作为一位坚定的具有创作个性并体现出强烈的现实关怀的批判现实主义作家的表征。刘振瀛认为，真正构成漱石文学道路出发点的有两个，即大学毕业后在东京任教时接触到的黑暗社会现实以及对日本近代化表现出的担忧和对之进行的批判。这是漱石许多作品中出现的批判者的形象的根据。

在夏目漱石与鲁迅的比较中，刘振瀛认为，夏目漱石和鲁迅都尊崇个人主义，但夏目漱石的个人主义是建立在资产阶级的人道主义的立场上的，只是一种静止的资产阶级的个人自由，而鲁迅则往前迈了一步，是一个充满革命激情的民主主义者。他以为，夏目漱石之所以有这样的立场，与他接受的江户时期的文化传统和作为一个大学教师的知识分子的狭隘立场有密切关联。所以，夏目漱石的范围始终脱不了资产阶级的狭隘观念的束缚，也无力解决作为个人的知识分子与社会的对抗而导致的孤独绝望状态。刘振瀛进一步分析道，漱石就是这样，看穿了日本的资产阶级近代化的弊端源自西方的物欲世界、生存竞争的世界。民众的一切不幸，一切生活上的苦难，都来源于对西方列强亦步亦趋追随的结果。

刘振瀛以为，夏目漱石是一个有杰出成就的作家，但同时也是一位有着缺陷的作家。这受限于时代和夏目漱石本人所处的资产阶级的阶级观念。也就是说，只能给资本主义唱挽歌，却认识不到人民的力量。

二、 翻译中对夏目漱石小说认识的深化

刘振瀛翻译的夏目漱石的小说有《哥儿》、《我是猫》。在这些小说翻译出版的同时，他在序言中对夏目漱石精到的小说进行了分析。如《〈后来的事〉译本序》（发表于1984年左右，不属于刘振瀛翻译，但从序言的观点来看，已经脱离了阶级分析的观点，建立在文本的分析基础上，所以，笔者把它归为这一阶段），《〈哥儿〉译本序》（发表于1986年），《〈我是猫〉笑的剖析》（《我是猫》于1994年出版，但

对文本的分析即《〈我是猫〉笑的剖析》应该在 1991 年前，从这篇论文收集于 1991 年版的《日本文学论集》可以得知）。这一阶段，刘振瀛还编著了《日本近现代文学阅读与鉴赏·上下册》（本书于 1993 年由商务印书馆出版）、《日本文学史话》（本书于 1995 年由商务印书馆出版）。刘振瀛曾在自己的自传里说，翻译文学作品时，在对待文学作品与民族文学传统的问题上的复杂性与艰巨性，这一念头如果不深深刻印在译者的头脑中，理解它，研究它，想方设法地使它能在译文中体现出来，那么他的译文即使再顺通流畅，脱离原著来表现出某种由译者强加上的语言的美，都不能说是真正尽到了文学翻译的责任。刘振瀛在这里强调了翻译文学作品里文字表达的重要性，但光拥有字斟句酌的功夫还不够，还必须对对象国的文化有深入的研究和了解，才能更体现翻译的责任和魅力来。可以说在长期的教学、研究和思考中，刘振瀛对日本文学不断地进行深入的理解和认识。这对夏目漱石的进一步研究是十分重要的宝贵经验。

刘振瀛认为，夏目漱石追求的主题不断变换，必然带来他创作风格上的不断改变与创新。大体来说，他的前期作品受到日本民族文学传统的某些影响。具有绚烂的浓重色调，构成作家独自的幽默风格或俳句趣味；而后期的风格则渐趋平淡自然，以适应作家剖析心理机微的需要。不管是哪种风格，都体现了作家的个性。《哥儿》以及处女作《我是猫》的语言和风格，可谓独树一帜，空前绝后。在作品中，作者有意避开当时文坛正盛行的自然主义流风，大量使用典型、夸张、虚构的手法，这也可以看出他是一个追求个性特征和具有独创性的作家。

《哥儿》这部作品揭露了当时日本教育界的黑暗腐败，以一位青年知识分子的口吻，叙述了他苦苦挣扎在肮脏邪恶的社会现实中。刘振瀛否认了当代文论家对作品中人物所作的"分身说"，认为这正是这部作品的全部批判精神所在。刘振瀛认为他对日本教育界的批判的主题集中，取得了完美的艺术成就。这部作品最大的成功是把哥儿塑造成一个"鲜明而又复杂的性格"。① 他认为，《哥儿》之所以深受广大读者的喜爱，一方面是由于作品爱憎分明，另一方面是因为它没有沦为一般通俗的道德小说，也没有沦为通俗的滑稽小说。也就是说，作者在创作中有鲜明的独创

---

① 刘振瀛编著：《〈哥儿〉译本序·日本文学论集》，北京：北京大学出版社，1991：148。

意识，不追赶潮流，不被社会风俗所牵制，而具有很强的主动意识。"作者当时置身于文坛圈外，以他丰富的学识和对江户时期平民文学的素养，敢于逆潮流而动，写出了《哥儿》这样独具个性的作品，这正说明了作家的难能可贵之处。"① 《哥儿》这部作品结构严谨和语言尽显幽默风趣。夏目漱石在文中塑造了一个个性鲜明的乐天派人物哥儿，然而"从他的整体行为来看，从他的登场到他的离去来看，对于现实的矛盾，他不过是'无解决'的解决，因此自不免落入一个喜剧中的悲剧人物"②。

《我是猫》发表于1905年，是夏目漱石的处女作，也是为作者赢得不朽文名的作品。这部作品的最大特色在于它含有种种复杂的笑的要素，作品的每一篇章都充满了各种笑声。有对自己人的轻松的调笑与嘲谑，也有对作者所厌恶的对象发出的冷笑与讥讽。刘振瀛认为，笑是引导读者的一种艺术手段，而非目的。它的目的在于引导读者驱散郁积在心中的愁云，在于振奋起读者的精神，激起对现实的反思，激起爱与恨的火焰。《我是猫》没有一般故事的清晰发展的情节线索，它描写了置身于社会现存秩序之外的知识分子化激愤为笑的心理过程。刘振瀛认为，充满文中的是一些片段式的插话和细节，但读者如能通读整个作品就不难发现它恍如到处都是清泉喷溢的胜地，供读者徜徉其间。而这又与日本传统的狂言、庶民文学以及作者吸取了西方启蒙理想的思想和中国文化中的"狷介自守、愤世嫉俗"的文人气质有密切关系。

刘振瀛认为，《我是猫》这部作品的诙谐、调侃风格类似于中国传统的"竹林七贤"式的"清谈"，"从而这部作品的语言，也就忽而希腊化，忽而老庄儒释，忽而方言俚语，亦庄亦谐，嬉笑怒骂皆成文章"。对比《我是猫》，《哥儿》的文体也就别具一格："哥儿既不会言必称希腊，也与老庄的思想无缘。在哥儿的血液中倒是渗透着一般的庶民精神。"③

在语言运用上，《我是猫》这部作品具有以下特点："一、极力调动了大量夸张的表现与新奇比喻；二、活用了具有日本语言特色的反语；三、运用了轻妙的对话

① 刘振瀛编著：《〈哥儿〉译本序·日本文学论集》，北京：北京大学出版社，1991：151。
② 刘振瀛编著：《〈哥儿〉译本序·日本文学论集》，北京：北京大学出版社，1991：154。
③ 刘振瀛译：《〈哥儿〉译后记·哥儿》，上海：上海译文出版社，1987：273。

术；四、文体上飘逸轻快的风格。当然，这几方面的特色往往是交织在一起的，发挥着相辅相成的作用。"①

刘振瀛认为，夏目漱石是个清醒的现实主义者，他在早期的作品《我是猫》《哥儿》中，形成了一种"愤怒的漱石"形象。后期，他把笔触伸向知识分子的内心，在近于一种"我执"的世界里，对人生和社会的思考更加深化和复杂化。但无论如何，夏目漱石的创作是不同于日本的自然主义作家的。

《后来的事》这部作品，"一反作家早期创作中那种绚烂多姿、洒脱轻妙的语言风格，代之以精雕细琢的写实手法，成功地描绘出主人公的复杂性格及微妙的心理活动。但这是就作品表现的艺术形式而言，而这部作品的真正价值，则在于它所蕴含的深邃的思想及对当时日本社会的批判力量"②。刘振瀛认为，《后来的事》这部作品结构严整，人物刻画有血有肉，比较传神地刻画了知识分子那种"既不屑与现实同流合污，又无力同现实搏斗"的典型形象。这部作品是作家全部创作中人物性格塑造得十分成功而又富于思想意义的作品。相比于《我是猫》的强烈批判却显空疏，相比于《哥儿》的血肉丰满却缺乏深邃思想，但这部作品的成功之处是明显的。

刘振瀛进而总结道，夏目一生的创作主要集中于知识分子在日本近代社会中的处境及如何对待这种处境上。他的作品以透彻的理性、深层心理的探索及他对现代社会伦理道德观念的追求，给读者提出了各种令人深思的问题。因此他不是单纯描叙现实的作家，而是具有近代文化教养的、勤于思索、探讨人生问题的作家。他的创作直到今天在知识界和学生当中仍然拥有大量的读者，而且在自然主义文学运动衰落后，对继之而起的"白桦派""新思潮派"都具有深刻的影响。

---

① 刘振瀛编著：《〈我是猫〉笑的剖析·日本文学论集》，北京：北京大学出版社，1991：178。
② 刘振瀛编著：《〈后来的事〉译本序·日本文学论集》，北京：北京大学出版社，1991：160。

三、结　语

纵观刘振瀛的一生，他在日本文学研究方面所取得的成就是有目共睹的。学者林林评价道："刘振瀛先生一身兼三种工作——研究、翻译和教学，都做出卓著的成绩。他首次设课，较早编文学史、文学作品选教材，培养多批的本科生、研究生。他治学严谨，工作勤奋，运用历史唯物主义的观点分析问题，认真细致，有自己的见解，在日本文学方面有很深的造诣。"①

当然，受阶级和时代的局限，刘振瀛早期对夏目漱石的研究不可避免地带有时代的印痕。尽管如此，他在此阶段的分析也正如学者所言，是严肃求实的，也是有很高借鉴价值的。从 80 年代初以来，他就自己动手翻译夏目漱石的作品。与此同时，刘振瀛更注重从文本分析和细读的角度对作品进行评论，这为我们提供了高质量的文学性分析评论和美学论文，为我们进一步研究夏目漱石提供了坚实的基础。

刘振瀛扎实勤恳的日本文学研究，让我们得以一览日本文学精髓。同时，他也用自己的妙笔翻译了一批深值玩味的日本文学著作。他为日本文学的教学、研究和翻译贡献了毕生精力，是值得后人怀念的一位令人尊敬的学者。

---

① 刘振瀛编著：《日本近现代文学阅读与鉴赏》，北京：商务印书馆，1993：19～20。

在理想与现实之间

——章克标与夏目漱石创作比较

夏目漱石（1867—1916 年）是日本近现代文学的奠基人。他以十几部中长篇小说和大量的短篇小说奠定了现实主义大家的地位。另外，他还创作了大量的俳句、汉诗、随笔、书信，两部文学文论集：《文学评论》（1909）和《文学论》（1907）。章克标（1900—2007 年）是我国跨世纪的著名作家，也是武侠小说大家金庸的老师，但长期以来国内对其知之甚少，研究者也寥寥。他 1918 年留学日本，与田汉、方光焘等人是同学。受"五四"思潮影响，他积极参加反对日本侵略的请愿抗议。由于国事危机日益加重，他于 1926 年归国任教于浙江台州，后来转任于暨南和上海。在方光焘等人的倡议下，章克标成为狮吼社成员。最早出版的是杂文集《风凉话》，后来在《金屋》杂志做编辑时发表长篇小说《银蛇》，创作并出版短篇小说集《恋爱四象》、散文集《蜃楼》。1932 年，他主编并出版《开明文学辞典》，后来为《论语》和《申报·自由谈》写稿。自费出版杂文集《文坛登龙术》，引发社会广泛关注。终以百岁高龄卒于世纪之初，可谓历经世纪沧桑，百年荣辱集于一身的传奇式人物。著名作家余秋雨曾慨叹道：我们面对百岁老人，无疑面对一个生命的奇迹。如果这个生命又盛载着文化，那么生命的奇迹也就变成了文化的奇迹。

作为有着留学日本的经历并翻译漱石作品的章克标来说，其受到漱石的影响是不言而喻的。表现在文本中二者对社会的批判意识、文学理想和创作手法方面有诸多的相同点，但其本质的差异也是明显的。具体体现为：漱石的"文明批评"体现了东西文化冲突中的社会批判，而章克标更多地指向民族文化转型过程中的道德批判和谴责；漱石的文学理想经历了从社会到自我再到"则天去私"的无我境界，而章克标则把文学当作一种玩味人生的美梦和"蜃楼"；漱石的创作手法体现了一种诙谐幽默的讽刺艺术，而章克标的讽刺则陷入一种油滑俗世的境地。

一、 社会批判意识： "文明批评" 与道德批判

作为近代日本文学的奠基人，漱石的地位类似于中国的鲁迅。他们都对民族传统的劣根性进行了深刻反思和批判。较之鲁迅更多地把眼光集中在国民性批判，漱石更多地是对东西文化冲突中的社会问题进行了剖析，形成了他独具特色的社会和文明批评风格。1868 年，日本政府引导了一场自上而下的明治维新运动，推行全面 "西化" 政策。在一种急功近利的 "西化" 思潮中，社会出现了消化不良症，暴露了很多严重的社会矛盾和弊端。作为曾经留学欧洲、对西方文明有着清晰和理性认识的夏目，看到了社会的种种不公平现象和国家在发展道路上的失误。他以知识分子特有的敏锐眼光和责任担当揭露了当时社会的腐败和黑暗，矛头直指教育界和知识分子，对他们提出了严厉批评，以警醒国民 "引起疗救的注意"。

他的社会和文明批评主要针对的是西方文化和日本文化之间的矛盾与冲突。他批判了西方资本主义社会中的金钱利益观和自私自利的利己主义，同时也谴责了日本国民在 "欧化" 风潮中失去自我、盲目跟风的肤浅表现。"对于我们新时代的青年来说，新的西洋压迫，无论在社会方面或文艺方面，都和旧的日本压迫一样，使我们感到痛苦。"① 西方文明在一般日本国民眼中是至高无上的；然而，在漱石看来，"现代人不论是醒来还是在梦中，都在不断地盘算着怎样对自己有利或不利，自然不得不像密探和盗贼一样加强个人意识。他们整天贼眉鼠眼，胆战心惊，直到进入坟墓，片刻不得安宁，这便是现代人，这便是文明发出的诅咒。简直是愚蠢透顶"②。

他对西方文明有着客观的评判，与他留学英国的经历是分不开的。1900 年，漱石获得官费留学的机会，来到英国。在两年的留学生涯中，他考察了欧洲的大部分地区，对西方文明的优良与不足有着自己的理性认识。这种认识我们在日后的散

① 夏目漱石：《三四郎》，吴树文译，上海：上海文艺出版社，2010：128。
② 夏目漱石：《我是猫》，于雷译，南京：译林出版社，2001：356。

文《伦敦塔》中可以清晰地见到。在文中，他表达了对西方文明的一种忧虑。在他看来，西方文明的物质发达程度和自由、平等、博爱的思想深深地吸引着像他这样的日本人。但是实际体验后，就会发现以前对西方文明的认识是片面的。西方文明确实拥有很高的物质文明，但是同时也造就了一批失业者和穷人，社会生态被破坏，人们日益浓缩在一个物质的躯壳里，精神压抑，气氛紧张。漱石在英国完全体会不到日后提出的一种悠游"余裕"的感觉，整天都忙忙匆匆，而他却不知在忙些什么。这就是西方现代化的生活节奏，对于一个日本国民来说，尤其是对于有着散漫心态的夏目而言，他是感到深深不适应的。而语言的障碍更是"严重妨碍了他与英国人的接触与交流，并进一步加重自卑感，使自我意识走向膨胀。"① 正是这些客观现实和个人因素，使漱石在进一步的接触和考察中加深了对西方文明的不信任和怀疑批判。但是，西方文明提倡的个人平等和个性自由却被他很好地保留下来，这是夏目在文明开化运动中，从封建保守的传统走向现代化的过程中一种有选择的启蒙姿态。

在小说《我是猫》（1905）中，作者以猫的眼光塑造了以苦沙弥为首的一批文人的自命清高，却又在金钱的腐蚀面前无能为力的穷酸迂腐形象。他们"既顺应，又嘲笑；既贬斥，又无奈，惶惶焉不知所措，只靠插科打诨、玩世不恭来消磨难挨的时光。他们时刻在嘲笑和捉弄别人，却又时刻遭受命运与时代的捉弄与嘲笑②。"与此同时，对以金田为首的所谓实业家进行了辛辣地嘲讽，他们实行"'三绝战术'——绝义理、绝人情、绝廉耻"。只有如此，才能走上发财的路子，其资本主义的金钱至上观露骨地显现出来。《哥儿》（1906）是根据漱石在日本松山从教的真实经历改编，"篇中主人公也是一个'江户儿'。不知世事，稚气纷纷，却又是尚侠好勇的性质，多少也许有点作者自况吧"③。文中揭露了教育界"狐狸"和"红衬衫"之流的丑恶嘴脸。作为学校的管理者，他们是可以流于权力之外的，他们使用种种卑鄙的手段，威逼利诱"我"，使"我"沦为他们的同流，但最终对个性强大的"我"来说，这都是失败的。作品表现了作者同不良的社会风气不妥协、坚决作

---

① 高宁：《夏目漱石的政治倾向研究》，《日本研究》，2000（4）：85。
② 夏目漱石：《我是猫》，于雷译，南京：译林出版社，2001：3。
③ 夏目漱石：《夏目漱石集》，章克标译，上海：上海开明书店，1932：12。

斗争的勇气和决心。

他的爱情前后三部曲描写了知识分子的生活经历和道路选择问题，他们因找不到出路而彷徨、痛苦的心路历程，在这种绝望的挣扎中，批判了社会的黑暗和腐朽。前三部曲的《三四郎》（1908）描写了意气风发的有为青年三四郎在现实中处处碰壁、能力得不到发挥的痛苦。而《从那以后》（1909）中作为富家子弟的代助，虽然生活富裕，但同样对社会感到惊恐不安，"整个日本不管走到哪里都看不见一寸光阴，眼前只是一片黑暗。我一人置身在这样的环境里，能说些什么，做些什么呢？"①《门》（1910）描写了宗助和朋友的女友阿米真诚相爱却不为世俗所容的爱情悲剧，深刻描写了知识分子在情感和道德、个性与世俗之间的矛盾冲突。三部曲暴露了时代闭塞、压抑的特征，对日本社会的黑暗腐朽作了深刻地洞察与批判，揭示了知识分子的软弱性格与人性的缺陷。后三部曲同样是描写知识分子，作者把笔触伸向人物内心，探索了知识分子心灵的矛盾与痛苦。《过了春分时节》（1912）、《行人》（1912）、《心》（1914）小说的主人公须永、一郎和"先生"都经历了爱情的挫折和失败、走向人生的悲剧。而悲剧是知识分子自私自利的利己主义和自我中心的个人主义所导致的。这种个人主义源于西方资产阶级的腐朽人生观对日本近代化的冲击，知识分子的人生悲剧表明了日本资产阶级所标榜的道德价值观的破产。

夏目对日本社会的文明批评一方面暴露了西方文明的弊病，另一方面也揭露了日本封建传统的伦理道德和价值观的腐朽。它们不仅造成了知识分子的人生悲剧，更是对个性的束缚与人性的摧残。他用西方个性解放的自由、平等思想来反观民族传统，批判传统；同时，也对西方文明中的极端个人主义和金钱观作了深刻批判。在两种文明的比照中，他看到了双方的不足与缺陷，这是他文明批评的立足点。同时，我们看到，漱石对西方文明的批评，自始至终都是基于日本民族传统本位的，而他又对民族传统始终持一种矛盾的态度。正如王向远认为："日本的'文明批评'所批评的是资本主义的现代文明，'社会批评'所批评的是日本业已形成的社会制度和社会现象。无论'文明批评'还是'社会批评'，日本作家不是站在比资本主

---

① 张良村：《世界文学历程（上卷）》，北京：国际文化出版公司，1997：768。

义更先进的立场上来批评，而是站在落后的封建主义立足点上来批评的。"① 民族传统的视角与漱石深深地接受日本传统文化的熏陶和中国以儒家为主导的传统文化浸润分不开。以致有学者认为："他的文明批评和社会批评基本上还停留在对世界的感情层面上，他还算不上是个伟大的思想家。更为重要的是，他根深蒂固的尊皇思想制约着他的国家观，左右着他的文明批评和社会批评。"②

事实上，漱石的文明批评并没有停留在感性层面，而是一种理性评判和分析。日本的现代化引发了他对于现代性的深层思考。他指出，与西方内发性现代性不同，日本走的是一条外发性现代性道路，是在西方刺激和挑战下做出的被动性选择，由此造成了日本诸多的社会矛盾："文明就是采取一切手段最大限度地发展个性，然后再采取一切手段最大限度地践踏个性。"③ 作为来源于西方的个人主义，他有着清晰的分析。他所提倡的"个人本位"与西方的个人主义既有联系，又有很大的区别："第一，如果想达到发展自己个性的目的，那就必须同时尊重他人的个性；第二，要想使用属于自己的权利，那就必须记住相伴而来的义务；第三，要想显示自己的财力，就必须重视相伴而来的责任。"④ 因此，漱石的个性自由和个人主义是立基于民族传统层面上的思考，而西方现代文明的启发，使他又能够站在一个视野开阔的位置上作超越性思考，"他一直在同世俗激烈对抗，恶战苦斗，自我与社会一直处于不调和的状态"⑤。

与漱石的文明批评相比，章克标的社会批判更多地指向一种道德批判和谴责。章克标接触日本文学始于 1918 年留学日本期间。他一边念数学科，一边坚持学习日语，对日本文学产生了浓厚的兴趣。1930 年，章克标翻译并出版了《漱石集》，其中包括中篇小说《哥儿》、散文《伦敦塔》以及一篇漱石论高滨虚子的"鸡头序"。章克标对夏目流露在小说中暴露社会的黑暗与腐败，对不公平社会的批判以及幽默诙谐的创作手法都了然于胸。在章克标一系列的作品中，都体现了夏目的这

① 王向远：《中日现代文学比较研究的宏观思考》，《北京师范大学学报》，1997 (1)：57。
② 高宁：《夏目漱石的政治倾向研究》，《日本研究》，2000 (4)：90。
③ 夏目漱石：《我是猫》，于雷译，南京：译林出版社，2001：218。
④ 李玉双：《夏目漱石文学创作研究》，山东大学博士论文，2012：68。
⑤ 刘立善：《论森鸥外的长篇小说〈青年〉》，《日本研究》，1997 (2)：65。

种潜在影响。他认为夏目的性格"第一就是反抗的精神,反抗时代的潮流及锄强扶弱的一种所谓侠气;第二是依了正义的所指,调制自己的行动;第三是轻快洒脱的趣味"①。章克标指出,《哥儿》"自然是着意地痛骂当世的社会及教育界了,但是只使人觉得痛快的。这比他别的小说,还有一个异点,是在滑稽谐谑的嘲骂世俗以外,还是替天行道,对于不正不德的人,加以制裁,有高树理想的旗帜之概"②。夏目这种对教育界的醒目辛辣的批判给予章克标极大的警醒和启发,他也曾产生"对于教育界的痛下针砭,毫不容赦地笑骂,实在使人冷汗淋淋的。这个我想对于现在中国的教育界,也可以当做一声警钟吧"的类似思考。

章克标的小说多以婚恋为主题,表现了两性之间灵肉分离的矛盾与冲突。《夜半之叹息》展现了人物"欲爱无可爱"的悲哀与凄凉。《变曲点》里面的 K 君与 C 君是好友,但囿于传统伦理道德的束缚,K 徘徊在解除家庭为他安排的婚姻与对 C 君的妹妹芙神的相思之间的矛盾中。而 K 君其实是章克标的自况,他年轻时也曾反抗家庭的包办婚姻,K 在文中的观点同时也是章克标对婚姻的态度:"婚姻的基础是恋爱,没有恋爱做根据的结婚是不道德的,就是旧社会制度下所存在的,旧礼教下所产生,那一种牵牛带马式的婚姻制度,是非文明的,是不合理的。"③ 但最终,主人公还是"如同跌在大海中的两只瘦狗",痛苦地挣扎在人生的边缘。《文明结合的牺牲者》讲述了两个相爱的人程心甫和陈青莼因误中他人的离间圈套而分离的爱情悲剧。所谓文明的结合,就是对物质欲望和虚荣的强烈追求,最终使两个人不能正常结合。作者批评了人心的险恶和对爱慕虚荣的贪恋。《结婚的当夜》讲述了新婚夜晚,两个青年人在父母之命、媒妁之言的安排下成为一对夫妻,但是对于"我"来讲,"要结合,不该由外的偶然而结合,应该由内面的必然而结合",两个人展开了一场心灵与肉体的冲突与对话。"我"徘徊在新时代的个性自由、婚姻自主与家庭伦理、肉体欲望的冲突中,但最终"我"克服了这些灵与肉、情与理的矛盾,和她做了一对好朋友,表现了作者对新的婚姻观的向往和理想的恋爱生活的憧憬。《九呼》以书信体的形式描写了一对青梅竹马的恋人因传统包办婚姻的束缚而

---

① 夏目漱石:《夏目漱石集》,章克标译,上海:上海开明书店,1932:(2)。
② 夏目漱石:《夏目漱石集》,章克标译,上海:上海开明书店,1932:12。
③ 陈福康、蒋山青编:《章克标文集(上)》,上海:上海社会科学院出版社,2003:25。

产生的爱情悲剧。"我"的懦弱，致使你陷入悲惨的境地，我感到深深地自责和愧疚。但同时，"我"又为"我"的行为辩护："目下社会在转变之中，旧德义观已经崩坏，无人遵守我知道，但我已注定生死在这传统势力支配之下，凭我如何聪敏也无法可想。这是我的悲哀，无终无限的悲哀，我不能爽脆痛快地恋爱为此，我成为一个写小说的人也在此。"①《致某某》同样以书信体的形式，以自叙传的形式展露作者对恋爱的幻想和追求。"我是孤立的人。我是独自的人。我像绝海中的孤岛，我像晓天的孤星，我是世间的孤独者。"这个孤独的人世者认为："恋爱是病人的幻想，恋爱不是人世间所存在的，无论从哪一点看，恋爱是没有存在的理由。世间一切男女的结合，无论它的手段目的之中，总没有恋爱的，恋爱是说谎的结晶。"②这是因为"转头看看中国的现状，你当知道你该怎样的努力。"《一个人的结婚》批判了封建包办婚姻的悲。《恋爱四象》谈论了恋爱的四种畸形状态，而这一切都是自由恋爱的结果。作者对自由恋爱的泛滥而导致的道德失衡现象进行了深入分析，同时也对人性的贪婪进行了深刻揭露。《银蛇》描写了几个志同道合的好友为了实现共同的理想和追求，决心聚到一起，以刊物为阵地，以严肃文学的创作来反抗俗流。但最终，大家抵抗不住身体和物质的双重诱惑，在对美女伍昭雪女士的追逐中彼此产生嫌隙，最后造成刊物土崩瓦解、好友之间面临四分五散的结局。作品批判了人沉沦于物欲和贪欲之中无法自拔、一切神圣和美好都不再有的人世苍凉感。

　　章克标的杂文更是对种种社会丑陋现象进行了直接和露骨的批判。在《风凉话》中，章克标就集中对拜金主义、官商勾结、权力崇拜进行了严厉批判。尤其针对教育界和知识分子，对读书做官、发财的现象进行了无情嘲弄，对教育与社会脱节的现象，唯金钱是崇、学风日下的现象进行了严肃批评，暴露了当时教育制度的腐朽。在《再认认这个时代》一文中，他说："总而言之，统而言之，在这拜金思想支配之下，中国已经非走入资本制度国的行程上不行了，这已是无法可依挽救的了。这种情形在大都会中最易看见端倪，若由这一方面去察看社会上的许多事情，很有可以帮助理解的。"③《文坛登龙术》以对文坛种种弊端的暴露和嘲讽为宗旨，

① 陈福康、蒋山青编：《章克标文集（上）》，上海：上海社会科学院出版社，2003：84。
② 陈福康、蒋山青编：《章克标文集（上）》，上海：上海社会科学院出版社，2003：92。
③ 陈福康、蒋山青编：《章克标文集（上）》，上海：上海社会科学院出版社，2003：386。

意在唤起文人的自尊心。章克标认为，文学不是无用的，文学可以发挥到救国的正途上来。

　　章克标追求两性之间的和谐爱情，批评封建传统的包办婚姻对个人的限制和摧残，对种种不人道的社会现象进行了批驳和嘲讽。这些批评和认知来源于他作为一个传统知识分子的道义责任感和使命感。章克标认为："文人从另一面观察，可以看作社会的医生，他时常要大声疾呼，纠正社会的过失，指责它的病态，引导它走上健康之路。这是文人的最大责任之一，也是义不容辞的善举。"① 受"五四"新思潮的启蒙和留学日本的经历，他的思想受到了冲击，正是在这种新观念、新思想的激荡下和民族危亡的刺激下，章克标把对教育界和文坛的批判以及对社会黑暗的暴露都当作提升国民素质的一种期待。我们看到，相似的人生经历和相同的文化熏陶，使章克标和漱石能够立足民族传统，对社会现象进行严厉批判。夏目从小生活在一个缺少关爱的家庭里，性格内向，这与章克标从小生活在一个封闭的大家族中而形成的胆小、内向的性格是一致的。这种性格表现在夏目文中的却是一种充满江户侠气的英雄主义。而对于章克标，他从小"比较喜欢看的书是《今古奇观》《七剑十三侠》《七侠五义》及续篇《小五义》，还有《平妖传》《宏碧缘》之类②"。侠义小说正好弥补了他在生活中遇到的不平的心理落差，也给了他反抗不公平社会现象的信心和勇气。对于漱石来说，"我少年时代学过汉学，尽管学的时间不长，可也从《左传》《国语》《史记》和《汉书》中暗暗体会到了文学的基本含义"③。他们共同的儒家文化底蕴，赋予他们不平则鸣的道义担当，使他们成为敢于追求个性自由、敢于反抗不合理的社会现实的无畏者。正如漱石所言："若是站在人情这一狭隘的立脚点给艺术下定义，那么可以说，艺术潜隐于我等富有教养之士的心里，它是辟邪就正、拆曲就直、扶弱抑强的坚定不移的信念的结晶，光辉灿烂如白虹贯日。"④

　　但同时，我们也应该看到，夏目的社会批判更多地指向东西文化冲突中的一种

① 陈福康，蒋山青编：《章克标文集（上）》，上海：上海社会科学院出版社，2003：468。
② 陈福康、蒋山青编：《章克标文集（下）》，上海：上海社会科学院出版社，2003：120。
③ 程麻：《沟通与更新——鲁迅与日本文学的关系发微》，北京：中国社会科学出版社，1990：97。
④ 夏目漱石：《哥儿·草枕》，陈德文译，福州：海峡文艺出版社，1986：205～206。

文明批评，而章克标的社会批判更多地是对民族传统文化在转型过程中的矛盾与冲突的剖析，他所表达的是新旧伦理道德、婚恋观、价值观等之间的观念冲突。夏目之所以能对西方文化与日本传统文化做深刻的对比分析，作出客观理智的批评，源于他对东西文化的深刻体验与考察。同时，也源于日本文化中独特的社会倾向，那就是日本作家普遍形成的创作倾向是避开或不谈政治，在创作中体现出一种浓厚的个人本位和个性书写，这种态度反而决定了他们在某种程度上能对政治进行超越性的思考。而对于章克标来讲，他在被称为"世界主义"① 的上海生活了十多年，深受海派文化的感染，十里洋场的声色犬马造就了一个文化大杂烩。在这里，各种主义和思想可以汇集、杂交而不相干扰，因此我们见到章克标在文中大胆的自我剖析和酣畅淋漓的直陈社会利弊。他大量的杂文，就省去了小说构思的繁琐，直接露骨地表达了对社会的道德批判和谴责。而对于主要以小说揭露社会矛盾和文化冲突的漱石来说，更多是以自己的技巧性和艺术审美性来展开自己的文明批评，东西方文明的背景使他站在一个制高点来思索各种社会矛盾与问题，摆脱了章克标局限在社会某一具体现象的评析乃至牢骚现象。

二、 文艺理想："则天去私"与文学 "蜃楼"

夏目的小说经历了从"文明批评"走向以"个人本位"为中心的内心书写，最终放弃自我，提倡"则天去私"思想的文艺创作道路。他的前期小说主要集中在东西文化冲突中的社会与文明批评，后期小说更加注重人物的内在心理描写，尤其是突出了知识分子的内心苦闷、彷徨、痛苦与挣扎。实际上，介入社会与逃避社会这两种思想一直交汇在他文学生涯，只不过某一阶段的突出现象呈现了他小说创作的显在特质。夏目把文学分为"余裕与""非余裕"两大类，而"旷达和天真显现出余裕，而余裕之于画，之于诗，乃至于文章，皆为必备的条件"②。艺术的尊贵在于"能使人世变得闲静，能使人心变得丰富"。他认为，要做到"余裕"，首先要使

---

① 李欧梵：《李欧梵自选集》，上海：上海教育出版社，2002：237。
② 夏目漱石：《哥儿·草枕》，陈德文译，福州：海峡文艺出版社，1986：167。

文学有一种低徊趣味，它指的是"对于一事一物，产生独特或联想的兴味，从右看去从左看去，徘徊难舍的一种风味。所以不叫做低徊趣味，而叫做依依趣味或恋恋趣味也没有什么不可"①。由这种趣味所引发开去的是一种娴静优雅的心态，即一种"非人情"的关照。所谓"非人情"，是指去除自我利害关系的考量和道德价值的评判，以"幻惑"之真"要求文学鉴赏者沉入艺术家所创作的艺术世界，做纯审美的观照"②。

这种文学的纯粹审美和幻惑感，我们在《草枕》（1906）中见到了。漱石以极富浪漫主义的笔法，虚构了一个遥不可及的阆苑仙葩，表达了漱石对人生的逃避和对艺术美的一种崇高追求。他说："在人世间那些苦恼，愤怒，骚扰，悲泣，总是免不出的。我已经做了三十年，已经够讨厌了。已经够讨厌了的东西，再用演戏小说来反复同样的刺激，那还了得么！我所要的诗，不是这鼓舞世间的人情的东西。是要能够放弃俗念暂时诱到超尘脱俗的心情的诗。"③《旅宿》（1906）同样反映的是一种逃避社会的浪漫主义情怀，青年画家远离现实，到大自然中寻找超越社会的理想乌托邦和纯粹美的世界。散文《伦敦塔》（1905）的内容是作者在英国留学期间参观伦敦塔后所作的联想，通过虚构历史场景来与亡灵进行对话。夏目加深了对西方文明的认识，表达了他对西方文明血腥、冷酷一面的讽刺和产生的幻灭感。西方文明通过战争和死亡积累了自己文明的厚度和长度，夏目通过自己虚构的情节和对生与死、文明与野蛮之间的心灵对话，展露了他对西方文明一种深深的失落感。

而在散文集《梦十夜》（1908）中，漱石通过梦境，表达了他对日本文明的深刻反思。这些梦境，既有存在的不安，又有对战争的反思和社会发展的思考。现实与梦境交错，使作品笼罩在一片神秘绝望、孤独凄凉的氛围中，其实质是作者内心孤独、痛苦、忧虑的隐喻。这些苍凉而又神秘的梦境，使作者的思考上升到一种形而上的哲理高度，表达了他内心深处对人生的一种虚无和荒诞感，而社会本质的空洞化表现，使得这种虚无和荒诞更具有一种悲剧意味。从他前期爱情三部曲中，我们就可以见到这种逃避社会的深刻写照：《从那以后》中代助的无所事事和"无为"

---

① 夏目漱石：《夏目漱石集》，章克标译，上海：上海开明书店，1932：4。
② 王向远：《卓尔不群，历久弥新——重读、重释、重译夏目漱石的〈文学论〉》，《南京师范大学文学院学报》，2014（1）：80。
③ 夏目漱石：《夏目漱石集》，章克标译，上海：上海开明书店，1932：5。

的消极处事态度；《门》中的宗助不断地搬迁，从广岛到福冈，再到东京，最后走向佛教的救赎之途。1910 年，日本政府制造了惊人的"大逆事件"①，残酷镇压知识分子。这使得夏目由对社会的批判转向了对知识分子个人自我的内心刻画。从他爱情后三部曲中，我们可以见到夏目对社会的关注和批判减弱了，更加注重人物心理的描写，展露知识分子个人内心的情感冲突，揭露了以自我为中心的个人主义所导致的一种孤独悲凉和深深的绝望感。《明暗》（1916）描写了津田与妻子阿延、情人清子之间的爱情悲剧，揭露了人内心的利己主义思想。在作品中，夏目提出了"则天去私"的思想，以实现内心道德的净化，即舍弃个人的"小我"，融于普遍的"大我"。"大我"就是天道，天道就是自然之道，表达了作者顺其自然、无欲无求，以消极无为的方式逃避社会和躲开俗世烦扰的一种哲理境界。

夏目"则天去私"思想的提出，与他对文学美的崇高追求分不开。他指出，文学是从心灵出发的，文学是"F＋f"的结合，即认识性的要素（F）和情绪性的要素（f）的结合。这就说明了文学主观虚构性的重要性，他曾明确说明了社会真实不是小说的真实，而小说虚构的真实也未必不是真实。谷崎润一郎曾发表过这样的见解："先生的小说是虚构，但比起描写小视野的真实，大视野的虚构更有价值。"即想象的真实比现实的真实更具有魅力。漱石指出，文学是"真""善""美""庄严"的结合，四者缺一不可。文学具有一种超脱现实的超越性，漱石把人生价值和理想追求提高到一个更高的层次来看待。这种对文学的"余裕"态度，本质上与社会批判并不矛盾，因为余裕文学同时也是一种社会反抗。"漱石是通过非存在来谈存在，通过不能直接还原的事实来谈真实。"② 而漱石对纯粹审美世界的关照，源于他受到的日本传统"物哀"思想的熏陶、社会矛盾的侵扰以及中国道家和禅宗思想的影响。"物哀"是日本民族古典文学传统的三大美学特征之一③，它透露在文本中的是一种伤春悲秋的、淡淡的哀愁和抒情笔法，在日常的生活中见出悲剧意

① 又称为"幸德事件"，1910 年 5 月下旬，日本长野县明科锯木厂的一工人携带炸弹到厂，被反动政府查出，随后以此为借口镇压日本的社会主义运动。包括幸德秋水在内的 26 人遭逮捕，迫于外界舆论，日政府被迫释放其中的 12 人，而幸德秋水等 12 人被判处死刑。此事引发日本国民和世界人民的广泛关注，大家纷纷表达了对政府的抗议和不满。
② 夏目漱石：《漱石小说选（上册）》，张正立、赵德远译，长沙：湖南人民出版社，1984：6。
③ 参见王向远：《论"寂"之美——日本古典文艺美学关键词"寂"的内涵与构造》，《清华大学学报（哲学社会科学版）》，2012（2）。其他两种美学特征分别为"幽玄"和"寂"。

味。它不同于西方悲剧的宏大，也不同于中国的伦理道德悲剧，而注重内心自我的一种独特感受，由"物哀"所奠定的感受性、抒情性和悲剧意味成为日本传统文化的特征，深深地影响了后来的日本作家，如川端康成、三岛由纪夫等。① 漱石书写浪漫理想的文风体现的就是这样一种抒情性和悲观绝望感。明治维新失败的社会改革，使整个日本社会弥漫在一片怨声四起、矛盾重重的混乱中。日本政府为稳固夹杂了大量封建残余的资产阶级政府，对国内的自由民权运动进行了严酷的镇压，而知识分子身在其中，也深受迫害。本来就有逃避社会政治倾向的漱石，受到这种压抑的社会环境的制约，更加把目光转向内心和自我。漱石对审美世界的向往，还深深地受到了中国道家"无为"思想的影响和禅宗空无观念的启发。而这种启发与他对文学本体观念上的一种审美关照是分不开的。

对章克标而言，他的文学为他提供了一个像海市蜃楼般的梦幻世界。他的小说多是描写男女之间的情爱关系，他提倡一种灵肉一致的和谐两性观，他的文本多是对这一理念的探求。小说没有严密的结构，人物纯粹是情感的自然流动，是情绪的喷发。他以散文化的叙事笔法来创作，而日记体、书信体的形式更好地表达了人物的内心情感流动。然而，现实生活告诉他，要找到这种和谐的两性观是何其艰难。"我是笼囚在传统思想的铁网中的动物，只有做空幻的梦可以忘却这悲哀苦闷，醒来就见根根的铁线，从那严密的网眼无法逃逸，我薄弱的心也烧不断线结，这悲哀便该永远存着，这烦恼当是无期休歇。"② 在《做不成的小说》中，主人公为了做出一篇描写虚幻之境的乌托邦小说，在人世间拼命地寻找可以作为素材的地方，可到头来却发现，"但是我们做人的，又哪能一时一刻离得开地面，所以这世界上根本就没有'蜃楼'可以存在"③。然而，章克标终于将这个乌托邦——《蜃楼》做出来了，这是一个如太虚幻境般的美女和佳肴世界，"我"把这个美女当成以前的爱人萍，她的一颦一笑都勾起"我"无限的怀念。作品其实是用虚构的场景来寄托对爱人的怀念和追思，同时也反映了追求幸福爱情而不可得的凄凉。在某种程度上，这是章克标现实生活的真实写照，只有在虚构的文字中，他才能找到一丝丝安

---

① 王向远：《东方文学通论》，上海：上海文艺出版社，2005：118。
② 陈福康、蒋山青编：《章克标文集（上）》，上海：上海社会科学院出版社，2003：85。
③ 陈福康、蒋山青编：《章克标文集（上）》，上海：上海社会科学院出版社，2003：293。

慰和感受到人世的温暖。作者对美好爱情的呼唤和憧憬，是他作为具有现代意识新人的自由婚恋观的体现，同时也是个体生理和心理的一种大声疾呼和真实自我的表达。《漩涡》中感叹时间的流逝、青春的逝去，一切美好的都不过是过眼云烟，体现了作者一种辩证的思维观："一年之间，要分四季，人生了要老，老了要死，青春也转眼之间。就过去了，是为什么？时间是流走的。为什么？一切都是动的。太阳动，地球动，月亮动，天体动，宇宙动，人动，社会动，国家动，思想动，这所以动的在什么地方呢？有动就有静。静对于动就是死。"① 这是他对世事纷繁难料的一种理性思索。

文学是一种想象的真实，是一种虚构的真实，从这一点而言，夏目与章克标有共通性。但归根结底夏目对文学的审美想象体现了一种从本体意义上对纯粹审美世界的关照，他在骨子里把文学当作一种人生现实的实现和超越。文学不在于描写社会现实，也不完全是描写虚构的现实，而是描写经过作家艺术处理后的一种虚构的和想象的社会真实。因此，我们在文中发现了漱石既不同于日本自然主义的纯粹生理描写，又不同于日本唯美派的一种颓废的感官色彩。他身上既表现出批判社会的一面，又表现出逃离社会的一面，在某种程度上，逃离社会的审美关照其实是他内心反抗社会的一个侧面。"关于日本社会的矛盾与缺陷，以及改革的必要性，漱石有清醒的认识，即使想回避也是不可能的，解决的唯一办法是接受矛盾，并设法改变它。漱石作为启蒙者期待知识分子的批判意识，能够改变现实，推动社会的发展。"② 这是他真实的自我本性的流露。

而对于擅长描写两性关系的章克标，他的文学理想只是他失败的人生经历的一种投射和映照，主人公大多陷于灵与肉、情与理的矛盾中而无法自拔，尽管他们都对社会有反叛，有逃离，但最终："处在这过渡时代里，受一点委屈也是无可奈何的事体，这是时代使然，并不是由于自己的决心不牢固，思想不彻底而维持原约。不能说是自己的没志气。这样在腹内决定了维持原约之后，把责任推到了时代的上面去了。"③

① 陈福康、蒋山青编：《章克标文集（上）》，上海：上海社会科学院出版社，2003：276。
② 李玉双：《夏目漱石文学创作研究》，山东大学博士论文，2012：35。
③ 陈福康、蒋山青编：《章克标文集（上）》，上海：上海社会科学院出版社，2003：32。

而对于漱石来说，"他是第一个洞察到近代社会那阴影部分的作家"①，其意义与价值不言而喻，章克标更多是在针对某种社会习俗和不道德的社会现象进行批评。而更多的时候，他是一头扎进虚幻的文学"蜃楼"中，"一切梦是如同文艺的创作一般的东西。在梦中可以得实生活中所不能满足，不能实现的境地，文艺也给我们同样的功效。"，"天下的事情，反反复复第逃不出几个公式，世间的状态，也只是单调地继续着，长长久久同样地活下去，岂不乏味？惟有知道变化无端的梦境，虚无缥缈的蜃楼的旨味，才可以免脱此种苦恼。"② 他认为，文学是苦闷的象征，愈挣扎就会愈痛苦，"人生真个就是苦海呀！即使有时也有种种欢悦，但是这种欢悦仿佛不过是使我们对于后来的悲痛，感得更加深切强烈的一种手段，要是你真个想对于人生的内容充实一点，那么你的理想愈高，你的苦恼愈大，因为你有留存在这世间的肉体，牵住你向上飞升的理想，同时你的肉体也受着理想的向上牵引的力，你便是这二种力的争衡的着力点，你一定要被他们拉得分裂，这便是无上的苦痛。"③ 章克标受到了日本自然主义暴露真实、唯美主义谷崎润一郎的悲观、颓废思潮以及私小说的自我剖析思想的影响，这些思潮混杂在一起，浸泡在海派文化的大汤锅中，使他的文学理想更多地呈现一种虚幻和痛苦的形态。

三、 创作手法： 讽刺幽默与油滑浮世

夏目生活的时代，是一个闭塞、混乱而又黑暗的时代。面对日本全面的西化思潮，他深刻指出日本的这种肤浅，批判了种种不合理的社会现实。《哥儿》中，以主人公哥儿的经历为主轴，突出了哥儿、"野猪"一批人敢于同邪恶势力作斗争的不妥协精神；揭发了教育界的种种丑闻，暴露了知识分子的种种弊端，文风简洁爽快。文中，哥儿给这些东西都一一取了绰号，而这些绰号都十分契合他们的本性，可谓一语中的。在行文中，漱石都采用这种绰号，给人一种辛辣的嘲讽意味。

在《我是猫》中，通过一只猫眼，来讽刺挪揄国内种种肤浅地学习西方文明的

① 夏目漱石：《漱石小说选（上册）》，张正立、赵德远译，长沙：湖南人民出版社，1984：5。
② 章克标：《〈蜃楼代序〉之"蜃楼我观"》，上海：金屋书店出版社，1930：236。
③ 章克标：《Sphinx 以后》，《新世元》，1926-01-01，第 1 号。

现象，对种种不文明的事件进行了辛辣的嘲讽和批判。尤其是他通过一只动物的眼睛，来描绘社会万象，给人耳目一新的感觉。以猫的语言和猫的视角描绘了人类的丑陋，体现了一种诙谐和幽默精神。文中还表现了对金钱观、利己主义、知识分子自命清高实则俗不可耐的嘲讽。

夏目的讽刺精神来源于日本的讽刺传统和他受到的英国斯威夫特的讽刺文学的启发。日本传统的俳谐风格，深深影响了夏目的文风。文中大量体现了一种幽默、诙谐、戏谑的风格，具有一种滑稽戏谑的喜剧色彩和游戏精神。而大量反语的运用则是对英国的斯威夫特讽刺文学的借鉴。中国儒家文人的家国情怀，使知识分子充当了社会正义的代言人。夏目深受中国传统文化的影响，他的讽刺批评的宗旨都是基于自己作为知识分子的责任感。

相比于夏目文本中的一种讽刺精神，章克标更多的是对社会万象的尖刻嘲讽和挖苦。他认为："我实在不敢佩服严肃真诚，我反是喜欢嘻嘻哈哈的，虽则我已被教育来始终不会在嘴上嘻嘻哈哈。"① 这种嘻哈的文风，在人看来，它们不是"直面现实的投枪和匕首，它们用嘻嘻哈哈调适着作者与现实、作者与自我的冲突，因而它们大抵是夏日中的一阵凉风，是情绪的清泻剂②"。章克标对文学与发财的嘲讽："一切的成功是金钱上的成功，钱聚得多了，名望自然来了，文学与发财，于是乎成为不可分离的关系了。为多赚钱以达到发财的目的，你须多出书册，编出许多好名色的书来，内容是顶不重要的问题，只要能多卖脱几本就是了。这我分毫也不是假话。不相信，你回头看我国内所谓成功的文人。"③ 在杂文《风凉话》和《文坛登龙术》中，他对各种社会现象如烟、酒、女人、汽车、马路、茶馆、乞丐等进行了尽情嘲讽，而所谓的"文坛登龙术"，就是通过找到写作的捷径使自己能够快速达到成名的效果，这多少看来是有意而为，迎合了商业化的市场气息。事实上，该著出版后，引发了销售热潮。而鲁迅曾撰文《登龙术拾遗》，嘲讽了这种商业化的写作倾向。

---

① 陈福康、蒋山青编：《章克标文集（上）》，上海：上海社会科学院出版社，2003：314。
② 许道明：《海派文学论》，上海：复旦大学出版社，1999：167。
③ 陈福康、蒋山青编：《章克标文集（上）》，上海：上海社会科学院出版社，2003：360～361。

夏目的讽刺艺术，"它滑稽而不流于庸俗，诙谐中含有苦涩的余味"①。夏目认为，要想创作出伟大的文学作品，文学家必须表现普遍的人性，莎士比亚之所以伟大，正是因为他描写了人类的普遍性问题如生与死、爱与恨、嫉妒与宽容等。而作为东西文化冲突中的夏目，把笔触伸向人的内在心理，探索人类灵魂的种种问题，深刻描绘了人性的贪婪与欲望，因而体现了一位伟大作家所具备的质素。表现在漱石文本中的讽刺手法，是一种自然而然的艺术呈现。而对于章克标而言，受到儒家传统的影响，他身上自然会体现出一种知识分子应有的批判和担当，这是他和夏目对社会进行批判的相同之处。但章克标缺少夏目讽刺文学中所体现出来的一种严肃文学中透露的喜剧感和游戏精神，这是日本传统和英国传统带给夏目的影响。另外，章克标的道德谴责和社会批判大多针对某一具体社会现象，往往直白地表露自己的态度和情感，缺乏理性的分析和评断，也就达不到一种哲学上的高度。加上他接受日本思潮的驳杂和身处商业化的都市中心，这些因素都加剧了章克标的讽刺和挖苦更多地是表面性的，从而跌入油滑的层面。

在具体的运用中，夏目的讽刺艺术，总是由叙述的对象呈现出来，作者自己并不是直接跳出来做解说，如《我是猫》中的苦沙弥、《哥儿》中的哥儿等。而章克标是在论述中将自己的主观意见呈现出来。在他大量的描写婚恋题材的小说中，讽刺艺术真正运用的较少。而运用较多的是在杂文《文坛登龙术》《风凉话》等集子中呈现出来，文体限制了他对艺术形象的深入分析。他对文学的理解和自己的人生经历，直接决定了他的艺术造诣。20世纪40年代他在汪伪政府任职，完全摧毁了自己一手建立的关于文学的正面看法。这个经历无疑是他人生和文学创作的最大讽刺。正如他自己辩解道："既然别人如此，自己不过跟着去做，这是可以原谅的，来自己原谅自己，自己麻醉自己，自己宽慰自己。既然同一路道的人不少，全都有这种心情，也很容易一天天糊里糊涂过去了。这样的一批人，成了心灵相通的朋友，可以不必吐露心曲，而在行动、行为上表示出来，都能相互理解。做事情也就敷衍塞责，草草了事，不求有功，浑浑噩噩，随波逐流。"②

---

① 张良村：《世界文学历程（上卷）》，北京：国际文化出版公司，1997：773。
② 陈福康、蒋山青编：《章克标文集（下）》，上海：上海社会科学院出版社，2003：203。

读《万叶集》

《万叶集》① 是日本现存最早、规模最大的和歌总集，形成于 8 世纪末，共 20 卷，收录了上至宫廷贵族、下至平民百姓的共计 4500 余首和歌，包括长歌 265 首，短歌 4207 首，旋头歌 62 首，连歌与佛足石歌各一首。署名的作者有 478 人（男 354 人，女 124 人）。

和歌的类型分为杂歌、相闻歌和挽歌三大类。杂歌占全书的三分之一，是关于宫廷礼仪、旅游狩猎、交往风物等方面的内容；相闻歌主要吟咏男女之间的爱情、亲朋好友之间的友谊等；挽歌主要是写祭吊伤亡、临终追悼等。从形式上，长歌以五七句式反复吟咏，而短歌则是五七五七七句式。全部歌集采用汉文写就，但也掺杂大量的日本假名文字，是当时日本从奴隶制向封建制过渡，并形成天皇专制统治的现实生活写照。

《万叶集》是"日本的《诗经》"，从其开端到最终由大诗人大伴家持编纂成稿，历经 400 余年。中间历经了复杂漫长的过程，无数诗人（如额田王、柿本人麻吕、山上忆良、大伴旅人、大伴家持等）都为这部歌集的形成作出了贡献。它是中日文学友好往来的见证，更是日本文学深受中国唐文化影响的佐证。

（第 1 卷第 5、6 首）幸赞歧国安益郡之时，军王见山作歌并短歌

　　蔚然霞光，/春日弥长。/心叹悲苦，/不觉日暮。/王如远神，/幸此驾临。/风来越山，/拂我衣衫。/亦朝亦夕，/吹向故里。/顾我壮男，/孤

---

① 本文所引《万叶集》诗句均为赵乐甡译本，译林出版社，2002。

离家园。/羁旅心忧，/排遣无由。/网浦海女，/海水盐煮。/中心灼烧，/
日夜难熬。

反　歌①

山风频，吹拂不停。/心念家中妹，/夜夜难忘情。

写军王到赞歧国的安益郡时，望越山所作的和歌。春日融融，风景秀丽，军王
在此一览胜景。然而，心中孤寂之情却无法消遣，朝夕怀念，思念远方的亲人。或
许是战乱，或许是颠沛流离，总之，此时，身在异乡，远离家园。这种愁苦寂寞的
心情好比海水煮盐、烈日焚心，悲苦难熬。见此和歌，我们无由判断军王到底是思
念父母，还是妻儿。由下面的反歌，我们得知，这是一首情诗，是写给远方的
她——他的王后或嫔妃的。

（第1卷第16首）天皇诏内大臣藤原朝臣，竞怜春山万花之艳、秋山
千叶之彩时，额田王以歌判之歌

严冬既已过，/春天又复还。/一向未鸣鸡，/鸣叫到春山。/一向未开
花，/吐蕊亦争艳。/怎奈树繁茂，/入山捕捉难。/怎奈野草深，/欲折手
难攀。/秋山则赏叶，/红叶摘来玩。/青叶恋故枝，/置留亦增叹。/此虽
意未惬，/吾仍爱秋山。

这是才女额田王奉天皇之命，即兴所作的和歌。诗歌排比运用自如，意象悠
远，读来朗朗上口。将春天的到来和严冬对比，突出了春天百花繁茂的欣欣之荣。
一时之间，各种声音发出来，显出了春天里的喧闹。流水潺潺，蜜蜂嗡嗡，花儿争
奇斗艳，树木阴翳蔽日，直耸云霄，就连路边的野草也深不可测，无法攀折。只好
从秋山采摘一片树叶来赏玩了。可惜的是，就连秋叶也思念自己的母亲——树枝，
但此时也只好望枝兴叹了。我的不忍之心突现，看到树林、百花、野草和蜂鸣，大

① 附在长歌之后的短歌。叙写长歌之重点，或补充。一般认为来源于中国的"反辞"。

自然的伟大生命力一时之间全部在我的心里荡漾开来。尽管我意犹未尽，但我对秋山的爱是溢于言表的。

从这首和歌中，我们想到了陶渊明的诗歌，他的《归园田居》中"羁鸟恋旧林，池鱼思故渊"的物与大自然融为一体的景象。还有"狗吠深巷中，鸡鸣桑树颠"的热闹场景。其实，这是以动写静，更加突出大自然悠远宁静的意境，这和后来王籍的"蝉躁林愈静，鸟鸣山更幽"有异曲同工之妙。同样，春天的喧闹反衬了大自然的勃勃生机，这是一种宁静中的闹。最后，这美是无法用语言形容的，但我更爱它，好比《饮酒》中"此中有真意，欲辩已忘言"，可谓意境深旷悠远，让人沉静其中。从中可见，额田王是受到了中国古典诗歌的影响的。

（第 1 卷第 29 首）过近江荒都时柿本朝臣人麻吕作歌

畝傍山橿原，/圣代传至今。/所生历代皇，/于此天下临。/不知何所思，/竟然舍大和。/更越奈良山，/到此近江国。/地本处鄙远，/大津建宫殿。/迁此乐浪地，/治理天下焉。/闻知皇宫址，/此地乃殿堂。/春草繁且茂，/春阳笼霞光。/昔日宫阙在，/一见心伤悲。

日本第一代天皇神武天皇建立了盖世功业，在奈良盆地畝傍山的橿原之地定都，建立了都城大和。但是到了天智天皇时，他不顾朝臣反对，毅然迁都近江，建立了大津宫。仅仅时隔五年，大津宫毁于壬申之乱的战火。作者经过近江，见到昔日繁华的都城如今已满目芰黄，草木深深，一片凄凉，抒发了心中的悲凉之情。

出自《诗经·国风·王风》中的《黍离》也有对废都的描写。周朝大夫过昔日的周朝旧都之址时，见此尽变为黍离之地，抒发了亡国之悲。正所谓："知我者，谓我心忧；不知我者，谓我何求。悠悠苍天，此何人哉！"尽管前者为迁都之痛，后者是亡国之思，但都是表达了对昔日繁华不再的伤痛、徘徊的难过之情，而后者面临国破家亡的情景，悲凉之情更甚。后来的杜甫在《春望》也有对亡国之痛的描写："国破山河在，城春草木深"，表达了对国家沦丧、山河破碎的悲痛之情。从意境上来说，显然杜甫更胜一筹。

（第1卷第79首）或本从藤原京迁于安乐宫时歌并一书歌

　　谨遵大王旨，/告别故家园。/沿河出行去，/舟驾驶泊濑川。/河曲弯千道，/回首看万遍。/暮入奈良京，/行至佐保川。/破晓月光下，/露宿衣衫寒。/入夜寒霜降。/河水冰如磐。/寒夜无休憩，/来往造宫苑。/大君千秋载，/往来我奉献。

这首和歌抒发了某官员奉天皇旨意，往来参与营造宫殿的情景。为了大王，这位官员辞别亲人，舟行弯曲的河道上，却依依不舍离别的亲人。风餐露宿，转眼间寒冬来临，可此时衣不遮寒，但为了君王的千秋大业，再苦也要熬下去。这既表达了作者当时辛勤劳作的现状，也表达了对君王的忠心。当然逢迎之意也溢于言表。

（第2卷第91、92首）天皇赐镜王女御歌

　　应能时常，到妹家；大和大岛上，有家岂不更佳。

镜王女奉和御歌

　　秋山树下水，潜流长；较君相思意，我恋深更强。

这是天皇和深爱的镜王女互诉衷肠的情诗。君王盼望日日能见到恋人镜王女。而镜王女更加表达了对君王的相思，好比长流的溪水，她的思念更深，情感更强烈！我国汉代乐府有一首《上邪》："我欲与君相知，长命无绝衰。山无棱，江水为竭，冬雷震震，夏雨雪，天地合，乃敢与君绝！"这也是一位女子抒发对爱情坚贞不渝的感情，可谓感天动地，这种写法突破了正常的描绘感情深浅的表达，而是反面写照，只有达到了何等境地，才敢与君绝交。事实上，这些条件又是无法做到的。所以，这种效果更强烈，情意更浓厚。

（第 2 卷第 119～122 首）弓削皇子思纪皇女御歌四首

　　吉野川，流速急；／愿爱如河水，／片刻无停滞。思阿妹，恋心忒苦；／宁作秋季胡枝子，／花开即谢，意亦足。到黄昏，潮来满；／即时且把美藻刈，／住吉浅鹿湾。如大船，泊港区；／思绪摇颠人憔悴，／为属他人女。

被称为吉野川的大河流水汹汹，但我愿为这流势汹汹的河水，快快来到你的身边。这是皇子弓削因思念恋人纪皇女太切，一心只想见到情人，于是孤身一人来寻她的情景。思念太苦，一路上胡枝子花开放，但我无心赏花，只要能见到你，我的恋人，哪怕花开即逝我也愿意！一路行来，已是黄昏。潮水涌来，我把水草即时清除。我换到了大船，停泊在港区休息。但此时，我的思念愈切，只为能把我的嘱托和思念之情传达到你的身边。

（第 2 卷第 199 首）高市皇子①尊城上殡宫之时，柿本朝臣人麻吕作歌并短歌

　　诚恐心内想，／惶然出口言。飞鸟真神原，／建起皇宫殿。隐于岩户里，／为神已宾天。回忆昔王所治，／北国多桧杉。越此不破山，／于和射见原。降驾幸行宫，／治世承宸言。为平此国土，／召集东国男。惩凶镇恶徒，／制服敌苗顽。贵为吾皇子，／受命统率严。手持弓与矢，／大刀佩腰间／。叱咤众三军，／士气步武健。挝鼓响音起，／如雷贯耳边。／角笛不断吹／，虎吼敌胆寒。军旗高猎猎，／春野或燎原。随风扬其威，／熊熊火势燃。众挽弓弭声，／雪暴降自天。旋风卷冬林，／森然声威现。／引发弓矢激，／如雪沸扬漫。顽敌未慑服，／殊死争斗间。／渡

---

① 高市皇子，天武天皇之子。壬申之乱时功勋显赫，草壁皇子死后立太子，为太政大臣。696 年去世。

会斋宫处，/神风来助战。/眼目不得张，/敌阵骤然乱。/遮天又蔽日，/护我瑞穗安。/似得神来镇，/皇子掌政权。/万古基业成，/正庆荣盛间。/东宫忽薨去，/顿改殡宫建。/宫中众宫人，/白麻素服换。/日日如鹿伏，/埴安池之畔。/入夜似鹌鸟，/匍匐绕大殿。/服侍已无由，/春鸟涕泣叹。/叹尚未止息，/悲忆未尽减。/百济原即过，/城上陵寝建。/葬尊为神明，/高奉百年安。/香具山建宫，/吾王万代传。/诚惶复诚恐，/仰空长怀念。

高市皇子为天武天皇之子，本篇讲述了高市皇子英明神武、武功盖世的一生，通过东征西讨，高市皇子建立了赫赫战功。本篇尤其突出了战场上的描写，军队在高市皇子的严明统率下，军威大振，重挫敌军。由此，皇子奠定了自己的万世基业。可惜英年早逝，一时之间，人人披麻戴孝，悲恸不已。将他葬在安池之畔，夜有鹌鹑鸟儿绕着大殿徘徊、悲叹。虽然他已逝去，但后人把他尊为神明，他的功业一定会万代传遍，人们对他的思念永怀心间。

（第 3 卷第 324 首）登神岳山部宿祢赤人作歌并短歌

三诸地有，/神名备山。/枝枝伸芽，/萌动茂发。/树树衍继，/生生不息。/心中常欲，/不止来去。/旧日京师，/明日香姿。/山势峻嶒，/明水溶溶。/春日山荣，/秋夜河清。/朝云鹤舞，/夕雾蛙鸣。/每见涕零，/发思古情。

这是一首游览的和歌。春天在备山这个地方出游，树木开始发芽萌动，春的信息已然来临。山形陡峭，但流水宽广无限，一派融融之境。在这里，伴朝云夕雾，有鹤舞蛙鸣，我的心常为之感动不已。

（第 4 卷第 619 首）大伴坂上郎女怨恨歌并短歌

难波有菅，/根深且壮。/君曾昵言，/表汝衷肠：/情意无变，/地久天长。/我心镜明，/许之成双。/此日而后，/不似藻荡。/无复摇摆，/不贰心肠。/凭信岂疑，/共相依傍。/神来相间？/人而设障？/君迄不来，/使不遣访。/思之无术，/奈何无方。/彻夜长叹，/终日神伤。/事无补益，/计无可想。/我诚弱女，/哭泣婴相。/徘徊犹恐，/君使无望。

这是一首思君的怨歌。想当初，我俩相好之时，你曾对有深深根系的菅这种植物表述衷肠。说什么爱情地久天长，我心永不变。然而迄今为止，你却不来看我，也不派人送信，我只有孤寂忧伤地思念着你。作为一个弱女子，我除了抽泣、惆怅，我还能怎么办呢？其无助、忧思之情表达得淋漓尽致。

（第 5 卷第 800 首）令反惑情歌并序及短歌

尊敬父母，/怜爱己妻。/此乃世间，/当然之理。/如鸟沾粘，/牵依难离。/长此以往，/别无他易。/如抛敝屣，/举足甩弃。/行若斯人，/生自木石？/且将汝名，/告与我知。/倘在天上，/可任尔意。/若在地上，/大王统治。/日月光耀，/天云之级。/虾蟆经行，/地界之极。/置身于此，/辉煌治绩。/自无肆意，/妄为之理。

这是著名歌人山上忆良的作品，因其作品多歌咏社会人生，被称为"社会歌人"。这首和歌表达了对爱惜身边的人的良好品德的呼吁。如果连这些基本的纲常伦理都做不到，那就枉为人。为人处世，要上对得起天，下对得起地，尊敬父母，爱惜妻儿，这些都是天经地义的事情。如果随便抛弃这些美德，那就要被别人唾弃。

（第 5 卷第 904 首）恋男子名古日歌并短歌

世人贵七宝①，/追求不止息。/于我何所用，/于我何所益。/夫妻生一子，/生来白如玉。/直如明星灿，/取名曰古日。/夜尽天明亮，/床边从不离。/或坐或站立，/一同做嬉戏。/夜里天转黑，/休憩入寝席。/手

---

① 佛家指金、银、珍珠、玛瑙、琉璃、玻璃、红珠。

里牵着手，/父母身不离。/二人间中睡，/此子出爱语。/指望长成人，/好歹见容仪。/一心正盼想，/邪风骤然起。/奇祸忽降临，/束手措无计。/系带将袖拢，/明镜手中取。/仰祈天神佑，/伏额拜地祇。/吉凶并祸福，/谨凭诸神意。/逐渐容颜改，/未见稍时愈。/朝朝语不闻，/一命归天去。/登时顿足哭，/捶胸挥泪啼。/哭泣又长叹，/俯仰难自抑。/掌上吾爱子，/就此飘然去。/此即人间世，/世道竟如许？

人世间最宝贵的莫过于拥有可爱的孩童，自从妻子生子，此子便是父母最大的宝物。日日不离身，哪怕睡觉也如此。可惜孩儿早夭，父母因而感到无比悲恸，人世间竟有比这更加悲惨之事乎？

（第 6 卷第 971 首）四年壬申，藤原宇合卿遣西海道节度使之时，高桥连虫麻吕作歌并短歌

　　云罩龙田山，/霜露着色染。/越山君行旅，/筑紫防贼顽。/山头地极察，/部署兵分遣。/山谷回声处，/蟾蜍爬行边。/国内详察尽，/如春鸟早还。/龙田岭道旁，/杜鹃红烂漫。/樱花盛开日，/迎迓君归还。

在龙田山，为你送行。你在越山行军，抵抗顽敌，四处部署兵力。到处都是你的身影，你的大军东征西讨。来年樱花盛开、杜鹃开放时，就是你的归期！

（第 7 卷第 1331～1335 首）寄山五首

　　山岩嶙峋，威严吓人；/明知如此心却恋，/本非，同等身份。岩石怪，山奇险/；入得山来情思动，/如今出山难。佐保山，本平凡；/如今看来倒喜人，/风莫吹，千万。深山岩上苔生，畏敬；/我心恋思涌，/怎了情？恋心激，无从歇；/亩傍山上，/我将标识结。

山石险怪，但却喜恋无比。在亩傍山我上山容易、下山难，路途险恶难辨，只好处处做标记。

（第 8 卷第 1424～1427 首）山部宿祢赤人歌四首

　　春野采集，紫花地丁；/亲切更流连/野宿一夜终。/山樱花，连日
开；/如此长开去，/何至，苦苦相思害。/梅花开放，邀君观赏；/令人难
分辨，/怀疑是雪花降。/明拟采春菜，野地结标；/昨日今日/偏又雪飘。

　　乍暖还寒，春来到，地丁花儿盛开，我在百花满地的野地露宿一夜。樱花长久
开放，好似我长久的思念。梅花开，好似雪花降。我在野地作标记，准备来日采摘
野菜，但不巧的是，天又飘起了雪花。

（第 8 卷第 1507 首）大伴家持攀橘花赠坂上大娘歌并短歌

　　宽广屋前，/橘伸百枝。/串珠之日，/五月即至。/枝头繁华，/触之
即失。/朝里日里，/出即会面。/思我阿妹，/情系肝胆。/清澄月夜，/但
欲一见。/莫使凋零，/偿我心愿。/虽云如此，/守护有憾。/恨鸟杜鹃，/
晨正凄凄。/驱追不去，/来此鸣啼。

　　这是一首情诗，大伴家持手持橘花向心爱的坂上大娘表达心中的爱意，可谓大
胆讴歌爱情的典范。我对你的心，日月可鉴，只求在月光下见你一面，心意就满足
了。我好比伤心的杜鹃有情之鸟，在这里苦苦地等着你，夜夜悲鸣。

（第 9 卷第 1740 首）咏水江浦岛子并短歌

　　春日呈霞彩，/来到墨吉滨。/钓舟飘摇过，/传说动人心。/水江有渔
夫，/人称浦岛郎。/钓鲣复钓鲷，/乘兴捕鱼忙。/一连七日过，/不曾返
家乡。/更行出海界，/邂逅一女郎。/女本海神姬，/言谈情意长。/愿结
夫妻缘，/双双赴仙乡。/海神内宫至，/携手如殿堂。/从此二人住，/不
老以不亡。/世世代代过，/永久相依傍。/愚人浦岛子，/对妻把话讲：/
"须臾归故里，/事告我爹娘。/今日省亲毕，/翌即还水乡。"/妻子把话

答，/叮嘱勿遗忘：/"若有如以往。/万勿开箱箧，/重逢副所望。"/叮嘱复叮嘱，/牢记在心房。/浦岛如所愿，/归来至澄江。/思家不见家，/望乡不见乡。/百思结奇惑，/不能解疑肠。/离别仅三载，/竟至失家乡？/且开此箱箧，/故里当如常。/稍启玉箧盖，/白云出小箱。/缕缕升腾处，/缭绕向仙乡。/张皇又失措，/奔跑叫喊忙。/跌倒复爬起，/拂袖顿足嚷。/忽如神志失，/昏倒在一旁。/青春肌肤皱，/黑发白如霜。/终于气息绝，/呜呼一命亡。/水江遗迹在，/浦岛子家乡。

这是日本家喻户晓的神话故事。讲的是墨吉滨畔有个捕鱼的渔夫叫浦岛郎，一连多日在海上捕鱼不归，忽然遇见一位海神女，二人一见倾心，在深宫过起夫妻生活。但他哪知，神仙洞里一日，人世间恍如百年。他想回家看父母乡亲，但哪里还找得到？这时，他不听海神妻子的嘱咐，打开了箱箧。只见转眼间，自己已是垂垂老矣，瞬间毙命。

（第 10 卷第 2223～2229 首）咏月七首

天海月舟使；/可见，前行操桂桨，/月中壮士。

此夜似已深；/雁声闻，/行空月一轮。郎发插上胡枝子；/为将露珠仔细瞧，/明月来相照。无情秋夜月；/不顾忧思难入睡，/犹自照无歇。阵雨降；/意外天空云晴，/月夜清朗。为见胡枝子开盛，/月光清，/恋更增。白露似珠/；九月，晓天残月，/饱看时，应无。

这是人与物紧密相融的写照。月光照耀下的小舟，有人在月光下插上胡枝子。有月相思，人难眠。九月的月亮已是残月，露水上来，就像洁白的珍珠。此时抬头看时，月亮已经消失不见。

（第 11 卷第 2351～2367 首）旋头歌十七首

请割草来，/建新房壁；/姣女如草柔，/偎依随君意。新房镇祭，/女手玉镯鸣；/君颜容光如玉，/应道向内请。初濑藏妻，/榉树阴；/偏是月明夜，/看破恐有人。男儿心绪乱，/将妹隐藏；/月照彻天地，/未必见面庞。可爱阿妹，/早死为妥；/向无一人言，/活着应属我。高丽锦衣，/一纽落在床；/果能明晚至，/留取且等郎。晨起君归，/露湿绑腿；/侬也愿早出，/裳裾沾露水。何苦求寿长，/即或得长生；/我与相思妹，/轻易不相逢。相思不惜命，/人眼多碍事；/我若化为风，/频频相逢。名曰守山，/守妹有阿母；/朝朝山边过，/君不来，太凄苦。独板桥，/如何行；/若是会娇妻，/整好绑腿绳。山城一小伙，/说是想要娶我；/轻率地想要我，/久世这小伙。冈端羊肠路，/任谁别过；/长此君来会，/可避眼目多。垂挂小珠帘，/请君穿隙间；/来若阿母问，/告以风掀。相逢宫中路，/夜里多思慕；/心绪乱，/只为人妻故。欲见妹面，/难道不能？/而今交情断，/恋心却频萌。恋心如航船/，一路颠簸；/只因人妻女，/稳如大船安。

这是描写恋爱中的一对男女，二人共同割草，建房壁，夜夜相约会。可惜有人向该女子提亲，君十分担忧，日夜想念，不顾路途险恶、遥远，一路风尘赶来，与阿妹见面。

（第 12 卷第 3211～3220 首）问答歌十首

架起支支浆，撑出行船；/一颗留别心，/岂能得安？若架双桨，船隐进岛；/妹挥劝止袖；/岂能见到？十月阵阵雨，衣打湿；/君在冒雨行，/抑或借屋宿。十月阵雨，不停息；/何处乡里去，/能借屋宿。分袂难，难离分；/行至中途，/暂宿荒津滨。阿哥上旅途，到了荒津；/一路送至此，/犹未称心。荒津海，供币帛；/斋祝阿哥早归来，/趁未容颜改。朝朝出门，望筑紫；/失声啼泣，/无计可使。企救长滨长，行到昏黄；/天向晚，/思妹心肠。企救高滨高，行到夜晚；/翘企待君至，/不觉夜阑珊。

以阿哥和阿妹一问一答的形式作歌，不仅把人物当时的真情实感细致地表露出来，而且套用这种答话的形式，主客角色互换，有利于表达的丰富性、完整性。

（第 13 卷第 3339 首）或本歌备后国神岛滨调使首见尸作歌并短歌

出门而行，/山野奔去。/涉水渡河，/直上海路。/风不和畅，/浪高而狂。/惶惧人愁，/神之渡口。/破浪涌岸，/高山屏隔。/渊浦为枕，/无心而卧。/双亲爱子，/有妻可亲？/问家无告，/问名不闻。/严遵谁言，/破浪行险。/不避危惧，/直渡海渊。

这写的是男子出远门而行，遇到大风浪，船遇险而最终翻覆的悲剧。他心中念念不忘的是家中的妻儿老小，却不知家人也在翘首盼望他归来呢！

（第 14 卷第 3348～3352 首）东歌①

船行海上潟，/停泊海中洲，/更深夜幽幽。葛饰真间湾；/撑船舟子噪乱声，/似是巨浪生。筑波岭上新桑茧；/侬本有衣衫，/偏索君衣穿。筑波岭，降雪咦？/佼佼淑女，/晾布呢？信浓国，须我荒野；/闻得子规啼，/误了佳期。

这是日本富有地域特色的歌谣——东歌，这首和歌是写旅途中的情景，地方特色鲜明，情趣盎然。

（第 15 卷第 3625～3626 首）挽歌并短歌

入夕到芦苇边，/聚鸣又骚然。/拂晓天明后，/畅游海洋欢。/水鸭且有偶，/雌雄配侣伴。/霜莫落我尾，/白翼两交联。/拭拂备寝处，/双双宫宿眠。/如同长逝水，/一去不回还。/又如风吹过，/踪迹无可见。/既为世间人，/逝别永无缘。/阿妹赠我衣，/已穿成旧衫。/岂其铺衣袖，/茕茕独自眠。

---

① 东歌，即东国之歌，是富有地域特色的歌谣。东国有诸说，在万叶时期，大致指远江、信浓以东地方，后来泛指箱根以东。

反　歌

鸣鹤飞来苇边；/叹我心无主，/独自眠。

这是悼念一位亡妻的和歌，作品中表达了天人永隔、悲痛欲绝的心情。

（第 16 卷第 3791 首）竹取翁偶逢九个神女赎近狎之罪作歌并短歌①

昔有老翁，号曰竹取翁也。此翁季春之月，登丘远望，忽值煮羹之九个女子也。百娇无俦，花容无匹。于时，娘子等呼老翁嗤曰：叔父来乎，吹此烛火也。于是翁曰：唯唯。渐移徐行，着接座上。良久，娘子等皆共含笑，相推让之曰：阿谁呼此翁哉。尔乃竹取翁谢之曰：非虑之外，偶逢神仙，迷惑之心，无敢所禁。近狎之罪，希赎以歌。即作歌一首并短歌

生为婴儿时，/阿母怀中抱。/襁褓匍匐行，/身着无袖袄。/木棉缝制成，/一色里与表。/童身发齐颈，/添袖染色娇。/妙龄如君等，/发黑且油亮。/手持木栉拢，/梳理垂肩上。/挽之束发髻，/批则分发样。/心爱透红纱，/大纹紫绫衣。/远里小野榛，/染色何妍丽。/更用高丽锦，/缝作衣纽系。/一件又一件，/层层衣套衣。/绩麻女，/财部儿，/捶楮纺线织。/晒麻手织布，/平褶裹腿制。/稻置家少女，/求婚为我妻。/赠我远方物，/有袜双绫地。/尚有黑色靴，/飞鸟鞋匠制。/为避连阴雨，/缝制多仔细。/着靴院中站，/唤女归勿立。/母虽欲阻我，/隐约女闻知，/仍赠水色绢，/作成飘带般。/腰带高丽式，/紧在腰间缠。/如同海神宫，/蜾蠃蜂腰细，/束饰在中间。/再取明光镜，/并挂在身前。/自己频端详/，反复照容颜。/春到原野游，/恋我兴致添。/野鸟舞翻飞，/啼叫在人前。/秋来到山下，/云飘太空间。/对我有所思，/缭绕示依恋。/归来大路立/，悄偕回头看。/宫廷近侍女，/殿堂舍人男。/疑为谁家子，/寻思

---

① 这是一首有由缘杂歌。有由缘，即有一定的故事或因由，在题序中叙述，然后加以歌咏。

竟这般。/往事诚如此，/历历现眼前。/昔日众人爱，/今为诸君嫌。/事
实诚如此，/因以思古贤。/昔时有圣训，/应为后世鉴。/且将弃老车，/
返家接回还。/返家接回还。

这是一首有背景交代的和歌。叙述了一老翁偶遇神仙女，为表达自己的冒犯之
意，作此和歌，一表心迹。年青俊美无比，父母爱，人人夸。就连爱恋的女子也夸
赞，更不用说与之相恋之人。如今年老人人弃，往事种种，情何以堪！

（第 16 卷第 3881～3884 首）越中国歌四首

　　路通大野，草木繁茂；/君若从此过，/开阔大道。涩谷二上山，鹫将
雏产；/为君做成饰羽料，鹫将雏产。弥彦山，自身似神圣；/青云漂浮
日，/小雨也蒙蒙。弥彦山脚，今有鹿眠；/身着裘衣，/犄角头上按。

这是表现鹿舞歌谣的一首和歌。尤其是最后一首，它是《万叶集》中唯一一首
"佛足石体"歌（五七五七七七句式）。

（第 17 卷第 3916～3921 首）十六年四月五日，独居平城故宅作歌六首

　　橘正飘香，杜鹃来树上；/声声啼夜雨，/香，岂不消亡。杜鹃夜中
鸣，声声关情；/张网花又落，/尚闻鸣声。橘香满园，杜鹃啼声扬；/愚
人作知会，/正宜把网张。奈良城故都，今虽萧条；/犹有昔日鸟，来此
鸣叫。人以为，/我家庭院古老，/橘仍开，满园香飘。衣，燕子花染
制，/健儿披上身，/到了猎期。

这是大伴家持在外地所作的和歌。歌中通过杜鹃这个多情鸟，表达了自己对家
人的无比思念之情。

（第 17 卷第 3962～3964 首）忽沉狂疾，殆临泉路，仍作歌词，以申悲
绪并短歌

　　奉承大君任，/男儿振雄心。/翻山又越岭，/下至边远镇。/未暇平喘
息，/岁月去无几。/血肉尘世身，/卧床竟不起。/病痛未尝轻，/慈母心
不宁，/悬念未曾停。/几时可来归，/盼中凄苦增。/娇妻天一晓，/身即
依门等。/入夕床席拂，/反折衣袖宿。/盼到梦中会，/叹徒黑发敷。/兄
妹小儿女，/骚声处处哭。/路远使难遣，/思念音不传。/眷恋多炽热，/
相思心如燃。/生命虽珍惜，/不知何为宜。/苗壮男儿汉，/卧床惟叹息。

反　歌

　　世事，无定数；/春花才零落，/即有必死悟。山川远相隔，/娇妻在
天际；/不相逢，空叹息。

这是有名的歌人大伴家持在晚年染重病在身，在临终前所作的和歌。歌中表达
了自己一生建功立业的雄心和追求，病中思念亲人的悲苦情景。读来令人伤悲，感
慨生命的短暂，要珍惜眼前的幸福，更要爱惜身边的亲人，这是歌人带给我们的
启发！

（第 18 卷第 4106 首）教喻史生尾张少咋歌并短歌

　　七出例云：①
　　但犯一条，即合出之。无七出辄弃者，徒一年半。
　　三不去云：虽犯七出，不合弃之。违者杖一百。惟犯奸恶疾得弃之。
　　两妻例云：

———————

① 指与我国《唐律》有关的法规。

有妻更娶者，徒一年，女家杖一百离之。诏书云：

愍赐义夫节妇。谨案，先件数条，建法之基，化道之源也。然则义夫之道，情存无别，

一家同财，岂有忘旧爱新之志哉。所以缀作数行之歌，令悔弃旧之感。其词曰大汝少彦名，/自从两大神，/相传到而今。/父母比尊敬，/妻子则爱亲。/此乃世常理，/言传代代遵。/莴苣花盛开，/朝夕与妻亲。/或笑或忧叹，/喁喁私语频。/难能永如此，/一生守贫困。/天地神福佑，/当荣如花春。/所言久等待，/盛春今或临。/离京妻独居，/叹息常烦闷。/使者不见来，/久盼苦浸心。/南风吹雪化，/射水川沫混。/竟与游女辈，/共游结同心。/忽如潜水鸟，/奈吴海藏身。/迷惑深至底，/无复挽君心。

这是受到我国《唐律》影响的日本的有关规章制度。而此和歌规劝喜新厌旧的郎君，不要抛弃旧妻，而另寻新欢，否则就要依律进行惩罚。

（第 19 卷第 4160～4162 首）悲世间无常歌并短歌

远自天地分，/世间即无常。/古昔如此语，/世代传不忘。/放眼望太空，/月亦圆缺相。/春至山树梢，/花开呈芬芳。/经秋红叶落，/不敌露风霜。/现世人亦此，/红颜色褪光。/头上乌发变，/朝夕笑脸藏。/如风吹不见，/如水去难挡。/观此无常变，/不禁泪夺眶。

反　歌

树木纵不语，/春花开放，秋来红叶落；/本是无常果。跻身现世，所见惟无常；/无心问世事，/思偏快快。

观人世沧桑，观世事无常。大自然按照节律自然变化，而人也应如此，正所谓月有阴晴圆缺，人有旦夕祸福，自古而然。

（第 19 卷第 4169～4170 首）为家妇赠在京尊母所求作歌并短歌

时至五月间，/杜鹃飞来啼。/花橘盛开放，/阵阵溢香气。/不闻慈母言，/岁月久累积。/身居边鄙远，/遥望山峦际。/每见浮云升，/忧思总叹息。/此心多惦念，/痛苦不能已。/如奈吴渔人，/潜水所获珠。/珠白如母容，/欲见对面立。/直至睹尊荣，/但愿寿无比。/荣如松柏青，/慈母诸事宜。

反　歌

母如珠玉，/久欲见，身居却偏远；/生意大减。

这是写家中的妇人对母亲的思念之情，借鱼吐珠形容母亲的容貌，可谓形象生动。但自己居住在偏远之地，无法得见，一片愁苦思念之情表露无遗。

（第 20 卷第 4331～4333 首）追痛防人悲别之心作歌并短歌①

远方筑紫国，/大君之治庭。/为防敌人袭，/建此壁垒城。/所治广四方，/诸国人充盈。/惟其东国男，/出征临阵勇。/猛士无反顾，/赴任诏敕从。/即同阿母别，/妻未共枕横。/掐指数日月，/难波津港行。/大船浆楫满，/合力齐操纵。/朝来船夫集，/晚朝撑舵冲。/诸君奋力划，/破浪船前行。/早日安然至，/王命得遵承。/男儿心志坚，/巡防续不停。/事罢速归来，/无碍应顺风。/斋瓮床边置，/叠袖盼入梦。/黑发铺在床，/漫长日月送。/盼归空闺待，/娇妻叹息情。

---

① 防人歌，指远赴九州戍边战士的歌，表达了他们抛妻别子、为国勇敢捐躯的高昂战斗精神。和歌有浓郁的地方色彩。

反　歌

　　男儿背胡禄，出门等征程；／娇妻惜别意，／叹息声。东国男子汉，／别妻离家乡；／中心悲戚，年深月长。

　　战士们为了保卫国家，遵守王命，毅然远赴边疆，守土拓疆，抛妻别子。歌中既有昂扬的战斗精神，又表达了对战争所带来的巨大创伤的怨恨。

（第 20 卷第 4408～4412 首）陈防人悲别之情歌并短歌

　　谨赴君王任，／来做守岛人。／慈母抚儿头，／老手牵衣襟。／严父须已白，／垂泪叹息云：／"茕茕如鹿仔，／爱儿朝出门。／年久难相见，／心必思念殷。／今日悲别离，／欲言尽随心。"／娇妻与稚子，／纷纷聚来临。／声吟如春鸟，／泣湿白袖襟。／牵手阻我行，／难舍复相亲。／惶恐君王命，／征途必动身。／每经山岬过，／回首万千频。／迢迢两地别，／不安心酸辛。／恋之苦难舍，／徒叹现世身。／此去命未卜。／航道多弯曲，／一一过岛群。／献币福佑求，／住吉吾皇神：／佑我归来日，／康宁保双亲。／妻子待我还，／平安事顺心。／敢请作传达，／转告我家闻："难波船浮动，／水手配齐人。／装就诸橹楫，／启锚在清晨。"

反　歌

　　或因家人斋祝神；／船已平安出，／望告我双亲。人言行空云，可为信使；／礼物欲寄家，／不知何法。去拾寄家贝，到海滨；／波浪竟频频，／一阵高一阵。船泊在岛阴，欲告行踪；／怎奈无信使，／只合苦恋行。

　　这首防人歌，完全表露了对战争给人民带来的伤害的控诉。家人生离死别，匆匆一去，从此亲人天人两隔，永无相见之日，战争是多么残酷！

东亚汉学研究

所谓"汉学"，通俗地讲，就是国外学者对中国文学、文化的研究。汉学的产生，有丰富的历史背景和现实需求，它既是中国文化与世界文化汇合的历史产物，也是国外学者对研究中国的实际需要。而中国学者对汉学的研究、整理，是非常有必要、有意义的。它既可以提供国外汉学研究的历史透视、最新现状，同时也对我们自己的文学、文化研究和传播、发展具有巨大的现实指导和借鉴意义。

在中国的东亚汉学研究中，当以日本汉学的研究影响最大。对此，日本学研究领域的专家严绍璗先生有这样的评语："中华民族的文化弘扬于世界，当以传入日本时间为最早，规模为最大，反响为最巨。"① 这种强烈巨大的影响直接决定着日本学者的汉学研究现状。而事实上，中国学者对日本学者的汉学研究也是居于首位的。

中国对日本的汉学研究，始于改革开放后。1975 年，中国社科院文献信息中心成立了国外中国学研究室，孙越生先生任主任，这时北京大学严绍璗先生也积极参与其中的工作。这期间，最有代表性的成果之一是"国外研究中国丛书"的出版。其中，就包含日本的汉学研究。1980 年，严绍璗先生编撰、出版了我国第一部"海外中国学"学术工具书——《日本的中国学家》。在此后的学术生涯中，他通过参加学术会议、到日本多次讲学等学术活动加深了他对日本汉学的研究。1991年，他写出了《日本中国学史》。随后，又相继写出了《汉籍在日本的流布研究》（1992 年）、《中国文化在日本》（1994 年）等学术专著。在这一系列的著作中，他以一个中国人的学术主体意识，将中国文学、文化的传统与日本文学、文化交流的

---

① 严绍璗：《日本中国学史》自序"我和日本中国学"，南昌：江西人民出版社，1991：1。

动态历史置于双边或多边文化的视野之下进行考察，立足文献的梳理和事实的考辨，同时又浸透了自己的民族襟怀和批判意识。作者不仅关注历史的考察与辨析，同时对当代中日文化、文学的交流也提供了许多借鉴性的思考与总结，产生了很大的影响。有学者这样评价道："严绍璗先生的学问，以学术独立、理性批判为宗旨，以原典解读、实证考辨为方法，以专业工具书、史论著作为表述，他所追求和成就的，正是一种义理、考据、辞章三者并举的学术实践和学术体系。"①

严先生对日本汉学研究的代表性成果是《日本中国学史》。该著对日本中国学发生、发展的历史背景和社会现状作了详尽的透视。其中，既有中国古典文献传入日本的动态过程，又有中国传统文化传入日本后的衍化与流传，以及日本近代以来的思想文化运动等复杂的文化现象。作者把时间限定于十九世纪末以来的日本中国学。这一时期，日本社会上演传统与现代的强烈碰撞，新旧交替、东西互较，呈现出异常复杂的近代日本中国学。"作者在考察、论说日本中国学发展历史时，常能以一种超越民族和当代的清醒理念、以文献考辨的实证方法，进行客观的研究、启蒙性的论说，体现出人文学者对于历史文化宽广的思考和敏锐的批判意识。"②

1998 年，《世界汉学》杂志创刊，它是目前国内汉学方面唯一有正式刊号的学术刊物。编辑部设在中国艺术研究院中国文化研究所，刘梦溪任主编。余英时、严绍璗、孙歌等学者发表了一系列论述汉学的重要文章。如孙歌在《"汉学"的临界点——日本汉学引发的思考》就提出："日本汉学在它的临界点上创造过或诱发过优秀的精神遗产，它所提供的精神资源属于全人类。而在世界汉学的视野中，我们能够看到的也不仅仅是外国学者的中国研究结论本身。假如我们'站在更广阔的立场上'对待世界汉学，它的临界点也会浮现出来。我深信，那时映入眼帘的，将是真正意义上的'他者'。"③ 在《日本汉学的演变轨迹》中，她对日本汉学的历史评价问题、汉学历史的演变都做了相当精辟的论述，这有利于我们对现代学术的历史进行有效反思（《中外文化与文论》，2001 年 5 月）。此外，个别学者也在刊物上撰文，发表了对日本汉学研究的现状思索，如尚永亮教授的《日本汉学研究的几个特

---

① 钱婉约：《严绍璗日本中国学研究的几点启示》，《中国文化研究》，2010（11）：205。
② 钱婉约：《严绍璗日本中国学研究的几点启示》，《中国文化研究》，2010（11）：201。
③ 孙歌：《"汉学"的临界点——日本汉学引发的思考》，《世界汉学》，1998（1）。

点及其启示意义》（《中州学刊》，2005 年）。

钱婉约的《从汉学到中国学：近代日本的中国研究》（2007 年，中华书局），从"日本中国学"的宏观视角着眼，详尽论述了从"汉学"到"中国学"的学术史历程，包括在这一特定时空中日本学界对中国"语文"把握的转变、"书物"的传递以及经典性学者的学术建树与"中国观"内涵的诸层面特征，从而使读者在一个较为阔大的场景中对特定时期的日本中国学有一个更加全面的理解和把握。

《日本中国学述闻》（中华书局，2008 年）是"日本中国学文萃"主编王晓平先生写的一部学术札记。全书由"中日间的文化记忆和文化钩沉""日本的'文艺中国'与日本中国学""对话东亚的中国学家""日本中国学和中国日本学""中国经典在日本的传播与译介""日本中国学的周边""亚洲汉文学与日本中国学""直面公众话中国"等部分组成。书中每每充满创见与洞见，显示了作者深厚的国学功底与域外汉学的深潜。他的《亚洲汉文学》（天津人民出版社，2009 年）一书，以国际视野打破民族、学科的壁垒，对中国及周边亚洲国家和地区（主要是日本、朝鲜、越南）的汉文学进行了通盘考察和系统分析。作者的研究具有自己独特的学术个性和创新精神，突显出其整体观照的国际视野、独具匠心的编排体例、丰富翔实的文献资料这三大亮点。此书在中国比较文学和汉文学研究史上具有开拓性意义。在文中，他提出了"亚洲汉文学概念"，即"将其作为研究的对象，既是为了强调研究的整体性与开放性，也是为了通过对域外汉文学文化内蕴的探讨，寻求有关汉文学兴衰及其与近代亚洲文学的关系等诸多问题的答案。"[1]"从中国与周边国家的文化相互冲撞、交融的视点对汉诗、汉词、汉随笔、汉小说、汉辞赋、儒释道思想及理学文论等各方面进行深入探讨。既做到了适当的总体把握，又与个案研究兼顾起来。理清中国本土汉文学对域外汉文学的影响，而亚洲各国也总是根据自己的民族特色，历史文化背景，以及各自不同的需要和审美情趣，创造一种有别于中国的独特汉文学。"[2] 他在《日本诗经学史》（学苑出版社，2009 年中），对日本诗经学特质进行了解析，并分析其赖以形成的文化机制与文化心理等深层背景。该书作者

---

① 王晓平：《亚洲汉文学》代序，第 1 页。
② 王晓平：《亚洲汉文学》代序，第 1 页。

对诗经学的演进脉络与学术谱系有精确的把握，这种敏锐的谱系感贯穿全书。另一特色是视野开阔，不故步自封于狭义的《诗经》研究，而是在立足于学术本位的同时，着眼于文化关照，将《诗经》在日本被传播、被研究、被模拟、被重写等诸环节作为国际文化现象予以通观。

《东亚汉文学关系研究》（高文汉、韩梅，社会科学出版社，2010 年）一书的作者在掌握大量翔实资料的基础上，对近两千年来日本和韩国的汉文学发展以及与中国古代文学的关系进行客观梳理，深入分析，对中日文学关系、中韩文学关系做了深刻透彻的系统性比较研究。该书既有理论上的宏观把握，又做到微观上的具体实证，以史为纲，点面结合。该著从汉文学发展的角度，关注中日、中韩古代的文学关系，是近年来中外比较文学研究领域的一部佳作，堪称"日本学"与"韩国学"相互借鉴、融合的优秀成果。全书有两个明显的特点：作者具有深厚的国学修养和外文功底，全书的比较研究说服力很强。

李庆长达五卷 2700 余页的《日本汉学史》（该书全帙五卷已于 2010 年由上海人民出版社出版。）分四个时期分别进行阐述。以各个时期为单位，包括世界状况、日中之间状况、日本国内的状况，世界、日本的中国学状况，历史学、思想史（包括宗教）、文学、语言学以及其他领域的状况，各个领域中的论著目录及其概况、有代表性的研究者的研究状况。该著列举的研究者达 565 名之多，试图解决日本汉学的来源，探讨日本汉学是在什么历史条件下产生的，以及日本汉学与中国学者的学术研究的关系。将实证研究和逻辑分析相结合，同时注重文献资料和社会调查相结合的方法，问题意识突出。他提出了一系列日本汉学研究的重大问题，并提出自己的思索和解答：日本的近代汉学在什么历史环境下产生的？其产生的历史条件是什么？近代日本汉学经过了怎样的发展流变阶段？主要在哪些领域进行研究？有哪些正负面的结果？其主要代表流派代表人物是谁？对他们的著作该如何评价？

王宝平主编的《东亚视域中汉文学研究》（2013 年，上海古籍出版社）是研究东亚汉文化圈内的汉文学的论文集，分为四编：东亚汉文学综合研究、东亚汉文学个案研究、东亚汉文学交流研究、东亚汉文学小说研究。共收论文 29 篇，其中以日本汉文学研究为主体，兼及朝鲜和越南的汉学研究。

张宝三、杨儒宾编的《日本汉学研究初探》（2008 年，华东师范大学出版社）

收录 15 篇论文，主要研究"儒家思想的受纳""中国文学的回响""东亚文化交流史"，侧重日本学者研究中国思想时所蕴含的问题意识以及日本儒学研究中对中国文学的容受、继承与考证等。以东亚为研究视野，以儒家经典为研究核心，以文化为研究脉络，既宏观中西文化交流，又聚焦东亚各地文化之互动，并在上述脉络中探讨经典与价值理念之变迁及其展望。其《日本汉学研究续探：思想文化篇》共收论文 10 篇，其中属于经学研究者有 3 篇；属于孔子研究的文章有 2 篇，这 2 篇也可划归为经学研究的范围；其余 5 篇，1 篇属于小学研究，2 篇是中日交流的影响研究与比较研究，另外 2 篇则是对日本重要汉学者的探讨。从中可以看到，儒学研究占有相当大的比例，在一定程度上，"日本儒学"与"日本汉学"的概念有相当程度的重叠。

叶国良、陈明姿编的《日本汉学研究续探：文学篇》共收录 10 篇论文，大致依时代先后顺序论述日本汉学研究，前 9 篇论文论述平安时代到江户时代的汉文学，最后 1 篇论述日本中国文学史的确立及其对中国文学史确立的影响。

陈福康的《日本汉文学史》（上海外语教育出版社，2011 年）从日本的王朝时代一直写到明治时代，详细梳理了日本汉文学发展、流变的历史，为我们研究日本汉学和日本文学提供了宝贵的资料。

陈玮芬的《近代日本汉学的关键词研究：儒学及相关概念的嬗变》（华东师范大学出版社，2008 年）探讨了近代日本汉学者如何自主地理解和诠释汉字的"关键词"，试图凭借连串成组的关键词，为"汉学"赋予新的含义，并开展相关的概念谱系：经由概念分析与哲学反省两层次的交互照明，发掘儒学概念的不同意涵与面向。

刘顺利的《朝鲜半岛汉学史》（学苑出版社，2009 年）为"列国汉学史书系"之一，主要介绍了朝鲜半岛的汉学史。全书共分五编，内容包括：半岛汉学的发轫，高丽王朝的汉学，朝鲜王朝的汉学，当代韩国的中国文学研究，韩国现存汉文作品等。该著内容丰富，论述透彻，是研究朝鲜汉学不可或缺的参考书籍。

此外，学者们纷纷发表学术论文，论析朝鲜—韩国汉学的发展，并对一些重要的概念进行了辨析。如葛兆光的《韩国汉学一瞥》（《传统文化与现代化》，1993 年12 月），对韩国的汉学发展情况进了感性勾勒，为我们进一步深入研究韩国的汉学提供了借鉴。冯敏、金基庠的《汉学研究在韩国》(《当代韩国》1998 年 5 月。) 对韩国的汉学实体研究进行进了简明的概括。

还有如张哲俊的《韩国汉文学与母语文学表现力之争》(《国外文学》,2000 年第 4 期)、《再论韩国汉文学与母语文学表现力之争》(《国外文学》,2002 年第 2 期)。这两篇文章对韩国的本土文学与汉文学之间的复杂关联作了梳理,认为汉文学对韩国文学的影响是巨大深远的。韩国的母语文学有一个渐进的发展过程,并不像部分韩国学者认为的,母语文学就一定高于汉文学。张峰屹的《儒学东渐与韩国汉诗》(《中国文化研究》,2007 年 5 月) 从思想文化对文学影响之角度,征引大量文史史料,动态描述了儒学在东传过程中对韩国各个历史时期的汉诗创作及其诗学观念的深刻影响。

《北京大学学报》从 1996 年开始,创办专栏,发表关于韩国汉学研究的论文,为韩国汉学研究提供了阵地。

严绍璗先生认为:"目前的中国学界把'国际中国学'定位为'学术性的工具'的观念,往往是建立在对我国人文'特定学术价值'的'自我认定'为中心的评价标准基础上的。这在事实上可能导致对'国际中国学'作为一门具有世界性意义的'学术的本体'缺乏更有效的和更深刻的理解与把握。以'日本中国学'研究为例,中国的研究者需要在'文化语境观念'、'文学史观念'和'文本的原典性观念'上,作出深刻的反思,并调整学术视角,保持学术操守,惟学术自重,方能在'国际中国学'的学术中创造出属于中国学者自己的天地。"① 这就需要我们中国的学者调整以往的研究视角,更正研究方向,以更加切实的语境研究和原典实证研究进行深入具体的探析,以挖掘出汉学研究更深入的本质和深厚意蕴。

① 严绍璗:《对海外中国学研究的反思》,《探索与争鸣》,2007 (2):33。

二、伊斯兰文学与文化

东西古今融会创新　欲望政治交织信仰

——马哈福兹评传

马哈福兹（1911—2006 年），是 20 世纪埃及乃至整个阿拉伯世界最伟大的作家之一，其作品在世界各地广为流传，并荣膺多次奖项。1988 年，他因其"通过大量刻画入微的作品——显示了洞察一切的现实主义，唤起人们树立雄心——形成了全人类所欣赏的阿拉伯语言艺术风格"而荣获诺贝尔文学奖。消息传来，整个开罗地区都沸腾不已，人们纷纷自发来到他的寓所，向他表达祝贺。然而，这位老人在短暂的激动过后，依然如常人一般生活、写作，行走在开罗老城区，这充分显示了他宠辱不惊的博大胸怀。

马哈福兹一生笔耕不辍，创作了无数作品，包括小说、散文、电影、戏剧、哲学论文等，其中成就最大的是他的散文和小说创作。散文随笔集有《自传的回声》《痊愈期间的梦》。小说创作包括 17 部短篇小说集、28 部中篇和 3 部长篇。最能体现其创作思想和艺术风格的是其长篇小说"开罗三部曲"、《我们街区的孩子》以及《平民史诗》。

马哈福兹出生在一个传统的市民社区中，周围的一切都是他创作的来源，也是培养他写作灵感的奥秘。东西文化的浇灌，使他站在一个较高的视点思索、审视自己的创作。他的创作既带有埃及传统文学的特色，又具有西方现代派的特征。2006年，这位德高望重的老作家与世长辞，给世界文坛造成了无法弥补的巨大损失。

一、　笔耕不辍与艺术探求的一生

马哈福兹成长于开罗一个典型的中产阶级家庭，父亲曾是公务员，后来从商，母亲是家庭主妇。马哈福兹从小在开罗老城贾玛利亚区生活，长大后都几乎没有离开过这里。然而，就是这方小小的天地，滋润浇灌着他的艺术灵感，为他日后的创作提供了取之不尽的动力和素材。在马哈福兹看来，埃及开罗就相当于整个世界的缩影，他从小在这里接受埃及传统文化的熏陶。传统的伊斯兰文化和宗教信仰给他幼小的心灵留下了深刻的印象："我是两种文明的儿子。在历史上的一个时期里，这两种文明结下了美满姻缘。第一种是已有七千年历史的法老文明；第二种是已有一千四百年历史的伊斯兰文明。"① 古埃及的各种神话传说、史诗《亡灵书》、伊斯兰教的圣典《古兰经》、寓言故事《卡里莱和笛木乃》、民间散文故事《一千零一夜》等，还有光耀千古的阿拉伯诗歌，这些都成为他后来创作的养分，滋润着他幼小而聪慧的心灵。

20 世纪 20~30 年代的埃及，革命斗争风起云涌。埃及从土耳其帝国统治下的阴影中走出来，随即又落入了英帝国的掌控之中。底层人民为争取生存和自由权，不断掀起反对外来统治和本国封建统治的革命暴动。他决心以哲学来作为自己拯救社会的良药和追求真理的途径。但是马哈福兹中学就对文学充满了极大的兴趣，并始终没有放弃这一追求。1930 年，他进入开罗大学学习哲学，但是文学的梦想如影随形。他在哲学与文学之间进行艰难的抉择，一边是专业领域的学习，一边是自己一直追逐的梦想，最终，他选择了文学。无疑，这一选择是明智的，但同时哲学的熏陶也为他日后的小说创作奠定了基础。在小说中，我们可以时时见到他精到、绵密的哲理思辨，对种种事情做出的既深刻又饱含哲理的探索。在大学期间，他广泛阅读了世界文学经典，他在一次接受采访中曾说明了对自己影响最大的作家："托尔斯泰、契诃夫、陀思妥耶夫斯基、莫泊桑、安德烈·纪德、莎士比亚…"② 这是一条长长的、绵延不尽的精神长廊，深深地滋润着他的文学心灵。"托尔斯泰、契诃夫、陀思妥耶夫斯基这三位俄国作家在小说史上还没有重复出现过，我与他们

---

① 郁葱译：《在诺贝尔奖授予式上的讲话》，《世界文学》，1989（2）。
② 郅溥浩译：《获奖之后的对话——埃及〈图画〉周刊对纳吉布·马哈福兹的采访录》，《外国文学》，1989（1）。

之间有一种奇怪的精神联系。"① 这条丰富深邃的精神长廊使他能够拥有宏大的视野，站在东西文明的制高点上看问题。

1934 年大学毕业后，在开罗大学校务处做书记员，后来又在宗教基金部从事秘书工作达 20 年。后来进政府部门工作，主管文化工作。1971 年退休后，又作为《金字塔报》的专栏作家。从他一生的工作经历来看，文学创作只不过是马哈福兹的业余职业而已。然而，即便如此，他还是创作了大量脍炙人口的优秀作品。由此可见他对创作投入的热情和思考的深度。1947—1959 年他创作了很多剧本，这是他从小喜爱电影的结果，这些剧本很多都被拍成了电影。

早期的创作集中抨击殖民统治和本国封建统治的压迫，1952 年埃及革命后短暂搁笔；1957 年后，创作的视野扩大，哲理更为深邃，关注并思考全人类的命运；1988 年，作家视网膜萎缩，这严重影响了他的创作和生活，随后在伦敦经过短暂的眼患医治后，又回到他熟悉的开罗；1994 年 10 月 14 日黄昏，平静的老人一如往常行走在尼罗河畔。正当他准备坐上汽车去进行一场文学讲座时，一个年轻人走上前来。他视力不好，以为是哪个读者向他致意，他报以友好的微笑。然而，年轻人突然从身上抽出一把事先准备好的尖刀，向老人的颈部和右臂刺过来。老人猝不及防，身受重伤，鲜血淋漓。这是宗教极端分子的阴谋暗杀，在调查中，这个刺杀者并不知道马哈福兹是谁，也没有阅读过作家写的书。刺杀者本身也是一名被宗教极端主义蒙蔽了双眼的受害者。马哈福兹康复后，却不幸地从此留下了后遗症，右手由于神经受损，几乎再也难以握笔。2006 年 8 月 30 日，马哈福兹在开罗与世长辞，享年近 95 岁。

马哈福兹的创作可以分为三个阶段：早期是 20 世纪 30 年代到 40 年代初，主要以创作短篇小说为主。代表作有：《疯狂呓语》，这部短篇小说大多取材男女两性之间的情感关系，作者借男女之间的情爱关系描写，将矛头直接对准腐败上层人士的荒淫腐朽的生活，表达了对统治者无道统治的抨击和厌恶。另外，他在作品中还表达了对劳动人民的同情，被认为是早期现实主义的铺路人。

---

① 郅溥浩译：《获奖之后的对话——埃及〈图画〉周刊对纳吉布·马哈福兹的采访录》，《外国文学》，1989 (1)。

第二个阶段是浪漫主义历史小说阶段，代表作有《命运的嘲弄》（1939）、《拉杜碧斯》（1943）、《底比斯之战》（1944）。《命运的嘲弄》是埃及历史上民族历史小说的真正开端。故事发生在第四王朝的法老胡福时代，伟大的法老王创造了举世闻名的金字塔，建立了赫赫的战功。然而受命运的捉弄，自己的王位还是被他不愿意的人取得。达达夫是故事的主人公，也是一位勇敢、坚毅的青年。他在一次军事选拔赛中突出来，被选为禁卫军官。后因救王储有功，又被提升为禁卫队长。在战争中，他统帅的军队大获全胜，国王满心欢喜地把公主许配给他，并且在关键时刻镇压了宫廷的叛变。国王决心把王位传给他，然而没有想到的是，达达夫竟然是老国王曾经追杀的人，因为当时有人预言这个被追杀的婴儿就是今后取他而代之的人。作者借这一命运的不可违抗表达反抗强权和专制暴政的渴望。《拉杜碧斯》是一出古代的爱情悲剧。国王沉湎酒色，不理朝政。一天，一只秃鹰将美丽的舞女拉杜碧斯的金绣鞋衔到国王跟前，国王见到之后，找到了这个美丽的舞女。随后，两人沉入爱河，不可自拔。而祭司借机挑起国王和百姓之间的矛盾，愤怒的民众将箭射入国王的胸膛，国王临死前来到拉杜碧斯身边，舞女也随他而去。但是，凄美的爱情悲剧并不能替代现实的政治生活，这也注定了国王的命运悲剧。《底比斯之战》描写的是历史上有名的底比斯之战。古埃及分为上下两部分，上埃及以底比斯为中心，是本土的埃及人。而下埃及被亚洲牧民希克索斯人占领，以孟菲斯为中心，他们强迫上埃及称臣纳贡。由于长久的屈辱和压迫，南部的上埃及人奋起抵抗，爆发了底比斯战争。然而，上埃及人战败了，人民沦为奴隶，王室流亡到努比亚。卧薪尝胆十年，他们秘密组建军队，终于打败了希克索斯人，收复了失地，统一了埃及。作者借这个故事希望埃及人民团结起来，他们有着光辉的历史，有能力将外来统治者赶跑，创建一个统一、富强、幸福的国家。这三部历史小说，作家借古讽今对当时的英国和土耳其外来统治者进行了强烈抨击，表达了追求自由、民主的愿望。

1919 年埃及反英斗争后，胜利果实被大资产阶级窃取，而人民依然生活在水深火热之中。埃及民族解放运动进入低潮，知识分子显得彷徨不安，部分人甚至自甘沉沦。为了"唤起人们的良知，改变现实"，作家把目光向下移，这个阶段（即第三阶段，主要以现实主义小说创作为代表，后期的创作转向散文创作）的小说创作以现实主义社会小说为标志。代表作有《新开罗》（1945）、《汉·哈利利市场》（1947）、《米达格胡同》（1947）、《始与末》（1949）、"开罗三部曲"（《两宫间》《思慕宫》《怡心园》）（完成于 1952 年，发表于 1956—1957 年）。

《新开罗》通过刻画一个出身低微的贫贱青年为了前途不择手段向上爬，最终落得身败名裂的下场。《汉·哈利利市场》描写了一个自幼失去父亲的主人公阿基夫，他过早承担家庭的重担，后来当上一个小职员，但因他的善良和软弱，时常遭人欺负。面对心仪的姑娘，他竟然把女孩拱手让给自己的兄弟。他一辈子的生活都是贫苦孤独的，然而对这样的人，作者只能"哀其不幸，怒其不争"。当然，造成他悲剧的还有社会深层的原因，这些思考都在作品中有所体现。《米达格胡同》描写了米达格胡同的女主人公哈米黛为了摆脱单调贫穷的生活而离家出走，但遭人陷害落入英军手中，成为士兵们的玩物。胡同里的小伙子阿巴斯对她早就产生了爱慕之心，为了救她，活活被英军打死。作品通过胡同里这两个小人物的悲剧命运，揭露了殖民占领军的血腥统治和惨无人道的兽行，同时也揭露埃及部分民众的不觉醒和道德沦丧的现实。《始与末》描写了一个职员的家庭悲剧，通过家庭的悲剧来反映社会的危机和矛盾。父亲去世后，一家人失去了主心骨，顿时陷入贫穷和困顿中。母亲性格坚强，靠自己的辛劳顽强地支持这个家。老大哈桑是个游手好闲的浪荡子，二儿子侯赛因作风正派，高中毕业后参加了工作。小儿子侯斯尼是个自私自利、爱慕虚荣的人。为了自己所谓的面子，他逼死了自己的亲姐姐。姐姐本是个老实本分的善良姑娘，但家庭的贫穷导致她的婚姻一拖再拖。最终相爱的人离她而去，她承受不了打击，沦落为一名妓女。而此时弟弟侯斯尼已经是一名军官，为了名声，他逼着姐姐跳河，好隐瞒这件"丑事"以维持自己的所谓面子。但随后，他良心发现，幡然悔悟，也跟随姐姐而去。作品不仅仅在于揭露家庭的悲剧，而是以小见大，通过一个家庭的变故来凸显社会的悲剧，引起人们思考：如何从根源上制止这一悲剧的再次发生。这一时期的作品大多以半殖民地半封建社会的开罗中产阶级为描绘对象，通过一个家族或家庭来展现一个时代的整体风貌，既有时代的政治风向，又有人物心理细致入微的刻画，还有信仰的危机与探求。这些作品探讨了社会矛盾的根源、人的存在价值和道德观念。

1952 年埃及革命后，进入新现实主义创作阶段。其代表作有《我们街区的孩子们》(1959)、《盗贼与狗》(1961)、《尼罗河上的絮语》(1966)、《米勒玛尔公寓》(1967)、《平民史诗》(1977)。《我们街区的孩子们》以街区的始祖杰巴拉维在沙漠里创建一所大宅为开端。他和儿女们平静地生活在一起。一天，他宣布将家产的继承权交给二儿子艾德海姆。这引起了长子伊德里斯的不满，结果与父亲大吵过后，大儿子被赶出家园。他设计引诱艾德海姆偷看父亲的遗嘱，结果被发现，二儿子也被赶出家门。后来，二儿子的后代相互之间残杀，而杰巴拉维也最终原谅了二儿子，同意将家产交给二儿子的后代管理。从此，二儿子的后人在这里繁衍生息，创立街区，引发了一场场悲欢离合的故事。《平民史诗》讲述了一个家族由平民到贵族再到平民的曲折变化的故事。车夫阿述尔·纳吉是一个诚实辛劳的人，他恪守为他人谋利益的信条。在逐渐发家后，家族后人也慢慢过上了好日子。然而他们的人心却发生了改变，只懂得获取，却不知奉献和回报。即使有人提出反对，也难以挽回整体颓废的趋势。但是，第六代小阿述尔带领平民发起暴动，推翻了这一贵族式的腐朽生活秩序，重新回归到平民中，平民又当家做了主人。这是作者史诗般的美好想象，幻想达到人神合一的境界。作者运用象征主义的手法，希望建立一个没有剥削和压迫的理想社会。作品通过一代又一代人的传奇故事，折射了埃及人民渴望社会公平和正义，建立一个美好的社会所经历的漫长曲折的奋争过程。尽管道路坎坷，但只要经过坚持不懈地奋斗，就一定可以达到目标，实现理想。这一阶段的作品大多哲理和象征意味浓厚。

20 世纪 80 年代后，作家身体一直不好，但仍然笔耕不辍。这一期间，他强化了对小说民族形式的探索，先后创作了玛卡梅体小说《爱的时代》(1980)、根据《一千零一夜》改编的《千夜之夜》(1982)、阿拉伯游记体《伊本·法图玛游记》(1983)、《王座前》(1983) 等。90 年代遇刺后，他经过几年的伤愈和调整期，接着又创作了大量的散文集。以散文集《自传的回声》(1996)、《痊愈期间的梦》(2005) 为代表。

纵观马哈福兹的一生，他的创作从短篇小说起步，再到长篇小说创作和后期的散文创作，作品越来越精彩深邃，越来越具有哲理，这是一个作家成长的自然过程。从早期的借古讽今的历史摹写，到关注中产阶级的日常生活描绘，再到对下层民众命运的关怀，笔触越往下，他越能深刻地体会下层劳动人民的生活疾苦、思想感情，所以他的作品思考层次也逐渐加深。由对浪漫主义的历史探索，到对现实主义的透视，最终上升到对整个人类的命运的思索，体现了作者一步步升华的思想和不懈探求。如果说早先的短篇小说还停留在表面的事实描绘，浪漫主义的历史剧还是对现实的表面讥讽，那么过渡到现实主义阶段的他，则完全站在中下层人民的立场上，摆脱了一种隔岸观火的立足点，完全撕开面目，以血淋淋、活生生的现实生活的冷酷和悲惨来透视社会、历史和人生。但是，他并不显得悲观，正如他自己所说："如果我真是一个悲观主义者，我就不会写作了。"① 因此，尽管马哈福兹为我们描绘了一场场人生的大悲剧，但是他心中还是有希望和憧憬。体现在文中，就是对真理的追求、对信仰的执着、对爱情的坚贞，以及对人民的饱含深情和寄予无限的希望。这一思想更加浓厚地体现在他晚期的创作中，他把对真、善、美的追求，对信仰的执着，对希望的坚持，都灌注于这一时期的作品中。一个作家的伟大不仅仅在于剖析残酷的事实，不仅仅在于暴露社会弊端，更在于他能把人间正义与真爱洒向读者，把他深沉的爱和执着的探索精神传播给读者，引起后人的深思和共鸣。

在艺术上，马哈福兹不停地探索美的世界。他在传统写实的基础上，大量吸收了西方现代主义的手法，将意识流、多视角、隐喻、象征、荒诞等引入文中，各种手法交织贯穿，各种复杂的场景和人物性格融会，形成一部异彩纷呈的大合唱。在这里，既有对人生现实的透视，又有古代历史的再现，浪漫和历史交织，现实和想象贯穿，理性和信仰并存。这里有爱情和背叛，有阴谋和良知，有和平和暴动，有欲望与理想⋯⋯

二、 站在东西文明的制高点思索

对于一个生长在埃及的阿拉伯作家而言，不谈政治是无法想象的。埃及从古代到现代，都充满了压迫和剥削，埃及人民为此进行了不屈不挠的斗争。

埃及社会的风云变幻，带给作家马哈福兹巨大的影响。他的创作与时代紧密相连，体现了一个作家对国家前途的关注和民族命运的探索。马哈福兹本人曾说：

---

① 宋兆霖主编：《诺贝尔文学奖全集》，北京：燕山出版社，2013：294。

"政治情绪与反应是我的艺术经历的基本根源。你甚至可以说，政治、信仰和性是我的作品围绕的三个轴心，而政治则是这三个轴心中的根本轴心。我的每部小说都少不了政治。"① 马哈福兹的创作历程就和埃及的历史命运牢牢地联系在一起了。不仅如此，他把阿拉伯古老的传统文学精华和西方文学的现代主义表现手法进行融合创新，形成了自己独具一格的文体写作风格。他的艺术成就是融会东西艺术的结果，更是他不断探索，勇于吸收、继承、借鉴，大胆创新的结果。

（一） 核心的政治生活

从 1517 年沦为土耳其帝国的一个行省，到 1914 年第一次世界大战初期成为英国的"保护国"，埃及长期处于殖民主义和封建专制的双重统治，人民生活困苦，并且思想愚昧落后。追求民族独立与自由一直是埃及历史发展的总趋势。马哈福兹成长的青少年时代，正处于埃及社会复杂变乱的时代。埃及人民奋起反抗土耳其和英国殖民统治以及本国腐朽的封建专制统治。历史上，埃及人民创造了举世闻名的历史文明。近代以来，在外来殖民统治的强压下，埃及人民以其一贯的承受力和坚毅支撑了这个古老的民族继续生存下去。然而，当压迫超出了人民忍受的限度时，他们毅然选择了不屈不挠的抗议和斗争。

1919 年，埃及民族革命风起云涌，他们奋起反抗英帝国主义的殖民统治。对于生活在埃及开罗古老社区的作家来说，这无疑是一次巨大的社会变动。一切的宁静和秩序都被打破，革命带来了坚毅、勇敢和顽强的精神。为了争取民族生存权和自由权，成千上万英勇的埃及人献出了宝贵的生命。革命抗议和游行甚至血淋淋的杀戮，就这样发生在作家日常生活的每一条街道，每一个社区。一时之间，紧张的对峙和恐怖的气氛笼罩在埃及上空。马哈福兹经历了这一切，耳闻目睹了这一切，街头巷尾人人都在议论着、评论着，民族的发展前途、当前的政治局势，在酒楼、咖啡店、集市、裁缝店，每一个角落和地方，都成了谈论国事的场所。哪怕在谈论家庭琐事的时刻，"在家事和国事之间没有隔阂。在我们日常生活中，每件小事都

---

① 张洪仪、谢杨主编：《大爱无边——埃及作家纳吉布·马哈福兹研究》，银川：宁夏人民出版社，2008：23。

会将我们社会生活中发生的事情引到家里来"①。压迫越厉害，游行和抗争也越激烈。这种精神激励着一代又一代埃及人。当然，这其中也包括马哈福兹，在他幼小的心灵里，对民族的深深忧思就这样牢牢地扎根了，并伴随他终生。

在埃及人民的抗争之下，英帝国宣布埃及独立，但埃及实际仍在英国的控制之下。敢于直言的作家塔哈·侯赛因被罢免职务，抒发民族情感的诗人阿卡德被捕入狱。正是在这种情形下，作家以笔代枪，投入民族革命的洪流中。马哈福兹明白，自己并不能像斗士一样拿起武器上战场，既然如此，那就拿起手中的笔去战斗吧！这种类似革命斗争的激情直接呈现于他的创作中。他写下了浪漫主义的历史剧《命运的嘲弄》（1939）、《拉杜碧斯》（1943）、《底比斯之战》（1944）。作家意在借古讽今，用古代的题材来抒发对当今统治者的抗议和不满，激起民族认同感和文化皈依感，用铁的事实教育人们：统治者若不能给人民以自由生存的权力，不能为埃及的民族利益着想，最终的结局都是一样的。他自己曾说："当时，埃及的民族主义情绪正如火如荼，有一股真正的法老热。这股热潮是有客观理由的，因为针对我们当时所处的既受英帝国主义欺辱又受土耳其统治的倒霉时代，法老时代是唯一光辉的时代，在我写一部与英国佬或土耳其人无关的纯粹是法老时代的小说时，其实，我是满腔怒火，既恨英国佬，又恨土耳其人的。"② 对于他创作这些浪漫主义历史小说，他曾说："看来，我发现历史已经不能让我说出我想说的话了。通过历史，我已经说出我要说的主题：废黜国王，梦想一场人民革命，实现独立。"③

1919 年革命前，埃及人民在帝国主义和封建主义的双重压迫下过着民不聊生的悲惨生活。但是随着人们思想意识的觉醒，人们纷纷奋起反抗外来殖民统治者。广大工人、农民、学生、职员和中小商人纷纷参加华夫脱党领导的反帝爱国运动和争取民族独立的斗争。可惜革命以失败告终，埃及政局更加动荡不安。大资产阶级窃取革命果实，逐渐暴露其反人民的反动面目，华夫脱党也因签订《英—埃同盟条

---

① 张洪仪、谢杨主编：《大爱无边——埃及作家纳吉布·马哈福兹研究》，银川：宁夏人民出版社，2008：15。
② 张洪仪、谢杨主编：《大爱无边——埃及作家纳吉布·马哈福兹研究》，银川：宁夏人民出版社，2008：19。
③ 梁立基，陶德臻主编：《外国文学简编》（亚非部分），北京：中国人民大学出版社，1998：539。

约》而威信扫地。人民意识到，帝国主义和本国封建统治是一丘之貉，在反抗帝国统治的时候，也要反抗本国的腐朽顽固的封建势力。于是，人民打着"消灭社会上贫富悬殊的不平等现象""改变社会制度以结束埃及的贫困"等革命口号，从单纯的反帝斗争发展为反帝反封建的斗争。马哈福兹毅然放弃了关于历史题材的创作，开始进入现实主义社会小说的创作。

马哈福兹是埃及近现代史的见证者，他曾说："世界上的一切'文学'，都来源于愤怒与批判；真正的文学，就是对生活与社会永远的批判。狄更斯的小说是对上个世纪英国社会的猛烈批判，甚至可以说是谴责。我阅读陀思妥耶夫斯基作品的时候，看到的是俄国社会的黑暗景象。美国大学也经常对美国社会进行直率而激烈的批判。从古埃及至今，文学的基本职能，就一直是成为批判社会的锐眼，表达对消极面的愤怒，追求更美好的未来。"① 在他的作品中，对社会现实的真实描绘和深刻透视，抒发了他对外来殖民统治的愤怒，更表达了他对民族命运和前途的担忧。尽管他不能像政治家一样直接参与政治，不能像革命者一样投入刀枪的战斗中，但他有文学这个武器，他有一枝善于表达民族情感的灵慧之笔。因此，文学就是他战斗的武器，在某种程度上，文学的战斗比政治的战斗更持久、更有力。可以这样说，哪里有矛盾，哪里有不公平，哪里就有马哈福兹的身影，这种身影就饱含在他一部又一部与时俱进的作品中。

随着革命斗争的越来越深入，他把自己的笔触伸向中下层阶级，直接向事实开刀，借日常埃及人民的生活来表达自己的政治见解和民族主义倾向。"在我所有作品中，你都会找到政治，可能某个故事中没有爱情或者别的东西，但不会没有政治。因为它是我们思想的轴心，而政治斗争总是存在着。"② "开罗三部曲"就是这样的作品。作品通过一家三代人的不同命运，描绘了1917—1944年埃及动荡而复杂的社会历史变迁，每部侧重描绘一代人，并以其居住地为作品名，将宗教信仰、政治斗争和人的本能欲望作了淋漓尽致的刻画。第一代人艾哈迈德以铁拳统治家庭，而在外面却声色犬马，沉浸在酒色的温柔乡中。然而，他对社会革命报以同情

① 马哈福兹著：《自传的回声》，薛庆国译，北京：光明日版出版社，2001：112。
② 张洪仪、谢杨主编：《大爱无边——埃及作家纳吉布·马哈福兹研究》，银川：宁夏人民出版社，2008：171。

和支持的态度，并慷慨资助革命者。但二儿子法赫米由于在革命的暴乱中牺牲，他又对革命采取彷徨退缩的态度，体现了新兴资产阶级的软弱和革命的不彻底性。妻子艾米娜是一位虔诚的伊斯兰教徒，对丈夫百依百顺，用宽厚博大的爱去对待身边的每一个人，她的死去也象征着这一家族的没落。第二代人艾哈迈德的长子亚辛继续过着荒淫无耻的生活，小儿子凯马勒恋上了心中的女神阿依黛，但失恋的痛苦令他无法自拔，从此靠投身于文学与哲学中的怀疑论以及通过泡在妓馆酒楼来消除他心灵和肉体的双重痛苦。这种没有目标、彷徨和怀疑的生活，反映了当时社会上人们一种惶惑不安的情绪。第三代人主要是嫁入肖克特家族的艾哈迈德的女儿海迪洁和阿依莎所生的孩子们。亚辛的儿子拉德旺巴结权贵人物，利用他们作为自己提升政治仕途的工具。而阿依莎的丈夫和两个儿子都因感染伤寒而去世，大女儿也因难产而罹难。孤苦无依的阿依莎彻底被无情的命运击垮，成了一个心灵枯槁的人。海迪洁的两个儿子阿卜杜·蒙伊姆和艾哈迈德，尽管信仰不同，但同时都是对当时的社会现状不满，以其激进为当局所不容，双双被捕入狱。而舅舅凯马勒是"三部曲"贯穿始终的人物，外甥们的斗争精神激励了他，从此他抛弃了彷徨不定的生活，走上了革命的道路，这也代表了作者的心声。作品尽管篇幅巨大，但结构严谨、完整，人物性格塑造鲜明，心理刻画细致深刻，以现实主义的手法，围绕一家人的三代生活场景，展开淋漓尽致的叙述，犹如近现代埃及的一部风情画卷。

在作品中，我们时时都可以见到人民在谈论着政治，在讨论着国家与民族的前途问题。作者也花了很大的精力去真实地描绘这样革命战斗的场景：

> 但是，这一天和次日相比，可以说是平静的。第二天是星期一，从清晨起就开始了总罢工、罢课、罢市。各个学校的学生打着校旗，汇集了不计其数的市民举行了游行。埃及觉醒了，变成了一个新的国家。埃及人民汇集在各个广场上，准备战斗，把长期压抑着的怒火发泄出来！

> 星期二、星期三的情况和头两天一样，几天里的欢乐和悲伤也差不多：游行示威，高呼口号；接着是子弹横飞，有人牺牲。法赫米怀着满腔激情，全身心地投入革命的风浪中，他那崇高的感情上升到遥远的天际，不但将生死置之度外，而且幸免于难反倒于心不安！随着愤怒情绪和革命行动的发展，他越发斗志昂扬，信心倍增。电车工人、汽车司机、清洁工

人也纷纷罢工，整个首都都呈现一派凄凉、悲壮和狂怒的景象。不久又传来律师和政府职员即将罢工的消息，更加振奋人心。祖国的心脏在革命的洗礼中生气勃勃地跳动。鲜血决不会白流，被流放的人决不会被人们遗忘。尼罗河畔地动山摇，人们已经觉醒。

他撩开胸口的被子，从床上坐起来，嘴里咕哝道："生死无所谓，信念最重要。死胜于屈辱。让我们将生死置之度外，为明天的希望而欢呼！欢迎，自由的心的早晨！让真主主宰万物，裁定一切"①

法赫米就是这样一个从现实的革命中受到教育并迅速成长起来的革命青年。在革命中，他献出了自己年轻的生命。受其影响，弟弟一反世人鄙视文学的做法，选择当一名文学院的学生，是哲学教会了他用一双批判和怀疑的眼光看待一切。他关心国家大事，被人们称为"华夫德党的代表"，政治成了他生命的一部分。凯马勒对自己的好朋友侯赛因·夏达德说："生活是包罗万象的，既有阴谋决斗，也有智慧和美好，你忽视哪一方面都会使你失去全面了解生活的机会，这样你就没有能力去影响生活，促使它更加美好。你绝不要看不起政治，政治是生活的一半，如果你把智慧和美好看作高于生活的话，那政治就是生活的全部了。"② 尽管凯马勒因失恋而陷入酒色之中，但在他内心始终有着这样的信念："比这更伟大的，就是为真理而斗争！"凯马勒热情和真诚地说："这种斗争旨在于实现全人类的幸福。在我看来，离开这种斗争，生活将毫无意义！"自从侯赛因·夏达德离开埃及后，凯马勒再也找不到谈心的朋友。直到他见到《思想》杂志的作者之一利雅得·格尔达斯，两人在思想见解上尽管存在分歧，但是他独特的看法和发自灵魂的声音很快使他们成了生活中的知己。利雅得·格尔达斯说："世界上的事不可能都让你怀疑，我们用理智来观察世界，但心在生活。比如你，尽管你怀疑一切，但你在爱，在交往，在参与国家的政治生活。当你在做这些时，都有一种感情的原则，或是有一种没有感情的、不亚于信仰的力量。艺术就是要表现人类世界，为此，文学家用自己的艺术在世界舆论战中作出贡献，艺术由他的手变成了世界斗争中的武器，艺术不

---

① 马哈福兹著：《两宫间》，陈中耀、陆英英译，上海：上海译文出版社，2003：305～306。
② 马哈福兹著：《思慕宫》，陈中耀、陆英英译，上海：上海译文出版社，2003：139。

可能是一项没有用处的活动。"① 这也是作者的心声。艺术并不是没有用处的，艺术可以参与民族解放的斗争，争取社会舆论，并且以其民族情感激励一大批爱国人士投身到祖国的解放事业中来。透过这些字里行间，我们不难发现作者在这些人物身上投下的身影。同样，海迪洁的儿子艾哈迈德碰到了《新人》杂志社的苏珊，两人在政治见解上的某些共识，使二人走到了一起。苏珊是一个坚定的社会主义者，也是一个对艺术有着深刻见解的人，她说：

> 但鉴于我国的政治状况，写文章不是一件轻而易举的事。正因为如此，追求自由的人士不得不用秘密传单来传播自己的观点。文章有目共睹、直接针砭时弊，所以是很危险的，尤其是上边有许多双眼睛盯着我们。而小说则有无数的表达方法，它是一种狡猾的艺术，当今已成为一种流行的文学形式，在不久的将来，将夺取文学界的首要位置。你难道没发现，许多文学泰斗没有一个不是通过创作——哪怕是一部小说来确立自己在这个领域里的地位的吗？……

> 创作应该是实现具体目标的方法。创作的最终目标是发展这个世界，把人们引向进步和解放的阶梯上去，让人道主义在持续的战斗中完善。名副其实的作家应该站在这场战斗的前列。②

可见，在某些时刻，用笔战斗的人并不比拿枪战斗显得更轻松安全一些，大家各自站在自己的岗位，为民族的前途鼓与呼。他曾说："当我执笔写作时，我把恐惧、责任、家庭乃至我自己都置之度外。"③ 由此，文学除了有才华之外，还要有如革命的勇士般大无畏的牺牲精神。写作的目的并不是为了自己，而是为了争取民族的解放和国家的命运。通过这些人物之口，作家现身说法，把自己为民族的事业、为人民而奋斗的现实主义关怀精神清晰地呈现出来。对于马哈福兹来说，文艺从来都不是躲在高雅的象牙塔里做独自的精神低吟，文学创作者应该拿起自己的笔，大写时代之声，勇敢地投身到时代洪流之中，关注现实，描写现实，透视现实，为民族的发展诊脉，抨击不合理的社会现实，提供自己对民族前途的思索。这

① 马哈福兹著：《怡心园》，陈中耀、陆英英译，上海：上海译文出版社，2003：129。
② 马哈福兹著：《怡心园》，陈中耀、陆英英译，上海：上海译文出版社，2003：179。
③ 马哈福兹著：《自传的回声》，薛庆国译，北京：光明日报出版社，2001：136。

就是一个有着现实主义关怀精神和人道情怀的作家应该做的事情，而且必须要做的事情。这是时代的选择，也是作家的选择！

第二次世界大战后，亚、非、拉美在民族主义旗帜下掀起了反帝反殖、争取国家独立和民族解放斗争的高潮，各国的政变运动加快了民族解放的进程。1952 年埃及"自由军官团执行委员会"宣布军队起义，推翻了法鲁克王朝。1954 年埃及宣布成立共和国，废除君主政体。1956 年最后一批英军撤离埃及，埃及在纳赛尔的领导下开始走上社会主义的发展道路。然而革命后，社会政权被纳赛尔把持，但社会并没有变得如想象中的那么好。"原来在你的手中有一个属于人民的华夫脱党，你却开着坦克冲了进去，破坏了那里的一切又不能建立起新的秩序。你使国家陷入真空的状态，只好乞灵于那些民族的败类。于是你遗憾地陷入了矛盾之中：一方面是改革——华夫脱党精神的延续；一方面是独裁——国王和贵族的老路。你的独裁抵消了你一切积极的努力。""你忽略了自由和人的权力，我不否认你曾经是人民的保护伞，但是你对于思想者、文化人就像是急风暴雨，而他们是民族的先驱。"① 纳赛尔之后的萨达特，执行了经济开放和政治开放的政策，结果造成社会两极分化加剧，各政党之间、教派之间严重对立，社会压迫和黑暗局面依然大量存在。此时的马哈福兹毅然拿起手中的笔，"反映埃及社会的希望、恐惧和现实状况？埃及强人纳赛尔在世时，马哈福兹几乎是唯一敢发言批评其独裁专擅的作家，是当时知识界的良知。纳赛尔去世，萨达特接任。马哈福兹对萨达特的政策并不满意……因此写了好些长篇和短篇小说，批评当时的价值观和政策"②。如这一时期创作的《我们街区的孩子们》(1959)、《盗贼与狗》(1961)、《尼罗河上的絮语》(1966) 等。作者也险些因创作抨击社会黑暗的作品而被当局逮捕，所幸他每次都能逃脱。尽管这些作品显得象征寓意浓厚，带有神秘特征，但是作品里面刻画的现实场景确是真实无疑的，作者在借现实的外衣表达他心中的理想。

尤其是在《盗贼与狗》中，作者描绘了一个充满罪恶和血淋淋的社会现实。

① 张洪仪、谢杨主编：《大爱无边——埃及作家纳吉布·马哈福兹研究》，银川：宁夏人民出版社，2008：196。
② 郑树森：《站在东西方文明的交界——访艾伦教授谈马哈福兹》，上海：三联书店，1999：262~263。

"贼"并不是天生的贼，而是因为社会的生存权被剥夺，他不得不铤而走险。而这个社会真正应该受审判的是"狗"，但法律是由他们制定的，是他们在充当这个罪恶肮脏社会的看门人。小说描写了一个刑满释放的主人公赛义德，却发现自己的妻儿被原来的伙伴霸占。于是，他找到昔日的老师拉乌弗寻求帮助，但人心变化得是多么快，就是这位老师，曾教给他们"为争夺自己权利而斗争"，而此时他已是《撒哈拉报》的老板，他扔给赛义德10镑钱，心里充满无限的鄙视和嫌恶。赛义德愤然离开，他想办法弄到了一把手枪，想要报复这些人。赛义德前去找霸占自己妻子的人复仇，对方开门时，他的枪响了，但第二天见报的却是另外的人，死的人只不过是替死鬼，原来仇人早已搬走。于是，他折返去报复自己的老师，在昔日老师的住所，当他见到有人从汽车上下来，他以为就是那位利欲熏心的人，他马上开枪了。但是，他打死的只是一个看门人。为什么他屡次报复却不成功呢？这说明了在由一个"狗"制定法律的社会里，个人的复仇子弹是打不到他们的。这也说明了个人反抗的力量是有限的，必须团结起来，联合大众的力量，这个社会的不公才能真正得到遏制。

时代塑造了作家，使他选择了政治文学作为自己的归宿。但是，作家马哈福兹并不是一个简单的民族主义者。在他民族主义的深层探索下，怀有一颗悲天悯人的人道主义情怀。"民族主义是民族共同体的成员在民族意识的基础上所形成的对本民族至高无上的忠诚和热爱，是关于民族和民族问题的理论政策，以及在这种理论政策指导或影响下的追求、维护本民族生存和发展权益的社会实践和群众运动。"[1]而人道主义"则强调以人为本，关注人的尊严和价值，尊重人的自由和权利，宣扬自由、平等、博爱，摒弃暴力，呼唤和平"[2]。民族主义的理想付诸实践时，必然产生流血冲突，而这与人道主义的人道关怀是背道而驰的，如何处理这一矛盾？这一矛盾也很明显地体现在他的作品中。在他的"三部曲"中，作者发出疑问："爱国主义本身也是一个应该弄清楚的问题。是的，独立应该高于一切党派分歧，而爱国主义的含义也应该发展，使它具有更广泛崇高的含义。在不久的将来，我们就会

---

① 余建华：《民族主义——历史遗产与时代风云的交汇》，上海：学林出版社，1999：13。

② 黄辉：《尼罗河上的絮语——纳吉布·马哈福兹〈三部曲〉的精神内核》，《湖南工程学院学报》，2002（3）。

看到，这些为爱国主义捐躯的烈士们，就像在部落和家族之间的那些荒唐战争中死去的牺牲品一样。"而爱国主义者自身也有很多的困惑，如老艾哈迈德对于爱国主义就有不同看法："祖国并不需要他的时间，而他却迫切需要将每分每秒都花在家庭、经商上，尤其是同知心密友一起寻欢作乐！那么，就让时间完全用在他的个人生活上，对于国家，他只献上自己的心愿和感情，必要时，他也会献上钱财。"①民族独立固然是首位的，它可以激励人们为民族解放事业而团结一致，但是，作为一个有着道德良知的文学家而言，他更多地站在一个较高的角度思考人的命运，所以，在他作品中又体现出超越性的一面。只有这样，把民族的解放和人的人道关怀结合起来，才能体现一个文学家的全部职责和使命。

"时代的本质是他密切关注的基本问题之一。"马哈福兹也曾在其小说《尊敬的阁下》中写道："时代像刀剑，你不杀它，它就杀你。"这正是他密切关注政治的理由。但他不取悦于政治，更不愿意为政治唱"赞歌"，而是坚定地站在社会底层的人们一边，以勇敢无畏的精神，对民族的重大问题提出自己富有创见的理解。他因勇于直言、批评时政而得罪了不少人，但他从来没有后悔过。他以一个艺术家的良知在感知社会和评判社会，他是无愧于时代的！

（二）欲望的本能再现

著名的精神分析学家弗洛伊德把人的本能，尤其是性本能抬高到无与伦比的地位。在他眼里，世间所发生的事，十有八九是由人的性本能造成的。当人的原始本能欲望即性欲得不到满足时，就会通过其他途径来发泄。比如，作家的创作，就是一种发泄渠道，他把作家的创作比作白日做梦。在马哈福兹的作品中，主人公大都具有这一本能倾向。从时代氛围来说，作家创作的时代，正好是弗洛伊德学说流传一时的时刻，作为一位具有国际视野、东西交融的作家来说，显然他不可能不受到影响。在作品中我们看到，许多人主人公都是有血有肉的情感动物，作者对那些一味沉溺于酒色中的人们是有所批判，但作者同时并没有否定情欲，他们或没有生活目标而随波逐流，或受到了沉重打击而暂时沉沦，或由于个性缺陷而显出虚伪的道

① 马哈福兹著：《两宫间》，陈中耀、陆英英译，上海：上海译文出版社，2003：280。

德性，但是作家却并没有把批判的矛头指向性本身，这就说明了性欲是人性的本能所在，作家不需要也没有必要去否定它。比如，在马哈福兹的"开罗三部曲"的描写中，这种本能的描写就很突出：

> 他发觉自己有着强烈的本能冲动：这种冲动一部分引导他归向真主，以崇拜真主来满足；另一部分促使他追求享乐，使他纵情声色。他在自己的心里理直气壮地将这些搅和在一起，没有因为他们的不相容而痛苦。只是面对这位穆泰瓦里·阿卜杜·萨姆德谢赫的批评压力，他才不得不考虑作出辩解。在这种情况下，他发觉扪心思过比受谴责更为难受。这并不是说他对自己在真主面前受指责毫不在乎，而是因为他根本不相信自己会被指责，或者说他根本不相信不伤害任何人的寻欢作乐会真的惹怒真主。①

这是对这个家族第一代人艾哈迈德的描写。艾哈迈德是一位在朋友面前不失风趣、幽默的受欢迎的人物，但在家人面前，他永远是一副铁板面孔，威严无比，家人在他面前只能唯唯诺诺，不敢有丝毫的越轨行为。一旦离开家庭，他马上就变成了一位十分有趣的、谈笑风生的人物，可以毫不顾忌地沉溺于酒色歌舞之中。这是典型的含有双重道德的人。对于艾哈迈德来说，这不仅体现在他的生活行为中，而且也体现在他的内心中。但是，这样一种双重道德，并不是一直就十分和谐地存在他身上和头脑中，有时他也会为这些不平衡的矛盾所苦恼、所困扰。著名的德国哲学家卡西尔曾说："我们在所有人类活动中发现一种基本的两极性，这种两极性可以用不同的方式来描述。我们可以说它是稳定和变革之间的一种张力，一种趋向于固定不变的生活形式的倾向和一种打破这种僵化局势的倾向两者之间的一种斗争。人在这两种倾向挣扎着，一方面试图保存旧形式，而另一方面则分离生产新的形式。在传统与革新、复制力与创造力之间有着无休止的斗争。"② 艾哈迈德是一位权威的家长，在妻儿面前，他想要维护权威、尊严、严肃的一面，体现自己的男性尊者的身份。在家，父亲是一家之长，他说的话、做的事，必须符合传统的习惯和规范，所以他必须装出一副威严的模样，哪怕是自己十分不情愿，即使违反自己的

---

① 马哈福兹著：《两宫间》，陈中耀、陆英英译，上海：上海译文出版社，2003：36。
② ［德］卡西尔著：《人论》，李琛译，北京：光明日报出版社，2009：218。

性格真实。但是，在外面就不一样了，艾哈迈德把它当作放松和娱乐的场所，他可以畅所欲言、肆无忌惮，甚至天天熬夜沉溺于酒色歌舞也在所不惜。外在世界是他释放和发泄的渠道。F. 奈特曾经说，人在根本上是一种"制定规则、又破坏规则的动物"①。艾哈迈德在家里是英雄般的人物，他制定了若干规则，不许家人逾越雷池，然而自己首先暗地里就破坏了这种规则。可见，他就是一个矛盾的人。

叔本华认为，人生就是一个痛苦的历程，因为人有太多无法满足的欲望。一个欲望满足了，总会生出新的欲望，欲望无穷尽，所以人的痛苦也无穷尽。要摆脱痛苦的根本之道，只有去除欲望，进入无欲无求的境界。但人生存于世，不可能不和社会发生联系，也就不可能完全去除欲望。而欲望本身无所谓好坏、善恶。从哲学上讲，欲望还是人的本质力量的呈现。根据费尔巴哈的观点，欲望是对某物的渴望，这个某物不是离得很近，至少对我来说不是离得很近，而且只是想象的对象，只是精神的本质，只是纯粹的模型或思想，而思想却与虚无是一样的。然而，欲望恰恰希望某物存在着；欲望是物质的，它希望能拥有、占有和享有某物。当我什么也不渴望时，我便处于和平、自由和平衡之中；可是我也就没有任何本质，我成了虚无。只有在欲望中，我才获得特性，我才成为特定的本质，成为饥饿的、口渴的、好色的、爱好虚荣的和自私自利的本质，成为自我、某物。因为，我在欲望中起初通过想象，然后通过行动把所渴望之物的特性铭刻在我自身之中。可是，正是由于欲望把我固定在某物之上，因此它是自由的死亡，是那与自由相同一的幸福和统一的死亡，是一切痛苦和悲伤、一切恐惧和不安的泉源。② 也就是说，人借助于欲望，成就了人之为人的特性。但与此同时，沉溺于欲望的人，也就此丢失了其他方面的特性，如自由、责任等。为此，我们以为，欲望既然既不好也不坏，那我们没有必要否定欲望，正所谓"饮食男女，人之大欲"。没必要用高尚的理论来拒绝欲望。

在"开罗三部曲"中，突出人物欲望与理性的较量，有这么几种情形：情感向理性投降，形成理性倾向的情感，以艾哈迈德的妻子艾米娜为代表；情感在理性面

---

① ［美］希尔斯：《论传统》，上海：上海人民出版社，2009：330。
② ［德］费尔巴哈著：《费尔巴哈哲学史著作选》（第一卷），涂纪亮译，北京：商务印书馆，1978：154～155。

前无计可施，但又不屈于压迫，于是情感发生变形甚至变态。艾哈默德希望儿女不要成家，留下来服侍自己，这就是一种变态的情感，被压抑的情感采取合理的途径发泄出来，如艾哈默德和大儿子亚辛都沉溺于酒色。二儿子法赫米因失恋而走上革命的道路，并因此而丧命。小儿子凯马勒失恋后找妓女和酒来发泄，最后才走上革命的道路。

艾米娜作为这个家族核心人物之一，操持着一家人的生活用度，对丈夫服服帖帖，对儿子尽心尽力，用全部身心爱着周围的每一个人。但就是这样一个善良对真主虔敬的人，反而失去了所有的自由。她不能离开家庭，即使偶尔出去，也是惊险万分，差点因车祸而丧命。或许对儿女来说，她是一个好母亲，靠她维持一个家庭的基本生活运转。丈夫艾哈迈德通过经商来维持家里的生活开销，但家里的家务他是从来不插手的，他也不屑于管这些小事。对艾哈迈德来说，回家就是来享受和休息的，有妻子端来茶饭和洗脚水，还有一帮儿女等着听他使唤。即使在生病期间，"卧病在床，他却出去玩乐，她不仅不觉得丈夫无情，反而把他顺便进屋问一声视作额外的恩典。再说，他没有对她大发雷霆，这不就是对她连是做梦也想不到的恩惠吗……"① 这就是艾米娜生活的全部，她的生活全部围绕着这个家庭，为这个家庭无悔付出，却失掉了自我追求。

二儿子法赫米因恋上邻家姑娘玛丽娅，但是又无法向她表白，导致以失恋收场。失恋后的法赫米，为了减轻失恋的痛苦，毅然选择了从事革命斗争。"最优秀的人物，最杰出的人物，都是一些至情至性的人，都是一些充满着欲望的人。人的社会化，决不是绝情灭欲，实行苦行主义，使人变成蒸发掉欲望的傀儡。不是通过灭欲作践自身，而是把欲望导向有益于人类生存和发展的方向。人的生命力总是要外射出来，也就是说，人在无意识层次中所积蓄的生命潜在能量总是要寻求机会释放出来，不释放就会感到不安和痛苦。"② 所以，法赫米的革命斗争是为了减轻他的情欲上的痛苦而采取的发泄途径。但我们也看到，他是一位有着正义和良知的知识分子，作为一名大学生，他深知民族的疾苦，所以在社会道德的选择上，他也适

---

① 马哈福兹著：《两宫间》，陈中耀、陆英英译，上海：上海译文出版社，2003：159。
② 刘再复：《性格组合论》，合肥：安徽文艺出版社，1999：443。

应了社会的要求和自己良心的召唤。这也是人的动物性的一面不断升华，达到一种有别于动物性的灵性的结果。而亚辛和艾哈迈德则沉溺于酒色之中，在女儿的婚礼上，艾哈迈德发出这样的感慨："他一想到女儿出嫁，心里总有一种别扭的奇怪感觉，尽管他的理智和信仰都不认可这种感觉。这并不意味着他不愿意把两个女儿嫁出去。说实在的，他和所有的父亲一样，希望女儿幸福。但是，他常常这样想：倘若婚姻不是让女儿幸福的唯一手段，那该有多好！倘若真主创造女孩是，使她们具有不必结婚的本性，那又该有多好！他甚至还想：要是我一个女儿也没有，那不是更好了吗？然而，这种种愿望是没法实现的，也不可能变成现实。"①

对亚辛来说，爱情只不过是一种肉欲。"每当他盯着一个女人或者回想这个女人时，这些幻影常常出现在他的脑海里。疯狂的情欲凭空创造出一个个身体都剥光了衣服的人，就如他们被真主创造时那样一丝不挂。他本人也赤身裸体，毫无顾忌地进行各种男欢女爱的嬉戏。"② 亚辛饥不择食，在性欲的煎熬下，居然对自己家的老仆人下手。"他追美人，也不厌弃丑女人，在'危机'中，只要是女人就行！他犹如一只狗，就是碰见一堆垃圾，也会毫不犹豫地从中觅食。"③ 对于自己的妻子，他也是很快喜新厌旧。在他眼里，"女人除了需要一个家庭，需要得到性的满足外，还奢求什么呢？什么也不要了！她们是一群驯服的动物，应该像对待家畜家禽那样对待她们。是啊，驯服的动物不能过问我们男人特有的生活。她们就应该在家里等着我们空闲的时候来玩弄她们。要我当一个忠实于夫妻生活的丈夫，老是在同一副面孔、同一个声音、同一种味道中转，那简直要我的命！一个女人就是那么几个动作，那么几种声音，翻来覆去，颠来倒去，动作越看越死板，声音越听越没劲。不行，决不行！我不是为了这个结婚的。别人夸奖她长得白净，可我还喜欢皮肤棕色的甚至黑色的呢！别人赞叹她身段美，可我觉得胖瘦各有风味！别人称道她出身高贵、举止文雅，难道推小车的姑娘就没有优点了吗？义无反顾地一往向前吧……"④ 这充分暴露了亚辛荒淫腐朽生活的本质，他把女性当作供他玩乐的工

---

① 马哈福兹著：《两宫间》，陈中耀、陆英英译，上海：上海译文出版社，2003：222。
② 马哈福兹著：《两宫间》，陈中耀、陆英英译，上海：上海译文出版社，2003：60。
③ 马哈福兹著：《两宫间》，陈中耀、陆英英译，上海：上海译文出版社，2003：235。
④ 马哈福兹著：《两宫间》，陈中耀、陆英英译，上海：上海译文出版社，2003：286～287。

具。女性在他眼里如同牲畜，没有自己的人格和尊严。这是一个十足沉浸于肉欲中没有灵魂的享乐者。欲望是一种无情而又盲目的巨大力量，亚辛在它面前，是没有丝毫抵抗力的。他是欲望的沉沦者，是一个被欲望俘获的人。在发现父亲老艾哈迈德也是酒色之徒时，亚辛那种肮脏的灵魂顿时犹如找到了同道，获得了某种道义的支助一般："他父亲是遵守传统习俗的楷模，自己面对着他自觉或不自觉地感到恐惧，父亲竟然与自己是同流，真让人感叹万千啊！他除了高兴，什么也顾不及了，仿佛这是他平生赢得的最尊贵的东西。他对父亲产生了新的热爱和钦佩，与过去的那种热爱和钦佩迥然不同。过去的热爱和钦佩是在浓重的敬重和恐惧的心理笼罩下产生的，而新的热爱和钦佩出自他的心灵深处，与他心里的原始根纠缠在一起，甚至和自我热爱和自我钦佩是一码事。"①

而对于弟弟凯马勒来说，"性欲是一种低级的本能，我讨厌放纵它的想法。真主创造了性欲，或许就是为了考验我们的克制力，以便我们具有崇高的人格。能控制自己的，不愧为人；否则只是个畜生"②。对于凯马勒来说，他有着崇高的目标和追求，就像他恋上的女神阿依黛一样，不食人间烟火，高贵纯洁，是完全美好的象征。所以，在她面前，凯马勒总是表现得既由于人的本能带来的躁动不安，又因为对女神的崇拜而显得虔敬无比。他把她当作神，而不是当作人来对待，这就注定了这段爱恋是没有结果的。因为"爱情一方面是从感性欲望升华起来的，只有实现这种升华，才有人的爱情，这是毫无疑问的；而另一方面，人的爱情在于某种理智结合起来之后，仍然带着感性欲望的自然特性，即人在爱的时候，不仅仅有灵与灵的交流，还有肉欲肉的交流。因此，一个真正的人，他的爱情过程，往往是一种灵与肉矛盾统一过程，两者互相补充、互相推进的过程"③。而凯马勒的所谓爱情还不能称为真正的爱情，因为他只有灵，没有肉，何况这种灵还是他个人的想象，并不是他与她之间的交流。所以，现实生活中，柏拉图式的精神爱恋是不完全的。真正的爱情，"恰恰是'温柔的灵魂美'（灵）与'情欲中的相鄙的野蛮因素'（肉）

① 马哈福兹著：《两宫间》，陈中耀、陆英英译，上海：上海译文出版社，2003：212。
② 马哈福兹著：《思慕宫》，陈中耀、陆英英译，上海：上海译文出版社，2003：68。
③ 刘再复：《性格组合论》，合肥：安徽文艺出版社，1999：426。

的二重组合"①。对于只接受"男人对她的爱，而不是爱那个男人本身"的阿依黛，凯马勒彻底困惑了。他想不到自己心目中的女神也有爱恋的人，他无法想象自己的女神与他人甜言蜜语时的情境，更无法想象女神与他人接吻、成家，甚至怀孕，这些事在他看来，怎么可能？高贵纯洁的女神，你怎么能这样背叛我的感情呢？他发出了深深的疑问："剥去内衣，暴露出来的竟是不能永生的凡人肉体，就像这个虚幻的世界、这些不着边际的希望和胡思乱想的杂梦……你仿佛觉得女神受到了羞辱，你就为之哭泣吧，好让你的心里充满悲哀。但是，四年来照亮你的那种美好光辉的情感哪儿去了呢？那种情感不是幻觉，也不是幻想的反应，而是活生生的生命力。如果说人的肉体会被环境所左右，那么有什么力量能够直达灵魂呢？这么说，就让女神仍然是他的女神；爱情既让他备受折磨，又是他的避风港；惶惑就算他的娱乐吧！直到有一天他站在造物主面前，他一定要问清这些令他不解的难题。"②于是凯马勒为了一探女人的秘密，他来到了风月场所，与妓女鬼混，通过她们满足自己的肉欲。在阿蒂娅面前，他一边喝着酒，一边说："欲望是专制的国王，爱情是另外一回事。可是爱情如果没有欲望，它多像奇装异服呀！如果有朝一日我能在一个人身上找到这两者，那我就实现了梦寐以求的安定了。因此，在我看来，生活不再是难以协调统一的因素，我在社会生活和私人生活中都在寻求婚姻，我不知道这两种生活中哪一个是本，哪一个是末，但我肯定自己是个悲苦的人，尽管我的行为可以让我获得思想上的快乐和肉体上的享受，我的行为就像那奔驰的火车，不知道从哪儿来，去哪里。欲望就像泼辣的美女，很快让人嫌恶。痛苦绝望的心总是在大声呼喊永恒的幸福，但是毫无用处。因此，抱怨就会不断出现，生活原来是个大骗局。我们应该顺从生活无形的哲理，心甘情愿地接受这种欺骗，就像一个演员知道自己在舞台上的角色是假的，但还十分崇拜自己的艺术一样。"③ 这是欲望的无形力量在撕扯着生活中的人，凯马勒是一个形而上的精神恋爱者，但连他最终也坚守不住，本能的欲望是强大的，没有人能逃脱这个宿命的法则。他是多么希望自己能找到"有阿蒂娅的身体和利雅得的灵魂的妻子"啊！肉体的问题暂时是解决了，

---

① 刘再复：《性格组合论》，合肥，安徽文艺出版社，1999：426。
② 马哈福兹著：《思慕宫》，陈中耀、陆英英译，上海：上海译文出版社，2003：298～299。
③ 马哈福兹著：《怡心园》，陈中耀、陆英英译，上海：上海译文出版社，2003：96～97。

可是灵魂如何安身呢？恐怕最终得到相对完美解决的还是海迪洁的儿子小艾哈迈德，也就是凯马勒的外甥。

艾哈迈德是一个社会主义者，在同《新人》杂志的编辑苏珊的结交中，他俩走到了一起。"他轻轻地伸出手，温情地把它放在她那浅棕色柔嫩的手里。的确，他爱着她，但她并不是因为爱情而冲锋陷阵的。她时常表现出仿佛对此怀疑的态度，你说是为什么呢？难道她是开玩笑，还是对她身上的资产阶级思想进行探测？他深信那种社会主义，就像迷恋她一样。对他来说，这两者缺一不可。你找到一个真正了解你、你也了解他的人，难道不是很幸福吗？你和她还有什么好欺骗的？我崇拜她，她能说出'我长期饱受贫穷的滋味'这样坦率的话，这就是她比其他女性高尚的地方，使我的心和她连在一起。我们是不顾一切的恋人，心满意足地享受舒适的家庭生活，但那是一种没有灵魂的生活。那种原则常常出现在我眼前，仿佛它是命运注定在我们身上的一种诅咒。它是我的血肉和灵魂，我好像成了要对整个人类负责的第一人。"① 这才是真正的肉与灵的和谐交融。因为"英雄性格的运动历程，一般地表现为社会性克服动物性、理智克服情欲、善战胜恶，但不是简单地一方吃掉一方，而是表现为互相对立、互相渗透、互相转化、互相统一的二重组合"②。苏珊的美丽大方、对事物深刻的洞察，对社会主义坚定的信仰，这些都深深地吸引着艾哈迈德。真正的爱情，不仅仅只有哪一方面的因素，而是两者即灵与肉的结合。至于两个方面如何结合得更好，我想，这不仅是主人公们的困惑，也是作家的困惑。

总而言之，在这个家庭，老艾哈迈德是一个十足的伪君子。他表现出的双重道德，既体现了社会对人的压制，也体现了人的本能欲望与理性之间的较量。他逃避理性审判和思量，不敢去触碰反思这根弦，他用"真主不会惩罚无罪的人"来为自己的行为开脱。这是当时埃及一批中产阶级的生活常态：男性主宰家庭，女性没有社会地位，他们想干什么就干什么。但是，这种行为又不能破坏家庭的平衡，所以，他们在风月场所与家庭之间小心地行使着自己的航船。两者互不相干，各自不

① 马哈福兹著：《怡心园》，陈中耀、陆英英译，上海：上海译文出版社，2003：227。
② 刘再复：《性格组合论》，合肥：安徽文艺出版社，1999：454。

干扰。但是，作为一个完整的人来说，人的心灵与肉体本身就是结合为一体的，他们要强行把这种情与理进行人为地分割，带来的是永远无法摆脱的痛苦和纠缠。情与理本身就是一对十分难以把握的范畴，如果强行分割、逃避，最终会遭到两方面的打击。如艾哈迈德在身体每况愈下的时刻，还要强行欢乐，终于引发了高血压和心脏病。而年轻一代的歌女宰努芭根本对他的勾引不置一顾，导致在风月场从来没有失败过的艾哈迈德感受到了平生莫大的耻辱。而儿女们的反抗越来越激烈，他的权威一天比一天下降，他的痛苦也一日深似一日。这种灵魂和肉体带来的双重折磨，恐怕是当初老艾哈迈德没有想到的。

而妻子艾米娜是一个虔诚的伊斯兰教徒，整天坚持祈祷，冒着生活危险也要到侯赛因清真寺祭拜。对于这样一个完全被理性控制的人来说，她的生活是失去了作为一个人的色彩的。她是这个家族的核心，是贯穿"三部曲"的中心人物。但是，她的出现从来都没有大的变化，只不过随着岁月的流逝，徒增年老而已。她身上没有故事，没有个性，如果非要说个性，她的个性就是服从和温驯，丈夫说什么就信什么，从来不敢说一个不字。女儿们犯了错，她除了祈祷还是祈祷。当然，她对丈夫、对儿女们的爱是十分真诚的，这个女人操持着这个家庭，直到死去，但是没有享受过作为人的一天，这是时代的悲哀，更是她个人的悲哀！

大儿子亚辛沉浸于酒色之中无法自拔，刚好和母亲形成了鲜明的对照，他把爱情当作一种情欲的体现，女人只是供男人玩乐的工具，除此之外，还有什么呢？这是典型的男权中心主义观，而肉欲的中心占据了他的头脑。在"三部曲"中，这是两个典型人物，都是被人性的某一方面牢牢控制的失衡的人，所以他们的人生是十分灰暗的。亚辛的享乐到了最后，他的事迹只不过成了后人的笑柄。

法赫米将自己的情欲转移到革命中来，但却英年早逝。如果他还在世，革命中的他是否只有理想而没有爱情呢？凯马勒过于将爱情看得高于一切，甚至比他的生命还要重要，事实证明，他的这种柏拉图式的爱是不成功的，也是不可能的。所以，他沉沦了，他在肉欲之中疯狂地补偿以前的缺失，滋润着肉体的干枯。但这同样是不正常的。因为从凯马勒的行为看来，他的灵与肉是分离的。尽管他极力想把它们统一在一起，但他在现实中找不到这样的人。阿依黛是他的灵魂，但女神早已香消玉殒。妓女除了提供肉体上的欢娱外，只是一个陌生人而已，她们不是灵魂的交融者。所以，他一边体验着肉体上的欢乐，另一方面在寻找灵魂上的伙伴。侯赛因·夏达德离开埃及后，凯马勒再也找不到谈心的朋友。直到他见到《思想》杂志的作者之一利雅得·格尔达斯，两人在思想见解上尽管存在分歧，但他独特的看法和发自灵魂的声音很快使他们成了生活中的知己。可惜的是，真正的爱情离他总是十分遥远。

而真正体现了一个相对来说比较和谐的灵与肉的结合者是小艾哈迈德和苏珊。二者在信仰和思想见解上的一致使二人结合到一起，当然吸引他们的还有青春的热情和舞动的美妙。即使如此，我们也不能说他们就完全找到了灵与肉的最佳平衡点。因为，对于人来说，灵与肉两方面的因素是随着各种环境变化而变化的，我们很难找到一个结合得那么完美的人。在现实生活中的每一个人，都逃不了灵与肉的冲突，这种冲突不仅是外在的，也是内在的，它内在于每一个人的灵魂深处。作为一个入世的人，我们需要解决欲望带来的苦恼，我们需要用实际行动来平衡二者的关系，而不是如佛家那样做超脱尘世的思考者。其实，灵魂与肉体是人类一对永恒的矛盾体，没有人能够完全洞察它的奥秘，即使聪慧如马哈福兹，也在文本中显示了他的困惑。

(三) 对信仰的执着追求

马哈福兹曾自称是埃及法老文明和伊斯兰文明这两种文明的儿子。可见，伊斯兰文明对他的影响之大。大学期间，他阅读了大量哲学、宗教方面的文章，也写下了有关这一方面的论文。他在《信仰》一文中指出："人与生俱来的宗教情感总是渴望将自己靠托一种信仰。现代人认同社会派别、政治主张，并为此奋斗，与其祖先为了上帝或为了凯撒如出一辙。"这可在他的作品中体现出来。如在"开罗三部曲"中，主人公凯马勒的外甥阿卜杜·蒙伊姆和艾哈迈德分别是宗教信仰者和共产主义信仰者，而凯马勒的哥哥法赫米从事革命斗争不幸英勇牺牲。凯马勒最后受到鼓舞，自己也投身于革命的洪流中。从中不难看到，不管人物有何种道路的选择，都是一种如作家所说的靠一种神圣伟大的信仰在支持着，人不可能没有信仰，否则便不能生存，即便放荡如亚辛，他信奉的人生哲学乃是享乐，与其弟弟相比，低俗就是他的信仰。马哈福兹把这种不同的信仰统统归于一种宗教上的情感，他借了宗教的信仰力量，但他对宗教并不是一种狂热的追逐，这使他有别于那些伊斯兰教极端主义者。

安拉是伊斯兰教信奉的唯一真主，"对苏非教徒来说，安拉不是以逻辑推理得出的普通结论，也不是由研究社会状况而获得的思想，它是我们内心深处所感受到的高尚内容。经过冥想和净化的艰苦努力，我们为能有如此感受而幸福无比。"①在马哈福兹心里，安拉并不是一位人格化的神，而是一种隐藏在事物后面的超自然力量，是"整个宇宙的真理""治疗人类病痛的良药""净化民族的精神"。在伊斯兰众多的教派中，马哈福兹只对苏非派情有独钟。他说："我认为苏非是一片美丽的绿洲，我得以在那里歇凉，躲避生活的酷热。然而，我并不信仰苏非主义。在我眼里，苏非教徒都是智者。不过，他们远离生活，悔恨生活。真正的苏非都拒绝生活。我不可能拒绝生活，也不提倡厌弃生活、远离生活。我一向号召沉入生活。苏非是善良柔和的，他们只是因为高尚的精神原因才拒绝生活。我以阅读苏非为一种休息，把它当作优美的诗歌。不过，我并不去实践它。"② 作为一个有道德良知的入世知识分子，马哈福兹很清楚自己的使命和责任，他必须为民族的前途和命运进行思考，而不能完全不理会尘世的生活现状。不过，苏非派对理想和信念的执着追求倒是引起了他浓厚的兴趣。在《自传的回声》中，作者透露自己从小就被一股冥冥之中不可知的力量所吸引，并且相信存在这股力量，这股力量不断推动着人前进，包括作家本人。

在"开罗三部曲"中，很多地方也体现了这种不可捉摸的神秘力量。如主人公凯马勒在听说心中的女神即将和别人结婚时，那种被命运戏弄的感觉油然而生："他是一次精心策划的袭击的牺牲品，阴谋对他发动这次袭击的有：命运、遗传法则、阶级制度、阿依黛、哈桑·赛利姆，以及他还不想说出来的一种神秘莫测的暗藏的力量。他仿佛看到自己可怜的身躯孤立无援地站在那些联合起来的力量面前，受伤流血，得不到医治；他找不到任何东西来回击这种攻击，唯有抑制自己的满腔

---

① 张洪仪、谢杨主编：《大爱无边——埃及作家纳吉布·马哈福兹研究》，银川：宁夏人民出版社，2008：36。
② 张洪仪、谢杨主编：《大爱无边——埃及作家纳吉布·马哈福兹研究》，银川：宁夏人民出版社，2008：30～31。

怒火，不让它有所暴露，而且还得受环境所迫，装出一副高兴的样子，仿佛这种强大的力量有准备地摧毁了他的抵制，将他抛在幸福的人群之外。他对这些力量怀着刻骨的仇恨，把适应和面对它们的任务留给将来。是的，他感到自己在听到这划时代的振舌声后，再也不会那么轻松地对待生活，再也不会在生活中对身边的人和事感到满意，再也不会对生活表示宽容和谅解了。他的道路将是艰难曲折的，充满了痛苦、忧伤和不幸，但他没有考虑过不战先退，他拒绝媾和，他要发出警告进行恫吓。但他把作战的选择权交给命运，由命运决定作战的对手和策略。"① 这种偶然的命运观一直以来都在折磨着凯马勒。后来凯马勒在妓院里碰到了鬼混的哥哥亚辛。可就是这个人，是自己小时候的启蒙者，是他教会了自己如何去读诗和写小说。今天，又是他，教会他如何在风月场所猎获芳心。如果他不碰到心中的阿依黛，那他的生活就不会变成这样，人生就是由无数偶然拼凑而成的。

母亲艾米娜也是如此，她把自己的处境当成是"不可抗拒的命运"。她没有能力反抗，唯有默默忍受和恪守妇道。她整天除了祈祷还是祈祷。路德维希·费尔巴哈曾指出："宗教的整个本质表现并集中在献祭之中。献祭的根源就是依赖感——恐惧、怀疑、对后果对未来的无把握、对于所犯罪错的良心上的咎责，而献祭的结果、目的则是自我感——自信、满意、对后果的有把握、自由和幸福。去献祭时，是自然的女仆，但是献祭归来时却是自然的主人。"② 确实如此，在她偷偷跑出去祭拜侯赛因之后，她和儿子凯马勒回家，一路上她似乎完成了一件神圣而庄严的事业，满心充实，而完全没有顾及自己的安全，结果发生了严重的车祸，差点因此送命。姐姐海迪洁拿自己的命运和妹妹的命运相比较，就觉得不可思议。她自己是虔诚信仰真主的，而妹妹不然，而两人的结果却大相径庭：妹妹有美好的婚姻，而她自己却没有人肯要！当然，这是她没有结婚前的牢骚。谁想到，她认为自己比不过妹妹，但是后来事实是，妹妹的命运悲惨无比，丈夫和孩子都因感染伤寒而去世，唯一的女儿也因难产离她而去，留下孤零零的阿依莎；在岁月的磨砺中，阿依莎成了被岁月抛弃的人，未老先衰，精神出现问题。这一切都是命运的安排，这就是

① 马哈福兹著：《思慕宫》，陈中耀、陆英英译，上海：上海译文出版社，2003：290~291。
② [德] 费尔巴哈著：《费尔巴哈哲学著作选集》（下卷），荣震华、李金山译，北京：人民出版社，1984：462。

命！人的命运如此不可测，这一切都是上天早就安排好了的，谁在命运的罗网前都逃不掉。可见，作家对神秘力量的崇奉，体现了典型的宿命观。

正如哲学家帕斯卡宣称的："晦涩和不可理解性正是宗教的基本元素。"丹麦神学家克尔凯郭尔将宗教生活描述为伟大的"矛盾"，他认为试图缓解这种矛盾就意味着否定和破坏宗教生活。但是，这并不是马哈福兹的全部。信仰是重要的，就像"开罗三部曲"中的阿依莎，早年的她是一个充满了生命乐观的人，在她眼里，"把动物，甚至有时把没有生命的东西都当做有理智、有感情的生物。她深信万物都会赞颂真主的伟大，都与灵魂世界有千丝万缕的联系。她所生活的这个世界，包括大地、天空、动物、植物，是一个有理智的活生生的世界。这个世界的特点不仅在于生命之美好，而且要用信仰使生命臻于圆满。"①

而生命对于法赫米来说，则是在经历了失恋后，又投入革命的战斗行列，这种惊险的生命历程带给他不一样的人生："法赫米苦笑着叹了一口气，闭上了眼睛，万千感慨涌上心头，形成汹涌澎湃的激流，翻卷的浪花中带着热情、希望、忧愁和信念。的确，在过去的四天时间里，他过着一种惊心动魄的生活。这种生活他以前从未经历过，或者说他只是在冥想之中看到过它的幻影。这是一种圣洁而高尚的生活；是一种为了比生命更宝贵、更庄严的光辉事业，而心甘情愿地奉献自己的生活。在这轰轰烈烈的几天里，生命面对死神，毫不在乎地同它搏斗，勇敢顽强，不顾一切地向它进攻。生命刚逃脱死神的魔爪，又再次向它扑击过去，毫不顾及后果。这种生命被一种无比强大的力量所推动，始终向着异常光明的目标，从不偏离；它把命运交托给真主，感到真主无所不在，就像空气从四面八方包围着它。生命作为手段，渺小得不如微尘；生命作为目标，伟大得可容天地。生与死结成兄弟，齐心协力支撑着新的希望，生用战斗死用牺牲，共同为新的希望而效力。倘若没有这次可怕的'爆发'，生命一定会忧郁而死，它不可能迈着平静而缓慢的步伐，在前人的尸骨和希望的废墟上继续前进。这场'爆发'必不可少，它使全国人民包括他自己将胸中郁积的怒火发泄出来，就像地震释放地球内部集聚的能量一样。"②

---

① 马哈福兹著：《两宫间》，陈中耀、陆英英译，上海：上海译文出版社，2003：27。
② 马哈福兹著：《两宫间》，陈中耀、陆英英译，上海：上海译文出版社，2003：302～303。

这种对真主的信仰与对革命的信仰完全结合在一起，二者没有矛盾。在马哈福兹的"三部曲"中，海迪洁的大儿子阿卜杜·蒙伊姆逐渐成为一个宗教狂热分子："每个有力量的人都有信仰，他们信仰祖国和利益，而信仰真主则是高于一切的信仰。换句话说，信仰真主者一定会比信仰现实生活的人更有力量。我们穆斯林既然有深藏的宝库，那就应该把它挖掘出来，我们应该像最初那样光大伊斯兰教。我们是名义上的穆斯林，也应该是行动上的穆斯林。真主降示给我们经典，我们却对它无动于衷，结果招来了耻辱。让我们回到经典中去吧，这就是我们的目标，回到《古兰经》里去，引导者在伊斯梅利亚就是这样号召的，从那时开始，他的主张深入人心，传遍城市和乡村，深入到每个人的心里。"①

而艾哈迈德却逐渐成为一个共产主义者，他反对宗教的迷信，信仰科学和社会主义，他说："不，应该说存在了一千多年的信仰不是一种力量的象征，而是一些人的错误，他们反对有意义的新生活。我小的时候适合我的东西，我长大了就要去改变它。既然人是大自然和人类自己的奴隶，那就要用科学和发明来战胜对大自然的奴性，同时依靠先进的主义去战胜对人的奴性。此外，人也是制止人类自由车轮前进的刹车！"② 很明显，艾哈迈德对宗教信仰是持排斥态度的。这其实也反映了作者的一种矛盾态度。作者认为宗教信仰和社会主义信仰是结合的，没有分别的，二者都是一种伟大的宗教情感，都需要执着地为之献身，就像艺术一样，要有追求真、善、美的真理精神在，否则，人就会走向空虚。在经历了一系列事情后，凯马勒明白了，自己的怀疑和消极态度只是一种对生活的逃避而已，所以，他要重新寻找生活的意义和人生的目标，正如小艾哈迈德所说："我只要坚信人们的理想是真理，我就会去追求，退避畏缩是临阵脱逃的懦夫行为；同样，我如果认定人们崇拜的是荒诞的东西，我也会去革那些东西的命，望而却步则意味着背叛！"③

《我们街区的孩子们》集中探讨了安拉与人的关系等一系列问题。这是一部探讨人类命运的小说，五代不同的人代表了不同的命运和人类历史发展的进程。他自己曾说，这部小说是"用现实手法批判神话，给神话穿上现实的外衣，以增强对现

---

① 马哈福兹著：《怡心园》，陈中耀、陆英英译，上海：上海译文出版社，2003：70～71。
② 马哈福兹著：《怡心园》，陈中耀、陆英英译，上海：上海译文出版社，2003：115。
③ 马哈福兹著：《怡心园》，陈中耀、陆英英译，上海：上海译文出版社，2003：288。

实的理解和希望"。老祖父杰巴拉维象征着万能的造物主，两个儿子伊德里斯和艾德海姆象征《圣经》中的该隐和亚伯，阿尔法象征科学。他们的命运都是命中注定的，一切都是上帝的旨意。在这部作品中，作家突出了两种文化，那就是科学和宗教。科学是社会进步的基础，而宗教在这"充满人为悲剧的世界"上，把那些形形色色的受苦人聚拢在一起，给他们以心灵的慰藉和避难所。

《尼罗河上的絮语》中的知识分子背离了他们的革命信仰，不拘小节、放荡不羁。作家对这种普遍存在的伪信仰深表担忧。在文中，女记者萨玛拉的话表现了作家对宗教和学科的态度："信仰崩溃了，不论信什么，只为生的需要，心中没有了希望。它反映在个人身上表现为堕落和消极，把英雄主义当做神话和嘲讽，善恶不分。他们的善恶都出于个人主义或懦弱或机会主义。于是，一切价值都被取消，文明从此结束。这个阶段应该研究伪信仰问题。这些人不是没有信仰，可是他们却对生活采取荒诞不经的态度。如何解释？是误解宗教，还是信仰不真实，无根基，在无耻的掩盖下玩弄各种机会主义的手段？？严肃就意味着信仰，可是信什么？我们不能满足于应该信什么，而且必须真诚地保持宗教信仰以及巨大的创造英雄主义的能力。否则，那就是一种荒诞的严肃？人自古就面对荒诞，由此产生了宗教。今天，人有面对它，能产生什么来？？我们已经获得了一种新的语言，那就是科学，大小真理都由它来验证。这种新的语言是宗教用古人的语言所证实的真理。这真理，在今天也要以同样的力量用新的语言来加以肯定。"[①] 在文中可以见到，古往今来的宗教家、哲学家、文学艺术大师所共同关切的终极拯救，也超出了科学功用的范畴。因此，科学的局限恰恰给宗教信仰的存在留下了空间。"宗教需要科学，以摆脱遮蔽其精髓的虚幻之乌云；科学也需要宗教仪获取智慧，倘若缺少这种智慧，科学的潜力可能被用以破坏。"在一次研讨会上，作者公开表达了自己对科学与伊斯兰教信仰的态度："我们所理解的埃及人，我们与之共同生活的埃及人和我在书中谈到的埃及人，都生活在伊斯兰教之中，实践其最高的价值，毫无喧嚷，也不多言。这一切意味着他们的纯正。宽容、说话诚实、勇于发表意见、忠于自己的

---

① 张洪仪、谢杨主编：《大爱无边——埃及作家纳吉布·马哈福兹研究》，银川：宁夏人民
　出版社，2008：35～36。

立场和温暖的人际关系，这便是埃及人对他们的伊斯兰教明确的表达。但我在致研讨会的谈话中加上了必须接受科学，因为任何一个民族如果不以科学为基础安排他们的事情，那么在民族之林中将丧失其未来。我所有的书，无论新的、旧的，都遵循这两个轴心。伊斯兰是我们民族善之观念的源泉，而科学则是我们当前和未来进步、振兴的动力。"①

在《平民史诗》中，主人公老阿述尔一生遵照祖辈的教诲，恪守人活着要"为他人谋利益"的信条。在他完成自己的事业后，习惯寺院的广场上，静听院内传出的神奇乐曲，后来便消失了。马哈福兹着意渲染的庄严神圣的氛围正是苏非教徒所梦寐以求的最高境界，即人主合一的境界。这是一种理想的境界，在现实生活中是几乎不可能存在的。但正是因为现实的不可能，作家才借助象征和想象呼唤这一理想境界，这正是一个伟大作家的可贵之处。歌德说过："生活在理想的世界，也就是要把不可能当作可能来对待。"只有通过这种"假设的和有条件的推理"，我们才能真正实现对人的本性的窥探和理解。这种文学乌托邦的伟大使命就在于，"它拓展了可能性的空间，从而对抗一种对当前现实的消极默认"②。马哈福兹怀着对人和世界的伟大的爱，把一生所感悟到的人生真谛都奉献给了世人，为创造一个美好的世界而尽心尽力。他说："为你的世界工作吧，好像你永远活着。为他人尽力吧，好像明天你死去。这是生活在大地上的人所遵循的最高的信条。"③

（四）东西艺术的融会者

马哈福兹在艺术上所取得的巨大成就，是他融会东西艺术的结果。正如诺贝尔授奖词所说："这是他融会贯通阿拉伯古典文学传统、欧洲文学的灵感和个人艺术才能的结果。"一方面，阿拉伯的传统文化造就了作家深厚的文学底蕴；另一方面，他能够与时俱进，大胆吸收西方文化的精髓，在文中大量借鉴西方文学的创作方

---

① 张洪仪、谢杨主编：《大爱无边——埃及作家纳吉布·马哈福兹研究》，宁夏：宁夏人民出版社，2008：219。
② ［德］卡西尔著：《人论》，李琛译，北京：光明日报出版社，2009：54。
③ 张洪仪、谢杨主编：《大爱无边——埃及作家纳吉布·马哈福兹研究》，银川：宁夏人民出版社，2008：49。

法，比如意识流、隐喻、象征、荒诞等，这种现代主义的文学手法，大大深化了作家描绘事物的主题和内涵。他东西结合的艺术手法归功于埃及近现代文学的复兴，正是有了埃及—阿拉伯民族文化与西方外来文化相互撞击、融合，本民族文学在传承、弘扬自身的传统文化的基础上，不断创新与发展。马哈福兹才能在这个历史背景中，把继承的古代阿拉伯优秀文学传统和西方文传统学进行融会贯通，并大量借鉴西方现实主义的文学表现手法，综合创新，形成他自身独具一格的创作风格。

首先，对阿拉伯古老叙事手法的运用。马哈福兹曾说："我一生中没有哪本书读过一遍以上，但是《古兰经》例外。我从小就开始阅读这本典籍，并且醉心于此，至今依然每天坚持，哪怕只读其中一小部分。"[①] 事实上，作家体现在作品中娴熟的创作技巧和文风，都与《古兰经》有密切的联系。与此同时，阿拉伯其他的散文著作如《宽恕书》《吝人传》《卡里莱和迪木乃》等，都对作家产生了较大的影响。阿拉伯古代是一个诗歌的王国，历史上优秀的诗人创作的诗歌给作者巨大影响，他曾自豪地说："我热爱诗歌，并且也写过诗，原本可以继续发展。因为诗歌在阿拉伯文学遗产中具有悠久的历史，更确切地说，诗歌是'阿拉伯人的文献'。"[②] 在他的许多作品中，如《我们街区的孩子们》《窃贼与狗》《平民史诗》中都可以见到大量的诗歌。这些优秀的作家和作品给作家创作提供了源源不断的养分，使他在艺术的领域里展翅翱翔。而在一大批伟大的作家中，他对陶菲格·哈基姆情有独钟："陶菲格·哈基姆在我内心占有特殊的地位。也许过去我喜欢阿卡德，并且在他的教育下成长；或许我也曾在很大程度上受过塔哈·侯赛因的影响；但陶菲格·哈基姆是唯一令我将灵魂和精神与之相系的人，我曾像他他的影子般生活了几年。"[③]

在文体与语言上，他采用了古代的玛卡梅体和坚持用阿拉伯语创作。"玛卡梅"的内容和形式具有一定的模式与特点：它往往有一个"叙述人"，讲述主人公的种

---

① 张洪仪、谢杨主编：《大爱无边——埃及作家纳吉布·马哈福兹研究》，银川：宁夏人民出版社，2008：163~164。

② 张洪仪、谢杨主编：《大爱无边——埃及作家纳吉布·马哈福兹研究》，银川：宁夏人民出版社，2008：164。

③ 张洪仪、谢杨主编：《大爱无边——埃及作家纳吉布·马哈福兹研究》，银川：宁夏人民出版社，2008：165~166。

种趣闻轶事，这些故事可以独立成篇。"玛卡梅"讲究音韵和谐，文采骈俪，类似我国古代的"话本"，以流浪的主人公贯穿故事的始终，反映了当时的民情风俗，揭露了社会的弊端，具有现实主义文学的价值。如《我们街区的孩子们》就采用这种形式，但作家又有所突破，文中还大量运用了对话、心理描写、内心独白等现代表现手法。

在语言的运用上，作家坚持用标准的阿拉伯语言进行创作，拒绝采用开罗方言。他认为："方言像愚昧、贫穷及疾病一样是我们社会的缺陷，是一种疾病，根源在于缺少教育。方言与标准语之间差距加大的原因，在于阿拉伯国家中教育尚不普及。等到教育普及的那一天，这种差距机会消失，或者至少会缩小很多。"① 他的创作并不是为了少部分人，而是为了大多数人，为所有的阿拉伯人民进行创作，而不是将眼光局限于开罗。他把语言的运用看作如同国家的统一一样的大事来看待。事实上，他的观点是正确的。国家的统一无疑要落到文化上，而文化的统一要落到语言上。

其次，西方文化的浸润。马哈福兹徜徉在世界文化的海洋中，一大批古今东西的作家为他所熟知。如莎士比亚、托尔斯泰、契诃夫、陀思妥耶夫斯基、莫泊桑、安德烈·纪德、卡夫卡等都对他影响深远。从这些作家身上，他吸取了浪漫主义、批判现实主义、结构主义、表现主义等艺术流派的创作手法。在他看来，各种艺术都是相通的，各类艺术之间是互相受益的，因此艺术会以整体的形式，而不是作为分支单独进行研究。在欧洲，各类艺术流派都不局限于一个领域。比如浪漫主义，其影响就延伸到长篇小说、短篇小说、诗歌、造型艺术甚至建筑艺术。各个作家之间、各个流派之间，在他这里汇集交融，他不是受哪一家、哪一派影响，而是受到所有这些接触到的作家的影响。他从模仿大家开始，逐渐走上有自己独特风格的创作道路，这是他融会贯通各家、潜心思考、努力实践的结果。他能将本民族传统与西方文学传统很好地结合在一起，他的作品"是现实主义、现代主义及本民族传统文学融会在一起，共同孕育的产物。因此，它既有民族性，又有世界性，最能体现

---

① 张洪仪、谢杨主编：《大爱无边——埃及作家纳吉布·马哈福兹研究》，银川：宁夏人民出版社，2008：87～88。

现当代文学的风采"①。

马哈福兹的创作前期经历了历史浪漫主义和现实主义阶段，这一阶段以现实主义为主。在后期的创作中，他逐渐深化了现实主义的表现手法。并加入各种意识流、象征主义、现代主义、存在主义等表现手法，拓展了文学的表现领域。他说："我可以说，自己是烩诸家技巧于一鼎的。我不出于一个作家的门下，也不只用一种技巧。"② 他是一个"不断发展、不断创新、不知停顿的艺术家。也许他成功的最大原因——除了他的天赋之外，正是他认清自己的道路并且一直走下去，荣誉的闪烁和物质的光彩都没有使他左顾右盼。在他为之献身的事业中，这种艺术苦行提供了成功之路"③。但是，正如对传统的文学的批判继承一样，他对西方艺术手法的借鉴也是适应自己文本创作需要的，是有选择的，而不是照搬。

比如象征主义的运用。象征主义者所主张的象征是建立在神秘的"对应论"基础上的，它或者从某种对象联想到某种心灵状态，或者从某种心灵状态出发去寻找某种对象。这种心灵状态并不是一种明确的认识，而是一种无以名状的潜藏在内心深处的人生观念。它所要寻找的能够暗示这种心灵状态的对应的对象，也并不具有客观确定性。因此，象征主义的象征只是作者主观上的一种对应关系，表现在作品中就是晦涩难懂、朦胧模糊的感觉。但是，在马哈福兹这里，象征主义是明确的。如《我们街区的孩子们》中，杰巴拉维象征创始者造物主，两个儿子伊德里斯和艾德海姆分别象征《圣经》中的该隐和亚伯，阿尔法象征科学，头人象征统治者，杰巴勒象征先知，棍棒象征武力等，这些人物和事物有着清晰的象征意义，他们的寓言是十分明确清楚的。也就是说，马哈福兹把象征主义只是作为一种文学表现手段而已，并不具有文学本质的功能，并不如象征主义者那样把表现隐秘的人的内心来突出心理真实从而将象征作为文学的本质。作家在这里只是为了增强文学的表现手法，真正的用意还是表现作者自己的主观见解，并没有停留在象征这个手法上。象征主义者这种本末倒置的文学方法是不为作者所吸取的。但是，其大胆的暴露内心的真实、展示人的自我一面，确实为文学增色不少，这才是他感兴趣的地方。

---

① 仲跻昆：《阿拉伯现代文学史》，北京：昆仑出版社，2004：218。
② 仲跻昆：《阿拉伯现代文学史》，北京：昆仑出版社，2004：218。
③ 仲跻昆：《当之无愧——谈纳吉布马哈福兹及其文学创作》，《东方世界》，1988（6）。

　　自然主义的运用也在"开罗三部曲"中有生动的表现。尤其是对人物命运的描绘，就有很强的自然主义的创作手法。如凯马勒在失恋之后的一段独白："他是一次精心策划的袭击的牺牲品，阴谋对他发动这次袭击的有：命运、遗传法则、阶级制度、阿依黛、哈桑·赛利姆，以及他还不想说出来的一种神秘莫测的暗藏的力量。他仿佛看到自己可怜的身躯孤立无援地站在那些联合起来的力量面前，受伤流血，得不到医治；他找不到任何东西来回击这种攻击，唯有抑制自己的满腔怒火，不让它有所暴露，而且还得受环境所迫，装出一副高兴的样子，仿佛这种强大的力量有准备地摧毁了他的抵制，将他抛在幸福的人群之外。"① 对亚辛性欲难耐的描写："他追美人，也不厌弃丑女人，在'危机'中，只要是女人就行！他犹如一只狗，就是碰见一堆垃圾，也会毫不犹豫地从中觅食。"还有对凯马勒的心理描写，就带有自然主义的写作特征："他这样拼命地追求爱情，会不会是因为十九年前出生时他的头顶和大脑袋受到了挤压和损伤的缘故？唯心主义曾使他长期走不出空想的迷津，使他受尽折磨，泪水涔涔，它难道不会是接生婆的随意行为所带来的令人悲痛的后果吗？他思索着在诞生之前，甚至在怀孕之前是怎会回事。他还考虑生命从中产生的那个不可知的源泉，考虑那个对生命存在一律平等的有机化学方程式，从而第一次出现了逆反心理，蔑视正统之说。他仰望繁星，据说在各自按照自己轨道运行的群星中有一颗属于他的星星，不过，他已知晓自己最近的起源被称为精子，也就是说，他在十九年零九个月以前只是一个精子，可能由于一种追求乐趣的无罪愿望、寻求安慰的迫切需要、丧失理智后醉意的亢奋、或是丈夫对足不出户的妻子应尽义务的单纯感觉，把精液喷射出来……"② 但是，马哈福兹并不把眼光局限于人的生理特征，除了人的生理欲望，他还写到了人的理性与信仰、科学与真理，这人生中种种的困惑都围绕着主人公，而性欲只是作为人的其中一种特征。这是他不同于自然主义者的一面。在他的作品里，不仅有丑恶的描写，还有美好的描写，他写了生存的希望和人性的光辉，并不是只有阴暗面。"真正的文学家通常都有一个幻想中的理想之邦，他描述它，沉醉其中，并试图通过批判现实社会而在文

① 马哈福兹著：《思慕官》，陈中耀、陆英英译，上海：上海译文出版社，2003：290～291。
② 马哈福兹著：《思慕官》，陈中耀、陆英英译，上海：上海译文出版社，2003：358。

学中抵达那个理想之邦。"① 他始终将人类实现正义与自由作为一个美好目标，并不断地追去、探索，他说："东西方正在交流造福人民的方法，每过去一天，人们的信念就更加坚定，那就是人类不能或缺的两大价值观：自由，还有社会公正。"②

另外，尤其突出的一点是马哈福兹对人物心理的描绘。他本人也被称为写心理现实主义的大师。在他的作品中，不仅人物的活动轨迹清晰可见，而且人物的内心也有迹可寻。这是受到了西方意识流表现手法的影响。意识流是一种兴起于 20 世纪初西方的现代文学创作方法及文学类型，它以直接探测人的精神生活本质、挖掘人物深层的"潜意识"为重点。在马哈福兹的作品中，大都可见人物的内心独白，这种内心独白既是人物自己在说话，同时也是作者在说话，在表现人物内心的同时，作者自己也参与了对话，把自己对社会及人生的看法通过独白的手段表现出来。这样，读者既达到了了解人物深层内心的目的，同时又搞清楚了作者对人物和事件所包含的态度和倾向。如《我们街区的孩子们》中艾德海姆在被赶出家园，他内心的孤独、凄凉就是通过内心独白表现出来的："哎！大房子的围墙不时搅乱我的心。我那专横的父亲，我的呻吟如何能传到他的耳中……小鸟能在大房子的花园里自由飞翔，它们比我幸福。我怀念那花坛边潺潺的溪流、芬芳的素馨花和指甲花……严酷的家长！半年时间过去了，你那冰山般的严酷何时才能消融？"

这样的内心独白同样在"开罗三部曲"中体现出来，这里选取一段老艾哈迈德在歌女宰努芭面前受辱，而得知她与自己的儿子混在一起时的情绪："你是一个思绪繁乱，心灵受折磨的人，难道你还能嫉妒亚辛？不，这不是嫉妒，恰恰相反，它是值得你聊以自慰的。如果你必须遭人屠杀，那就让你儿子当刽子手吧。亚辛是你的一部分，你的一部分失败了，另一部分却胜利了。这样，你既是失败者，又是胜利者。亚辛使这场情场大战的意义起了变化。原先你饮的是杯失败和痛苦的酒，现在变成了既有失败和痛苦、又有胜利和欣慰的酒。从今以后，你决不要再为宰努芭伤感了，你过去自视甚高。你应该立下誓言，从今以后再也不能错估了岁月。但愿你能像亚辛提出这种规劝，以免事情轮到他头上时，他会感到措手不及。你是幸福

---

① 马哈福兹著：《自传的回声》，薛庆国译，北京：光明日报出版社，2001：174。

② 张洪仪、谢杨主编：《大爱无边——埃及作家纳吉布·马哈福兹研究》，银川：宁夏人民出版社，2008：174。

的，没有必要懊悔，你应该以新的计划、新的心灵和新的头脑去面对生活。让旗帜留在亚辛的手中吧。你会从眩晕中清醒过来，所有的事情都会过去，就像没有发生过一样。你再不要像往常那样，把近几天发生的事情变成朋友们茶余饭后的闲谈话题。这些可怕的日子让你懂得了该把许多事情藏在心里。啊，你是多么渴望痛饮几杯呀！"① 老艾哈迈德既痛苦又复杂的心理感情跃然纸上。像这样的心理分析，在"三部曲"里比比皆是。同样，马哈福兹对西方意识流的运用并不是照搬过来，在他众多的作品中，人物尽管有非理性、非逻辑的一面，但整体来说，作品是符合逻辑结构的，人物线索清晰，人物是正常而理性的，主人公有自己固定的发展轨迹，并不是无迹可寻、含糊不清的。他借鉴西方现代文学的目的还是在于透视周边的现实问题，达到对现实的关注与思索。所以，体现在他作品中的既有传统的一面，也有西方现代的一面，但是以我为主，融化西方，西方是为我所用，借用西方增强现实的表达和透视能力，而不是被西方所化，成为西方文学的注脚。

总而言之，在马哈福兹的作品中，既有传统的现实主义描写，又有变异了的心理现实主义透视，还有象征主义、存在主义、自然主义等各种艺术流派的艺术表现手法交织运用，共同构成了他磅礴宏大的文本面貌。这里，既描写了古老埃及的人民的生活现状，又有作者透过现实生活进行形而上的哲学思索，各种象征、隐喻、内心独白交叉运用，形成了他独特的文体和风格。他"怀着对美好理想的向往和追求，站在历史发展的高度俯视人生，以朴实无华、真实生动的笔触，艺术地再现了埃及发展的现代化进程，表达了他对国家、民族、人类命运的关注与思考"②。马哈福兹一生笔耕不辍，创作了大量的作品，在时代的大背景下，他不故步自封，勇于吸收、借鉴西方现代主义的艺术手法，并且能够根据自己需要进行创新，从而形成自己独具一格的艺术风格。可以说，借鉴、继承与创新，贯穿马哈福兹的整个文学创作生涯。他以其杰出的艺术才华和艺术探索的广度与深度深深地影响了世界文坛。

---

① 马哈福兹著：《思慕宫》，陈中耀、陆英英译，上海：上海译文出版社，2003：283。
② 高慧勤、栾文华主编：《东方现代文学史》（下册），福州：海峡文艺出版社，1994：1430。

三、 伟大的阿拉伯文明使者

　　杰出的阿拉伯作家马哈福兹一生创作无数，给后人留下宝贵的艺术财富。因其巨大的艺术成就，他一生获奖无数，1988年，他获得了"诺贝尔文学奖"。除了他在小说领域取得杰出的成就外，他的散文的一代宗师地位也毫无疑义。这是诺贝尔评奖委员会的评定，也是众人都承认的事实。正如诺贝尔授奖词所言："您极其丰富的著作促使我们思考生活中的重要课题。像时代的爱情和本质、社会和准则、知识和信仰等主题在多种情景中反复出现，引人深思，激发良知，鼓励人们勇敢对待。您散文中的诗情画意已经越过语言障碍而被人们理解。"[1] 马哈福兹在阿拉伯世界被誉为小说界的一座金字塔。他的作品在阿拉伯各国乃至全世界广为流传，影响了无数文学爱好者和探索者。他既是位知名度很高的作家，也是引起争议最多的作家之一。他曾因作品太过抨击现实而获罪当局，所幸多次幸免于难。宗教极端分子也曾派人暗杀，他因此而受伤，右手神经受损，给生活和创作造成了巨大影响。然而他追求公平与正义的理想并不因此而有丝毫减退。他一生执着于艺术探求，然而，他的艺术创作是关注现实的，并没有因此而躲进象牙塔里。他描述了时代的现实和本质，探索了民族和国家的前途与命运，讨论了知识与信仰之间的关系。尽管后期的创作带有很强的神秘和象征色彩，但依然是社会现实的投射，就像他自己所言，只不过是"给现实穿上了一件神话的外衣"而已。他对真理的追求、对信仰的执着、对公平与正义的呼吁、对民族命运的关注，都深深地契入时代的本质，深刻地反映在他的艺术作品中，他的去世是世界文坛的巨大损失。马哈福兹在半个世纪里，以其不断发展变化的丰硕成果（专著及论述不下四五十种）奉献于世。他的作品思想深刻，内容丰富，艺术手法多样，并且富于哲理性，具有传统的阿拉伯文学特征，同时也容纳西方现代主义表现手法，整个作品气势磅礴，宏大精深。这些尤以他的"开罗三部曲"、《我们街区的孩子们》等作品为代表。

　　埃及人民深深地喜爱这位平和的作家。作家生在埃及，长在埃及，对埃及有着很深的感情。他自己曾说："我对老开罗的挚爱之情无以复加。每当想起写什么，

---

[1] 宋兆霖主编：《诺贝尔文学奖全集》，北京：北京燕山出版社，2013：295。

我就到老开罗走一走。这时，立即就会有一大堆人物形象把我包围起来。正是在老开罗，我构思了我的大部分小说。正是在老开罗，我把出现在脑海中的各色人物都用笔记录下来。而每当我觉得作品中哪件事或哪个情节需要安排在一个特定的地点时，我就立即想起我童年时代的贾马里耶。"① 在马哈福兹眼里，老开罗就是整个世界的缩影，是整个人类形象的集中反映。老开罗不但是他笔下众多人物的活动舞台，更是他的"生命之根"。从历史上看，埃及确实是一个不可忽视的文化宝地。埃及因历史与地理上的特殊性而在世界上独一无二。从法老时代的古埃及文明到亚历山大、恺撒、拿破仑对它的入侵，古老文明与现代文明的冲突把埃及推向历史的前台；地理位置上，苏伊士运河、尼罗河的重要性自不待言，而它处在欧亚非三大洲的交界，更使它成为东西文化的纽带和桥梁。时间与空间在埃及这块古老的国土上形成了一个巨大但又无形的支撑框架，从辉煌的古代文明到现代埃及的落难以及当代埃及的革命与变革，形形色色的人物在马哈福兹的笔下演绎着、翻腾着。即使足不出户，他也能透过这个并不宁静的埃及开罗小城来透视社会、世界乃至整个宇宙。事实上，他一辈子很少出远门，常年都是在自己的住所和尼罗河畔徘徊、思索、创作与生活。在长达半个世纪的马哈福兹研究中，他出版的相关著作和论述在数量上远远超过了埃及历史上任何一位作家。埃及的马哈福兹研究已经经历了从全面述评到专题研究、从文本解读到跨学科探讨的过程。

(一) 研究起步晚，但成果丰富多样

20 世纪 40 年代埃及评论界出现关于马哈福兹的研究。50 年代主要集中在"开罗三部曲"的研究。60 年代发表的研究论文代表性的有《纳吉布·马哈福兹的艺术形式问题》等。70～80 年代埃及出版的有关专著 20 多本，主要关注他作品中的心理描写、象征主义手法的运用以及作品结构等。代表性的著作有《小说结构——对纳吉布·马哈福兹三部曲的比较研究》《纳吉布·马哈福兹：见解与手法》等。90 年代以来，研究成果丰富，各种专著不断出现。

---

① 张洪仪、谢杨主编：《大爱无边——埃及作家纳吉布·马哈福兹研究》，银川：宁夏人民出版社，2008：52。

（二）研究形式多样，争议较大

研究成果包括对作家的生平研究、思想研究、创作理论研究、影响研究等。

在理论方面，学者将其创作经历分为早期的浪漫主义、中期的现实主义、晚期的现代主义等研究类型。集中在中期的现实主义方面，分为批判现实主义、外在现实主义、自然主义现实主义、社会主义现实主义等不同类型。小说《新开罗》（1945）、《汉·哈利利市场》（1947）、《米达格胡同》（1947）、《始与末》（1949）、"开罗三部曲"（《两宫间》、《思慕宫》、《怡心园》）（完成于1952，发表于1956—1957）被划为现实主义阶段作品，他们对埃及现实与马哈福兹的作品之间的关系进行了辩证分析。而后来的新现实主义阶段，代表性的作品有《我们街区的孩子们》（1959）、《盗贼与狗》（1961）、《尼罗河上的絮语》（1966）、《米勒玛尔公寓》（1967）、《平民史诗》（1977）等。这些主要从哲理上进行探索，多采用意识流、象征主义的表现手法，是对传统现实主义的超越。还有学者将他晚期的作品又进一步分为诗化小说阶段。当然，持异议的研究者也不少。对他的创作进行定位，有学者认为他是社会主义作家，有学者认为他是伊斯兰主义作家，还有人以为他是爱国的进步主义作家。此外，根据他作品改编的影视作品也大量存在。总之，对他的研究多样化、丰富化，我们不能将一个作家的创作经历定性为哪一种风格和形式，他是一种混杂的存在现象。因为作品的丰富多样反映了作者根据时代而不断发展变化的创作观。

（三）研究队伍不断扩大，主题不断深化

由单篇论文到系统的专著，研究人员由个别的文学评论家到专家、学者再到大学的学生、一般民众等各个阶层。20世纪90年代以来，从文学、美学研究到跨学科的文化研究。比较有代表性的有《马哈福兹作品中的〈古兰经〉》《马哈福兹作品人名词典》等。

总体来说，埃及的马哈福兹研究数量多，但存在不平衡的现象。如前期作品研究很多，但后期作品研究力度不够，这可能与其作品的象征主义主题、作品中的神秘主义倾向有关。部分文章局限于印象式的点评，不注重体系式的、理论式的专门研究，显得缺乏厚重感和学术分量。这与埃及本土缺乏自身的原创理论，创新力度不够有紧密的关系。对于一位有着国际知名度和广泛影响的作家来说，对埃及马哈福兹的研究还存在很多的空白。

1986 年我国翻译了"开罗三部曲"，尤其是作家 1988 年获得"诺贝尔文学奖"之后，我国对马哈福兹的研究逐渐成了阿拉伯文学的显学。

（四） 重要著作研究

季羡林主编的《东方文学史》（1995 年吉林教育出版社）中关于马哈福兹（由仲跻昆撰写）一节，对马哈福兹作了创作上的分期，即浪漫主义式的历史小说创作时期（以《命运的戏弄》《拉杜璧姒》和《忒拜之战》为代表）、现实主义社会小说时期（以"三部曲"为代表）和新现实主义时期（以《我们街区的孩子们》《尼罗河上的絮语》《平民史诗》为代表），并且对他作品中贯穿的"忧患意识"、寻求真理和正义的主题以及艺术特色上的"通今博古、学贯东西"所呈现的对东西文明的"借鉴、传承、创新"做了总结和归纳。尽管所论篇幅不长，但基本为中国后来的马哈福兹研究提供了宏观的视野和总体性思索。

朱维之主编的《外国文学史》（1998 年南开大学出版社亚非卷）中关于马哈福兹的文章的撰写者孟昭毅先生，作为多年潜心于东方文学的教学、研究者，对亚非文学多有宏观上的深刻理论思考和个性化的深厚文本解读功力。在马哈福兹研究材料阙如的时期，他通过对马哈福兹艺术作品的分析、整理和归纳，同样将其艺术创作分为了三个时期，即浪漫主义小说时期、现实主义小说时期和借鉴西方艺术手法的多元化时期，并重点分析探讨了马哈福兹的"三部曲"（《宫间街》《思宫街》和《甘露街》），对其主题思想和艺术特色进行了总结。应该说，这是国内较早对马哈福兹"三部曲"进行艺术分析的文学史作品。同样，在郑克鲁主编的《外国文学史》（1999 年高等教育出版社）中，也包含马哈福兹一节的内容。其思路和写作方法承袭了先前的文学史，对马哈福兹的创作分期和"三部曲"进行了较为详尽的解读和分析。在孟先生后来主编的《东方文学史》（与郁龙余合编，2001 年北京大学出版社）和《简明东方文学史》（与黎跃进合编，2005 年北京大学出版社）也编入了"马哈福兹"一节，其分析延续了前一时期对马哈福兹的创作分期和"三部曲"创作主题和艺术特色的详细研究。后来，孟先生总结了部分在东方文学领域的多年耕耘成果，以专题讲稿的形式出版了专著《东方文学专题讲稿》（2014 年安徽大学出版社），其中有对马哈福兹的专题论述。其论述融会了学术研究的理性思考和口头讲述的亲切，是真正将马哈福兹研究融会贯通的、由深入浅的、适合教学的理论总结和作品分析的通俗化表现。

其他对马哈福兹研究具有代表性的成果有：王向远的《东方文学史通论》（1994 年上海文艺出版社）以具有鲜明个性化写作特色的著作呈现了对东方文学史的研究，由于其第一版出版时间较早，作者对马哈福兹的分析主要集中于其在东西文化融合中的创新性探讨，而具体的作品分析则阙如。何乃英的《新编简明东方文学》（2007 年中国人民大学出版社），在继承前人研究思路的同时，增加了马哈福兹与中国的关联研究。黎跃进的《东方文学史论》（2012 年昆仑出版社）和《外国文学史》（2013 年高等教育出版社东方卷）也探讨和分析总结了马哈福兹的创作分期、总体艺术特色，尤其对"三部曲"做了重点分析，指出其"多样化的小说形式和艺术表现手段"的实质。

（五）代表性论文研究

（1）社会学研究阶段。主要集中在"三部曲"的研究方面，代表性的有《论纳吉布·马哈福兹的"三部曲"》，突出的是反帝反封建的民族民主斗争的主题。作品通过一个中产阶级家庭的演变，史诗般真实再现了埃及社会的动荡和变迁。第一代人守旧，第二代人彷徨迷茫，第三代人目标明确、敢作敢为。蒋和平的《埃及1919 年革命与纳吉布·马哈福兹的"三部曲"》指出，纳吉布·马哈福兹从一个历史学家的角度，客观地再现了 1919 年革命期间所发生的一些事件；又从一个小说家的角度生动地描写了学生、知识分子、小资产阶级及中产阶级等各阶层形形色色的人物对待此次革命的态度。张嘉男的《纳吉布·马哈福兹"三部曲"中的女性形象》对"三部曲"中的女性形象进行了详细分析和解读。

（2）运用西方文艺伦理的研究阶段。从人类学角度进行解读的有陈融的《论"三条街"中的性爱描写》。该作品指出，第一代人以老艾哈迈德为代表，他们自身放纵欲望的闸门，尽情享乐，淫荡无羁，但是对家庭成员却进行压抑限制，推行双重道德。第二代人受西方思想的影响，但还是陷于徘徊迷茫的境地，这一代以亚辛为代表，继续沉醉于酒色的温柔乡。到第三人，爱情才真正引入性爱，他们目标明确，大胆追求自己的爱情，追求两性的和谐。这种变化是埃及传统伦理道德的演化，是外来文化冲击的结果。黄辉的《尼罗河上的絮语——纳吉布·马哈福兹"三部曲"的精神内核》则从哲学思辨的层面来探讨三部曲中的人道主义和民族主义。一方面，通过知识分子形象，勾勒出埃及民族解放运动的艰难历程；另一方面深切关注女性的命运和封建主义和殖民主义统治下的人民的命运。"在以维护本民族利益为核心的民族主义与超越民族、以关怀全人类命运为旨归的人道主义难以相容。"还有运用西方叙事学进行解读的，如马丽蓉的《论马哈福兹"三部曲"空间性的文化叙述》。作者指出，作家打破了故事的时间链和情节的因果性，有意安置三条街名作篇名，写同一个家族内部三个家庭的往事，进而影射埃及社会三个时代的现状，把叙述作了空间式聚焦。

（3）比较文学视域下的研究阶段。主要将马哈福兹和我国的作家进行对比平行研究。代表性的有倪颖的《中阿文坛的两位巨匠——巴金与纳吉布·马哈福兹》、余嘉的《前后喻小说文化视域中马哈福兹与巴金的家族小说之比较》、薛庆国的《"家"与东方之弊》、王祖贵的《论纳吉布·马哈福兹三部曲〈两宫之间〉的讽刺艺术——与鲁迅、钱钟书讽刺手法比较》等。

总而言之，马哈福兹的作品思想深刻，富于哲理，立足点高，既有浓重的埃及风格，又不断随时代的前进而发展变化，具有超越国界的世界意义。尽管国内外马哈福兹的研究在数量上和质量上都较以前有很大的提高，但对于一位享誉世界的作家来说，这还是显得过少，研究力度还不够。这或许由于他深邃的思想，或许由于语言的障碍，或许由于信仰的不同，但不管怎样，他毕竟给我们带来了不一样的思想、不一样的文风、不一样的启发和教益。对于一个伟大的作家来说，他的作品将随着时间的流逝而被越来越多的人发现、评说和研究，他的价值也将永驻人间。因此，新的时代，运用新的文学批评视角对马哈福兹进行再研究是很有必要的一件事，何况，马哈福兹的研究本身存在很多空白点，这些都有待于后人去继续探索、研究。作为一位中国人，中国历史曾经历了和阿拉伯一样的封建统治和殖民过程（尽管程度上不一样，中国是半殖民半封建社会），这种大体一致的社会历程使得两国人民有着更多的共通的民族情感。因此，对马哈福兹的研究更有助于加深我们对自身社会和文学文化的认识。

四、结　语

马哈福兹的一生，是笔耕不辍的一生，是艺术探索的一生，是对理想执着追求的一生，是对民族和国家的命运深深忧虑的一生。从 20 世纪初到 21 世纪初，这位经历了世纪百年的杰出作家，以其无数影响深远的作品享誉世界文坛，成为一位令人叹为观止的文坛奇迹。古希腊哲学家苏格拉底说："没有经过反省的生活，是不值得活的。"马哈福兹把自己的一生都献给伟大的文艺女神，他倾其一生都在思考艺术和人生，深层地探索人性的本质、性欲与爱情、人的理性与信仰、科学与宗教、现实与理想、个人自由与民族解放、人道主义与民族主义、公平与正义等，这些都在他作品中鲜明地呈现出来。这些复杂深邃的问题，只有通过小说的丰富具体的情节、丰满个性鲜明的人物形象透视出来，才更显得作家对这些理论问题有深入思考。他认为，创作的最终目标"是发展这个世界，把人们引向进步和解放的阶梯上去，让人道主义在持续的战斗中完善"。这不仅是马哈福兹作为一个埃及阿拉伯作家的现实使命，而且是所有文学创作者都要严肃思考的问题，是时代赋予作家一种历史使命，关注国家命运和前途，把自己的创作与政治紧密结合起来，但这种结合不是一种庸俗的政治学，而是从理性高度、从人道主义的视角来看问题。所以，作家的创作既打上了很强的时代烙印，但同时又超越了时代，体现了他对时代本质的思考，对人类命运的思考。这是马哈福兹既看重政治又远离政治的结果。正如他把西方现代艺术手法看作只不过一种表达工具而已，他把时代和政治也作为表达他政治见解与深邃的思想和理想的一种手段，他自己并没有过多地介入政治（尽管他有在政府部门从政的经历，但从他发表的作品来说，他是一位具有独立品格的有良知的知识分子，从来不取悦政治），这是一种空间距离感带来的清醒的透视和审视。这样说，并不减少他对现实的批判和揭露，正是其良知和正义之心，他多次表达了对当局的不满和批判，致使多次获罪，幸好他都能躲过这些劫难。他对社会公平、正义、对真理、对民族命运的关注，用呕心沥血、鞠躬尽瘁来形容丝毫不为过！

人是一种复杂的动物，所谓"人心难测"正说明了人的内心难以把控。马哈福兹一生都在探索人性，揭示人的复杂面貌。尤其在"开罗三部曲"中，他对人的本能欲望的展示，对人的灵魂的深层剖析，更是彻底、深刻、淋漓尽致。老艾哈迈德家族是一个中产阶级家庭，艾哈迈德是一个灵魂与肉体分裂的人。尽管他祈求真主的宽恕，他也自认为真主不会惩罚他，毕竟他没有做害人的事情。在家里实行铁腕统治，说一不二，而在家外，却谈笑风生，口无遮拦，夜夜歌舞升平。长子亚辛深得父亲遗传之性，沉醉于酒色之中，爱情对他来说，就是情欲的发泄而已，女人只不过是用来泄欲的工具，除此之外，一无是处。而凯马勒是一个纯粹的精神恋爱者，但是这种柏拉图式的恋爱注定了是没有结果的。所以，他也沉沦了，在精神与肉体的双重抚慰下，他同样过着灵与肉分离的生活，始终处在一种徘徊、迷惘的境地！这也是埃及现实的写照，反映了当时笼罩在人民头上残酷的殖民统治导致的人心惶惶。这个家族好不容易有一个正常的爱情观，那就是体现在小艾哈迈德与苏珊身上的爱情。他们是这个家族的第三代人。他们把爱情与性爱结合，并且有自己明确的目标和方向。这说明真正的爱情是灵与肉的结合，缺少哪一方都是不完整的、不健全的。凯马勒在他们的影响之下，也从徘徊迷惘中走出来，毅然走上革命的道路，这是对理想和信念的坚持。当然，作者在作品中也探讨了科学与信仰之间的关系、理想和现实之间的关系。尤其是在后期创作中，他的理想乌托邦更是表露无遗。这是作者对现实升华之后的探索和思考，借现实的外衣表达他的理想内容。他没有脱离现实，而是发展了现实，在现实的基础上进行了再创造。更有作者把他晚年的创作当成诗化的阶段。对比以前的作品，在这一个阶段，他的作品确实增强了不少诗情画意的东西，如《自传的回声》《痊愈期间的梦》等。这跟他此一时期的散文创作文体有关，更是他纯熟运用语言之后的结果。

从短篇到长篇，从浪漫主义到现实主义，再到象征主义和理想主义，他创作的手法越来越丰富成熟，内容越来越深邃复杂，体现了他与时俱进的文艺创作观。传统的阿拉伯文学的熏陶，奠定了马哈福兹深厚的文学素养，在他接触西方文学后，这种心灵的火花一下子升腾起来，他大量吸收、借鉴西方现代主义表现手法，融入自己的文学创作之中，为世人提供了一部部既饱含阿拉伯文学特色，同时又包容西方现代手法的独具一格的作品。传统的诗情画意的描写，现实精神的透视，加上西方对心灵的深层透视、对人的本能的探索和对宗教信仰讨论以及对各种事件的哲理思辨，都深深地影响着他的创作观。他本人也曾在大学学习过哲学，这为他的文艺创作具有形而上的思辨特征奠定了基础。尤其是晚年的创作，这一思考更加突出，他超越现实主义的批判和揭露，而是从人类整体命运的视角来思考问题。"通过分析挖掘一系列哲理性问题，如生与死、善与恶，甚至关于存在的本质、生命的意义等。但他从来不急于给出答案，而是让读者去思考，让读者参与到他的想象与创作中去。在小说中，他也总是让小说人物给读者流出一条思索的道路，好让读者去继续时间的流淌、故事的延长、思想的演化……"① 这种融贯东西的创作特征是他常年孜孜以求的探索的结果，也是他天才一面的体现。

马哈福兹的作品数量众多，种类多样，影响深远。埃及前总统穆巴拉克曾说："马哈福兹是一道文化的光辉，是他让阿拉伯文学走向世界。他的创造性带给众人的价值标准，充满了启迪精神和宽容品格。"近年来，马哈福兹在国内外引起了高度关注。但从研究的程度和质量来说，国外比国内进展早，成果多，程度深。马哈福兹早在20世纪40年代就在阿拉伯世界声名远播，20世纪50～60年代已在阿拉伯文坛占有举足轻重的地位，深受研究者的青睐。国外对他的研究已经历时半个世纪之久，而我国对马哈福兹的翻译介绍起步较晚，更遑论研究。只是在马哈福兹获得"诺贝尔文学奖"之后才有所起色。近年来，才开始出现研究马哈福兹的文章，专著极少。这种情况出现的原因是多方面，主要是面临语言的问题。我国懂得阿拉伯语言的学者太少，而且懂语言的人不一定去从事文学翻译，也不一定就会选择马哈福兹。我国应该加大对马哈福兹的研究，因为无论是其所在的社会历程还是其作品所反映的内涵和艺术特征，都对我们深化和发展自身的文艺，对加深我们自身的认识有着巨大作用。况且，马哈福兹在我国的研究还存在很多的空白点，这对从事文学研究的人来说，也是一项值得去探索和研究的事情。新的文学批评方法的引进，新的文学理论的运用，不仅可以深化我们所借用的西方文学理论和批评，而且可以加深我们对文学本身的认识。

无论如何，马哈福兹的影响是巨大的，从其著作等身的作品数量和作品所反映的丰富内涵，我们都可以断言，他的光辉将会永远照耀人间。这正如他本人所言："帝国消失了，过去的事情过去了。总有一天金字塔也会化为乌有。但是只要人类的理智在渴求，心脏在跳动，真理和正义将永存。"②

---

① 张洪仪、谢杨主编：《大爱无边——埃及作家纳吉布·马哈福兹研究》，银川：宁夏人民出版社，2008：199。
② 王逢振主编：《诺贝尔文学奖辞典》，桂林：漓江出版社，1997：881。

有香自蔷薇来

——读萨迪《蔷薇园》

萨迪（1208—1292年）是中古波斯历史上伟大的抒情与哲理诗人，其代表作《蔷薇园》以其叙事、说理与抒情完美结合，处处闪耀着人性的光芒。诗人从实际生活中获取哲理和题材，人物的刻画真实、生动、准确，语言纯朴、明朗、简洁。他通过当时社会生活中的点点滴滴，以自己的经历为纲，编织了一曲浩浩荡荡的时代之歌，浸透着诗人一生的智慧。

萨迪早年失怙，童年受教于父亲颇多。曾留学巴格达，未毕业。诗人于1257年结束流浪生涯，创作了流传千古的《蔷薇园》（1258）。诗作的灵感来源于见友人摘花，惜花不长久，有感，遂做成诗集。诗集本是献给波斯王阿布·伯克尔·本·萨德的，其中闪耀着不朽的人道主义光辉。"它的绿叶不会被秋风的手夺去，它的新春的欢乐不会被时序的循环变为岁暮的残景。"① 诗集在哲理、叙事与抒情的完美结合中，给人以教益。哲理与诗歌互为映衬，相互对举，深化了说理的形象生动性。古希腊作家普鲁塔克认为，丰功伟业未必能见出人物品德的高下，倒是他们的一件小事、一个动作、一句笑话，往往显出他们的志向和性格。身为虔诚的教徒、布道士与诗人的萨迪正是如此，他通过当时社会生活中的点点滴滴，以自己的经历为纲，编织了一曲浩浩荡荡的时代之歌，浸透着诗人一生的智慧。"他的作品深刻地反映了时代，广泛地记述了城乡劳动人民的生活，以及他们对于真理、正义、自由和幸福生活的追求。他从实际生活中获取哲理和题材；人物的刻画真实、生动、准确；语言纯朴、明朗、简洁。作品在记述十三世纪中亚封建社会黑暗情况的同

---

① 萨迪：《蔷薇园》，水建馥译，北京：人民文学出版社，1980：5。

时，充满了人民对于劳动和真理的热爱以及追求美好生活的乐观主义精神。"①

整个诗集共8卷、277节，包括180个彼此独立的小故事和100余首格言小诗，分别为记帝王言行（41节）、记僧侣言行（49节）、论知足常乐（29节）、论寡言（14节）、论青春与爱情（11节）、论老年昏愚（8节）、论教育的功效（19节）、论交往之道（106节）。

一、 记帝王言行

圣人说："息事宁人的谎言，胜过搬弄是非的真话。"② 此喻和平可贵。有人死不瞑目，是为了劝人行善。我们切不可以貌取人，因为矮小的王子作用大，"即使凤凰从此在世界上绝迹，/人们也不愿在猫头鹰的影子下面栖息。"有大臣向王求情，免小强盗之死，结果养大后杀死大臣和两个儿子，自食其果。"善人身上的光辉，/感化不了恶人的心灵；/对贱人加以教诲，/等于把胡桃抛向屋顶"。

我们看嫉妒人的心态："命运赐给别人的恩惠，/小人总希望他能收回。/蝙蝠虽然白昼目盲，/我们岂能就说太阳无光？/宁可他们瞎掉千只眼睛，/我们也不能让太阳不放光明。"说明嫉妒者害人又害己。劝暴君行善，如 "暴君决不可以为王，/豺狼决不可以牧羊。/国王对人民任意榨取，/正是削弱国家的根基"。"暴君，暴君，你是人民的灾难，/你应立即关闭你的市廛！/王权对你有害无益，/你的死胜于你的暴力。"人民希望暴君最好午睡，那样就可以少残害人。对暴君，人们无所畏惧，如："生命的存灭有如晨风去来，/哀乐美丑都难永远存在。/暴君！你能轻易将我断送，/我的苦难只是一瞬，你的是永恒。"辞职的宰相不愿复职，只因害怕君王喜怒无常，劝国王乐善好施，如："卡伦没有带走他的四十件宝物，/努什旺王的善名却常流传千古。"

一国王生病，欲取小孩胆汁医治，最终未取，病自愈。喻善待百姓，自会长治久安。国王要宽宥臣属与将士，子孙后代更要如此，因为 "你不要伤害任何一个

---

① 萨迪：《蔷薇园》，水建馥译，北京：人民文学出版社，1980：11。
② 本文引用萨迪《蔷薇园》的诗句皆来自水建馥的翻译，1980年人民文学出版社出版。

人，/也不要走那荆棘的道路。/你肯救济别人的危因，/才会得到别人的帮助""你若宽厚，他们才肯为你牺牲；/你若凶残，他们将会各奔前程。//饱暖的将士英勇无敌，/饥饿的将士逃跑不及。"里面还有哲人的告诫，如："原先他不知道灭顶的痛苦，便想不到稳坐船上的可贵。大凡一个人总要经历过忧患才会知道安乐的价值。"喻身在福中不知福。"猫若不能逃生，/往往也会把豹子的眼睛抓坏！/一条蛇往往首先把牧人咬伤，/就是因为害怕石头落到头上。"喻弱小的事物不可轻视，轻敌只会给自己带来灾难。与其悔恨今生的虚度，不如实干起来。

对乞丐最好能及时施舍："你不要将贪婪的门户开启，/更不要断然将它关闭。"灾难都是起于微小，如："一切的罪恶最初都是微不足道，由于相习成风，最后便不可收拾了。"如果国王与官吏不得人心，最终连真主也会抛弃他们。并且酷吏下狱，好人用石头还击。人的生命有限，真主的圣徒应该："抛弃世间的忧乐，/才能步步走进天国。/贵人若想获得天使的荣光，/就应对主如对君王。"喻对主虔诚的信仰。对聪明的人来说，"假如他把伟大人物一概抹煞。//这一切都只是一刹那——/财产，王位，权力，征伐。/你不诋毁死者的名声，/你的名声才能永存"。

帝王的言行给我们这样的感受：或劝帝王行善，乐善好施；或劝暴君改邪归正，不要奴役臣属与百姓；或叫人民起而离开、反抗暴君；或通过哲学家、圣徒、国王与王子、国王与臣属等之间的对话来激励帝王的言行。通篇我们看到的是一位循循善诱的智者主要通过帝王之口来劝导国王行善、施仁政，与民同乐，只有如此，才能长治久安，赢得和平的统治，否则只能做"午睡"的君王。

二、 记僧侣言行

修炼之人要对真主无比虔敬："每天我都向你敬礼，/从来不曾将你忘怀，/主啊！我没有忘记你，/你是否也曾想起我来？"真主的修行者，内心定是高深莫测的。真的隐士敢于将破门而入的盗贼吓住：主动给小偷递过来毯子。虽衣衫褴褛，但又有何妨？"心地不在戴帽穿衣。/品德不在衣衫褴褛。/圣洁不在服装如何，/只在于远离邪恶。/铠甲只配穿在勇士身上。/懦夫不配带枪。"做一个诚实、不自欺的人，真主的重点是内心，而不是光鲜的外表，"孔雀虽然为自己的羽毛而自豪，/

也为丑陋的双脚感到不安"，"你的心若能和圣徒一样，/戴上鞑靼人的礼帽也无妨"。

然而萨迪的内心又是洞察一切的，圣徒并不能决定这一切："假如听众不能领悟，/怎样的言辞也是无补。/假如他们茅塞顿开，/真理才能打动他们心怀。"弱者自有生存之道："疾驰的骏马死在半路，/跛脚的驴子却得保全；/壮士往往埋进了尘土，/受伤的人却得生还。"生活的哲理告诉我们："在沙漠的橡胶树下虽然正好酣眠，/但在夜里旅伴去后会有死亡危险。"本质已坏的事物不可能得到拯救："铁器如果已经朽烂不堪，/永远再难磨亮。/忠告感动不了冥顽，/正像铁钉不能钉在石头上。""假如谁有一副美妙的歌喉，/无论唱歌说话都使人欢乐；/假如那是一个低劣的歌手，/怎样的曲调都会叫人听了难受。"人如果行得正，不怕诬告，对方无隙可乘。记住：拥有向敌人学习的心胸。对主的赞美，并不只有人类，最可恨的是："鸟儿都在赞美上帝，我却沉默！"

当然，修士并不都是高尚的，也有腐朽不堪的。我们看一段评判修士的优美句子："你没有听见夜莺在黎明时发出的絮语？/你的灵魂中没有一点爱的情绪？/阿拉伯人的歌声使骆驼也翩翩起舞；/你不感动岂不是连牲口也不如？//连骆驼也激动得心花怒放，/你若无动于衷真和驴子一样。//当狂风吹到阿拉伯人的花园中，/草木都低下头，只有岩石凝然不动。//静静的万物都在对他颂扬，/细听吧，他们正在暗自歌唱。/夜莺向蔷薇吟诵着他的名称；/荆棘也在述说者他的神圣。"贪心不如求满足，身居要职的朋友不如失意伤心的朋友。朋友也要讲究陌生化的效果，不要时时烦扰他。

有意思的是关于萨迪婚姻的故事。他被富商救起，但卖给了泼妇女儿。好比救起羔羊再杀羔羊，等于狼。"我离开入群逃进山林，/我原想从此在这里修行；/不料会有这样的遭遇：/来和野蛮人住在一起。//我宁愿和心爱的朋友一起受苦，/也不愿和素不相识的人在花园里散步。"虚伪的修士，面对突如其来的诱惑，其结局总是功果半点不剩。"无论学者，博士，圣徒，/也无论圣明雄辩的人物，/只要他一旦羡慕浮世的荣华，/便是跌在蜜里的苍蝇，永难自拔。"真正的圣徒不看重财物，他慎重每一滴功果。但萨迪也辩证地看修行之道：饿着肚子如何能说出妙语！"圣徒只能拯救自身，/圣人才能拯救一切溺水的人。"即使是醉酒的人，圣徒也不要随意鄙视他。要学会博大与谦怀。幔子对旗子说："我肯安于这座门限，/不像你趾高气扬，头顶苍天；/谁把脖子伸到天上妄自尊大，/总会从那自封的宝座上一头跌下。"喻高处不胜寒，骄兵必败。做人要温和宽大："亚当的子孙都是泥土；/你不谦恭怎能算是人类！"朋友、夫妻之间要有好的品德与习惯，否则一旦养成，就会难改。"丑女的丈夫最好有眼无珠"，这是萨迪的偏见，也是他的可爱。最终要记住的是："帝王衣食丰足，穷人饥肠辘辘；/一朝睡进大地，/身上都只裹着一件尸衣。/一朝归了大梦，/帝王担子沉重，穷人担子轻松。"圣徒的生活应当是思念和感谢、敬拜和顺从（真主）、施与和满足、认同和信赖、驯顺和坚忍。谁有这样的品德，就是真正的圣徒，尽管身上穿的是华贵的袍子。

这一段内容丰富多彩，广泛联系社会生活的种种实际，甚至用萨迪自身的人生经历，来做出自己的智慧判断与人生总结。高深修士的功果不在光鲜的外壳，而在内心的虔诚信奉安拉。唯有不走极端，不偏不倚地处理事情，才会顺顺利利，永无后患。但萨迪也严厉批判了一批伪善的修士、隐士，他们借外表蒙蔽自己，表面虔诚，却内里肮脏，表明了当时社会各种复杂的生活现状，揭露了宗教的虚伪与黑暗。诗人同情下层人民，始终用宽容、温和、忍让的态度对待人民，闪耀着不朽的人道光辉，同时也体现了他辩证的思维观。

三、 论知足常乐

主要对求乞与饮食的探讨，它们若与虔诚无关或损坏真主的信奉，则乞讨与吃喝都显得空虚多余。两儿子，一成为博士，一成为埃及王。"与其作一只螫人的蜜蜂，/我宁愿作人们脚下的蚂蚁。"喻人要知足。穷人宁愿受苦，也不向富人乞讨。"我若靠着别人爬进天堂，/痛苦胜过跌进地狱。"好吃成性，欲望过多会毁灭自己。"我们饮食是为了活着赞美上帝；/我们活着不是为了口腹之欲。"病人说："胃里如果胀得发痛，/佳肴美酒都无用。"

苏菲忍受不了屠户的追讨债务，就应该事先想到不借。受伤的战士说："假如有人出卖生命水，要别人以人格作代价，聪明人决不肯买；因为耻辱的活着不如光荣的死去。""嗟来之食得不偿失！/锅子盛满人格丧失。//饮食虽然增多，我的名誉断送；/与其向人恳求，不如安于贫穷。"樵夫不到富人哈丁台家乞讨。樵夫说："我们靠自己的劳动糊口，/不需要哈丁台的酒肉。"萨迪的生活经历告诉他："在烈日炎炎的大沙漠，/珍珠岂能解渴？/旅人已快饿倒在地，/金钱岂能充饥？""在饱足的人眼中看来，/烧鸡好比青草。/在饥饿的人眼中看来，/萝卜便是佳肴。"身为国王，要与民同乐。

萨迪与滔滔不绝的贪商对话："沙漠里有个商人从骆驼上跌下，/你没听见他临死时所说的话吗？"他说："贪婪的眼睛如果永不满足，/终究会被黄土将它封住。"与其当不得好死的守财奴，还不如做慷慨的乐善好施者。萨迪也是宿命论者："假如没有运气，渔夫在底格里斯河里捉不到一条鱼；假如寿限未满，一条鱼不会死于陆地。"

最有意思的算是第 28 节，儿子要远游，父亲说，五者缺一不可：财富、知识、美貌（正如常言所说："一分的姿色胜过百分的财富；美貌是伤心人的药石，是开门的钥匙。"）、愉悦心灵的歌喉、手艺人。你的命决定了你不行，游必败。子不听，游。经历渡船（一把钢刀切不断一缕柔丝。/你若能用好话把骆驼驯服，/一根头发也能牵着它走路。）与商队事件。都离他而去，将死之际，碰到国王，赏赐，归家。子说："命运虽已规定了应得多少，/也要自己争取才能得到。//采珠人如果被鳄鱼吓住，/怎能得到名贵的珍珠？"父亲说："你的蔷薇从荆棘中长出来了，荆棘从你的脚上拔除了。"但仍认为，这是机会，好机会不常有。举例：波斯国王出奇招，置戒指于屋顶，射中者取之。一孩童射中，取。但烧毁弓箭，曰："这样，我最初的光荣才好永远保持。"父亲是宿命论者，而儿子更像萨迪，是实践论者。都有理。父亲是萨迪的另一面，是自我的展示与灵魂的剖析。其实，这是萨迪与自我的对话，哲理意味浓，是对自我的斗争与挣扎。

人是世俗动物，圣徒也不免俗。吃饱了才可讲修行。但人有更高的价值追求，不能只停留于物欲阶段。

四、 论寡言

知文识意：言多必失。慎言！"在仇人眼中优点总是最坏的东西，/萨迪虽是蔷薇，他们说是荆棘。//坏人不会把好人放过，/总要编排他一篇过错。//太阳虽然普照四方，/蝙蝠看不见光芒。"父亲丢钱，劝儿子不说，曰："不要向敌人述说你的悲哀，/他会表面同情，暗中称快。"记住：永远不要和傻子争辩，越辩越糊涂。话不要重复说，即使是好话。也不要插话。谁若不信《古兰经》，不要理睬他。"谨慎的人决不泄露国王的秘密，/决不会把自己的生命当作儿戏。"萨迪也表露了宗教上的歧视，他不愿和犹太人做邻居。诗人与贼的故事：贼赶跑诗人，剥光其衣服，但见其可怜，还其衣服，还赐赏。喻人皆有恻隐之心。嗓音差，高声念《古兰经》，是侮辱。

所以，寡言慎行是妙招，记住：沉默是金！

五、 论青春与爱情

"你若以嫌恶的眼光看人，/就会觉得约瑟并不美丽，/你若以怜爱的眼光看人，/会把魔鬼看作一位安琪。"朋友来，喜悦的碰掉灯盏。朋友惊问何故，答曰："假如那人进来，暗淡了你的灯烛，/速即起来，将他从你的房中逐出；/假如那人的笑口如糖似蜜，/拉住他的衣袖，且将灯盏吹熄。"喻友谊珍贵，友情长青。乌鸦和鹦鹉，互相看不起。鹦鹉曰："谁在早上看见你的嘴脸，/清晨的欢乐都会变为暮夜的忧郁。/和你一样的人，才好和你作伴，/但这样的人在世界上难遇！"萨迪说，讲这个故事是想表明，聪明人虽然讨厌愚人，愚人更是百倍地讨厌聪明人。

郁郁寡欢者落座人群中，"你是冬季的严寒，你是逆风，/你坐在那里像是雪花，像是冰冻"。失交的朋友珍惜友情，复归旧好。古人情真意切，哪像现代人？看看："我的情人如果对我微笑，又和我若即若离，/等于撕开我的伤疤，向我的伤口上撒盐；/但愿我能痴情地把她的柔发握在手里，/像是乞丐捉住贵人的袖子或衣边。"对曰："我们岂不曾誓心相许，/不料你竟如此薄情。/我忘记一切思念着你，/不料你竟突然变心！/假如你愿恢复我们的友谊，/回来吧，我将对你更加珍惜。"把枯杇的老岳母比成仇敌，是对丑的极端化。虽然不道德，但活在美的幻想里，古人想法简单、幼稚又单纯。"蔷薇凋谢了，只留下荆棘。/财宝失去了，毒蛇还没有离去。/我情愿眼睛被羽箭射中，/也不愿看见敌人的面孔。我宁愿将一千个朋友抛弃，/也不愿面前站着一个仇敌。"

行走，渴，遇少女送水来。她像是从黑夜里透出的曙光，又像是从地穴里流出的生命之水。她手里端着一杯冰露，里面调着葡萄汁，又加了砂糖，甘芳香甜，也不知是滴进了香精，还是掺上了她面颊上的蔷薇。我将杯子从美人的手上接过来，一饮而尽，便觉得重新有了生命。如此美好，怕是做白日梦？有这样的梦，足矣！沙漠里的财物被劫，商队忧伤，圣徒不忧伤。圣徒不囿于物。

萨迪年轻有友，亡故，伤心，不得脱，由此得悟。友谊的句子如春风、醇酒般醉人，如："死亡绊住了你的脚，像是一丛荆棘！/我希望命运的利剑也将我的生命取走；/使我不要在人群中感到你已失去。/我把我的脸贴在你的坟头，/可叹啊，只有一抔黄土留在你的身后。//在他没有长眠以前，/应把蔷薇和素馨放在他身旁；/如今时间销毁了他脸上的蔷薇，/只有荆棘在他的一旁生长。"国王不信蕾拉和玛侬农的绝恋。寻来问，玛侬农答："见其人可信。"国王寻来蕾拉，大失所望。曰："情人眼里出西施。"乃可信！"谁在患难中把他的情人抛弃，/千万不要相信他的甜言蜜语。/一对可怜惜人终于同时灭顶；/萨迪所说的话你要牢记在心，/因为他深深懂得爱情的深意，/像是巴格达人精通阿拉伯语。/假如你对他深爱，对他钟情，/对世间的一切就应闭上眼睛。/假如蕾拉和玛侬农重回大地，/也将从我这卷书里得到教益。"

青春是激扬的，爱情是甜蜜。萨迪用五彩缤纷的句子编织了一曲动听的青春之歌、友谊之歌。有友谊如此，有佳人如此，人生足矣！

六、 论老年昏愚

垂死的老人，贪念尘世。老夫少妻的故事：老家伙甜言蜜语，说什么年轻人的爱情靠不住，像他这样的理性、成熟、温柔良善与精明的人才靠住。"与其和同等的人浪费生命，/不如和高尚的人作个知心。"此女语出惊人："闺女腰上中一支箭，也胜过要一个年老的丈夫坐在身边。"遂离婚。"我情愿和你受苦受难，/不愿和别人同居乐园；/即使美人口中的蒜味，/也强过丑人手中的蔷薇。"儿子与老子的故事：老子在福树下祈福，只望拥有儿子。儿子长大后，只望老子死。教训：老子不给老子祈福，哪望儿子给老子尽孝。"疾驰的快马往往只跑两个驿亭，/从容的驴子才能日夜前进。"贵在坚持。"老人不能再有青年的欢欣，/河水一去永不复返。/黄熟的麦禾只能僵立，/不能再像青葱时摇摇曳曳。/青春的岁月啊！已不能再；/而今啊，已没有了欢乐！"喟叹青春不再。年轻人对母亲不敬，要想想自己小时候。子病，人告有法二：念《古兰经》，献祭。"他选择《古兰经》，只是因为经句可以从他舌尖上毫不费力地溜出来，钱财却要挖取他的心。"老人不娶，人问其故。曰："老妇不愿娶，况少女呼？"

老人如一束将油尽灯枯的昏光，既愚昧又纯真。尤其写老夫少妻一节（第2节），甚可笑，又感人。现世中，不常有这样的事例么？然而，人心变矣，世道不一样，现在的少女即使痴情于少年郎，也未必肯逃离那沉重的物欲枷锁。人生有美如此追逐，憾矣！

七、 论教育的功效

"假如那人天生可教，/教育立刻会生影响；/生铁如果炼得不好，/怎样也难把它磨亮！"本质坏，不可救，这是典型的宿命论。知识就是力量。王子的教导尤其要严，甚于百姓，何故？只因他是王子。"浪子只顾今日称心，/哪管明日受窘？/夏天花果满树，/冬天叶落枝枯。"人的天赋不一，但也要因材施教。"金银虽然含在石头里，/石头里未必都有宝藏；/老人星虽然普照大地，/这儿皮臭，那儿皮香。""天房悬挂的幕幔，/并非因为丝绸而有名；/是因它在主的身边，/人们才对它尊敬。"在朝觐路上争吵，不配做朝觐者。"话不像话最好不说，/话不投机最好沉默。""当你的花园中草木繁茂，/我的心情啊，曾是如何地欢好！/朋友啊！你不必这样性急，/春天来到时，我的坟上将会长满青草。"对奴仆要善待，以防日后审判的厄运。没见过世面的人总爱吹嘘。

两子辩，老子的墓谁好。一穷一富。"一个新从狱里出来的俘虏，/总比陷身囹圄的帝王幸福得多。""你若贪心不足，将会变成畜生，/你若清心寡欲，就是一个神仙；/你若善待别人，人人都会感恩，/唯有你那欲望，你愈宽大它愈造反。"

有意味的是第19节，萨迪与穷汉间的辩论。萨迪：穷人为生存，起杂念，遂堕落。富人知足，故布施，虔心信奉真主。"饥饿与操守不能并存，/贫困会夺走信仰的缰绳。"知足常乐要有基本的物质条件。穷汉被激怒，辩论。"愚人若在聪明人面前自吹富有，/你该把他看成蠢驴，哪怕他是香牛。"萨迪再辩论：对于乞讨的乞丐来说，"再多的钱财也填不满贪婪的眼睛，/再多的露水也填不满一口水井。"辩不得，两人吵，遂大打出手。找法官再辩。法官曰："有蔷薇的地方就有荆棘；喝了美酒之后会得头晕；宝箱的穷边有毒蛇，珍珠的附近有鳄鱼。有生的欢乐，也就有死的恐惧。有来生的幸福，也就有今生的困苦。""露水如果都变成珍珠，/珍珠就会比牡蛎还要不如。""主所喜欢的人正是那些像穷人一样谦恭的富人，像富人一样高尚的穷人。怜悯穷人的富人，才是最好的富人，回避富人的穷人，才是最好的穷人。"法官公正评判，其实是变了脸的萨迪，穷汉也是。萨迪真正要说的是法官的话，遂敷衍了这一段。结语："穷人！你不要怨命：/你若怨恨而死，多么不幸！/富人！你应慷慨仁慈，/既要享用，也要布施：/这样才有今生的幸运，/也为来世积下福萌。"

这些闪光的碎片，都是萨迪一生精彩绝伦的智慧结晶，他通过将说理与叙事、诗歌相结合，寓教于乐，寓理于事，简洁而又丰富，说理而不显枯燥。饱含深意而又激情四溢，让读者在如沐春风般的句子中享受到美的熏陶，得到美的教益！

八、论交往之道

这是全篇节数最多的一卷，共 106 节。题材丰富，比喻、象征等信手拈来，在详尽的说理中彰显人生的意义。

"不要祈祷祝福那庸人，/他一生聚敛，未用分文。"像真主待你般行善。"假如善行的大树根柢坚牢，/繁茂的枝叶将会上接苍天；/假如上面的果实你愿尝到，/莫用夸耀的利斧破倒树干。"有两种人无用：有财富没有布施，有知识没有实践。知识是用来寻求真理，不是其他。"人若把一生的光阴虚度，/便是抛下黄金未买一物。"喻要惜时如金。国家靠贤明的人增加光辉，宗教靠有德的人成为完美。坏人不可宽容和怜悯，否则就是自讨苦吃。

秘密藏心间，朋友不可尽信，弱敌不可小觑。对待朋友的敌人或你的敌人要小心为上。过度的严厉会造成恐惧；过分的温和会有失威严。要学会控制怒火，因为发怒之人怒火首先烧伤自身。敌人可以用借刀杀人的计策对付。不要多嘴！"夜莺！你宣布春天来到；/且让夜猫传报噩耗。"戒告密、自满、吹捧或自我吹捧，这都会导致灾难。"雏鸟走出蛋壳立刻长出羽毛，/人类出世以后还是无知无识；/前者成熟得早，身躯始终渺小，/后者成长得慢，伟岸而崇高。/水晶随处可见，不为人重视；/宝石不易到手，便有很高价值。"珍稀之物贵重，是金子总会发光。事业常成于坚忍，毁于急躁。不要乱批驳比你高明的人。揭人者自揭。与坏人居，则学坏，所谓"近墨者黑"！

人的信仰要靠心灵，理论要与实践结合，言之凿凿未必言之有理，美好的外表不代表内心的美好。和强者抗衡，是自寻死路，喻审时度势。要珍惜现时的友谊，理性要占感性的上风。有勇无谋与有谋无勇都不可取。"一个无知的人受到人们非难，/强过一个智者明知而故犯：/前者只是盲人走上了歧途，/后者却是睁着眼睛迷路。"萨迪始终宣扬宿命论，如："无论叹息抱怨或是感谢苍天，/你的厄运都不会有所改变。/天使既然想要呼风唤雨，/寡妇的灯笼他决不顾念，/或许继续燃烧，或许将被吹熄。""《古兰经》是为了教人行善，不是只为了诵读。虔诚而无学识的人，如同徒步的旅客；有学识而不肯勤修的人，如同昏睡的骑者。罪人举起手来祈祷，胜于信徒扬起头来目空一切。"高明的学问要不耻下问，力戒自明且不问。

做人要爱憎分明，重义的狗胜过不义的人。"凡是真主所喜爱的人们，/他的黑夜光明得如白昼；/人力岂能得到这些福分，/它是来自真主的仁慈授受。"主是公平的。"赐给我们食禄和福祉的造物，/或者赐给智慧，或者赐给幸福。""你把五条胡瓜送给法官，/他会判结你十处瓜田。""假如那人生性悭吝，/人人都将指出他的疵病。/仁人虽有两百过错，/也不会被人算作罪恶。"

这一节内容可说五花八门，有各种各样身份的人参与了萨迪的讨论，他们都成了诗人表达真理的见证者。生活是复杂多变的，萨迪善于从身边的小事出发，推演出它的真意与内涵，使人受到启迪与教益，但这种内涵并不是强行灌输，而是通过生活中的事例，活泼生动地加以形象说明，再配合诗歌的抒情性，给人以美的愉悦感。他就像一位智慧的老人，亲切地絮语般地给人以教诲，使听者如在充满明媚阳光的清晨聆听一曲大自然的神曲，神舒思畅，爽快极了，美妙极了！

九　结　语

综观萨迪的 8 卷诗集《蔷薇园》，我们好像置身于一片充满花香的蔷薇中，聆听着来自远方的悠扬的歌声，它引导我们走向花丛深处，遨游在大自然的怀抱中。各种身份的人穿织在花丛中，他们时而匆匆，时而悠缓，有的叹息，有的欢愉，有的沉重，有的世俗……不一而足。萨迪通过他们之口，向我们讲述了一个又一个动听的故事，故事饱含人情，极富音乐性与哲理性。既有对帝王的赞扬与攻击，也有对修士、隐士、托钵僧、乞丐、骗子、行人、老人、青年的同情与抨击，他要我们虔信真主安拉，内心澄净，做一个知行合一、表里合一的人。不仅如此，他还说："看看下层人民吧，他们多惨！"他用充满慈爱的眼神凝望着芸芸众生，饱含深情，无论对朋友还是爱人，满怀人道的理想与人性的光辉。抒发大义而不显枯燥，说理与诗歌互为关照，题材丰富，人生万象，尽显其中。在他质朴而悠扬的歌声中，我们看到一位饱经风霜的老智者在谦怀地探思，眼神坚定有力，"隽语风生，诙谐有趣"。

在我们看来，尽管萨迪现在看来显得荒唐陈腐甚至可笑，也许并不适用的观点，但在当时，这正是萨迪的过人之处与可爱之处，他的慧眼、他的敏感、他的才情和思索都显现其中，处处闪耀着动人的理智火花。他始终微笑着向我们说："我用美丽词彩的长线串着箴言的明珠，我用欢笑的蜜糖调着忠言的苦药，免得枯燥无味，使人错过了从中获益的机会。"①

---

① 萨迪：《蔷薇园》，水建馥译，北京：人民文学出版社，1980：203。

中国萨迪研究概览

萨迪是中古波斯著名的诗人，也是享誉世界的国际诗人。美国著名作家爱默生（1803—1882）在评论萨迪时指出："萨迪是在同世界所有民族的人们对话，他的作品像莎士比亚、塞万提斯、蒙田的作品一样永不过时，万古长青。"①

一、 萨迪译著

萨迪的作品在中国古代很受重视。十三世纪到中国旅行过的西班牙旅行家伊本·白图泰在他的游记中提到杭州府的水兵吟唱萨迪的诗歌，就是著名的例子。1937年至1947年，天津著名穆斯林学者王静斋（约1879—1949年）将萨迪的《蔷薇园》译成汉文（题名为《真境花园》），由北京牛街清真书报社于1947年正式出版。译者在译本序言中写道："萨迪擅长文学，笔调新颖，亦庄亦谐，实开近代幽默体裁之先河，故其作品极为世人所推崇，而本人也被列为四大文豪之一。"② 王静斋精通阿拉伯文和波斯文，他将《蔷薇园》译成《真境花园》，是最早将波斯文原著翻译成汉文作品的人，作品对波斯文学在中国的研究有极为深远的影响。

中华人民共和国成立以后，中国和伊朗之间友好的睦邻关系，促进了波斯古典文学作品在中国的翻译。1958年，人民文学出版社出版了水建馥翻译的萨迪的《蔷薇园》。这个译本是根据E. B. 伊斯特威克的英译本转译的。同年，人民文学出版社以"文学小丛书"形式出版了水建馥译本的节译本。1958年，萨迪的《蔷

---

① 邢秉顺：《伊朗四大文化名人的崇高历史地位》，《中外文化交流》，2001（3）。
② 孟昭毅：《丝路驿花：阿拉伯波斯作家与中国文化》，银川：宁夏人民出版社，2002：288。

薇园》问世 700 周年之际，全世界都在隆重纪念这位世界文化名人，中国文化界也召开了纪念大会。著名文学史家郑振铎先生在大会主题发言中指出："萨迪乃是一位伟大的人道主义思想的传播者。他深刻而现实地反映了他那个时代的精神。"①1980 年，《蔷薇园》在人民出版社第 2 版印刷，印数多达 2 万册。1984 年，水建馥和北京大学教授、波斯文学专家张鸿年应伊朗政府的邀请，前去参加伊朗与联合国教科文组织联合举办的纪念诗人萨迪诞生 800 周年的国际学术讨论会，水建馥先生以他译的《蔷薇园》向大会献礼。他们两位学者提供的《萨迪在中国》的论文指出："萨迪的政治理想和社会观点与孔子有许多相似之处"，"这两位东方文化的杰出代表，虽然生活在不同的时代与国度，但他们都有一颗爱人之心。他们都强调人的价值与尊严，提倡爱护人和尊重人。他们都反对暴政提倡仁政，都强调知识的重要意义，指出教育在改造社会和人类的事业中的巨大作用。在个人修养上，他们都提倡人要重视自身对社会的责任，提倡'己所不欲，勿施于人'的原则。令人感兴趣的是这两位东方的思想家，在各自人民心目中的地位，几乎也是一样，伊朗人民称萨迪为'伟大的导师'，而中国人则把孔子尊为'万世师表'"。② 这两位专家用比较的方法对孔子和萨迪进行了评价。评价中肯、准确，代表了 80 年代中国学者对萨迪的研究水准。

进入 21 世纪，萨迪的《蔷薇园》被宁夏宗教学者杨万宝译为《真境花园》，由宁夏人民出版社于 2000 年出版。继之，北京大学著名学者张鸿年教授将《蔷薇园》和《果园》由波斯文译成中文，并由湖南文艺出版社出版。2007 年 4 月，著名波斯语专家张晖首次将《果园》中的诗歌翻译为散文形式，由宁夏人民出版社正式出版发行。

由湖南文艺出版社倾 6 年之力精心打造的《波斯经典文库》（2002 年出齐），是国家"九五"和"十五"重点图书规划项目，文库共 18 卷 600 万字，它集中了中国目前最优秀的波斯语和波斯文学研究人才，全部以古波斯原著为底本，参照英、俄等译本翻译编辑。文库基本反映了波斯古典文学的全貌，其中许多经典之作

---

① 萨迪：《蔷薇园》，张鸿年译，长沙：湖南文艺出版社，2000：22。
② 萨迪：《蔷薇园》，张鸿年译，长沙：湖南文艺出版社，2000：22。

还是第一次介绍到中国，被认为是一项具有填补文化交流和学术研究空白意义的文化工程。其中就包括萨迪的《蔷薇园》和《果园》。

除以上提到的汉文译本外，几种完善的《果园》和《蔷薇园》的维吾尔语的古、新译本和注释本也相继在中国出版发行。

二、 萨迪研究论著

（一） 研究论文

在萨迪的研究论文中，国内研究者主要集中在以下几个方面。

首先是对萨迪的代表作《蔷薇园》的主题思想和艺术特色的分析。比较有代表性的有：黎跃进的《勇气·探索·智慧·文采——评萨迪的〈蔷薇园〉》（岳阳师专学报，1984 年）对萨迪《蔷薇园》的思想主题和艺术特色作了精到的审美分析。文中表现了萨迪对暴君、僧侣、贫民等不同阶层人的态度以及为人处世的看法，萨迪在文中处处闪耀着人性的理想和光辉，蕴含着深刻的人生哲理，作品"寓理于事、掘义于形，形象与哲理高度统一"，"散文部分的语言凝练简洁，句末往往押韵，很有诗味，故称《蔷薇园》为'诗集'；诗歌部分的语言又是纯朴浅显，明白晓畅，近乎民歌。两者结合自然无碍，天衣无缝。既浑然一体，又可以拆开独立欣赏"[①]。刘桢的《伊朗诗人萨迪和他的〈蔷薇园〉》（《中国穆斯林》，1984 年第 4 期）简介了萨迪的生平和《蔷薇园》中的诗句。艾山·马木提的《波斯古典文学光辉的代表作〈蔷薇园〉》（《新疆师范大学学报》哲社版，1989 年第 1 期），通过对《蔷薇园》中部分内容的概括分析，评价萨迪为"崇高的人道主义者"。何乃英的《深邃隽永新颖别致——〈蔷薇园〉思想艺术简论》（《国外文学》，1991 年第 1 期）概括了萨迪在《蔷薇园》中对暴君、富人、僧侣等不同的态度，不仅体现了他丰富而深厚的人民性观点，而且也透露了在当时颇为激进的观点。其艺术表现上韵散兼呈，文风多变。王锋的《伊朗杰出的穆斯林诗人萨迪和他的〈蔷薇园〉》（《宁夏大

---

① 黎跃进：《勇气·探索·智慧·文采——评萨迪的〈蔷薇园〉》，《岳阳师专学报》，1984。

学学报》社会科学版，1993 年第 2 期）除了对《蔷薇园》的内容作了简要的归纳介绍外，还对《蔷薇园》的艺术特色做了分析。主要反映了萨迪的人性论主张和人道主义思想，语言幽默饱满，讽刺意味强。巴拉提、刘闽的《伊斯兰文化的丰碑——浅谈萨迪散文诗集〈蔷薇园〉》（《中国穆斯林》，2002 年第 6 期）介绍了《蔷薇园》的部分内容、译介及影响情况。

其次，是对萨迪的代表作《果园》的探析，比较有代表性的有：张晖的《论萨迪及其〈果园〉》（《外国文学研究》，1991 年第 1 期）对萨迪的思想和信仰作了分析，包括诗歌的积极、消极意义以及道德价值，并且对《果园》的艺术特色作了具体探析。作者认为《果园》是一部教诲性的著作，整体结构十分完整而严密，语言凝练朴实、自然流畅，在中国和世界都产生了巨大影响。刘闽的《伊斯兰天才诗人萨迪与〈果园〉》（《中国穆斯林》，1998 年第 6 期）对萨迪的生平作了介绍，并对其代表作《果园》的思想内容和艺术特色作了分析，对于《果园》巨大影响也作了勾勒。

再次，通过将萨迪的《蔷薇园》与《果园》进行比照研究，透视其诗歌思想和主张，或将萨迪与国内外的作家进行比较，突出其思想价值。比较有代表性的有：

张朝柯的《〈果园〉和〈蔷薇园〉中萨迪的诗歌主张》（《国外文学》，1991 年第 1 期），通过分析萨迪的两部作品《蔷薇园》与《果园》，总结了萨迪诗歌创作的独到见解：在诗歌的思想内容上萨迪明确主张应该宣传人与人之间的同情和相爱，因而在他的诗篇中不厌其烦地表现"亚当子孙皆兄弟"的彼此之间亲如手足的关系。在《果园》和《蔷薇园》中，萨迪表达了对遭受欺压的平民百姓的同情与对暴君、贪官和恶霸的深恶痛绝，突出了萨迪同情、爱护劳苦群众的人道主义精神。萨迪也反对因袭和模仿，突出地强调了创新精神。在诗歌语言的运用上，萨迪主张遣词造句时要深思熟虑，要千锤百炼，反对空话和假话，强调语言的真实性和准确性；同时，他也重视对民间语言的学习。"萨迪的诗歌主张，是他长期创作实践的结晶，也是他为自己的诗歌创作提出的严格要求。正因如此，萨迪的诗歌才发挥了生活的教科书、修身的座右铭的作用。萨迪坚信：他的诗歌主张是正确的，他的诗篇会流芳百世。他曾预言：在我的身体化为尘土之后，/我的诗文将会继续存留；/

世间的一切都是变动不居，/我的图画却将永远留下记忆。"① 马平的《萨迪的〈古洛斯坦〉与中国回族穆斯林伦理道德》（《回族研究》，1999 年第 4 期）简要概括了《蔷薇园》的思想主张，以及《蔷薇园》在中国回族社会和家庭伦理道德形成方面的地位和作用（《古洛斯坦》即《蔷薇园》）。张朝柯的《早于西欧的人文主义萌芽——萨迪和但丁人文思想的比较》（《辽宁大学学报》哲学社会科学版，2003 年第 1 期）对比了萨迪和但丁的政治、社会及创作方面的思想，认为人文主义萌芽以萨迪为首产生于东方。这种东西互为关照的眼光为我们研究萨迪提供了更加宏阔的视野。

最后，透过萨迪的作品，探析其文本中的伊斯兰思想。比较有代表性的有：

向萧的硕士论文《〈蔷薇园〉中的伊斯兰思想研究》（西南交通大学，2008 年）从《蔷薇园》的文本分析入手，综合诗人萨迪生活的时代背景及文学氛围，结合伊斯兰教经典《古兰经》和圣训，着重挖掘《蔷薇园》中的伊斯兰思想，并分析《蔷薇园》在我国的际遇及其思想矛盾等。韩文慧的《浅论〈蔷薇园〉中的伊斯兰生命哲学》（《昌吉学院学报》，2011 年第 3 期）从《蔷薇园》中体现的伊斯兰生命哲学来进行梳理和认识，揭示了伊斯兰生命哲学的"真""善""美"，并力图挖掘作品蕴含的审美意识，透视出萨迪《蔷薇园》与伊斯兰生命哲学的关系。

此外，由穆扎法尔·巴赫蒂亚尔著、黄璟译的《萨迪在西方文学中的崇高地位》（《国外文学》，1993 年第 1 期）分析了西方多位作家文人在作品或论述中体现的萨迪的影响。

纵观上述论文研究我们发现：①研究论文形式较为单一，且仅偏重于主题和艺术探析。尚未出现研究专著和博士论文（硕士论文仅为 1 篇）；②研究论文多产生于 20 世纪 80～90 年代，所使用的译本基本为早期王静斋先生和水建馥先生的节译本。随着时代的发展，我们应该采用新的研究手段和研究方法，对其作品加以多方面、多角度的研究，不仅仅局限于萨迪的《蔷薇园》与《果园》，更要对萨迪的其他作品加以研究。另外，随着波斯语人才的不断成长，我们应重视对萨迪作品的重译工作，以便适应新时代的研究需要。

---

① 张朝柯：《〈果园〉和〈蔷薇园〉中萨迪的诗歌主张》，《国外文学》，1991（1）：134～135。

（二） 研究著作

以上是就论文而言，在一些学者的著作中，萨迪也成为关注的对象，比较有代表性的有：

1927年我国著名文学家郑振铎所编写的关于古今中外文学史的巨著《文学大纲》（上海书店，1986年），对东方诸国文学历史进行了逐条梳理。其中，设专章介绍"中世纪的波斯诗人"，对包括萨迪、哈菲兹、费尔多西在内的28位中世纪波斯重要诗人进行了详细的介绍。

《简明东方文学史》（季羡林主编，北京大学出版社，1988年）：由张鸿年撰写的"萨迪"一节，介绍了萨迪的生平，并对其两部代表作《果园》《蔷薇园》作了精要分析，主要突出萨迪的人道主义思想及其语言上的"明白流畅、自然优美"的艺术特色。这种评介，也同样见于张鸿年著的《波斯文学史》中（北京大学出版社，1993年）。

朱维之主编的《外国文学史》（南开大学出版社，2009年修订版），对萨迪的生平作了简要概括，并着重分析了萨迪的《蔷薇园》。对《蔷薇园》中体现的民主、进步的思想，萨迪的博大包容胸怀和广泛的社会影响都做了分析。

由郑克鲁主编的《外国文学史》（高等教育出版社，2006年修订版）指出，仁爱慈善是萨迪思想的核心，劝善惩恶是萨迪作品的主题。《蔷薇园》与《果园》这两部传世之作，洋溢着深厚的人道主义精神；著作将《蔷薇园》与《果园》作了比照：前者多着眼于现实，后者着重表现诗人心目中的"理想王国"。

1996年，由季羡林先生担任总主编开始编写的《东方文化集成》丛书，对波斯的研究出现了一些专门的著述，其中就包括上述提到的张鸿年著的《波斯文学史》、黎跃进著的《东方文学史论》等。

黎跃进著的《东方文学史论》（昆仑出版社，2012年修订版）对萨迪的《蔷薇园》作了精到的审美分析，以文本分析为纲，准确地指出了萨迪伟大的人道主义理想，闪耀着"人"的光辉。对其作品中体现的哲理色彩，也作了具体分析。萨迪的创作题材丰富，形象生动，饱含人生智慧，对后世影响巨大。

郁龙余、孟昭毅主编的《东方文学史》（北京大学出版社，2004年）介绍了萨迪的生平与创作概况，主要就萨迪的《蔷薇园》作了详细的分析，包括萨迪对人民真挚的情感、对封建统治者批判的勇气、对人生睿智的见解等。在艺术上笔者指出了其"诗文相间、富含哲理、比喻贴切"的特色。

此外，中国出版的大百科全书外国文学卷中就有"萨迪"的词条（徐秉威执笔）。还有吴富恒教授主编的《外国著名文学家评传》中，也有专章介绍萨迪的文章《萨迪》（张鸿年执笔）。

三、结　语

综上所述，萨迪的思想超越了国家和人种的界限，是值得世界人民为之分享并加以研究的重要资源。迄今为止，《蔷薇园》已被六十多次翻译成别种语言并且不断地出版。《果园》的译本以及以各种语言撰写的各种关于萨迪的书和文章也不断增多。当然，萨迪的作品不仅于此。但是，对于中国学者来说，似乎研究力度还显不够。我们至今还没有论述萨迪的研究专著，更无博士论文，硕士论文也很少见。这对于一个享誉世界的文化名人来说，尤其是专门治学外国文学领域的学者来说，这是不太正常的。可以说，对萨迪的研究是大有可为，也是非常具有意义的一件事，我们期待着这样的学术盛举。

穆太奈比诗歌探析

艾布·塔伊布·穆太奈比（915—965 年）是阿拉伯历史上最伟大的诗人之一，被称为阿拉伯古代的李白。其诗"诗风健劲新奇，富于哲理"。穆太奈比的诗歌主要分为四类，分别为矜夸诗、颂诗和描状诗、讽刺诗和哲理诗。他把诗歌"从造作的传统和陈腐的赞颂风格中解放出来"，并给格言诗注入了鲜活的生命力，用旧的形式装入了内容焕然一新的时代新精神。他把自身刚毅勇武、倔犟不屈的性格与其诗风完美地结合在一起。他使阿拉伯诗歌变得雄浑有力，磅礴大气，不仅为阿拉伯民族留下了宝贵的精神财富，更是对后世诗歌产生了深远影响。

一、 矜夸诗

不是我以族人为荣，/而是族人以我享誉。/我的荣誉不靠祖先，/而是全靠我自己。//尽管我的祖先，/为全阿拉伯人称誉。/无家可归者求他们救助，/犯罪失足者求他们荫庇。//如果我洋洋得意，/那自负也因我与人迥异；/世上还没有人，/比我更了不起。//我与慷慨同义，/我是诗歌的上帝，/我是敌人的毒剂，/我被忌妒者妒忌。//与当年沙里哈先知/在赛母德人中相似，/我在这个民族中/被认为陌生而奇异。（《不是我以族人为荣》）①

诗人穆太奈比自视甚高，他认为他的生命给自己的族人带来的是无上的荣光，即使是业绩辉煌的祖先也比不上他。世上没有人能与诗人相比，他的自负也因他与

---

① 外国文学名著丛书编辑委员会编：《阿拉伯古代诗选》，仲跻昆译，北京：人民文学出版社，2001：294～295。

别人迥异。诗人意识到自己是在矜夸，但他仍然把自己的地位抬高到无法企及的地步，这是什么原因呢？诗人生处的年代，是阿拔斯王朝的"黄金时期"。但在诗人所处的这一时期，是一个信仰败坏的年代，"这是一个怀疑和混乱的时代，宗教信仰薄弱，人们把宗教看成在整个伊斯兰世界最行时的做交易的手段。暴君、起义者、新信仰的主张者都利用它，每个有贪求的人也用它武装起来以达到目的。"①尽管诗人没有明确表示他信仰宗教，甚至在诗中他表达了对宗教的鄙夷，但他有强烈的属于自己的个人信仰：追求理想，渴望荣耀，企盼出人头地。他自比人类先知，自认超越民族的同类。在这种看似幼稚的极度夸张中，彰显诗人自身的风范与尊贵。这既是时代的真实反映，"写作，尤其是吟咏诗歌，成了每个有教养者附庸风雅的点缀，不管他具备还是不具备这方面的才能"②，也是诗人寻求超越的可能。他并不仅仅是为了显贵自己而显贵自己，而是有更为崇高的目的，即追求诗歌凌驾一切的永恒意义。诗中"我与慷慨同义，我是诗歌的上帝"就表达了诗人的此种倾向。在另一首诗歌中：

> 什么地位值得我企及？/什么伟人值得我畏惧？/真主创造和未造的一
> 切，/与我的雄心壮志相比，/都如同一根毫发，/微不足道，不值一提！/
> （《什么地位值得我企及？》）③

同样，诗人毫不顾及他人的感受，将自身抬高到无与伦比的地位。即使是真主，也不在诗人眼中。与他的雄心壮志相比，真主的创造连同世间的一切都不值一提，微不足道。这是何等的气魄与胸怀。世界上的一切在他眼中都是视而不见的，那么，诗人的目标到底是什么呢？其实，在我们看来，诗人所要赞扬的就是他自己。我们可以嘲笑诗人的幼稚、简单，但绝不能嘲笑诗人内心的真诚，对理想的诚挚与狂热。相比尘世中人的碌碌无为，诗人要奋发图强，赞扬荣耀、勇力、理想与雄心，这正是诗人的可爱与可贵之处。

---

① ［黎巴嫩］汉纳·法胡里：《阿拉伯文学史》，郅溥浩译，银川：宁夏人民出版社，2008：263。
② ［黎巴嫩］汉纳·法胡里：《阿拉伯文学史》，郅溥浩译，银川：宁夏人民出版社，2008：264。
③ 外国文学名著丛书编辑委员会编：《阿拉伯古代诗选》，仲跻昆译，北京：人民文学出版社，2001：284。

诗中或是运用抑扬句式，如"不是…而是…"这种句式起强化、突出效果的作用，把诗人高人一等的尊荣尽情凸显。夸张句式在诗句中比比皆是。如"我是诗歌的上帝"，自比先知，"真主创造和未造的一切，/与我的雄心壮志相比，/都如同一根毫发，/微不足道，不值一提！"等等，极力表明诗人是超越同类甚至真主的。而对比、反问句式更是强化了语气，诗人的口气不容置疑，坚定而又执着，这完全与诗人的性格相符，同时也符合阿拉伯民族横刀跃马、峻急刚健的硬派作风。《不是我以族人为荣》全诗共四段，每段四行，节奏简洁明快，直抒内心真情实感。而简短的《什么地位值得我企及？》又似乎含有吞吐宇宙的宏阔气概。读来令人信心满满，沉浸在一派乐观豪迈的氛围中。虽然诗人显得自傲甚至自负，但他的执着、真诚、勇气与雄心令我们感动、佩服！

二、 颂诗和描状诗

第二类是颂诗和描状诗。诗人一生中赞颂过许多贵族、权势者。这是那一时期的社会风尚，为了依附当权者，赢得上层贵族的好感，也为自己取得显贵的地位及权势，诗人们纷纷把自己所属的当权者夸赞到无与伦比的地步。这是时代使然，也是诗人们的生活方式和生存之道。穆太奈比最倾心的一位当权者为塞弗·道莱。在这一阶段，诗人的创作才华尽情显现，创作也最繁盛。由于君臣相互之间的信任，他对塞弗·道莱寄予了深切的企盼，通过他实现诗人心中最高的理想与追求。事实上，诗人也享受到了无比尊荣的地位及拥有极大的权势，但也同时遭到了其他人的嫉妒乃至诽谤、攻击。可谓喜乐掺半，尊荣与排挤并存。

每个人一生中总有他的习惯，/赛弗·道莱则惯于对敌作战。//他是大海，平静时，你可潜海求珠，/一旦他怒不可遏，你就当心一点！//想害他的人往往是害了自己，/率军与他为敌者往往是把礼献。//有人狂妄，总不把真主放在眼里，/一旦他宝剑在手，也忙把"认主词"念。//大地上一切君主都得臣服于他：/不是死了离去，就是跪倒拜见。（《赞塞弗·道莱》）①

---

① 外国文学名著丛书编辑委员会编：《阿拉伯古代诗选》，仲跻昆译. 北京：人民文学出版社，2001：285。

诗中的塞弗·道莱简直被描绘成人间的圣主，是一切人的君王。他惯于作战，谁想与他一争高低都是自讨苦吃。诗中突出了塞弗·道莱作战勇武、战无不胜的英雄气概。他慷慨大度，当他沉静时，你可以求无所拒；但是他发怒时，则会毁灭一切。这是现实当中的塞弗·道莱。一旦他拿起宝剑，连狂妄的人也把"认主词"来念。大地上的人都要臣服于他，跪着拜见。这是诗人心目中理想的圣主形象，寄寓了诗人无比美好的期望。通过君临大地，诗人得以实现自己曾经的理想与抱负，一展雄才，那就是：在战场上杀敌无数，赢得君王的赞赏，获得财富与权势。这在当时的阿拉伯是无可厚非的。正所谓各为其主，每个人都希望自己的统治者能强于其他统治者，显示自己的部族比其他的部族强大、尊贵。而这无形中提升了诗人自己的血统与高贵显赫程度。在另一首《战场上的塞弗·道莱》中：

> 何等的雄心产生何等的坚强刚毅，/何等的美德产生何等的丰功伟绩。//竖子把区区小事看锝十分了不起，/伟人则天大的困难也不放在眼里。//敌人披坚执锐，向你侵袭，/群骑奔来，如电掣风驰。//他们盔甲闪闪，刀枪熠熠，/令人眼花缭乱，难以辨析。//他们五路大军，自东至西，/阵阵喧嚣呐喊，惊天动地。//他们天南海北，聚在一起，/相互交谈起来，要靠翻译。//而你神态自若，英勇无比，/死神似在沉睡，闭紧眼皮。//敌骑丢盔弃甲，狼狈逃逸，/你则春风满面，扬眉吐气。//你的英明、勇敢无可比拟，/就仿佛对于幽冥你也洞悉。//你好似雄鹰，向敌人扑去，/他们望风披靡，不堪一击。//你宝剑举起时胜利还不知在何地，/而待宝剑落下时它已经翩然而至。//你喜欢宝剑，而把长矛丢弃，/似乎宝剑对长矛根本瞧不起。//这也难怪，谁欲求得胜利，/唯有锋利的宝剑才是钥匙。//你使敌人满山遍野逃逸，/好像往新娘头上撒银币。//你策马上山将敌人踏在脚底，/使他们血流成河，尸横遍地。（《战场上的塞弗·道莱》）①

诗人描述了阿拉伯部族与东罗马帝国发生于公元 955 年的"哈岱斯红堡"战

---

① 外国文学名著丛书编辑委员会编：《阿拉伯古代诗选》，仲跻昆译．北京：人民文学出版社，2001：292~294。

争。诗中既有对战事的描写，也有对塞弗·道莱英勇无惧、披坚执锐的英雄形象淋漓尽致的刻画。诗歌首先是议论，讲雄心与美德，对比竖子与伟人，而这些描述只不过是为了突出描写塞弗·道莱作铺垫；然后描述敌人如何强大、如何气势汹汹，但这一切在塞弗·道莱心中都不足为惧。他镇定自若，胸有成竹，自有破敌之策。我们并没有看到血腥的战斗场面，但见敌人丢盔弃甲，而塞弗·道莱神情自若，满面春风。其实，战争的残酷是可想而知的，但诗人最终的目的是要突显塞弗·道莱的英明果断，他"好似雄鹰，向敌人扑去，/他们望风披靡，不堪一击"。如此，当宝剑落下之时，胜负分明。

阿拉伯民族是一个嗜剑如命的民族，战争、勇力是他们的标志，战场上杀敌无数，战无不胜就是理想的好君主，就是可以信任、可以效忠的人。所以，尽管我们明白，塞弗·道莱不可能次次都打胜仗，但在诗人眼中，他是不可能战败的，在诗中不可能出现这类颓丧的字眼。而漫山遍野逃窜的敌人，好似在"新娘头上撒银币"。敌人"血流成河，尸横遍地"。我军胜利欢呼，完胜回师。有意思的是，诗人将敌人的逃窜比喻成在新娘头上撒银币，这是他们荣耀的象征：女人、财富与权势。而这一切都要靠战场上的胜利来获得，而战争的血腥、残忍的一面被遮蔽了。现在看来，这似乎是一种极不成熟、片面的看法，一个民族对另一个民族的战争，不管战争的胜负如何，失去的总是具体的生命。但在当时的环境中，唯有战争与武力才是解决争端、赢得权力与地位的唯一途径。没有什么比在战争中赢得胜利更值得让人庆幸与自豪，那终将决定自己的归属、权势乃至生命。所以，诗人的诗只有勇武、力的一面，见不到战争的惨烈一面，这不仅仅是诗人个人的局限，更是时代的局限所在。

两首诗一为颂诗，一为描状诗。都是两行一段，表达简洁有力，丝毫不拖泥带水。颂赞形象生动，比喻夸大中见幼稚，但势不可挡。尤其是描状诗，一气呵成，将敌人来时的趾高气扬与落败时的落荒而逃形成鲜明的对比，突出了塞弗·道莱的睿智、勇敢与指挥有力。而面临敌军，塞弗·道莱却紧闭眼皮，无所畏惧。他洞悉一切，对一切了如指掌，倏忽间，战局已定，而塞弗·道莱手持宝剑迎立昂扬的战马上，看血流成河的敌军如鼠逃窜。

三、 讽刺诗

主要对三类人进行了讽刺，分别是攻击诗人的文人、贪生怕死的懦夫以及黑奴卡弗尔。在诗人与塞弗·道莱关系最好的时期，身边的一帮文人坐不住了，他们串通起来挑拨诗人与君王之间的关系，最终造成君臣分道扬镳，诗人远走他乡。但诗人对这些无耻的文人进行了辛辣的嘲讽与无情的还击。

> 这世道到处是小人，/让我怎么能不抱怨；/他们的学者是傻瓜，/他们的精明人是笨蛋；//他们的贵人都是狗，/他们有见识的瞎了眼；/虎豹在他们那里最英明，/猴子在他们之中最勇敢；//对于自由人来说，/世上最大的灾难，/莫过于明知是敌人，/却不得不当朋友攀！（《这世道到处是小人》）①

看看诗人充满愤怒的宣泄，可知这些人对他造成的伤害之深。这都是一帮不学无术的谄媚之徒，他们对诗人所取得的荣耀既羡慕又嫉妒，常常无中生有，造谣中伤诗人。正所谓"众口铄金，积毁销骨"，诗人独立难支，总会给小人以可乘之机。在诗人眼中，他们的学识都一钱不值："他们的学者是傻瓜，/他们的精明人是笨蛋。"即使是他们的贵人也如同狗一样瞎了眼，这是诗人对其他部族统治者的抨击。而事实上，诗人逐渐遭到国王塞弗·道莱的冷遇。在一次公开场合，国王眼见诗人被人用钥匙砸伤，却视而不见。这令诗人哀伤不已，最终导致二人决裂。对诗人来说，他最高的追求莫过于自由与权势，现在两者都有了，但他的内心感到痛苦，原因何在？因为内心压抑，诗人的内心是异常苦闷、不自由的！与一帮无耻的以攻击他人来抬高自己的小人为伍，诗人常常感到难以忍受。"莫过于明知是敌人，/却不得不当朋友攀！"这不是违背了诗人的刚毅个性么？诗人一生征战无数，个性果敢倔犟，无人能束缚他，如今国王信任他，诗人才得以一展抱负。但小人们的无耻谰言令他感到愤怒不堪，明知是政敌，却还要朝夕相处，这是极大的不自由，对于过

---

① 外国文学名著丛书编辑委员会编：《阿拉伯古代诗选》，仲跻昆译. 北京：人民文学出版社，2001：286。

惯了任性的、自由自在的征战生涯的诗人来说。我们通过诗中明显感到诗人内心的苦闷与彷徨，这是君臣关系将要破裂的先兆。

在另一首诗《我总看见一个小诗人……》中：

> 我总看见一个小诗人/高不及我的肚脐，/却偏要踮起脚尖/同我争短长，比高低。//我开口讲话时/从不屑于把他提，/心中却暗自好笑/他那样不自量力。//最讨厌的人莫过于/他喊你却不值得搭理；/最可恶的人莫过于/他与你为敌却根本不配。//我并非对这种人/目中无人，矜才使气，/我只是厌恶蠢人/自作聪明，自鸣得意。 （《我总看见一个小诗人……》）①

诗人把攻击他的人比喻成矮小无比的小诗人。极尽丑化，泼辣地嘲讽。这个小诗人自不量力要与诗人一比高低，可他怎么能做到呢？诗人不屑于与之一比高低，因为小诗人根本就不配！诗人有自知之明，并非目中无人，他厌恶那种蠢人与笨人，明明愚蠢不堪，却自作聪明。这可能是诗人在极度愤怒的情况下对政敌作的最严厉的反击。将对方比成小诗人（不及诗人肚脐），可说是形象生动，一下子就置对方于死地，根本不在诗人的平视之下，两者较量，力量悬殊，对比分明。而诗人眼中的小诗人愚蠢地自作聪明，可能并不是实情，但为了表现还击的力度与效果，小诗人就是一个废人与傻子。再来看对懦夫的嘲讽：

> 你穿戒衣要穿到何日？/你这样受苦要到几时？//若不昂首挺胸死于剑下，/就会屈辱而死，低三下四。//何不信赖真主，光荣地跃起，/把战死沙场看成是蜜蜂采蜜？（《你穿戒衣要穿到何日？》）②

戒衣是朝觐者穿的一种服装，穿上这种衣服，意味着不能上战场征战。与其无意义地祈祷求神，不如横刀跃马，"马革裹尸还"。真正的阿拉伯英雄就应该这样。与其屈辱苟活，不如像个男子汉地冲锋陷阵，这才是沙漠里的真汉子、真英雄！在诗人眼里，真主也是这样教导的，要他们勇武、杀敌，更要把"战死沙场看成是

---

① 外国文学名著丛书编辑委员会编：《阿拉伯古代诗选》，仲跻昆译，北京：人民文学出版社，2001：287～288。

② 外国文学名著丛书编辑委员会编：《阿拉伯古代诗选》，仲跻昆译，北京：人民文学出版社，2001：289。

蜜蜂采蜜"，这是何等地豪气干云、英雄气魄！这样的性格才是真正的阿拉伯民族的精神体现，才能真正适应这片环境与土壤。否则，只能等着别人来收拾，苟活于世。

最辛辣的要算对埃及黑奴卡弗尔的嘲讽了：

> 我落脚在一群骗子聚集的地方，/他们既不待客又不许远走他乡。//慷慨应是赐予，他们则是口惠实不至，/让他们和他们的慷慨大方见鬼去！//他们悭吝、卑鄙的心灵臭不可闻，/死神都怕脏了手，而用棍子去挑其灵魂。//难道每一次恶奴弑主，/在埃及都可以畅通无阻？//如今阉奴成了逃奴的表率，/自由人受奴役，奴隶却受崇拜。//埃及的看守进入了梦乡，禁闭睡眼，/让一群狐狸将满园的葡萄糟蹋、饱餐。//奴隶绝不能同真正的自由人称兄道弟，/哪怕他生来就披着自由人的外衣。（《我落脚在一群骗子聚集的地方》）①

诗人与赛弗·道莱关系破裂后，离开阿勒颇，前往埃及，投奔到伊赫什德王朝黑奴出身掌实权的太监卡弗尔门下。卡弗尔本是埃及的一位黑奴，他的主人埃及王穆罕默德·本·塔呃兹临死时有一遗孤，黑奴卡弗尔代为摄政，不久就夺权掌控了王位。卡弗尔以美好的许诺诱骗穆太奈比投其门下。正处于苦闷徘徊之中的诗人，满怀信心地来到埃及，结果发现，种种的许诺都不过是谎言，在极度的愤怒中，他历经磨难逃离了埃及。之后，诗人写下了诗歌来对卡弗尔进行辛辣无情的嘲讽。

在诗中，诗人对卡弗尔的出身极尽嘲讽，不仅如此，还对其丑恶的灵魂进行了无情揭露。其"悭吝、卑鄙的心灵臭不可闻，/死神都怕脏了手，而用棍子去挑其灵魂"。由于弑主夺位，他厌恶卡弗尔的这种不光彩的卑劣行径。在诗人心目中，荣耀是在战场上通过拼杀夺取的，而不是要阴谋、使诡计得来的，这显示了诗人的光明磊落、坦荡的胸怀。如今自由人却变成了奴隶，奴隶反而变成了自由人，这个世界是如此黑白颠倒？诗人愤愤不平！这是一群骗子云集的场所，他们将美好而拥有古老灿烂文明的埃及糟蹋，他们就是一群披着狼皮的羊、一群狡猾的狐狸。虽然

---

① 外国文学名著丛书编辑委员会编：《阿拉伯古代诗选》，仲跻昆译，北京：人民文学出版社，2001：295~296。

深陷困境，但黑奴就是黑奴，永远不能与心灵向往自由的诗人相比。我们看到，诗人是一位性情中人，当春风迎面时，他毫不吝惜地赞美当权者；而当面对一群无耻的骗子时，他又极尽丑化、讽刺。但诗人就是诗人，他的喜怒哀乐，表露无遗，没有丝毫的隐晦与遮掩，字里行间，我们感受到的是一股巨大的情感激流扑面而来。我们可以看成诗人的简单使性，也可以看成没有心胸的见风使舵，但这就是真实的诗人穆太奈比。他在诗中的矛盾、困惑与迷茫，喜悦、激情与欢欣，都尽情显现。他一方面赞美跃马横刀、战死沙场的伟大的统治者；另一方面又立刻翻脸进行攻击与嘲讽。阿拉伯民族的直率、勇武、刚毅不屈，都尽显笔端。忽略其任侠使气的一面，我们感受到的是一位真情的坦荡、胸怀的诚挚与无畏的反抗的诗人形象。

诗中运用了对比、夸张、比喻、反衬等修辞手法，对政敌进行了毫不留情的还击，对卡弗尔的出尔反尔进行了最严厉的嘲讽。从其诗中，我们了解了当时的历史状况与诗人的生命轨迹，也看到了诗人的豪情与诗才。唯其真性情，才能拥有真诗人的称号。其强烈的情感，直抵我们的灵魂！

四、 哲理诗

大多数哲理诗，是在诗人生命的后半期创作的。经过了无数的磨难，其丰富的人生经历为其创作留下了深深的思索素材。沉痛的生活，苦难的回忆，激发了诗人对人生的深层思考，他的诗越来越趋向悲观，但也更富于哲理意味。可以说，"穆太奈比哲理诗的大部分具有崇高的人道价值，达到了不朽的诗歌水平"。

> 让我获取难以企及的荣誉！/高贵就在于难得，平庸则易。//建功立业岂能轻而易举，/不挨蜂螫焉能得到蜂蜜。 （《不挨蜂螫焉能得到蜂蜜》）①

诗人向往高贵与尊荣，建功立业不能凭空获得，唯有奋斗，唯有征战，才能赢取。这既是对一帮碌碌无为之人的嘲讽，同时也是对人生的总结：高贵就在于难

---

① 外国文学名著丛书编辑委员会编：《阿拉伯古代诗选》，仲跻昆译，北京：人民文学出版社，2001：284~285。

得，平庸则易。

> 你若不惜生命去追求荣耀，/那就应当把星星当做目标。//因碌碌无
> 为或建功立业，/到头来死都是一样的味道。//宝剑将会为我阵亡的战马
> 哭泣，/它们的泪水就是敌人鲜血滔滔。//美女是在乐园中养尊处优，/而
> 宝剑却要在烈火中锻造。//剑铸成离开工匠时无比锋利，/使他们双手都
> 难免伤痕道道。//懦夫把畏缩不前看做为人精明，/其实那不过是孬种的
> 胡说八道。//人只要勇敢就足以抵御一切，/若能智勇双全就会无比的
> 好。//有多少意见都是金玉良言，/但糟糕的是人们理解不了。//人们耳
> 闻忠告，获益不尽相同，/因为人品、知识水平有低有高。(《你若不惜生
> 命去追求荣耀》)①

诗人穆太奈比，如一位智慧的老者，将荣耀看得比生命更珍贵，告诫人们要立
志高远，并不惜一切地去追逐这种荣耀，哪怕失去生命也在所不惜！因为人都难免
一死，与其碌碌无为，不如为尊贵的一生而拼尽全力。美女象征安逸享乐，那不过
是过眼云烟，只有宝剑才是自己安身立命之器，没有等来的高贵，只有奋斗的今
生。懦夫不仅不前进，还把智者的忠告看作胡说八道。诗人苦闷、感到悲凉，所有
的金玉良言在不醒悟的世人看来，都是不能理解的。因为诗人与他们不是一类人，
人品、学识差异甚巨。诗人似乎有一种众人皆醉而己独醒的遗世孑立的孤独感。但
这种清醒带来的是一种"高处不胜寒"，是一种无人理解的痛苦。诗人在孤芳自赏
中，在得不到认同的尘世中闷闷不乐。他既高贵，又苦闷；既勇武向前，又徘徊
迷茫。

在《死人的伤口不会令人苦痛》中：

> 羡慕卑贱将生活在卑贱中，/也许死倒比这样活着轻松。//谁低三下
> 四更易受人欺凌，/死人的伤口不会令人苦痛。(《死人的伤口不会令人
> 苦痛》)②

---

① 外国文学名著丛书编辑委员会编：《阿拉伯古代诗选》，仲跻昆译，北京：人民文学出版
社，2001：288~289。
② 外国文学名著丛书编辑委员会编：《阿拉伯古代诗选》，仲跻昆译，北京：人民文学出版
社，2001：290。

我们读懂了诗人的内心，所谓"卑鄙是卑鄙者的通行证"，活着卑躬屈膝，还不如死了好。"有的人活着，他已经死了；有的人死了，他却还活着。"行尸走肉般的生活，他的精神已然枯朽不堪，这样的活是比死更累的存在！死是容易的事情，唯其活着，有担当，那活比死难。诗人已然上升到形而上的思考，对生、死的思索有着自己直接而真实的体验与思量。

在《生与死》中：

> 要活得尊严，死得光荣：/在战旗下，在枪丛中！//让熠熠闪光的枪尖/解除一切仇恨和愤怒！//活，不能碌碌无为苟活在世，/死，不能窝窝囊囊不为人知。//纵然在地狱也要去追求荣誉；/即使在天堂也不能忍辱受屈！（《生与死》）①

诗人的情感表达得更为急切，其诗中生、死之间的对比鲜明，要求世人能活得有尊严，死得有价值。去其训诫的一面，我们可以体会到诗人对尊荣而高贵的生命的追求。即使是当代的人，何尝不要如此，活出像样来，活得更有品味、更有价值，才是真实的人生！当然征战的年代已然过去，在时间的流逝中，心灵怕也是逝去了。精神的死是最可怕的，这是诗人穆太奈比透过历史的烟尘带给我们的启示与忠告！

到晚年阶段，诗人或把自己当成美的化身，或把自己当成一位饱经沧桑的智者，悠悠地回述往事，在探思中娓娓倾诉，像是对自己的自言自语，又像是对他人的尊尊劝导，读来真切自然，充满智慧，如一首回环婉曲的歌儿般优美动听。如《羚羊之美，山羊望尘莫及》：

> 城里美女的艳丽风姿/怎能与素静的牧女相比。//城里美女是脂粉涂成，/牧女天赋之美不靠粉黛娥眉。//羚羊之美，山羊望尘莫及，/眉目体态都无法与之比拟。//我愿为旷野的羚羊而献身，/她们不咬文嚼字，也不涂脂描眉。（《羚羊之美，山羊望尘莫及》）②

---

① 外国文学名著丛书编辑委员会编：《阿拉伯古代诗选》，仲跻昆译，北京：人民文学出版社，2001：290。
② 外国文学名著丛书编辑委员会编：《阿拉伯古代诗选》，仲跻昆译，北京：人民文学出版社，2001：291~292。

　　诗中的羚羊是诗人的化身，他不妩媚，不搔首弄姿，也不咬文嚼字，一派朴实纯净。不像山羊，华而不实。诗人鄙视城里忸怩作态的施粉美女，她们怎比得过天赋之美的牧女呢？其实，诗人将生活中的女人之间作对比，将羚羊与山羊作对比，都意在表达这样一层意味：要做光明磊落的英雄，不要做弄权使诈的小人！

　　诗人一生经历坎坷，多次辗转各地，投奔无数的当权者，既有受到信任与拥有权势的喜悦，也遭受过无数次的嫉妒、打击与中伤。但诗人至死不改其性，其性格刚毅、倔犟，他不做献媚的奴隶与小人，他要做光明磊落的人，哪怕因此遭受更大的打击。他始终认为：羚羊的美是山羊无法比拟的，施粉的美女是比不上素容的牧女的。诗人的思想由执着进而上升到一种空灵的精神的美的象征，他把这种至死不悔的追求当成自己一生的信条，当成自己的神来信仰和崇拜。然而，在另一方面，他又不信神，如《世人》中：

　　　　若说聪明人要对世人考验，/我对他们却早已吃透尝遍。//我看他们的友好只是欺骗，/而他们的宗教不过是伪善。（《世人》）①

　　诗人对所谓的聪明人一眼就看穿他们的把戏，他们的阴谋在诗人身上丝毫不奏效。有些人对你好，但那只是假象，他们的信仰是如此伪善，只是为了相互欺骗。

　　饱经人生磨难的穆太奈比以智者的身份俯视芸芸众生，对自己的一生提出了一系列充满困惑的疑问，这些疑问既是他日益走向悲观的明证，同时也是对世人的一种告诫与警示。我们在《人世沧桑》中：

　　　　人世沧桑，饱受忧患；/我等如此，古人亦然。//前人已去，满腹辛酸；/纵有欢乐，几人几天？//几日施恩，明日行善；/难解忧愁，度日如年。//互谅互让，排忧解难；/胜于敌对，相互结怨。//但人在世，立地顶天；/不受屈辱，死亦无憾。//若能长生，永活世间，/冒死勇士，岂非受骗？//若非如此，一死难免，/何必贪生，苟延残喘？（《人世沧桑》）②

　　从中看到的是一位忧患过后的智者形象。欢乐纵有，但何能长久？即使受到礼

---

① 外国文学名著丛书编辑委员会编：《阿拉伯古代诗选》，仲跻昆译，北京：人民文学出版社，2001：290～291。

② 外国文学名著丛书编辑委员会编：《阿拉伯古代诗选》，仲跻昆译，北京：人民文学出版社，2001：286～287。

遇，但礼遇在小人如麻的年代，岂能长久？诗人想到过要忍让，但人心叵测，道路
何其艰难！追求自由吧，这是永恒的使命，没有什么比自由容纳、摆脱受辱的境遇
更值得让人去追求。勇士立于世间，就应该展示光辉灿烂的一生，哪怕只是一瞬，
但也是唯美的永恒，值得为之献身。与其贪生怕死，苟延残喘，不如拿起反抗的武
器，去追逐自由的使命吧！我们看到一个孤独的身影徘徊在阿拉伯半岛上，他时而
冲锋陷阵，时而引吭高歌，时而集荣耀与宠幸于一身，时而又东奔西走。他让我们
想到了孤独的老堂·吉诃德骑士，他的行为尽管是荒唐可笑的，但其九死不悔的执
着令我们感佩。面对自由与真理，穆太奈比就好比是一位阿拉伯版的堂·吉诃德，
但他的行为更孤愤，他的反抗更激烈，他的性格更为刚强！

最终，诗人陷入了深深的悲观之中。在《岁月未在我心中留下什么东西》中：

> 岁月未在我心中留下什么东西/令我欣喜，为之着迷，无比珍惜。//
> 酒保！你们这杯中是酒，/还是斟满了烦恼和忧愁？//难道我是一块磐石，
> 为什么无动于衷？/无论是面对这美酒，还是耳闻那歌声。//我若是要琼
> 浆玉液也可以得到，/可是要知心的朋友却无处寻找。//我在人世间究竟
> 都得到了什么东西？/奇怪的是尽管我抱怨，却遭人妒忌。(《岁月未在我
> 心中留下什么东西》)①

饮着纯美的酒，唱着高亢的歌儿，这是阿拉伯人荣耀的时刻。穆太奈比何尝不
幻想如此美好时刻，但他的内心是孤独的、痛苦的，因为，诗人找不到知音。在一
帮小人群聚的地方，到哪里去寻觅"高山流水"般的知心朋友呢？回顾自己的一
生，诗人陷入了深深的悲观之中：奇怪的是尽管我抱怨，却遭人妒忌。这是诗人对
他自己遭受他人攻击，不被理解的排忧式的发泄，同时也对自己的人生提出了
质疑。

人自我意识的觉醒是困难的。但诗人穆太奈比经过一生的磨难后，在诗中发出
一种本能的探问，表达出一种自我意识开始觉醒的彻悟。"穆太奈比哲理诗的大部

---

① 外国文学名著丛书编辑委员会编：《阿拉伯古代诗选》，仲跻昆译，北京：人民文学出版
社，2001：291。

分具有崇高的人道价值，达到了不朽的诗歌水平。"① "酒保！你们这杯中是酒，/还是斟满了烦恼和忧愁？"这样一种追问，是一种哲理的追问，一种普遍的追问。

五、结　语

综观穆太奈比的诗歌，其诗题材多样，有赞颂，有矜夸，有描状，有讽刺，更有哲理。"穆太奈比诗歌中存在两种使它有口皆碑的成分：一种是用人所喜爱的热烈、精美的语言对力量和伟大的描述；一种是几乎没有一人不受其影响的人类感情。"② 的确，他爽直刚毅的性格、倔强不屈的灵魂，在诗中这种个性与诗的风格完美地结合在一起。"穆太奈比的诗歌树立了从造作的传统和陈腐的赞颂风格中解放出来的优良的革新范例。他给格言注入了强有力的诗的精神，从而使它从枯燥的教诲中摆脱出来。他使诗歌焕发出力量，变得宏大磅礴，从而从另一个角度保持了阿拉伯诗歌的雄浑和生命力。"③ 同时，也在世界诗歌史上留下了不朽的影响。

---

① ［黎巴嫩］汉纳·法胡里：《阿拉伯文学史》，郅溥浩译，银川：宁夏人民出版社，2008：278。
② ［黎巴嫩］汉纳·法胡里：《阿拉伯文学史》，郅溥浩译，银川：宁夏人民出版社，2008：280。
③ ［黎巴嫩］汉纳·法胡里：《阿拉伯文学史》，郅溥浩译，银川：宁夏人民出版社，2008：281。

三、西方文学与人文精神

西方人文精神变奏的四重唱

人文精神是指人类在历史文化中形成并发展的一种优秀的精神文明成果，它是"内在于主体意识的觉醒和超越现有一切束缚的精神追求，是人的不受任何外在的和内在的束缚的自由精神和自由意志的体现"①。人文精神的实质是对自由的不断深入把握与执着追求。

在西方人文精神的发展历程中，存在几组既对立又统一的矛盾关系即人与自然、人与社会、人与人和人与自我。人作为自然之子，既保有自然的禀赋，同时由于人的主观能动性，创造了一个不同于自然的连接着人与人之间的人类社会。人创造的这个人类社会，既关联着人与人之间的关系，同时也关联着人与自我的关系。

一、 人与自然的和谐与对立

人属于自然界的一分子，天然地对自然具有依赖性，但人的能动性使人的自然依赖性过渡到以人为中心的对自然的征服性。这种征服性是建立在一种人与自然相分的主客二元对立的"实践论"之上的，但这并不能改变人在"存在论"上的对自然的依赖性和不可超越性。② 因此，人与自然的关系不是一个简单的征服或依赖的单向关系，而是一种相互联系、相互依存、相互制约的既对立又统一的复杂关系。

远古时代的人类，受限于生产能力的低下和思维水平的混沌，对自然之谜的解

---

① 刘建军：《西方文化与文学的人文精神传统》// 赖干坚：《外国文学人文精神论集》，厦门：厦门大学出版社，1999：27。
② 赵甲明：《马克思恩格斯人与自然关系思想的当代意义》，《清华大学学报（哲学社会科学版）》，2001（1）：66。

密处于蒙昧状态。人在"命运"脚下匍匐前行，自然以外在于人的客体方式形象地解读为"命运"女神的惩罚，而人的"呐喊"就或隐或显地交织其中。著名的古希腊神话"潘多拉的魔盒"就说明了人始终逃脱不了"命运"的摆布。然而，盗火英雄普罗米修斯却成为"哲学日历中最高尚的圣者和殉道者"①。《荷马史诗》之《伊利亚特》中的阿喀琉斯早就领会了神的告诫：做英雄会昙花一现，但他的选择还是义无反顾，这既是对生命意义与价值的追求，同时也是对"命运"的反抗。索福克勒斯的悲剧《俄狄浦斯王》中的俄狄浦斯在"命运"女神的捉弄下"弑父娶母"，这个因为反抗"命运"的摆弄最终还是落入"命运"圈套的悲剧，说明当时的人还挣不脱自然营造的威力。欧里庇得斯的《美狄亚》中伊阿宋的喜新厌旧，导致美狄亚杀死自己的双子。这是一个具有自觉反抗意识的女性形象，但这种反抗的力量还很微弱。在强力的大自然面前，人类依然显得弱小、无助。这些拥有伟力的人间英雄受尽"命运"的折磨，他们身上因反抗而带来的嗜血的特性还未消散，一种承自自然的兽性因子还深深地刻在人类的历史印记之中。虽然试着冲突历史和自然的束缚，但是由于身上的蒙昧性还较浓厚，因而反抗的力量还很单薄。但是，正是这种人合于自然的统一性创造了一个相对和谐的人文世界。

西方中世纪把对自然的理解归于上帝的恩赐与创造奇迹。古罗马哲学家普罗提诺如但丁一般向上帝唱出了一首永恒之歌：

> 在我们精妙的幻想里传来了
> 那首宁静的纯净悠扬的歌声
> 永远在绿玉的宝座之前歌唱
> 吧向着那坐在宝座之上的人而歌唱。②

他把上帝看作"太一"的神，从太一中流溢出了普遍的灵魂和个体的灵魂以及最底层的物质。这个神不需要验证，先验地存在着，他"引导人们最终在一种迷狂

---

① 中共中央编译局：《马克思恩格斯全集》（第1版第40卷），北京：人民出版社，1982：190。
② ［英］罗素：《西方哲学史（上卷）》，何兆武、李约瑟译，北京：商务印书馆，1963：360。

状态中达到自我与太一的合一，在那里不再有任何与神相分离的自我意识"①。奥古斯丁以"上帝之城"和"世俗之城"为人类提供了一条救赎之道，那就是无条件地对上帝的信仰和爱。阿奎那以其雄辩的《神学大全》从五个方面论证了上帝的永恒存在。最形象生动地描绘了人类对天堂的向往和对上帝的虔诚的是但丁的《神曲》。他把整个世界划分为地狱、炼狱（净界）和天堂。人类要达到至善至美的理想天堂，必须经过罪恶的洗涤和灵魂的净化。炼狱作为悔悟的孤岛，是人类自我修炼向上飞升的阶梯。而痛苦地在地狱中煎熬的灵魂，反映了生前的罪孽深重，这些扭曲飘荡的魂灵只能永久地待在这里鬼哭狼嚎。但丁给出的救赎之路是理智和信仰（爱），古罗马诗人维吉尔的引导象征着理智之路，而天使贝亚德丽采的引导则象征着对上帝的虔信。不管是哲学家的理智和雄辩，还是文学家的迷狂和信仰，都毫无疑问地指向了对上帝毫无保留的爱。而"信仰的天堂靠理性的精神去构筑这一事实，说明了天堂本身是具有人文性，天堂的终极目的是为处于苦难现实中的人带去精神安抚，这里不无人文关怀"②。当然，在神主宰的信仰时代，基督教对人性的压抑是占主导地位的。对基督教的真正批判，往往自身要从中吸取人文自信和批判的养分。

当人类理性的脚步匆匆向前时，"上帝"又被知识和科学替代了，而人与自然的这种和谐统一关系逐渐走向了分裂与对立。文艺复兴打开了西方理性和科技的闸门，人类在"知识就是力量"的自信中昂首阔步。这一原本用来反宗教神学的锐利武器在18世纪的启蒙运动中发展到了顶峰。启蒙理性将人类认识真理的自然能力独立于上帝的恩赐之外，体现了人超脱于上帝的主体精神和力量。这一理性精神正是17世纪笛卡尔提出"我思故我在"以突显人的主体精神与力量的延续。

浪漫主义的始祖卢梭提出了"返归自然"的口号，回到一个人与自然和谐相处、一个纯然的道德境界的人类理想社会中。"湖畔派"诗人有如水仙的"随风飘荡"、舟子的"万顷碧波"、小草的"上帝安排"，"恶魔派"诗人有如泪珠的"晶莹剔透"、云雀的"云间滴雨"、夜莺的"啼血欢唱"。无论是回归自然的淳朴宁静，

①［美］S.E. 斯通普夫、J. 菲泽：《西方哲学史（第8版）》，邓晓芒等译，北京：世界图书出版公司，2009：109。
② 蒋承勇：《西方文学"人"的母题研究》，四川大学，2002：65。

还是面对大自然的雨骤风狂，那种追求人与自然和谐、美好的强烈内心渴望统一于人的安谧保守的舒缓和横卷宇宙的豪迈之外部实践中。这种实践精神是人对立于自然之后又渴盼回归自然建立一种人与自然统一关系的表征。

人与自然的对抗最极端的体现是人类的19世纪之后。梭罗的《瓦尔登湖》从反面证明了人类其实只需要极为简朴的生存条件，他在湖边两年的孤独生活体验告诉我们一个最显然的道理：贪婪和物欲蒙蔽了人类的心灵，对大自然的过度征服必然造成环境的破坏。一百多年过去了，梭罗的告诫犹在耳边回响，他是现代人类残缺心灵的治愈师。杰克·伦敦的《野性的呼唤》通过一只狗的眼光来衡量世界，巴克由一只被驯服的狗变成一只复归野性的群狼之王，这是对生命的尊重和肯定。与此同时，动物界"适者生存"的残酷生存竞争象征着美国当代社会的现实，这是一个充满诡诈、欺瞒、钩心斗角的动物式凶残社会，它延续了19世纪金钱法则下的社会进化观。而20世纪的劳伦斯则通过一系列畸形的两性关系暗示了人与社会的格格不入，人在工业化的生活方式中渐渐迷失了自己的本性。

"命运"犹如一把达摩克利斯之剑，始终高悬在人类的头顶。信仰时代对上帝的虔信与否决定了我们彼岸生活的幸福与否。人类文明的脚步是艰辛的，从对自然的恐惧与臣服到对自然的征服与占领，这是一个漫长而曲折的过程，其间充满了人类对自然既爱又恨的复杂情感。人离不开自然，但又妄想超脱自然的束缚去开拓无限的宇宙空间，实则僭越了上帝之位。当上帝的光辉隐退时，新的人间"上帝"粉墨登场。人与自然的分合就在这种"上帝"的角色变换中，而人文精神的内蕴也贯穿其中。

二、 人与社会的统治与反抗

古希腊建立了一个相对平等自由的城邦制度。古希腊人求生存向外拓展的外向型海洋经济，使得他们热爱生活，把追求个体自由和利益作为第一要务。这种世俗享乐主义在古希腊人那遒劲有力的雕塑中得到了淋漓尽致的发挥和体现。古希腊智者普罗泰戈拉的著名格言"人是万物的尺度"就洋溢着人的主体精神和自信。然而到了古罗马那里，一切都改变了。黑格尔认为："罗马世界的精神特点是抽象概念和死板法律的统治，是美和爽朗的道德生活的毁灭，作为直接的道德发源地的家庭遭到了轻视，个性一般遭到了牺牲，完全听从国家政权摆布，只能在服从抽象的法律之中才能见到冰冷的尊严和知解力方面的满足。"① 于是，个人让位给国家，马克思所评价的那"高不可及的范本"隐没了，那书写悲壮却透着明亮欢唱底色的史诗和悲剧一变而为罗马君主颂歌。而在政治上，马基雅维利的"狐狸"和"狮子"的比喻，开启了西方政治史上权力阴谋论的先河。他把政治的正当性理解为一种权力的技术操作性，深刻地影响了后来西方政治权力论者。

17世纪的法国是君主专制的典范。"太阳王"路易十四将君主的权力推向了顶峰，成为专制统治完美的代表。此时，代表正义的柏拉图式的"智慧的""勇敢的""节制的"城邦不见了，取而代之的是权力的滥用与人心的伪善。古典主义的代表莫里哀在《伪君子》中刻画的就是一个披着虔诚宗教外衣的虚伪教士达尔杜弗。作为一种策略考量，莫里哀不得不把象征公平、正义、真理和智慧的人间君王抬出来，以帮助奥尔恭一家走出绝境。人们之所以甘心情愿让君王管理和统治自己的人身自由，是深信这个君王能够代表所有人行使公平的权力和进行正义的抉择。但是，政治在德国政治思想家施米特看来犹如敌我之间的生死斗争，无外乎利益的纷争和权力的争夺。德国社会学家马克思·韦伯也将政治理解为一种支配意义上的命令与服从关系。君王打着为民服务的口号登上政治舞台，但是一旦获得政治权力便将人民的利益抛诸脑后。因此，在君主集权社会中，个人是没有民主与自由的，以致启蒙学者伏尔泰盛赞中国的开明君主制，认为"中国是世界上开化最早的国家"②，而强烈批判此时欧洲封闭的封建专制。由此，西方革命的呼声也越来越高。最终，启蒙理性中奠定的"自由""平等""博爱"的人文观念经法国大革命的洗礼而深入人心。

西方从漫长而黑暗的中世纪过渡到近代化的科技理性文明，宗教社会奠定的文明根基功不可没。一方面从基督教中开出了近代科技理性的文明之花，另一方面

---

① 徐葆耕：《西方文学：心灵的历史》，北京：清华大学出版社，1990：41。
② 伏尔泰对中国的赞美只是一种一厢情愿式的主观判断，他并不了解当时中国的实际状况，只是从别人的判断中拾来观点，这契合了他批判当时欧洲黑暗的封建专制制度。因而，伏尔泰的观点只具有部分合理性。

"宗教冲动力"造就着"资产阶级精打细算的谨慎持家精神"①。这一精神成为资本主义精神的两大力量之一，它与"经济冲动力"共同完成了资本主义的建立和发展。在世俗的劳作中，人们把这种"为非人格化的社会利益服务的劳动显得也是为了增添上帝的荣耀"②。于是，历史的契机加上一种深厚的宗教人文理解共同铸就了资本的光辉璀璨的发展轨迹。

塞万提斯的《堂·吉诃德》描述了一个"荒谬"的人，他信仰真理，拥有理想主义精神情怀，富于自我牺牲。"正义与慈爱是贯穿始终的动机，虔诚与勇敢是他所有行动的特色，失败与苦难每时每刻考验着他的意志。或许'理性'世界可以获得'事实'上的胜利，但道义的优胜永远属于堂·吉诃德。"③ 就是这样一个孤绝地对抗社会的"失败"英雄，他的精神财富却照耀了后世。对宗教的人文理解最深刻的代表是歌德的《浮士德》。浮士德将内心的矛盾与痛苦无限地放大，扩展到实现人的生命价值与人生意义的实践中来。这个痛苦而伟大的灵魂在经历了苦闷的书斋生活、疯狂的爱情悲剧、古代的宫廷政治生活、古典美的艺术追求之后，最终在改造社会的劳动中体验到了生命的美好与意义："你真美啊，请停一停！"④ 这个永不知疲倦的矛盾心灵勇敢地在生命的历程中左冲右突，既象征着资产阶级300多年的精神发展史，同时也是不同时代个体生命实践的隐喻。他走出了哈姆莱特的犹豫与延宕，也克服了堂·吉诃德的盲目与荒唐。浮士德的行为是一种主体的理性选择，代表了人与外在世界的复杂关系，当然他自身的矛盾情感特征也是明显的。

鲁滨逊开启的是一个资本主义征服世界的时代，此后资本主义机器大工业统治了人类。托马斯·莫尔所描绘的一个自由平等的"乌托邦"或许永远也不会成为现实。这个世界多了一批才华横溢而又悲观厌世的"世纪病"患儿，也产生了一批遗世独立、桀骜反叛的"拜伦式英雄"。封建专制社会的主奴关系在资本主义社会里

---

① [英] 丹尼尔·贝尔：《资本主义文化矛盾》，赵一凡等译. 北京：生活·读书·新知三联书店，1989：29。
② [德] 马克斯·韦伯：《新教伦理与资本主义精神》，于晓等译，北京：生活·读书·新知三联书店，1987：83。
③ 周宁：《幻想中的英雄——〈堂吉诃德〉的多重意义》，《厦门大学学报（哲社版）》，1996（1）：10～11。
④ [德] 歌德：《浮士德》，杨武能译，北京：燕山出版社，2000：556。

依然没有得到改变，因为人类在看似成为大自然和社会的主人面前，又沦为了金钱和物欲的奴隶。"资产阶级国家政治制度像宗教一样，是资本主义社会实际生活的异化，是同人民对立并压迫人民的一种外在力量。"① 马克思曾说："资本来到世间，从头到脚，每个毛孔都滴着血和肮脏的东西。"②

如果说 19 世纪是一个资本主宰的社会，那么 20 世纪则是一个充满创痛的灾难社会。两次毁灭性的世界大战，古拉格集中营、奥斯维辛集中营、恐怖的集权政治都在摧残着人类的正义和良知。文明在某种程度上就是野蛮，社会的进步竟是以牺牲人心的温暖和良善为代价的。恩格斯评价黑格尔的"恶是历史发展的动力"成为人类 20 世纪社会前行的血淋淋的向导和旗帜。人在社会的压迫下，彻底变成了一个"空心人"。在艾略特的《荒原》中，整个世界变成了一个枯竭的荒原，人类则变成了一群没有生命、没有信仰、没有追求的不死不活的行尸走肉。文明枯寂，道德庸俗，生命萎靡，这一切都是资本主义的物欲观造成的。透过文本的表层，其思想的深处依然表达了对文明的渴望和人性复归的呼唤。在时代潮流的炙烤下，一代又一代的人变成了"垮掉的一代""迷惘的一代"，被迫"以恶抗恶"，或干脆以一种彻底无所谓的嬉皮精神来反抗社会的腐朽和庸俗。如果说现代主义表达的是绝望中的反抗，那么后现代主义则是放弃反抗的绝望和嬉戏。但无论哪种环境下的生存选择，都表明了人对自身处境的一种人文性思考。

在思想家福柯看来，这个社会已经被权力所占据，他通过考察监狱和疯癫者发现，文明的细胞中总是渗透着权力的阴影。在他的"微观政治学"身后，闪耀着对权力的批判与恐惧。对这个看似无可救药的社会开出的药方，哈贝马斯给出的是建立一个真诚理性的"交往社会"，詹姆逊给出的是永远"历史化"和"多元化"，德里达给出的是不断"解构"。至于这个社会该如何建构，我们无法从他那里预知。早在卢梭那里，他就告诉我们："人之恶在于社会与文明，因而要用人的理性（知性）去解构传统文明进而重建新文明，而这种新的文明的最高境界就是使人的道德

① 陈枢卉：《马克思异化观的历史发展》，《苏州大学学报（哲学社会科学版）》，2006（2）：19。
② 中共中央编译局：《马克思恩格斯全集》（第 1 版 23 卷），北京：人民出版社，1972：829。

达到至善境界，使人的天性保持纯真状态……"① 启蒙主义者伏尔泰曾说："人类最可贵的宝库乃是这个'希望'，它缓和了我们的悲哀，它在我们目前所有的欢乐中描绘了将来的欢乐。倘使人类相当地不幸，只能管到现在的话，我们将不再播种，不再建筑，不再种植，不再供给任何东西：于是在这虚幻的享受中，人们将缺乏一切。"② 由此，我们似乎又有理由相信，对"戈多"的等待不会是一场漫长的告别。

三、 人与人的统一与奴役

原始时代的西方人靠血腥暴力获取生存的物质。城邦时代的人们靠海上掠夺和公民选取取得经济和政治上的特权。信仰时代的人们靠上帝的恩恫结成赎罪的联盟。古典王权时代的人们靠忠诚和责任来服从君王的指令。近代化以来的西方人靠契约精神和法律共同维护了一个理性的社会传统。无论是作为自然与神的奴隶，还是作为王权与金钱的奴隶，人的从属地位都

不曾改变过。根据黑格尔主奴关系的辩证法思想，人与人之间的关系无论一方是主人还是奴隶，都无法真正摆脱主奴关系的束缚与限制。要真正实现人的自由意识，黑洛尔的思路是超越历史上的主奴思维层次。因为如果我们"以主奴斗争的思维来理解社会中阶层矛盾，往往会将正常的社会冲突及利益纷争解释为你死我活的斗争，其后果就是通过建立压迫性的国家机器和制度架构来消灭敌对方"③。历史上人与人之间发生的种种恐怖、灾难性的事件，都是这种你死我活的思维方式造成的。

古希腊人"不自由毋宁死"的果敢决绝激发着人类童年时代的激情与美好。人与人之间靠真诚和勇武结成的友谊直率而单纯。即便是拐走海伦的帕里斯，也是明目张胆的爱恋而不是偷偷摸摸的诡诈。而战场上的狡诈与政治上的诡辩凸显了他们

---

① 蒋承勇：《西方文学"人"的母题研究》，四川大学，2002：216。
②［法］伏尔泰：《哲学通信》，高达观等译，上海：上海人民出版社，2005：149～150。
③ 杨云飞：《〈精神现象学〉中的主奴关系解析》，《武汉大学学报（人文科学版）》，2011（4）：34。

谋略的高超和才华的横溢，这丝毫不影响他们在私生活领域结成的永恒关系。阿喀琉斯为朋友复仇的愤怒，帕涅洛佩坚持 20 年为奥德赛守身如玉，这些人物的行为令我们感动且不可思议。但正是从这种简单淳朴的行为中我们看到了一颗颗执着良善的心灵与一个单纯到简单的社会。

历经人与神的信仰时代与人与人的古典王权时代，人之间的关系也逐渐由简单向复杂发展。到 19 世纪巴尔扎克笔下，人与人的关系完全由金钱来主宰。在拉斯蒂涅"埋葬了他青年人的最后一滴眼泪"之际，我们明白了这个社会已经沦丧为一个弱肉强食的"动物王国"。在面粉商暴发户高老头倾尽全力，将两个女儿保驾护航送往上流社会之后，剩下的只有冷漠的人情与六亲不认的现实。两个女儿在父亲病危垂死之际，冷酷拒绝回来见父亲最后一面，她们觉得到贫穷肮脏的伏盖公寓有失自身的"高贵"身份。这就是父亲用金钱培育起来的人与人之间的关系，拥有血缘关系的人尚且如此，遑论他人。高老头的金钱观既害了两个女儿，也害了自己。当然，这个责任最终要追究到资本主义的金钱观和价值观，尔虞我诈、唯利是图是这个社会的基本生存理念。

作为贫苦的大学生拉斯蒂涅来说，他接受的人生教育分为三部曲。第一课教育就是鲍赛昂夫人的告诫：

> 嗳，拉斯蒂涅先生，你得以牙还牙对付这个社会。你想成功吗？我帮你……你越没有心肝，越高升得快。你得不留情的打击人家，叫人家怕你。只能把男男女女当作驿马，把它们骑得筋疲力尽，到了站上丢下来；这样你就能达到欲望的最高峰。[1]

越狱犯伏脱冷则赤裸裸地道破了资产阶级的道德准则：

> 人生就是这么回事。跟厨房一样腥臭。要捞油水不能怕弄脏手，只消事后洗干净；今日所谓道德，不过是这一点。[2]

这是拉斯蒂涅接受的第二次人生课程。最终，高老头的惨死完成了大学生的社会教育。拉斯蒂涅埋葬了高老头，也埋葬了青年人的最后一丝良知。面对巴黎，他

---

[1] ［法］巴尔扎克：《高老头》，傅雷译，北京：人民文学出版社，1978：70。
[2] ［法］巴尔扎克：《高老头》，傅雷译，北京：人民文学出版社，1978：95。

气概非凡地说了句："现在咱们俩来拼一拼吧！"从此，拉斯蒂涅与巴黎上流社会同流合污，平步青云。一个前途无量的大好青年就这样"葬身"于资本主义社会的浊流中。

西方主客二分的理性传统决定了人与人之间的对立与斗争。但是，在这些冲突之中也包蕴着人与人之间的统一和谐。古希腊的人本主义畅饮智慧和民主，体现了一种古典的人际和谐。文艺复兴时期的人文主义，其实质就是复兴古希腊对人性的尊重与发现。即便在万恶的金钱社会，"钱蔑视人所崇拜的一切神并把一切神都变成商品。钱是一切事物的普遍价值，是一种独立的东西……钱是从人异化出来的人的劳动和存在的本质；这个外在本质却统治了人，人却向它膜拜"①，也有雨果在《九三年》中提出的"在绝对正确的革命之上，还有一个绝对正确的人道主义"②在历史中回响。这种超越党派、意识形态和阶层的人道理想和博爱思想给资本主义狂流注入了一支清醒剂。而20世纪的尼采、叔本华们，他们推崇非理性，反对主客对立，反对形而上学的逻各斯中心主义，推崇生命本能和自我。这同样体现了一种新的人本主义潮流，尽管它并不完善。

萨特在《禁闭》中说："他人就是地狱！"这是一个痛苦的灵魂与另一个痛苦的灵魂发生强烈的碰撞时引发的无尽苦恼。自由的意志因为他人的意志而发生改变，对于自我来说，他人就是地狱！"二者中的任何一方是在另一方之中并且致对方于死地。"③ 但是，相比这些死去的灵魂来说，人类又是幸运的。萨特认为，人类有选择的自由，"存在即选择"，"自由即选择"。我们在选择的自由中既要避免他人的干扰，同时也要避免对他人的干扰。于是，一个自由的人生便变得真实起来。

马丁·布伯在《我与你》中提出了两种不同的关系：在"我—它"中，我把世界当作异己的客体看待，不断地认识、利用乃至征服客观世界，人与世界处于一种紧张的关系中，世界于我来说是一个被动的工具而已。而在"我—你"中，我把世

---

① 中共中央编译局：《马克思恩格斯全集》（第1版第1卷），北京：人民出版社，1960：448。

② ［法］雨果：《九三年》，郑永慧译，北京：人民文学出版社，1996：323。

③ ［法］萨特：《存在与虚无》，陈宣良等译，北京：生活·读书·新知三联书店，2007：446。

界当作一个合一的整体看待，关照、体验、仁爱世界，人与世界处于一种和谐互动的关系中，世界于我来说是一个有生命力的主体。两种态度都是人生命历程中不可或缺的部分，但人不必且不应拘于其一，而要超越"我—它"之中的物的部分，上升到"我—你"中的精神层面，从而以精神的主导性左右生命的航程，实现对俗世的反抗和超越，进而救赎处于此世中的困顿的自我。"在每一关系境界中，在每一关系活动中，在每一现时地呈现于我们的生成过程中，我们都窥见'永恒之你'的身影；在每一境界，我们都承仰'永恒之你'的气息；在每一境界，且以特定的方式，我们都向'永恒之你'称述'你'。"① 我凝视一棵树，如果我从实用的角度来看，树就是一个客体对象，如果我把树当成一个有生命力的主体来看待，那么，树可以和我沟通、对话。这时，树不再是"它"，而是"你"，"你"与"我"构成了一个紧密相连、不可分割的整体，共同存在一个关系体中。我们把这种共存的关系形象地说成为相遇，我为了实现我而无限地接近你，在不断地接近你的过程中，我也讲出了你。因此，真实的人生都是一种相遇。凡是人，都有情感，但是相比于爱，情感是客体，而爱是永恒，伫立在"我""你"之间。爱是超越情感、超越人之上的。

这种"我""你"之间的爱的产生，按照 20 世纪哲学家的思考就是一种"主体间性"的关系，这是胡塞尔首先提出的概念。而海德格尔提出了与此近似的"共在"，即"天、地、人、神"四者"共在"，四者之间是一种互为主体的关系。还有其他哲学家也提供了积极的思考，如巴赫金的"对话"理论，怀特海的"过程哲学"等。尤其是后者，这种建构性的后现代主义，人与人以主客互融的形式进行平等的对话与交流。这对于处于困境中的当世，毫无疑问有着无比重要的借鉴意义。

四、 人与自我的迷惘与扩张

人是什么？在古希腊的阿波罗神庙上写着："认识你自己"。这是人类迈入文明

---

① ［德］马丁·布伯：《我与你》，陈维纲译. 北京：生活·读书·新知三联书店，1986：126。

时代的标志，从自然到社会，从自在到自为的发展历程。当人把自己的主体性投射到自然中去的时刻，就产生了神话。而当人把自己的主体性投射到上帝那里去时，就产生了宗教。"当人及人类创造着一种文化关系，适应着一种程度的文明下的自由时，这种文化关系又往往成为另一种更高程度的人的自由发展的桎梏。所以，文化需要不断地发展和演进，从而使人的自由向更高的文明阶段攀升。"①

斯芬克斯之谜的破解，标志着人类从野蛮社会过渡到文明社会。人类对自我的认识与寻找总是艰难重重。罩在俄狄浦斯王头上的"命运"是他悲剧性人生的根源，这是人类自我认识的局限性所在。在达·芬奇的《蒙娜丽莎》中，画中人物坐姿优雅，笑容神妙，背景山水幽深茫茫，使人物内心丰富的感情和美丽的外形达到巧妙的结合。这种臻于完美的生动肖像作品，象征着人文主义关于人的崇高理想的光辉体现。以致莎士比亚在《哈姆莱特》中喊出：

> 人类是一件多么了不得的杰作！多么高贵的理性！多么伟大的力量！多么优美的仪表！多么文雅的举动！在行为上多么像一个天使！在智慧上多么像一个天神！宇宙的精华！万物的灵长！②

莎士比亚并不是一个盲目的人性乐观主义者，在看到人的高贵理性的同时，也发出了"生还是死，这是一个问题"的沉重叹息。这是对人性的深刻洞察和复杂思考。

在人的科技理性膨胀之下，19 世纪变成了一个人心浮荡的社会。波德莱尔干脆以丑为美，以描绘腐臭的死尸和阴暗的臭水沟来表达心中的郁愤。而本雅明"同波德莱尔一样，把一种毁灭性的体验作为语言的内蕴，把一个要将他们的过去和现在碾得粉碎的时代作为思考的主题；在这种交换中，个人的世界——即那种'气息的光晕'在一个接一个的震惊中消散了"③。马尔库塞深刻描绘了一个"单面人"社会，这个社会已没有内心的充实与情感的交流，人人活在一个恐慌而无助的机械世界里。而到了 20 世纪，人就彻底沦为了一只虫豸。卡夫卡的《变形记》就形象

---

① 刘建军：《西方文化与文学的人文精神传统》// 赖干坚：《外国文学人文精神论集》，厦门：厦门大学出版社，1999：27。
② ［英］士比亚：《莎士比亚悲剧喜剧集》，朱生豪译，北京：华文出版社，2010：60～61。
③ ［德］本雅明：《发达资本主义时代的抒情诗人》，张旭东等译，北京：生活·读书·新知三联书店，2012：8。

地描述了人变成一只虫的全部过程，但可怕的是变成虫的格里高尔还拥有人的情感和理智。最终，全家人在抛弃了这个变成虫的垃圾后，长长地舒了一口气。

人性的善恶与否，似乎是人类一个争论不休却永远也辨不明的话题。基督教的人类有罪观，将西方人摆在了一个永恒有罪的立场，但与此同时，也完善了他们的法律基础和契约精神。在老托尔斯泰的《复活》中，我们见到了一个充满自我忏悔和赎罪的虔诚灵魂。诱奸了少女玛丝洛娃的聂赫留朵夫的思想转变过程完整而充分地体现了作者的"道德自我完善"的观点。聂赫留朵夫经过返归和自我完善在精神上获得了新生。陀思妥耶夫斯基的《罪与罚》是一部揭示人物心灵的道德冲突、内心善恶交战的心理小说。穷大学生拉斯科尔尼科夫崇拜拿破仑，他把人分为"平凡的人"和"不平凡的人"。他要极力改变现状，做一个"不平凡的人"。他认为自己杀死放高利贷的老太婆并不是为了钱，而是为了"正义"，这"并非犯罪"：

> 杀死她，取走她的钱，为的是以后用这些钱为整个人类以及公共事业服务：你难道认为，千万件好事还不能抵消一件小而又小的罪行吗？用一条性命，可以换来几千条性命免于堕落和离散。用一个人的死，换来一百人的生——这是多么合算啊！再说，以公共原则来衡量，这个痨病缠身、愚不可及、心狠手辣的老太婆的生命又有什么价值呢？①

从行为动机考量，拉斯科尔尼科夫是无罪而良善的。但是从法律来讲，他行为的结果应该受到惩处。从情感和伦理道德来讲，我们更不能接受他这种做法。尽管他的行为有其合理性，我们可以同情其遭遇，但残害无辜的生命总是对人性的践踏。人的内心总是充满了各种矛盾，是一个迷茫与明智、灵与肉、感性与理性的交织体，这些复杂而深邃的心灵在经过历史的洗礼后，总能给人以智慧的启迪，发散出成熟而理性的光芒。

五、结　语

西方人文精神源远流长，影响深广。它赞美人性，肯定人的价值、尊严和力

---

① ［俄罗斯］陀思妥耶夫斯基：《罪与罚》，曾思艺译，南昌：江西教育出版社，2016：71。

量。"它作为一种自由意志、创造精神和价值理想，本质上是与束缚和压抑人的自由和创造精神的蒙昧主义、极权主义相对应的，也是与贬低和泯灭人的价值理想的金钱至上、物质主义不相容的。"① 布洛克认为，人文主义传统的最重要和最始终不变的特点之一就是人的尊严，其他一切价值的根源和人权的根源就是对此的尊重。② 米兰·昆德拉说："欧洲文化……最珍贵的是对个体的尊重，对个体独创的思想以及对个体拥有不可侵犯的私生活权利的尊重。"③ 加缪认为，人生的意义和价值就是在反抗荒谬的世界中实现的。高尔基在《底层》中呼唤："人！这个字多么灿烂光辉啊！一切在乎人，一切为了人，只有人！"④ 海明威在《老人与海》中说："人不是为失败而生的……一个人可以被毁灭，但不能给打败。"⑤ 西方文化就是在人性光芒的照耀下不断发展前行的，尽管前面有断崖，有险滩，有巨石，有黑暗，但这阻挡不了人类奋勇向前的步伐。

在不同的时间长河里，人经历了不同的身份变化，于是我们有了"人是政治的动物""人是理性的动物""人是历史的动物""人是社会关系的总和"等定义。德国哲学家卡西尔指出："如果存在关于人的本质定义，这种定义只能被理解为功能性的而非实质性的。"⑥ 他提出了"人是符号的动物"的观点。其实，我们认为人不过是"文化的动物"而已。因为，以上这些论述要么与文化同义，要么隶属文化的一部分。而作为创造了文化的人，必然会在自己创造的文化中体现自身的精神与本质。这种文化精神，"作为人类文化创造过程中整合抽象出来的价值系统的精华，既是一种文化体系的内在品质的感性表征，又是处于特定历史纬度之中的人类群体生活意义世界的理性浓缩。正是这一'意义世界'，为人类悬设了某种基于现实而又超越现实的价值坐标，启悟人在理想与现实之间、终极指向与历史确定性之间保持一种思辨的张力，激发心灵远游的动力，从而使人不再囿于现实关怀之中，而是

---

① 任子峰：《人文精神·作家人格·文学品格》，《南开学报》，1998（6）：62。
②［英］阿伦·布洛克：《西方人文主义传统》，董乐山译，北京：生活·读书·新知三联书店，1997：233~234。
③［捷克］米兰·昆德拉：《小说的艺术》，董强译，上海：上海译文出版社，2004：207。
④［俄］高尔基：《底层》，芳信译，北京：译林出版社，2014：684。
⑤［美］海明威：《老人与海》，吴劳译，上海：上海译文出版社，2004：122。
⑥［德］恩斯特·卡西尔：《人论》，李琛译，北京：光明日报出版社，2009：61。

在不断的自我批判与自我超越中升华到更高的生存境界"①。人不管是作为自然之子，还是社会之子，不管是作为他者的凝视对象，还是关照自身的本体，都应当是"不断探求其自身的存在，这种存在物在其存在的每一时刻都必须审视和反省自身的生存状况。人生活的真正意义便在这种审视，这种对人类生活的批判态度中得到体现"②。

人文精神就内蕴于文化精神之中。西方的人文精神共经历了四个主题的发展变化，即人与自然、人与社会、人与人和人与自我。人与自然、人与社会、人与人之间的关系构成了人与外部环境的统一性。而人与自我则构成了人与自身内部环境的统一性。这四个层次，从内外两个方面共同构筑了一个完整统一的人文世界。他们之间是相互交织的发展过程，每一个层次都包含其他层次的人文精神，同时也内蕴于其他层次之中。四个层次是紧密相连、不可分割的统一体。在某一个历史发展阶段，其中一个或几个层面的发展特征更为鲜明，形成了色彩不同的一串串璀璨的明珠，合成了西方人文精神变奏的四重唱。

---

① 高长江：《论社会主义文化精神》，《光明日报》，1998—03—27（5）。
② ［德］恩斯特·卡西尔：《人论》，李琛译，北京：光明日报出版社，2009：8。

从西方文学看人的觉醒与衰落

朋友们，当你仰望宇宙苍茫时，是否感受到人类的渺小与无助？但同时，我们也能够做到"一沙一世界""刹那成永恒"。为什么会如此？只因为我们人类是情感与理性的动物，而文学无疑是我们感性生命与理性思索的结晶。"文学是人学"，这一深植于人内心之中的隐形命题却是永恒命题启示我们：作为一种独特的文化子题和艺术类型，文学始终与人的生命情感和精神灵魂紧密相连。波澜浩阔的西方文学以其不同于东方文学整体宁静和谐的另一面，展现了其恢弘博大以及另一种生命样态。在这种生命样态中，我们发现了其别具一格的生命体验和灵魂之旅。

一、 人的萌芽与跌落

"两希"（古希腊文学与希伯来—基督教文学）传统孕育了西方文学。古希腊文明（BC3000—BC30）以巴尔干半岛，爱琴海诸岛和小亚细亚沿岸为中心，包括北非西亚、意大利半岛南部和西西里岛的整个地中海地区。古希腊文明包括爱琴文明和古典文明。爱琴文明（BC3000—BC1200）也称前希腊文明，包括克里特文明和迈锡尼文明。著名的米诺斯迷宫和文字的发明分别是这两个文明的显著标志。古典文明（BC1100—BC146）包括荷马时代、城邦时代和希腊化时期，分别以荷马两大史诗《伊利亚特》《奥德修纪》，崇尚武力专制的斯巴达与追求自由民主的雅典、亚历山大帝国的建立为标志。古希腊神话产生于公元前8世纪以前，包括神的故事和英雄传说。它起源于原始人的巫术和宗教祭祀，是人类万物有灵思维的形象体现。

它以其恢弘瑰丽成为人类"永久的魅力","是一种规范和高不可及的范本"①。在古希腊神话中，神人同形同性，神的欲望凝结着人的欲望。身为天主与雷神宙斯的滥情与多情，天后赫拉的妒忌成性，断臂的维纳斯，潘多拉魔盒，智慧女神雅典娜，阿波罗苦追达夫妮，小爱神丘比特闪动的爱情与嫉恨之箭，大力神赫拉克勒斯的十二件大功等，无不飘溢着古希腊人的智慧灵光与童真童趣。在这样充满人性魅力的人类的幼年时期，我们能够简单地评价它是一种幼稚的无知吗？

盲诗人荷马的《伊利亚特》《奥德修纪》两部史诗，以其恢弘巨制和庄重典雅的风格淋漓尽致地刻画了英雄人物阿喀琉斯和奥德修斯的悲剧命运和丰功伟绩。史诗实际上奠定了西方人尽早开发小说创作的传统。特洛伊战争的爆发源于一个美丽的神话"不和的金苹果"。国王珀琉斯新婚之宴，唯有漏请了不和女神厄里斯，在众宾欢庆之际，不和女神投下了一个金苹果，上书"赠给最美丽的女神"。而作为裁判的特洛伊小王子帕里斯将这个金苹果判给了象征爱与美的阿弗洛狄忒。在爱神的鼓励下，帕里斯拐走了希腊斯巴达国王墨涅拉俄斯的绝色妻子海伦，激怒了全体希腊人。在统帅阿伽门农的带领下，希腊人组成十万大军、千艘战船，远征特洛伊。战争是残酷的，十年的征战，双方死伤无数，而英雄阿喀琉斯的"两次愤怒"彻底决定了战局的胜败。最终，在智慧的奥德修斯的建议下，希腊人使用木马计，攻下了特洛伊城。而《奥德修纪》正是描述希腊人战胜后，英雄荣归故里的冒险故事。它以奥德修斯十年的海上漂流为主线，一路经历了诸多的艰难险阻，如食莲国、杀死独眼巨人、塞壬的歌声诱惑等，最终有情人终成眷属，奥德修斯与坚守贞洁的妻子帕涅洛佩团聚。从这两个英雄人物的经历中，我们既看到了他们的勇武和智慧，同时也看到了他们的温厚与固执；既看到了他们的自尊与自信，同时也看到了他们的反抗与卑微。他们既是英勇顽强的、威武不屈的、同时也是渺小懦弱的、狡黠智慧的。但是，他们追求独立自由的鲜明个性是不变的。

古希腊的两大史诗是在一种英雄的愤怒和勇于冒险、自我漂流的状态中承受了一种生命之艰、之重和力的壮美。而"命运"的神秘莫测则把人推到了一种与自

---

① 中共中央编译局：《政治经济学批判导言·马克思恩格斯选集》（第 2 卷），北京：人民出版社，1995：29。

然、与社会的异己状态。著名的悲剧《俄狄浦斯王》就展示了这种命运对人的捉弄与神秘。而悲剧的撼人心魄的力量并不在于悲剧有多么得悲惨和带来的巨大痛苦，而是在于人在命运的怪圈当中的选择与反抗。俄狄浦斯的出走是为了逃避"弑父娶母"的命运，但命运却还是无情地降临到他身上。在凶残的妖兽斯芬克斯面前，他挺身而出，以超群的智慧破解了这头吃人凶兽的谜语，以"人"这一响亮的谜底揭示了人的自我意识的觉醒。人，就生活在命运的荒诞之中。既然无法逃脱命运的罗网，何不勇而拒之？这是俄狄浦斯的深入思索和主动选择。而越是抗拒命运，人物的悲剧也就越深刻地显现出来。"明知不可为而为之"，这正是悲剧的巨大魅力所在。俄狄浦斯的悲剧和最终毁灭不可避免，他作为人类生存困境中的净化者和"替罪羊"，毅然从命运的高峰跌入谷底，从"人中的豪杰"沦为"人中的糟粕"，使得这种个人的悲剧陡然上升为具有美学意蕴的崇高品格。在他身上，融合了古希腊人的宿命思想与人性之光，是理想的"希腊精神"的体现。

古希腊哲人普罗泰戈拉的著名格言"人是万物的尺度"，就充分体现在古希腊的神话、史诗和悲剧当中。古希腊人的这种性格，主要源于当地贫瘠的土地和多山邻水的地理环境，这决定了古希腊人只能在海洋的冒险中求取生存，而这种外向型的开拓奠定了他们热情似火、勇敢坚毅，突显悲壮的力与美的性格特征。他们热爱生活，追求完美。但事实告诉我们，人并不是完美的，著名的"阿喀琉斯之踵""断臂的维纳斯"就是明证。恰恰是一种符合人性人情的残缺之美吸引了人类，因为人类尽管不完美，但是永远不缺追求完美的心灵，这种心灵也是可以"同情之理解"的。

古罗马文明（BC753—AD476）基本沿袭了古希腊的文明成果，这种"狼性文明"之所以崛起，在于他们军事上的团结整一和法律上的责任义务。但这种狼性法则并不能战胜文明的典雅，在广博深邃的古希腊文明面前，罗马人不得不向古代中国的"胡服骑射"、元清时代的承袭汉文化一样，归化于古希腊文明。古希腊人的原欲与个体反抗突显了一种虽处于萌芽状态却强烈的主体意识。而犹太教结出的硕果之一基督教文学一反古希腊文学的人本主义，将神与人的位置彻底翻转。"上帝之城"只有在禁欲、苦行的修炼中才能光照人间，沐浴神恩。

人的原罪意识来源于人类始祖亚当、夏娃受蛇（魔鬼的化身）的诱惑而偷吃智慧树上的果子，因此被上帝逐出伊甸园，要永远艰辛劳作才能换来此世的生存之道，由此人类背负了在世的罪恶。而洗脱罪恶，到达享乐的天堂，必须要信仰上帝和爱上帝。基督耶稣作为神之子，道成肉身，来临人间化解人类与上帝之间的矛盾。耶稣以血肉之躯被钉上十字架，以自己博大深沉的爱和牺牲赎还了人类的罪孽，实现了基督教牺牲自我成全他人的博爱思想，他身上体现了一种浓厚的宗教神本主义。但人是一种复杂而奇怪的动物，当古罗马的纵欲衰亡的钟声敲响世人惊醒的目光时，基督教及时以神的恩典回应了这一告诫。而一旦神变成了人的沉重的包袱和锁链时，人类又开始了背叛和变异。人由匍匐在神脚下的呻吟祈祷一变而为诅咒、反抗与背离。与中世纪的教会文学《圣经·新约》形成鲜明对照的是英雄史诗、骑士文学与市民文学。盎格鲁－撒克逊人的《贝奥武夫》、法国的《罗兰之歌》、德国的《尼伯龙根之歌》和俄国《伊戈尔远征记》以其浪漫神话和传奇英雄的波澜壮阔谱写了一曲曲可歌可泣的英雄悲歌。而《破晓歌》的直抒胸怀与崇尚贵妇人、追求名誉的骑士则讴歌了一部部英雄救美的传奇。列那狐的机警则讽刺了贵族阶层愚昧腐朽，赞扬了市民阶层的聪明机智，体现了中世纪难得一见的一种市民活力和生活情状。如果说教会文学的禁欲苦行与英雄史诗、骑士文学与市民文学所沿袭的古希腊人的原欲观形成了一种鲜明的对照，那么但丁的《神曲》正是融合这两种文化思潮的伟大尝试。

但丁一生像屈原一样报国无门，他们九死不悔的执着精神是相同的。他在《新生》中阐明了自己早熟的恋爱轨迹，但又充分吸收古代智者的启发和导引，古罗马诗人维吉尔给了他理性思索的辉煌。《神曲》以梦幻的形式，自叙了但丁35岁时在森林中迷途遇险的经历，他遇到三头野兽：狮子、豹子和狼（分别象征野心、淫欲、贪婪）拦住去路，得到罗马诗人维吉尔的解救。他引导但丁游历了地狱和净界（炼狱），但丁的恋人贝亚德丽采引导但丁游历了天堂。但丁的这部作品有结构上的精美，最突出的表现是数字的严整有序，如3（全篇三个部分，每个部分33歌，加上总序，共100歌）、9（地狱、炼狱和天堂各分为9个层次）、10（9个层次加上天府，构成了一个圆满的10）。处于地狱的人永远没有出头之日，他们生前犯了重大过错，永堕地狱，只能被动地接受惩罚。而漂浮在海上的仙山上的炼狱，是偶尔犯错的人类，他们在这里修行苦练，可以得到飞升天堂的机会。而天堂则是真、善、美的殿堂，只有像但丁这样孜孜追求真、善、美的人，才能拥有进入的资格。但丁的游历实际上象征着整个人类的精神和灵魂之旅。从这部作品中，我们既看到了神的光辉和博爱，同时也体验了人间的因果报应。作者实际上是用宗教的框架在盛着一个人间的世俗心态，他从人类的巨大忧患出发，探索了民族的前途和命运，体现了他宽广博大的胸怀和思想的深度。他本质上思考的是人类的"情感自由与社会必然相统一的问题"①。如果说中世纪的基督教对人的原欲采取的是一种地狱式的恐惧与基督清晰的理智来进行制的话，那么但丁则采取恐惧和神之博爱来化解了这一令人感到阴森恐怖的气氛。他以人智的理解，加上纯洁的大爱（由个人身上的小爱化为上帝之爱和圣母之爱），实现了个体的解脱和人的天堂之路。恩格斯认为但丁"是中世纪的最后一位诗人，同时又是新时代的最初一位诗人"②，却为精彩之论。

二、 人的觉醒与古典理智

如果但丁是企图融合"两希"传统的话，那么真正将这两种传统融合得比较熨帖的是文艺复兴时期。14～17世纪，欧洲的新兴资产阶级打着"回到希腊罗马去"的旗号，声称要把久已湮没的古典文化"复兴"起来，故有"文艺复兴"之称。"这是人类以往从来没有经历过的一次最伟大的、进步的变革，是一个需要巨人而且产生了巨人——在思维能力、热情和性格方面，在多才多艺和学识渊博方面的巨人的时代。"③ 文艺复兴运动的产生，有多方面的综合因素。具体来讲，主要有传统文化的沉积发展与文化自身发展规律的制约（尤其是中世纪的桥梁作用）、时代机遇的促发（13世纪的黑死病动摇了上帝信仰、拜占庭学者的西来、地理大发现与环球航海、四大发明西传）、马丁·路德发起的宗教改革（"因信称义"得到民众支持）、人的自我发现与肯定（受资本主义生产关系的影响，人发现了自己的力量）。在文艺复兴运动中产生的人文主义文学的主旨在于反对神权、禁欲主义和蒙

---

① 徐葆耕：《西方文学之旅》，石家庄：河北教育出版社，2003：106。
② 中共中央编译局：《马克思恩格斯选集》（第1卷），北京：人民出版社，1995：269。
③ 中共中央编译局：《马克思恩格斯选集》（第4卷），北京：人民出版社，1995：261～262。

昧主义，而提倡人权、个性解放和理性，是一场彻底的反封建、反教会的以人为本的世俗文化，体现了新兴资产阶级的时代要求。达·芬奇画笔下那端庄而又意味深长的"蒙娜丽莎的微笑"留给世人的是永远也猜不透的生命活力，米开朗基罗的雕塑《大卫》永远闪动着人类美与力量的赞歌，而拉斐尔的《西斯廷圣母》则是一派安宁与和谐。彼特拉克将最美的歌儿献给劳拉，薄伽丘的 100 个故事《十日谈》集中揭露了教会的虚伪腐败，乔叟的《坎特伯雷故事集》以 24 个朝圣香客的旅途故事表现了反教会、反封建的人文主义思想。当然，我们更忘不了《巨人传》中的卡冈都亚和庞大固埃父子俩的夸张神奇，《乌托邦》中的那尽管遥远却无比美好的乌托邦理想。培根说"知识就是力量"，分明指出了这一时期思想家和作家们对知识的渴望和对理想的追求以及对人性的展望。毫无疑问地，人的生命本质又复苏了，人的意识又开始觉醒了。只不过，对比古希腊人，文艺复兴时期的人显得更为理智和理性，历史终究证明了文明的成果和人类思维的进步。文艺复兴运动复活了古希腊人的原欲与个性，又融合了基督教的理性之光。但对于冲出地狱般黑暗的中世纪，人的欲望觉醒显然是主题。

塞万提斯的《堂·吉诃德》和莎士比亚的《哈姆莱特》毫无疑问地代表了这一伟大的历史时代。《堂·吉诃德》以主仆二人的冒险游历充分展现了骑士信仰无法挽回的衰落。堂·吉诃德的行为尽管荒诞不羁，他把挤奶姑娘当作神圣的女神，把风车和羊群当成魔鬼和军队，冲进去一阵砍杀，结果出尽洋相，吃尽苦头。但是，那颗不肯屈服的高昂头颅表达的却是人类不曾忘怀的理想与执着追求。作为堂·吉诃德的仆人桑丘·潘沙却要实际得多，他的行为选择一切从现实出发，以追求个人利益的满足为宗旨，他之所以容忍主人的荒唐和滑稽，完全是为生存所迫。在这两个人物身上，我们看到的其实是一个人，是一个人的一体两面，作者以形象生动的画面呈现了人类身上所具有的全部复杂性和矛盾性。然而，我们永远都不会忘记堂·吉诃德，我们不在乎他行为的合理性与失败的结局，而看重一种理想主义的光辉和信仰追求不曾失落（尽管骑士信仰失落了）的精神表达。我们不会觉得堂·吉诃德比桑丘·潘沙显得更缺少生活底色和现实色彩而失去他本身的光辉，相反，我们从他身上得到的要远比仆人要多得多。

在 20 世纪，有人评价有三个比肩而立的伟人，分别为爱因斯坦、马克思、莎士比亚，由此可知莎士比亚的重要性和对后世的巨大影响。这个出生在英国斯特拉福镇、学历不高的巨匠一生共创作了37部戏剧、2首叙事长诗和154首十四行诗。其中，尤为后人熟知的是他的四大悲剧：《哈姆莱特》《奥瑟罗》《麦克白》《李尔王》。如果说《堂·吉诃德》主要展示的是人与外部世界的冲突，那么《哈姆莱特》主要揭示的是人的内心宇宙。"对莎士比亚来说，人的内心世界就是宇宙，他用天才而有力的画笔描绘出了这个宇宙。"① 一方面，莎士比亚展露了人的主体性：

> 人类是一件多么了不得的杰作！多么高贵的理性！多么伟大的力量！多么优美的仪表！多么文雅的举动！在行为上多么像一个天使！在智慧上多么像一个天神！宇宙的精华！万物的灵长！②

另一方面，他表露了人不堪其重的痛苦："这是一个颠倒混乱的时代，唉，倒霉的我却要负起重整乾坤的责任！"③。以至于哈姆莱特发出了沉重的叹息："生存还是毁灭，这是一个值得考虑的问题。"④ 可以说，莎士比亚对人性的深沉透视，在当时是无人能及的。哪怕到当代，他所展示的人物内心的丰富复杂、语言的生动以及情节的曲折性都依然给我们以巨大的魅力（马克思称之为"莎士比亚化"）。

随着时代发展而强调统一、秩序的国家观念，在17世纪的古典主义显然不满于文艺复兴文学所表现的欲望的大发泄。为了回应文艺复兴和宗教改革后的社会现实，封建势力和天主教会作了一系列调整，一时间，社会上弥漫着人文意识与宗教意识、灵与肉、理性与感性的纠缠。"巴洛克"思潮正是这一复杂交变的时代产物。它在文学艺术上是指夸张、繁艳的藻饰、花团锦簇的风格。在17世纪欧洲文学、绘画、音乐和建筑多方面都有所反映。在英国，率先发动了资产阶级革命，革命的结果是培育了反抗强权和暴政的弥尔顿的《失乐园》。在法国，封建势力依然强大，但稳定的王权却为艺术提供了保障。古典主义最早出现在法国也是必然的。布瓦洛《诗的艺术》确定了"古典主义的理论纲领"，她提出"首须爱理性：愿你的一切文

---

① 徐葆耕：《西方文学之旅》，石家庄：河北教育出版社，2003：191。
② ［英］莎士比亚：《莎士比亚悲剧喜剧集》，朱生豪译，北京：华文出版社，2010：60～61。
③ ［英］莎士比亚：《莎士比亚悲剧喜剧集》，朱生豪译，北京：华文出版社，2010：55。
④ ［英］莎士比亚：《莎士比亚悲剧喜剧集》，朱生豪译，北京：华文出版社，2010：66。

中永远只凭着理性获得价值和光芒"①，而笛卡尔的"我思故我在"就是这种艺术产生的合理文化背景。高乃依的《熙德》、拉辛的《安德洛玛克》以及拉封丹的《寓言诗》都从不同层面体现了古典主义的伟大立法原则。而莫里哀的《伪君子》则是封建贵族日益走向没落但依然拥有强权，而资产阶级崛起但力量不够的时代产物。在封建贵族和资产阶级之间起调停作用的是法国王朝，《伪君子》以抨击虚伪教会人士达尔杜弗的丑行恶剧为要旨，给了虚伪的封建贵族和教会一记响亮的耳光。莫里哀无疑是带着古典主义镣铐（"三一律"）跳舞的先锋，但他奏出了一曲时代新歌。他肯定了世俗生活，将喜剧这一形式提高了可以与悲剧比肩的地位，而且善于从民间发现题材，这与莫里哀自己的弃儿经历和丰富的人生历练有密切关联。

18 世纪的启蒙文学开启了人的观念全面发展的时代。歌德笔下的"浮士德"，的高度。如果说但丁的《神曲》以彼岸不可及的天堂之爱展望了人类的理想和光明，那么《哈姆莱特》则在人的全部复杂性和深刻性中揭露了人的伟大与渺小，正是"人生是一场虚无"导致忧郁王子的行为延宕。而对于成熟理智的《浮士德》来说，人类未来无疑就在改造世界的过程中得到美的享受。18 世纪的启蒙运动其实质是文艺复兴运动的继续发展，它清算旧时代的社会制度和封建统治阶级的文化思想，建立新时代的生活秩序和资产阶级的思想体系，为资产阶级登上历史舞台作必要的思想和舆论准备。启蒙者采取的批判武器是理性，相比于反封建的人文理性和古典主义的王权理性，启蒙理性开启了人的全面发展时代。符合自然人性，符合社会进步，符合自然事物规律，就是理性。启蒙主义介于古典主义、人文主义与浪漫主义、现实主义文学、美学理论之间。它一方面反对古典主义的清规戒律，又继承古典主义和人文主义的有益成分，另一方面孕育了现实主义和浪漫主义文学、美学的理论。发端于英国的感伤主义开启了浪漫主义的先河。笛福的《鲁滨孙漂流记》记录了资产阶级的个人发家史；斯威夫特的《格列佛游记》集中讽刺了社会现实；而集大成者菲尔丁的《汤姆·琼斯》集合了讽刺、冒险与心理描写于一身，在精巧的结构艺术中展示了人物的客观生存现状。法国作家的启蒙小说则"把个人变成时

---

① ［法］布瓦洛：《诗的艺术（修订版）》，任典译，北京：人民文学出版社，2009：5。

代精神的单纯的传声筒"①（恩格斯）。伏尔泰的《老实人》并不老实，狄德罗则提出了"正剧"（又名严肃剧，深刻影响了后来的易卜生、果戈理、萧伯纳等人的"问题剧"）观念，而卢梭的真诚忏悔则大大超越启蒙理性原则，大胆讴歌情感和真实的"自我"，成为19世纪浪漫主义的鼻祖。德国受历史和时代的限制，他们的"狂飙突进"运动依然处在反封建的发展阶段，运动的旗手是歌德与席勒。席勒的《阴谋与爱情》鞭挞了婚姻问题中为实现个人与家庭私利而出现的政治阴谋。

歌德终其一生的创作就是《浮士德》（创作60年）。他旺盛的精力、孜孜不倦的追求和博大深厚的知识给人类带来了巨大的精神财富，而《浮士德》正是这样的代表。在对浮士德的探索中，我们看到歌德抛弃了早年的浪漫幻想和理想情节，不再沉溺于维特的烦恼，而是在广阔的生活画面中，展现了人的苦苦追求和执着探索。浮士德有现实的背景，在歌德笔下，这是一个苦于学无所用的老博士，集中展示了老博士在魔鬼靡菲斯特的带领下，分别经历了学者生活、恋爱生活（玛甘泪）、政治生活（罗马）、追求古典美（海伦—欧福良）和理想事业五个阶段。这部诗体小说回顾与总结了欧洲300年来新兴资产阶级的精神发展历程（分别象征着冲出黑暗的中世纪、人文主义时期、17世纪古典主义时期、18世纪启蒙主义时期和19世纪的空想社会主义时期），这种历程其实质就是整个人类的精神发展过程。这部小说，融汇了多种艺术手段，歌德将深沉的哲理探索与精妙的艺术形式融为一体，幻想与现实穿插交织，多种文体熔为一炉。浮士德这个形象已经形成了世界文学史上的经典形象，他身上体现了一种永不满足、自强不息、积极实践、不断进取的精神（"浮士德精神"）。他启示着我们：人具有一种内在的自主驱动力，从小我到大我进取，超越自己的能力和极限，去完成伟大的历史使命。

二、 人的成熟与深度开掘

启蒙主义所催发的法国大革命并没有带来人们理想中的社会图景，相反，革命的暴力和专制却成了以革命名义欺骗大众与鱼肉民众的事实。浪漫主义作为一种文

---

① 中共中央编译局：《马克思恩格斯选集》（第4卷），北京：人民出版社，1995：555。

学手法古已有之，但作为一种文学思潮，特指产生于 18 世纪末、繁荣于 19 世纪上半叶欧美文坛的文学运动和流派。浪漫主义的概念起源于中世纪的"罗曼司"，后经发展演变，到 18 世纪末、19 世纪初，"浪漫的"就成了一个十分流行的术语。1777 年，卢梭在《一个孤独的漫步者的沉思》中使用了这个字："比埃纳湖畔和日内瓦湖畔相比，湖滨的岩石和树林离水更近，因而更原始些、也更浪漫一些，但是湖边的风光同样秀丽。"① 浪漫主义的产生既有现实的社会状况（法国大革命后的黑暗现实、工业革命的残酷景象、各国民主运动的高涨）、思想背景（德国的唯心主义哲学如康德的天才灵感说、费希特的自我学说、谢林的自然哲学以及黑格尔的心灵的艺术和空想社会主义学说），也有深刻的文学传统变革（中世纪的传奇文学和民间文学、18 世纪感伤主义文学、卢梭的小说、德国狂飙突进时期文学乃至 18 世纪末出现的哥特小说）渊源。浪漫主义是对以尊崇权威、崇尚理性、克制情欲为宗旨的古典主义的反驳，他崇尚主观自我，注重想象力和自然，尤其是对人的心灵和天才一面进行了刻画。德国浪漫派由于社会发展缓慢，使其浪漫主义染上一层浓厚的保守性和神秘色彩。诺瓦利斯放纵主观的神秘奇异、格林兄弟对民间传统的重视、霍夫曼的荒诞离奇，都体现了这一特色，最终在民主诗人海涅那里汇成大流，他的《德国，一个冬天的童话》，讽喻了整个德国的统治如同冬天一样冰冷。英国的浪漫主义则分为"湖畔派"（消极浪漫主义）和"恶魔派"（积极浪漫主义）。前者（以华兹华斯、柯勒律治与骚塞为代表）逃避社会现实，怀念往昔，追忆过去，引导人们往后看；而后者（以拜伦、雪莱与济慈为代表）积极正视和干预社会现实，批判黑暗的社会现实，不满于现状，引导人们向前看。但二者的共同点是注重情感的力量。华兹华斯的"诗歌是情感的自然流露"，雪莱的"如果冬天来了，春天还会远吗？"都是这种主观情感的强烈表达。而拜伦的《唐璜》则表现了作者对自由的真诚追求和人民积极行动的召唤。法国的浪漫主义起始于夏多布里昂塑造的体现没落贵族思想的"蛮荒之美"。代表民主倾向的斯达尔夫人、通俗小说圣手大仲马、抒写美丑对照原则的人道主义者雨果等，构成了法国浪漫主义别具一格的特色。而俄国的普希金的"我记得那美妙的瞬间：你在我眼前降临，如同昙花一现的

---

① ［法］卢梭：《孤独漫步者的遐想》，钱培鑫译，南京：译林出版社，2006：53。

梦幻，如同纯真之美的化身"①，"一切转眼即逝，成为过去；而过去的一切，都会显得美妙"②。

与惠特曼的《草叶集》（前期浪漫主义的代表有库柏的《皮袜子故事集》、爱默生的超验主义与梭罗的《瓦尔登湖》，后期浪漫主义以表现宗教对人性的摧残的霍桑的《红字》与海洋小说麦尔维尔的《白鲸》为代表）一起代表一对鲜明对立的浪漫特色。前者以歌颂人物的美好纯洁爱情而透露出悲观、失落情绪为基调，后者则洋溢着自由、民主、乐观的美国特色。

浪漫主义对古典主义的胜利，以雨果发表《〈克伦威尔〉序言》（1827）为标志。在这篇序言中，雨果提出了著名的美丑对照原则："丑在美的旁边，畸形靠近着优美，丑怪藏在崇高背后，美与恶并存，光明与黑暗相共。"③ 雨果的《巴黎圣母院》中，主人公加西莫多和爱斯梅拉达是两个孤儿：一个奇美，一个奇丑。仪貌美丑的强烈对照，卓绝地衬托出了他们两个互相救援的动人情景。1830 年以后，浪漫主义逐渐被批判现实主义所取代。而登上历史舞台的现实主义的崛起有着社会现实的土壤：资产阶级登上历史舞台，开始掌握政权，他们不满于社会现状；哲学思潮和自然科学的发展影响了文学转向，如费尔巴哈的人本学说、孔德的实证主义、圣西门的空想社会主义、德国古典哲学的辩证法、"共产党宣言"的发表、科学思维与分析研究等。文学作为形象思维的产物，其发展有自身的规律：批判现实主义广阔真实地展现社会生活，揭露批判黑暗现实，执着追求人道主义理想。真实客观性、批判与否定、"再现典型环境中的典型人物"④（恩格斯）是现实主义作家的普遍艺术特征。法国是现实主义的发源地，以司汤达（《红与黑》）、巴尔扎克（《人间喜剧》）、福楼拜（《包法利夫人》）为代表。英国批判现实主义主要描写了小人物与资本家的劳资矛盾，展现了一种英国式的改良主义。这批作家被马克思称为"一派出色的小说家"：狄更斯（《双城记》）、萨克雷（《名利场》）、勃朗特姐妹（以

---

① ［俄］普希金：《普希金全集》（第 2 卷），乌兰汗等译，杭州：浙江文艺出版社，1997：104。
② ［俄］普希金：《普希金全集》（第 2 卷），乌兰汗等译，杭州：浙江文艺出版社，1997：106。
③ 郑克鲁主编：《外国文学史（上）》，北京：高等教育出版社，2006：188。
④ 中共中央编译局：《马克思恩格斯选集》（第 4 卷），北京：人民出版社，1995：683。

夏洛蒂·勃朗特《简·爱》为代表)、盖斯凯尔夫人（《玛丽·巴顿》)。普希金《叶甫盖尼·奥涅金》奠定了俄国现实主义的传统，开创了描写"多余人"的历史，后来相继出现莱蒙托夫笔下的毕巧林、屠格涅夫笔下的罗亭、冈察洛夫笔下的奥勃洛摩夫等，他们身上无一不或多或少地闪现着奥涅金的影子。而到了陀思妥耶夫斯基手中，这类小人物在心灵刻画上达到了惊世绝伦与骇人听闻的历史高度。而美国主要以废隶文学为代表，《汤姆叔叔的小屋》的作者斯托夫人被林肯称为"引发了一场大战的小妇人"。随着资本主义发展到垄断阶段，作家笔下的人物被金钱笼罩的悲剧命运已不可避免，如哈代的《德伯家的苔丝》、马克·吐温的《百万英镑》和托尔斯泰的《战争与和平》。

　　西方 19 世纪是一个辉煌灿烂的文学时代。浪漫主义、批判现实主义、自然主义、唯美主义和象征主义等各种流派的文学蔚为大观，形成了对人类灵魂深层刻画和生命现象浓墨重彩的一章。资本主义工业文明造成的"浪漫病"，在现实主义那里成为残酷地体认乃至自然式的生理本能的解剖（左拉、易卜生)。而"为艺术而艺术"（王尔德的"生活模仿艺术"）和"象征的森林"（波德莱尔的"客观对应物"）已然敲响了 20 世纪的钟声，成为现代主义文学的急先锋。

三、 人的异化与心灵的荒芜

　　人类的 20 世纪是一个多灾多难的百年，黑格尔的理性辩证法和诸多作家笔下所展示的人类文明的洋洋自信，在事实面前只不过是一个"野蛮"而无用的"荒原"。"上帝死了"，尼采的这一声沉重的叹息，惊醒了麻木而沉顿的心灵。人类不再是莎士比亚所谓的"宇宙的精华"和笛卡尔的"我思故我在"，而是彻底走向了本能的沉醉和非理性存在。卡夫卡笔下的人，一觉醒来变为大甲虫，虽荒诞不羁但却直击人类脆弱的魂灵。如果现代主义还在守住人的底线，以非理想在期待理性，那么后现代则如德里达一样，彻底摧毁一切屏障和规则，人在语言的文字中嬉乐和延宕，永远无法抵达意义的彼岸。

　　卡夫卡的小说《变形记》中的主人公格里高尔是个旅行推销员。一天早晨，他从噩梦中醒来，发现自己突然变成了一只巨大的甲虫。公司秘书主任为他没有上班找上门来，父母和妹妹也急忙来询问情由，都见状大骇。从此，他成了家庭的一个沉重包袱，甚至被认为是一家人"一切不幸的根源"，终于受尽亲人的冷漠和折磨而死。格里高尔的变形有着社会和个体的双重原因：工作压力、生活重担的社会奴役，人与人之间的冷漠所带来的压抑感；人在巨大的压力和物的奴役下，渐渐失去自我，为物所异化的荒诞、焦虑与逃避、孤独感。人在根本上退化成一个脆弱的动物。《变形记》创作于1912年，发表于1915年。1914—1918年的第一次世界大战，使歌舞升平的欧洲大陆变成杀声震天的战场。许多资本主义国家经济萧条，社会动荡，人民生活在水深火热之中。黑暗的现实，痛苦的生活，使得人们对资本主义社会失去信心。人们一方面寻求出路，锐意改革；另一方面又陷于孤独、颓废、绝望。十九世纪末至二十世纪初，一些思想敏锐的艺术家认为世界是混乱的、荒诞的，纷纷著书立说，批判资本主义的人际关系，批判摧残人性的社会制度。人变成甲虫象征着物对人的"异化"[①]。卡夫卡运用了变形、夸张、象征的艺术手法，写出了人变形的荒诞却真实的感觉，是一种绝望的和荒诞的真实体现。昆德拉认为，小说是对人存在的勘探。卡夫卡正是运用这种令人震惊的艺术手段写出了人存在的真实处境。20世纪的人就生活在一种荒诞、孤独、绝望的状态中。

荒诞派戏剧是第二次世界大战后西方资本主义世界动荡不安、危机四伏的社会的产物。这一流派产生于50年代的戏剧领域，最早出现于法国，尔后流行于欧美剧坛，其影响至今未衰。贝克特的《等待戈多》是一出两幕剧，登场的人物共有五个：两个流浪汉（爱斯特拉冈和弗拉季米尔），波卓和他的奴隶幸运儿，还有一个小男孩，故事发生在荒野的路旁?? 第一幕写黄昏的时候那两个流浪汉一见面就开始了语无伦次的闲谈与无聊透顶的动作。他们声称自己是在等待戈多，要向他祈祷，向他乞求，要把自己"拴在戈多身上"。波卓和幸运儿上场，也要寻找戈多先生，原来他们苦苦等待的人竟然素不相识。戈多迟迟不来，却来了一个男孩，他送口信说，戈多今晚不来，明晚准来。第二幕写的仍是那个时间，还是那个老地方，只不过在原来已有的那棵枯树上长出了四五片叶子。两个流浪汉又走到一起了，他

---

① 中共中央编译局：《1844年经济学哲学手稿·马克思恩格斯选集》（第1卷），北京：人民出版社，1995：39~53。其中，马克思对资本主义社会的劳动异化问题作了深刻阐释。

们又在原地等待戈多。戈多是谁？干什么？不清楚。他们就这样莫名其妙地等着，他们模模糊糊回忆昨晚的事。昨晚谈得很多，今晚似乎无话可说，沉默，长时间的沉默。但无名的恐惧使他们无法保持沉默，于是两人同时说话，说话只是为了"不听"和"不想"。波卓和幸运儿又来了，一夜之间波卓瞎了，幸运儿哑了。他们四人先后倒地，像蛆虫一样爬来爬去，像白痴一样胡言乱语。波卓和幸运儿死了，男孩又来传话：戈多今晚不来，明晚准来。他们绝望了，两次上吊都未能如愿。他们只好继续等待，永无休止地等待。戈多到底是谁？贝克特说："我要是知道，早在戏里说出来了。"可以这样认为，戈多是一个模糊的希望，这种荒诞说明戈多不会出现，也预示着希望渺茫与虚无。全剧没有故事情节，只有抽象的人物和支离破碎的语言。这种艺术手法形象地表现了二战后西方人的绝望心理。

五、结 语

如果说古希腊文学放纵的是人的自然天性，对欲望的满足和力量的赞美是他们的象征，那么，希伯来—基督教文学则是禁锢人的原欲，对神的信仰和天国的追求就是他们的归宿。它们共同组成了西方文学浩浩荡荡的历史源头。当文艺复兴关于人的个性解放的号角吹响的时候，表达的是人对匍匐于神脚下的反抗与变异，莎士比亚无疑是人类心灵杰出的探索者。而古典主义文学的王权理性又将刚刚觉醒的人类禁锢在镣铐中。启蒙主义文学的洗礼融合了人的理性与感性、灵与肉、此岸与彼岸、幻想与现实，浮士德永不倦怠的精神就是鲜明的体现。19世纪是人类光辉灿烂的时代，浪漫主义文学尽情抒发主观的自我，批判现实主义文学揭批黑暗的现实和表露对弱小者的人道同情，自然主义文学的生理本能关照，唯美主义文学和象征主义文学的耽于"审美的沉醉"与"象征的森林"，形成了人类文学的黄金组合曲。毫无疑问，陀思妥耶夫斯基的《罪与罚》把对人类心灵的探索推进到了一个崭新的巅峰。人类的20世纪既是一个文明的时代，也是一个野蛮的时代。战争的创伤和金钱的异化，使人类变为一只令人恶心、孤独、焦虑的"大甲虫"。如果说大甲虫还拥有人的本能的话，那么，后现代主义文学则是在无望地"等待戈多"的过程中消亡生命的本身。这是一个绝望荒诞而又令人伤心痛苦的大时代。

中西人文精神发展探析

一、 人文精神的现状及问题

人文素质的核心是人文精神，而人文精神的培养主要依靠大学的人文教育。外国文学无疑是人文教育的重心之一。所谓"人文精神"，是指对人的精神的重视、个性的尊重、人的自由的追求，这是对人的本质的深刻认识。它的对象和目的都指向人本身，用高尔基的话说就是："一切在乎人，一切为了人，只有人！"① 中国传统文化与文学和外国传统文化与文学具有的不同的文化传统、历史发展进程和时代使命，造成了它们对人文精神的不同侧面的理解，但是对人的自由本质的追求是它们共同的历史和现实使命。

失落了人文教育的大学教育如此，那么这种言论就绝不是危言耸听。从部分大学生自身看，颠倒了的世界观与价值观造成人生观的迷茫，没有理想和追求，没有动力和危机感，即使有所谓的竞争和追求，那也只是对金钱的过度追求和对包含高价位的职位的追逐。这确实是一部分大学生的现实写照和人生道路的真实选择。因此，在当前重拾作为未来社会主义建设的生力军的大学生的人文精神和人文素质就显得必需和必要了。

对于拥有深厚人文传统的西方文化与文学来说，无疑对当前我们的人文精神重建有着无比重要的借鉴意义。事实上，我国传统文化文学中也同样蕴含着无比丰富的人文精神。让我们拨开历史的迷雾，重新展开对中外历史中人文精神的搜寻。

---

① ［俄］高尔基. 底层［M］. 芳信译. 中戏 60 个经典剧本合集，2014：684。

二、 西方人文精神的发展

就人文素质教育的视角而言，西方的人文素质教育经历了古希腊的自由教育、文艺复兴时期的人文教育和近代化的通识教育三个阶段。其中，贯穿着深刻的人文精神和人本意识，是不同历史时期人本主义、人文主义和人道主义的鲜明体现。而从外国文学的视角来关照西方人文主义，国外则有悠久的文学创作历史与理论实践。外国文学的历史发展线索本身就构成了一个完整的人文精神的发展链条。而对外国文化与文学中的人文传统与自由精神的研究，则更是汗牛充栋，我们只能是择其要者论之。

瑞士文化史学家布克哈特在《意大利文艺复兴时期的文化》中提出，文艺复兴造成了"个人的觉醒与发现"，是近代化的时代精神的体现即资本主义文明的开端。文艺复兴中的人文主义形成了对个人精神的重视和对古典文化的重现发现。因此，文艺复兴在人类历史上无疑有着重要的文化史和思想史意义。这一时期的文学，毫无疑问都指向个人的觉醒与发现，是个人主义和个性自由的自由表达。

西方近代理性文明的展开，也是资本主义文明的展开，资本将人无情地抛入一个异化的深渊。马克思在《1844年经济学哲学手稿》中深刻地描绘了资本主义文明社会中人的劳动异化和人的异化的生存状态。异化的劳动导致"人的类本质——无论是自然界，还是人的精神的类能力——变成对人来说是异己的本质，变成维持他的个人生存的手段。异化劳动诗人自己的身体，同样使在他之外的自然界，使他的精神本质，他的人的本质同人相异化。"① 马克思的异化观深刻影响了20世纪的西方文学，使一大批作家创作出了形象反映资本主义文明新阶段的人的异化本质的作品。如存在主义作家萨特的《恶心》、加缪的《鼠疫》、表现主义作家卡夫卡的《变形记》、荒诞派戏剧家贝克特的《等待戈多》、黑色幽默作家海勒的《第22条军规》，等等。正是在吸收和继承马克思劳动异化观的基础上，这些作品深刻地表露

① 中共中央编译局：《马克思恩格斯选集》（第1卷），北京：人民出版社，1995：47。

了人在资本主义文明中的人性荒谬、孤立、悲剧的异化本质。人的异化作为一种与人之外的对立本质力量，自人类诞生以来就存在了。但是，特定历史阶段的人的异化状态的严重性和虚伪性，独属于19世纪以来的现代资本主义社会，是马克思独具慧眼地发现了这一表露人的生存和存在情状的异化本质。马克思认为，要消灭这种异化观，就必须消灭人剥削人的阶级制度，建立人与人和谐共处的共产主义社会。马克思对人异化的关注和对人类历史进程的展望饱含了对人性的关怀，具有深刻的人文精神。

德国批评家本雅明在《发达资本主义时代的抒情诗人》里提出了对机械式资本主义文明的思想和语言的造反与革命。他极为认同波德莱尔笔下那些城市边缘人的生存状态，这些"波西米亚式的流浪汉""游荡者""拾垃圾者"是这个透露机械工业味道的城市的革命者与造反者，因为这些人把自己同这个被包装的现代城市隔离出来。在社会边缘的缝隙处，本雅明与波德莱尔一样发现了人的一种诗意的存在。本雅明一方面是一个马克思式的现实观察家，另一方面又是一个个体式的生存体验家，从社会的破碎处发现诗意的存在，在文本的整体复杂思考中透露诗意的寓言，这是本雅明的复杂之处和奇特存在。他赞同普鲁斯特对逝去的经验的重拾，这种经验无疑是与传统保持联系的最好方式。这使他成为一个"收藏家"，这不仅在于心灵的收藏，本雅明更是赋予这个现实行为一种诗意的意味："'收藏'是现代世界的生存者的抗争和慰藉"。收藏者"构筑一道界限，把自己同虚无和混乱隔开，把自己在回忆的碎片中重建起来"，"使事物从一个实用计划中摆脱出来，恢复其原有的初始性、独特性，并把这种新鲜直接带入思想的行文中是本雅明在作品里处心积虑要达到的效果"①。然而，本雅明还是一个现实的革命家，他以语言和思想的革命家姿态去革新人们眼中的这个扭曲变形的社会："即在一个四散的物的世界里聚合起一个精神的整体，在一个缺乏意义和表达的方式的条件下说出话来，保持思想的

---

① ［德］本雅明：《发达资本主义时代的抒情诗人》，张旭东等译，北京：生活·读书·新知三联书店，2012：12～13。

活力。"① 因此，对于现代资本主义文明，本雅明是一个造反者和批判者。在一种深层意义上，本雅明其实与西方传统的人文主义精神联系在了一起，注重人的精神独立和自由，注重人的独特性和个体性，这也是他把自己定义为一个"文人"的原因所在。

英国历史学家布洛克在《西方人文主义传统》中详细梳理了西方人文主义的发展历史。他认为："人文主义不是一个哲学体系或者信条，而是一场曾经提出了非常不同的看法而且现在仍在提出非常不同的看法的持续的辩论。"② 这就表明了人文主义的发展不是一成不变的，人文主义如同传统一样，在不同的历史时段会体现出不同的面貌。但是，对人性的尊重，对个性的追求，对人的主体精神的重视，对人的自由本质的憧憬不会变，也不可能变，因为这是符合人性和人的生命本质的需求。布洛克认为，发端于文艺复兴的人文主义是一个发现了"人"的时代，对人性的尊重，对人的欲望的合理要求，对人的自由的呼求，成为西方后来人文主义发展一以贯之的探求。但是，西方资本主义文明发展到 20 世纪，对人的自由本质的践踏，对人性的践踏已到了无以复加的地步。布洛克看到："一方面是人类经验的令人丧气的普遍情况，另一方面却又是人类在自信心、承受力、高尚、爱情、同情、勇气方面能够达到非凡的高度，这两者的对比一直是人文主义传统的核心。"③ 人性具有两重性，这是布洛克对人文主义的辩证态度。人类的 20 世纪，尽管有战争、有创伤、有痛苦、有忧郁，但是保持了开放姿态的人文主义必然走向科技的极端之后返归心灵，即人文主义与科技和宗教的融合。只有全面融合开放的人文主义，才能适应这个社会的发展，从而在物欲文明的进程中保持心灵的适度与平衡。不得不说，布洛克的观点是深刻的。他既看到了人文主义在 20 世纪失落的现实，也对这个现实给予了自己的展望和憧憬，人类社会的发展不能没有人文主义。

---

① ［德］本雅明：《发达资本主义时代的抒情诗人》，张旭东等译，北京：生活·读书·新知三联书店，2012：24～25。
② ［英］阿伦·布洛克：《西方人文主义传统》，董乐山译，北京：生活·读书·新知三联书店，1997：233。
③ ［英］阿伦·布洛克：《西方人文主义传统》，董乐山译，北京：生活·读书·新知三联书店，1997：165。

三、 中国人文精神的发展

中国传统文明源远流长，人文传统博大精深。在 2000 多年的历史积淀中，以各种官方和民间的方式阐释着关于儒家的仁爱思想、道家的安贫乐道和释家的明心见性。这种人文主义在以儒家占据主导地位的历史脉络中总是掺杂着不同流派的融合、变通之道。在历史中，儒家被官家掌握后总是以压迫式的强势方式，甚至以对人文的变异和扭曲的方式来维持社会的稳定和王朝的巩固，这是历史的客观性使然。然而，在这种大潮澎湃的底层，总是有一股股清泉涌动出来，呈现出被压抑的人性和人文主义。如魏晋时期文学的自觉流露的是人格的自觉和人性的觉醒。宋明时期理性压迫下的心学思想，就贯穿着对人欲的尊重和人性的尊重。晚清时期，面临国破家亡的处境，康梁等有识之士在光绪帝的支持下，借古维新，体现的是一种上升到民族家国层面的人性尊严和民族尊严。

五四新文化运动，在西方文化的启发和刺激下，鲁迅等新文化斗士"别求新声于异邦"，采取"拿来主义"的态度对待西方文化，来凸显他立人的思想和批判国民性的目的。毫无疑问，在中国文化和文学的启蒙主义道路的开端，西方文化与文学是作为一种模仿、参照和借鉴的对象起着重要作用，并且对后来的中国文化与文学产生了一种集体无意识的渗透影响。尽管在其后的道路中，中国文化与文学作为一种革命道路的标向，呈现的是中国本土特色和中国革命的特色。而革命本身就说明了中国文化与文学是具有深刻人文性的，但是作为一种文学审美存在的艺术关照方式，革命文学无疑是此一时刻中国激进性想象的体现，与艺术的自然发展呈现一种错位的发展道路，因此这对启蒙主义的中国文化与文学是一种遮蔽和阉割。

新时期以来，人的解放和人性的释放成为文学描写的核心，也标志着时代的风气转向。在我国高等教育体制不断完善的趋势下，大学人文教育起着塑造大学生精神和灵魂的重要作用。1998 年，我国出台《关于加强大学生文化素质教育的若干意见》的政策，其中明确提出："加强文化素质教育，从更深的层面和更综合的角度体现德、智、体全面发展的要求，是新形势下全面贯彻党的教育方针的重要举措。"① 作为文化素质一环的大学生人文素质的培养和提升，这是站在宏观角度对人文素质的阐释和理解。

不仅国家层面的理论和政策导向着人文素质的重视和培养，而且各阶层也在以各种方式实践着、完善着对人文素质的追求。20 世纪 90 年代的人文精神的讨论和重塑，是对 50 年代的美学讨论和"人学论"的延续。90 年代的人文精神不仅是对 80 年代文学辉煌性和启蒙性的眷恋回忆，更是对新时期商品经济席卷和吞噬人性的审美呼救。新时期，人民崇尚经典，热衷于读国学，恢复传统文化的活力，都是对市场经济体制下人心浮泛的一种纠正，也是一种可以理解的审美冲动。但是，因为地域、文化、阶层等方面的相异，这种人文精神的审美诉求和理解阐释有着不同程度的差异性。而且，在普遍性经济冲动力刺激之下，人文精神的重塑显得力不从心或说效果不明显。一方面，高等教育中受西方学科分科的影响，我国学科不断走向系统化、科学化的同时也不断走向琐碎化和精细化。另一方面，在自然科学直接转化为生产力的效果论和经济实用论的功利主义冲击下，人文素质的下降似乎是一个不可避免的趋向。因此，在当前重提人文素质，尤其是作为新时代社会建设生力军的大学生的人文素质，就显得尤为重要和迫切了。

徐葆耕的《西方文学：心灵的历史》从文化心理学的视角全面考察分析了西方文学的发展历史。其注重对人的心灵历史的挖掘，透视人的精神主体力量，从中体现了鲜明的人文主义的思想内涵。从西方文学的发展历程中，注重对人性的重视和挖掘，对人的自由本质的探求，对人的主体精神的追求，成为这本书的最大特色。这对于当今大学生的人文精神的培育与提升，不无启发意义。

对于大学生人文素质的直接讨论，我国于 1997 年在人文精神讨论的文化背景中得到体现。1997 年 5 月 18～21 日，"全国高校外国文学教学研究会"以"外国文学与人文精神"为主题在厦门大学举行。这是一次集中权威讨论外国文学与大学生人文素质的会议，并为后来研究外国文学与大学生人文素质奠基。而事实上，后

---

① 高等教育司：《关于加强大学生文化素质教育的若干意见》，1998－04－10。

来的相关研究很少甚或某些主题的阙如使得这次会议精神变得更为重要，不少学者提出了有针对性的重要观点。蒋承勇的论文《西方文学人文精神论纲》重点梳理了西方文学中人文精神的发展演变，使得我们对西方文学的认识更为深刻，人文精神的提炼变得更为清晰可寻。蒋承勇以此为基础写出了博士论文《西方文学"人"的母题研究》，从"人"的精神发展演变和个体生命价值的视角，全面考察分析了西方文学从古代文学到 18 世纪文学的人文精神发展，论文资料翔实，论证有力，新见迭出，是研究西方文学与人文精神的力作。刘建军的论文《西方文化与文学的人文精神传统》，从文化的视角审视了西方人文精神的发展演变，即"人用以生存为核心的自由意识对自然暴力及其转化形式的抗争"到"人与神的对立"再到人对"'物'的认识和反叛抗争"① 三个阶段。

四、结 语

总体而言，国内外对外国文学与大学生人文素质的关系问题的研究都集中于对西方文学中的人文精神和人文主义的挖掘、整理和归纳，并结合时代的大学教育制度和国家政策适应性的调整进行分析。国外对人文主义的研究一以贯之，成果众多，效果显著。国内对人文主义的研究并不成系统性，截取人文精神的某一侧面做深入研究是大部分研究者的选择，并且受政治气候的影响，人文主义的研究曾一度中断。新时期以来的人文主义研究更多的是对外国文学研究的借鉴和模仿，但也有自己的开拓性。而具体针对大学生人文素质的外国文学研究则显得较少。即使涉及对这一论题的研究，也多是从西方文学的视角，缺少除西方文学以外的其他国家文学的考量。因此，全面宏观整体的外国文学与大学生人文素质的关系研究便成为本论题的自然选择。

事实上，我国各项理论和国家政策都表现了对人文素质的重视：邓小平的"两手抓"的战略方针体现的是一种物质文明和精神文明并重的辩证法。"三个代表"

---

① 刘建军：《西方文化与文学的人文精神传统》//赖干坚：《外国文学人文精神论集》，厦门：厦门大学出版社，1999：30～33。

重要思想中的"先进文化"透露的是内含人文素质的先进文化。"科学发展观"和"和谐社会"的背后是对物质文明过快发展的协调和补充。"中国梦"的实现，更是离不开对精神文明和文化素养的继承与发展。"实现中国梦，是物质文明和精神文明均衡发展、相互促进的结果。没有文明的继承和发展，没有文化的弘扬和繁荣，就没有中国梦的实现。中华民族的先人们早就向往人们的物质生活充实无忧、道德境界充分升华的大同世界。中华文明历来把人的精神生活纳入人生和社会理想之中。所以，实现中国梦，是物质文明和精神文明比翼双飞的发展过程。

随着中国经济社会的不断发展，中华文明也必将顺应时代发展焕发出更加蓬勃的生命力。"（摘自习近平2014年3月27日在联合国教科文组织总部的演讲）物质文明和精神文明平衡的背后，突显的是科技教育和人文教育的协调发展，而"自然科学和人文社会科学对于人类社会犹如鸟之双翼，车之两轮，缺一不可"①。

---

① 吴小英：《大学人文素质教育新论》，杭州：浙江大学出版社，2012：22。

我与你的相遇

——读马丁·布伯的《我与你》①

全书共分三部分，分别论述了人对待世界的两种不同态度，即"我—你"与"我—它"以及这两种态度在历史生活中的表现，最后在"我—你"中实现自身的救赎与超越。人对待世界的两种不同态度决定了人生活在两重世界中：在"我—它"中，我把世界当作异己的客体看待，不断地认识、利用乃至征服客观世界，人与世界处于一种紧张的关系中，世界于我来说是一个被动的工具而已。而在"我—你"中，我把世界当作一个合一的整体看待，关照、体验、仁爱世界，人与世界处于一种和谐互动的关系中，世界于我来说是一个有生命力的主体。两种态度都是人生命历程中不可或缺的部分，但人不必且不应拘于其一，而要超越"我—它"之中的物的部分，上升到"我—你"中的精神层面，从而以精神的主导性左右生命的航程，实现对俗世的反抗和超越，进而救赎处于此世中的困顿的自我。

一、《我与你》文本解析

"人生不是及物动词的囚徒。那总需事物为对象的活动并非人生之全部内容。我感觉某物，我知觉某物，我想象某物，我意欲某物，我体味某物，我思想某物——凡此种种绝对构不成人生。"世界在我的面前是一团死水，只等着我去认识、

①文本所引皆来自［德］马丁·布伯：《我与你》，陈维纲译，北京：生活·读书·新知三联书店，1986。不再一一做注。

辨别，我只是把世界当成一个日薄西山的老头，而老人在我的面前却没有丝毫的反应。在这种不自由的主奴关系中，当然不是人生的全部。而"我—你"则不同，他们共同创造出一个关系世界。这个世界包括与自然相关联、与人相关联、与精神实体相关联三种人生。"在每一境界，以不同方式，我们通过浮现于眼前的流变不居者而窥见永恒之'你'的身影；在每一境界，我们皆承吸永恒之'你'的气息；在每一境界，我们都向永恒之'你'称述'你'。"

我凝视一棵树，如果从实用的角度来看，树就是一个客体对象；如果我把树当成一个有生命力的主体来看待，那么树可以和我沟通、对话。这时，树不再是"它"，而是"你"，"你"与"我"构成了一个紧密相连、不可分割的整体，共同存在一个关系体中。作者把这种共存的关系形象地说成相遇，我为了实现我而无限地接近你，在不断地接近你的过程中，我也讲出了你。因此，真实的人生都是一种相遇。

凡是人都有情感，但是相比于爱，情感是客体，而爱是永恒，伫立在"我""你"之间。爱是超越情感、超越人之上的。泰出有道，这个道就是存在即关系。"我—你"之间的关系先于"我"而在。但"我—它"却不是如此，先有主体的我，然后才有"我—它"之间的关系。也就是说，泰出之时，我与世界是浑圆整一的，不分彼此；而到了"我—它"之时，就体现为与世界的分离了。人是自然的受惠者，是社会的存在物，因此，人不可能脱离对自然的利用和占有，不可能不依靠自身的经验行事，但关键问题在于，人不能仅仅靠客体来存活，还必须有高于物的精神层面。这就是说，"人无'它'不可生存，但仅靠'它'则生存者不复为人"。

"社会制度之孤立的'它'本是无灵魂的泥偶，个人情感之孤立的'我'只是漂泊不定的灵魂之鸟。两者皆不知人为何物，前者仅识实例，后者仅晓'对象'。"因此，制度与情感都不算真正的人生，唯有靠第三者——统摄万有的"你"来完成。不仅人生如此，文化也是如此。如果文化不能参与时时更新的关系进程，那么文化将会僵死在"它"之世界。对于人来讲，人不要信仰宿命，因为它会斩断通向皈依之途。而"宿命信仰乃是人类初期便产生出的虚妄信念。一切关于发展进程的思想都不过是把既定事实，支离事态，伪装成历史的客观性加以有序化，它根本不能抵达'你'的现时，进入关系的'将成'"。

人类社会一路凯歌高进，人类运用自己的聪明才智和理性智慧，取得了莫大的胜利，但是，永远没有想到事物之间是不可分割的"我—你"关系，他们抛弃了此在，徘徊在永无止境的过去的荒原上，如同行走在暗夜的失去方向和目标的行路人，唯有靠仅剩的一点战胜恐惧的理性力量。然而，荒原没有尽头，暗夜没有止境，他们的理性力量最终会油尽灯枯，陷入更加恐惧的茫茫夜色中。作为一个自由人，本无所意欲，只信仰实在，信仰"我"与"你"本真的珠联。而为意欲支配的人无所谓信仰，更不知何谓"我"与"你"的璧合。"我—它"之"我"乃为殊性，自我意识为经验与利用之主体。"我"与"你"之"我"乃为人格，自我意识为无规定性之主体性。前者是自然分离之精神形式，后者是自然融合之精神形式。分离者为自然所困，仰生存之鼻息，不断走向人生的死亡。融合者秉承天地合一之念，养万物之浩气，承接刹那之生命的永恒。

由此，人分两极，无纯粹之人格，也无纯粹之殊性，每个人都在实在与非实在之间摇摆，生存在"我"之二重性之中。但二者之中，必有一居于主导地位，否则，社会和人都会沉沦。自苏格拉底、歌德、耶稣以来，他们之中"我"的声音何其洪亮、充盈！由此，人类走过了茫茫的暗夜，向充满明亮的希望进发。暗夜与光明的较量，一如理性与灵魂的较量，虽有起伏，但最终人会明白、理解这其中的玄奥。

"我"消失于世界之中，世界承担了"我"的虚无，但是，却把自己抛弃在无意义的孤寂中。"我"因此也湮没无闻。世界被"我"环裹，"我"充盈无比，但理性的狡计终有尽时，"我"还是"我"吗？因此，不管是囿于物，还是囿于"我"，都是分离世界的表现。人在世界浪迹越久，沉沦越深，越感到需要皈依和救赎。那么，如何救赎自身？学会反抗，反抗世界的孤寂与虚无，也反抗自我的孤寂与虚无，走向光明敞亮的"你"（作者意指上帝的救赎）。

"它"的世界龟缩于时空网路，而"你"的世界超越于时空网络。人生存于世界上，必有信仰，"不是笃信上帝便是崇奉偶像"。这是善与恶、神与魔的较量，选择的权利在于我们自己。"生机盎然的'道'呈现于世的时代即是'我'与世界之关系复苏更新的时代；活泼沛然的'道'主宰世界的时代即是'我'与世界之和谐岿然挺立的时代；'道'之流俗的时代即是我与世界疏远的时代，这是非实在化的时代，这是宿命化的时代——直至人满怀恐惧，于黑暗中屏住呼吸，直至人陷入蓄力以再度奋飞的沉默。"

人生于世，不得不求助于物，因此"我—它"的关系是不可避免的。但是，只有超越于物，人才能达于精神澄明之境，人自身才能得到救赎，那就是无物无碍的"我—你"关系，没有目的、没有企图，只有直接相遇的生命感应与灵魂碰撞，此在于我，不是生命的绊脚石，而是生命的良师益友，万物与我齐一，等量齐观，我乃得大自在，自由自为，不信宿命，反抗浊世的分隔，进入生机盎然之道，于是，得以亲临上帝，得以救赎。

二、《我与你》对西方世界的影响

马丁·布伯是德国 20 以来影响巨大的宗教哲学家，他的宗教存在主义哲学深深影响了西方一大批学者。自柏拉图、亚里士多德以来，西方哲学界、理论界占据统治地位的是理念和模仿。这是一种建立在主客分离基础上的哲学观。而西方近代哲学观基本上延续了这一思路，在笛卡尔"我思故我在"的引领下，近代哲学突出了人的理性和主体，将人的理性推向极端。而自尼采、叔本华以来，他们推崇非理性，反对主客对立，反形而上学的逻各斯中心主义，推崇生命本能和自我。但是，这同样易陷入另一个怪圈，只注重生命和自我，人成了动物的存在，就像弗洛伊德的人只剩下利比多，除此之外，什么也不是。

正确对待主客关系的应该是"主体间性"，这是胡塞尔提出的概念。而海德格尔提出了与此近似的"共在"，"天、地、人、神"四者"共在"。与此同时，其他一些哲学家如加达默尔提出了"视阈融合"，巴赫金提出了"对话"理论，哈贝马斯提出了"交往伦理"等，都是在主观关系上进行的深入思考。主体如何与客体互为主体，相互之间如何平等交流和对话，对于处于困境中的当世，有着无比重要的借鉴意义。

在西方后现代化的浪潮中，怀特海提出的过程哲学值得引起深思。现代化和后现代化的浪潮席卷西方，人的理想被置于高高的顶端。然而，其后果却是两次世界大战的阴影，后工业社会人们普遍的空虚和绝望。没有理想、没有目标、随波逐流、嬉戏、荒诞成了生活的常态，在"上帝死了"的暗夜中，人也面临着死亡。人们生活在荒原中，如行尸走肉，绝望而荒诞地在等待，可是谁也不知等待什么，甚至连等待都成了问题。这种生活方式难道不能引起我们的重视吗？这种主观分离、对立的思维观，是该到了清算的时刻了！怀特海提出建构性的后现代主义，就是以主客互融的形式，人与世界进行平等的对话与交流，只有如此，世界才能与人和谐共处。否则，世界的毁灭离我们就不远矣！君不见生态的恶化到了何种程度，这都是人与世界的紧张关系所致！

三、 一点启示

中国自古以来讲究天人合一，人与自然和世界和谐相处的世界观给我们带来了优势。所以，我们不像西方人那样忧虑和绝望。但是，现代化的脚步是那么步履匆忙，它无所不及，我们理应对之充满警惕和深思。维系西方世界的是希腊的理性精神和希伯来的宗教信仰。一为现世的理性主义，一为出世的超越精神。两种力量此消彼长，在漫长的生命历程和人类历史中，它们是人们生活的两个极端。没有理性精神，人不能生存。但是，只有理性精神，人不成其为人，人与动物无异。所以，人还得有点宗教的超越感。这种超越，按照马丁·布伯的观点来看，要靠上帝的救赎。其实质是主体与客体的平等交流和对话，互为主体间性，在"我—你"的直接相遇中完成主客的融合。在中国古老的智慧中，我们就讲究人与世界不可分，虽然逻辑思维不强，这影响了我们改造世界和发展科技的进程，但总体来说，我们并未失去太多。相反，我们得到了西方人想要得到却从未得到的东西，那就是心灵的安顿与和谐。一个真正自由的人，是抛弃了钱财和因果束缚的人，永不相信宿命强加给他的，反抗世界的虚无与孤寂，超越现世的时空所限，在此在中与心目中的道相遇，从而达到自身的救赎。

　　让我们每一个人都发扬爱的超越精神，爱他人，更爱自己。这种爱是超阶级的，不是狭隘的利己主义；这种爱，不是怜爱，而是慈爱和仁爱。心中有爱，便有希望和光亮，便会以众生平等的视角观察思考问题，人与世界不会再是紧张的对立关系，而是平等互动的关系。我们既不在宇宙中寻求救赎，也不在自身内寻求救赎，真正的救赎在于"我—你"的关系。正是在这里，"我"与"你"都实现了升华，超越了自身。人在与世界的反抗中走向超越，在关系中实现超越，做一个内心澄明的自由人吧！

四、比较文学与综论

比较文学学科的消亡与再生

自比较文学学科成立之初到现在，不断有学者对之进行质疑、反思甚至否定。但中国学者从学科发展的历程、体系的建构等方面对质疑之声进行了反驳。事实上，以中国学者为代表的亚洲乃至东方的比较文学发展势头正猛，呈现一片勃勃生机的景象。展望历史，虽然比较文学学科还是一门有待进一步成熟和发展的学科，但我们有理由相信，新千年的历史转折会是比较文学学科的真正开始。

一、 比较文学学科真的消亡了吗？

进入 21 世纪以来，比较文学作为一门学科比 20 世纪受到了更为严重的批判、怀疑甚至否定，一些国际一流学者再次发出了"已经死亡"的诊断。这对于走过了100 多年历程的比较文学学科来说不仅是一个沉重的打击，而且对它未来的发展和从事这门学科的研究人员来说，也是一个极大的考验。是留在本学科继续耕耘还是改弦易辙，就得看学者们的耐心和这门学科的生命力如何了！其实，历史上对这门学科的争议从来都没有停止过。从意大利美学家克罗齐对这门学科成立之际的怀疑和否定，到近年来学者的质疑一直不绝如缕。

从 20 世纪 50 年代韦勒克的"学科危机"说到 90 年代伯恩海姆的"全球主义和文化转向"说和巴斯奈特的"比较文学学科气数已尽"说，从 21 世纪初苏源熙的"比较文学是一具精美的尸体"说和斯皮瓦克的"学科之死"说到 2006 年巴斯奈特的"比较文学应放弃限定研究对象"说，这是具有代表性的质疑之声。但是，事物往往具有两面性，对比较文学学科的质疑也同时给它带来了转机，如克罗齐认为"比较的方法不能成其为一门学科"，反倒促使学者们从学理上对学科进行本体性思考，不断促进学科的发展。而韦勒克等人针对法国学派的质疑，却扭转了学科的欧洲中心主义倾向，拓宽了比较文学的研究视野，将仅限于有影响来源的事实关系研究拓展到没有事实联系的平行研究领域，这无疑促进了比较文学的发展。但与此同时，学科也面临着致命的硬伤，韦勒克等人将文学与不同学科的比较作为比较文学的内容之一，实际上隐埋着比较文学走向无边的危险。面对欧洲中心主义和理论大潮的冲击，伯恩海姆果断地断言比较文学的"全球主义转向和文化研究转向"，这一方面于比较文学的发展是有利的，另一方面又陷入了文化研究的泥淖而无法自拔，致使比较文学失去了学科的界限，隐埋在文化大潮中。新时期，不管是巴斯奈特"取消学科限定"的藩篱还是斯皮瓦克的"星球化的区域研究"，谁又能否认这门学科不是在这样的危机中隐含着转机呢？已有学者从各方面进行了辨析，认为引起质疑的原因既有内在的也有外在的。如内部原因有名实不符引起的误解、对象和方法的模糊、学科体制定位问题；外部原因有理论、文化大潮的冲击和结构主义的思潮①，还有文化沙文主义的倾向②。

事实上，正当西方学者提出种种质疑时，以中国学者为代表的比较文学研究蓬勃发展，展露出一片勃勃生机。整个亚洲乃至东方出现了众多高质量的比较文学研究成果，不管在学科理论上还是在具体的个案上都遍地开花，取得了很好的成绩。2008 年中国比较文学学术年会暨国际学术讨论会的成功召开，一方面表明中国比较文学学者在改革开放 30 多年里取得了辉煌的成就，另一方面也说明比较文学作为一门学科在中国的顽强生命力。不顾东方学者尤其是中国学者在比较文学领域内的实绩而提出的所谓质疑是不周全和不科学的，是无视学科整体发展的偏见。这说明这些学者还没有摆脱殖民前帝国中心主义思维的方式。有学者认为，西方学者的质疑并不具有创新性③和说服性④，而是老调重弹和脱离了文本研究的空谈。其

① 刘象愚：《比较文学"危机说"辨》，《北京大学学报（哲学社会科学版）》，2008（3）：33～42。
② 汪太伟：《对苏珊·巴斯奈特〈二十一世纪比较文学反思〉的质疑》，《重庆师范大学学报（哲学社会科学版）》，2010（1）：87～91。
③ 王向远：《"跨文化诗学"是中国比较文学的形态特征》，《北京师范大学学报（社会科学版）》，2009（3）：53～59。
④ 严绍璗：《"文学"与"比较文学"同在共存》，《中国比较文学》，2009（1）：13～16。

实，中国的比较文学研究所走过的道路告诉世人，我们的比较文学研究成果不容他人小觑，也正告了那些缺乏学理性思考和实际研究做支撑的国际大学者们：比较文学这门学科在中国的蓬勃发展不能随便任人做无深入调查的发言。

二、 中国比较文学界为学科带来的繁荣

学者们对比较文学的学科历程进行了回顾，更加坚定了比较文学学科发展的信心。因为无论从学科的理论与方法、学术团队还是高校课程实施来说，这门学科都是合格的。只要坚持比较文学的跨民族的文学比较，就会使学科发展下去。① 有学者认为，没有必要在比较的定义与概念上做形式上的纠缠，而应当做深入的学理性思考，将比较的含义上升到理性的高度，从本体性研究即文本研究的实际上来看待比较，而事实上从这方面看，比较文学的发展是生机勃勃的。② 还有学者认为进行中国特色的比较文学的理论体系建构，才是解决目前危机论的关键。这既是中国比较文学界对世界比较文学发展的贡献和发出的独特声音，也是具有普适性的本体性理论；根据古代墨经逻辑的观点提出了新辩证观，认为比较文学要从认识论、方法论、本体论和实践论上来思考比较的含义；阐述了中国比较文学与世界文学的历史并制问题，探讨了比较文学的历史根源在于海上大交通以后带来的世界文学的视野，很好地将比较文学的理论方法与世界文学的研究视域联系起来。③ 也有学者认为，目前比体系建构更重要的事情在于对西方文论、观点、范畴和方法进行梳理。如果不搞清楚这些问题而盲目进行体系建构，只能是一种自身的理论想象。而且，对目前困扰比较文学界的语言问题、观念接受中很难避免的意识形态问题都是亟须进行深入思考并着手解决的问题。④

笔者认为，以上这些思考是极其必要的。一百多年来，我们一直处身西学话语

① 刘象愚：《比较文学"危机说"辨》，《北京大学学报（哲学社会科学版）》，2008（3）：33～42。
② 严绍璗：《"文学"与"比较文学"同在共存》，《中国比较文学》，2009（1）：13～16。
③ 方汉文：《中国比较文学：学科定位与体系建构》，《北方论丛》，2004（6）：1～6。
④ 王晓路：《比较的悖论与困扰》，《中国比较文学》，2004（2）：25～35。

之中。有学者称之为"失语症"①，引起了学界长久的思考和争论。在文化的交流中，我们自身具有主动性和选择性，不是完全被动的。以翻译研究为例，以前我们翻译的东西归于他国的文学，后来又成为中国文学的重要组成部分，到现在是既不同于中国文学也不同于外国文学的独立领域，因此发展成了一门学科。同样，对西方文论的接受也是一个道理。我们在学习和接受的同时，也在进行创造性思考，而这种思考就是"创造性叛逆"，不管是无意的"文化误读"还是有意的主动舍取，都是民族文化本位影响之下的思考。任何学者的学问都是站在前人的肩膀上进行的创新，而不可能凭空创造。因此，对西方文论的接受和借用西方文论对中国古代文论进行现代转化都是具有民族特色的事情，而不是西方一家独语，是属于我们自己的东西。理论的东西应该具有共享性和普适性，正像东方的思维与西方的思维可以互相借鉴一样，通过互识、互证才能互补，共同进步。季羡林先生认为东西文论具有不可调和的根本差异性，即不可通约性，这种差异是不能改变的。他认为不可能有一种东西方共同接受的话语来进行对话，因为根本的原因在于东西思维方式的差异，东方主综合，西方主分析。② 这种思考是深入的。

笔者以为，差异固然可以存在，但重要的不是看到差异，而要通过承认差异再来进行交流和对话，这才是我们的目的。这里，乐黛云先生的思考可以为我们提供思路。她认为，现在是一个全球经济一体化、文化多元化的发展阶段。人类要避免冲突和战争，就要展开对话，而比较文学作为一门国际性学科，是一个很好的途径。她提出对人类共同感兴趣的问题，如生老病死和真善美等主题开展不同角度的探讨。这样，围绕同一主题，不同文化的人们就有了对话的依据。即使话语不同，但都是对于同一问题的不同角度的探讨，可谓殊途同归。而且在对话中，可以充分展示各民族话语的独特性，显示该学科应有的人文精神，而话语的主题则赋予了对话的时代性和国际性。而要和平对话，还必须抛弃政治意识形态和文化沙文主义的干扰。③ 目前我们比较文学学科总结了多种对话方式，如跨文化阐发法、中西互补

---

① 曹顺庆、王蕾：《比较文学中国学派三十年》，《外国文学研究》，2009（1）：125～134。
② 季羡林：《门外中外文论絮语》，《山西师大学报（社会科学版）》，1997（4）：1～9。
③ 乐黛云：《当代中国比较文学发展中的几个问题》，《北京大学学报（哲学社会科学版）》，2009（4）：14～20。

的异同比较法、探求民族特色及文化寻根的模子寻根法、促进中西沟通的对话法、追求理论重构的整合与建构法。①

中国比较文学界确实在各领域都取得了辉煌的成就，如在比较诗学、文学研究关系（包括形象学、主题学等）、华人流散文学、文化人类学、译介学、文学与宗教等方面都有深入的拓展。② 还有学者将"影响研究"与"传播研究"剥离、"平行研究"优化为"平行贯通"研究，将文化视阈与文学研究融通，历史视野与现实关怀融合的方式，形成了"跨文化诗学"的比较文学发展的新形态，即世界比较文学发展的第三阶段。③ 不少学者致力于建立"比较文学中国学派"，并从学理上进行了阐述。笔者无意在这里分清"阶段"与"学派"的好坏，只是认为，要发出学术建设自己的声音，就必须要有自己的东西。

三、 对新千年比较文学学科的进一步反思和展望

比较文学确实是一门易引人误会的学科，首先从比较文学的名称上看就有讹误之嫌。比较到底是一种方法还是一种本体性思维，对于专业外学者，确实有雾里看花之感。比较文学到底是走精英化路线还是普及化路线也没有定论。如果是走精英路线，那少数精英的言论在多大程度上具有代表性？而多元文化时代的教育又启示我们知识要普及化，只有众多的人参与、述说，不断地进行批评、评论，才能更好地促进学科的发展。跨学科和跨文化到底该怎样跨？

笔者认为，跨文化对话是好的，但是要互为主体间性，开展自我与他者的对话，进行互动认知④基础上的生成性对话，而不是自说自话，进行众声喧哗。只有进行互为主体的对话，对话才是有效的、和平的。这方面，怀特海的过程哲学对我们有很大的启示。后现代主义形成的支离破碎，把一切事物都进行了解构，但解构

① 刘介民：《比较文学研究之方向和方法》，《中外文化与文论》，2009（1）：14～30。
② 孙景尧：《比较文学在当代中国的复兴与发展（1978－2008）》，《中国比较文学》，2009（1）：1～9。
③ 王向远：《"跨文化诗学"是中国比较文学的形态特征》，《北京师范大学学报（社会科学版）》，2009（3）：53～59。
④ 乐黛云：《互动认知：比较文学的认识论和方法论》，《中国比较文学》，2001（1）：1～7。

之后必须要有建构，不仅要寻求自然界的生态平衡，更要注重人与人之间、人本身的和谐。在此，中国古老的智慧如"天人合一""和而不同"等思想资源可以发挥作用，正好弥补了西方思维的盲点。比较文学的跨学科，要注重学科之间的通约性，通过对不同学科之间概念范畴、话语规则、精神架构的清理，在不同学科话语的相互阐发中，寻求话语的通约，便成为我们努力探索的课题。①

站在新千年的起点上，我们有充分的理由展望未来。如果说公元前700—前500年，雅思贝尔斯认为以孔子、苏格拉底、释迦牟尼、《旧约》诗篇等为代表的"第一轴心时代"，中国、希腊、印度、希伯来等主要文化基本上是互不相通、各自发展的，那么，经历了时空巨变之后的当前"第二轴心时代"，不同文化的相互隔绝已根本不可能。文化转型不可能由某一民族、国家、地区来完成，更不能由任何伟人或救世主来提出，而只能在不同文化的反复对话中，积累全人类的智慧而逐渐形成。② 哲学也经由从认识论到本体论再到价值论的转变，这是人类历史发展的必然。比较文学学科的发展应该站在人类历史发展的高度来看问题，从本体上来思考问题，更要从价值上进行思索。本体上的思考是我们学科存在的立身之本，而价值思考则是我们进一步明确目标、增强信心的兴奋剂。在21世纪，人类要永远避免两次世界大战带来的伤痛，进行和平对话而不是诉诸武力，为建构和谐社会的宏伟目标而共同努力。人类必须抛弃自身的短视和狭隘，以宏大的视域展望人类的发展，不能偏狭一隅，洋洋自得。因为或许在你自得时，正失去最好的发展时机。中国沉痛的历史教训敲响了我们永远无法忘记的警钟，同时也给西方提供了某种值得借鉴的启示。

比较文学学科既要有深入的学理性思考，又要有本体性的研究做参照。否则，思考就会像空中楼阁，失去依凭。我们的比较文学理论必须在实践中推进，在理性中不断得到运用。中国的比较文学实践和理性思考值得全世界比较文学界同仁为之思考和借鉴，这就是笔者的意见。比较文学能否取得更大的成就，与我们学界的每一位息息相关。这不再是少数几个学人的孤独言语，而是整个学界应该思考的严肃课题！

---

① 何云波：《越界与融通——论比较文学跨学科对话的途径与话语的通约性》，《中国比较文学》，2010（3）：89~98。
② 乐黛云：《时空巨变与文化转型》，《解放军艺术学院学报》，2009（2）：13~16。

关于中西文化比较的几点思考

百年来，为国人所津津乐道的中西文化比较高潮迭起，然而除了讨论的热情和不多的收获以外，依然茫无头绪。本文拟从中西文化比较的名称提出、可比性、方法论、结果、意义等方面来阐述作者关于这一命题的思考。试图寻找一条有效地看待和解决中西文化比较的途径。

一、 对中西提法的反思

为什么不说东西文化比较而要用中西文化比较呢？我认为用中西的名称有它本身的合理性。首先，从横向看，是各自站在自己的立场上进行比较，要么是西方人，要么是中国人，由这双方构成的比较有助于理解各自的文化与对方文化的差异，而不是别的国家的人来进行的比较。

其次，从纵向看，人类历史的发展使然。人类古代的文明分为六大文明区即中国文明、印度文明、两河流域文明、埃及文明、希腊文明、玛雅文明。希腊文明与玛雅文明都成了历史的活化石，而两河流域文明与希腊文明又构成了西方文明的母体。印度文明虽然至今犹存，但在中国汉朝时就传入了中国，中国以儒家为主体的文明对之进行了接受和改造。从唐代王维的"诗中有画，画中有诗"的禅理，到宋代甚至形成了以禅宗、净土宗、唯识宗、天台宗、华严宗等八大宗为主的佛门宗派，又由中国传入朝鲜，东渡扶桑。可以说，入世的儒家文明与出世的佛家文明紧密相连，唇齿相依。它们与中国本土生长的道家文明一起构成了中国文化博大精深的内涵。因此，谈论中国文明，必然要牵涉到佛家文明。中西的提法，恰好概括了所有不同文明之间的比较，而无须再特别指出中西印的比较。

不过，要注意的是，这里的比较仅限于宏观大体而言，而具体微观的比较则又要牵涉不同文明之间的具体比较，而不可用中西笼统概括。

二、 对中西文化可比性的反思

既然中西的提法是可行的，那么有没有比较的必然性呢？比如拿水与火、黑与白、海浪与岩石、诗歌与散文作一比较，这就不免陷入无意义的追求之中，只不过得出截然不同的性质结论而已，再无他用。这里注意，这些事物仅就其本身而言，而不代表其背后的意义。或许我们经常拿黑与白、水与火等来作比，但唯一的目的只是为了认识另一方而找的参照物或者为了更突出己方而举出另一方而已。如我们为了区别白色，就拿出决然对立的黑色来比较，这就一目了然，对白色和黑色有深刻的认识。再如我们描写社会的如何如何黑暗，是为了表明人们对光明追求的渴望和向往，歌颂光明的可贵和来之不易，等等。这些无不说明决然对立的事物的比较除了认识或衬托对方之外，没有任何更高的意义。

有学者认为，什么叫文化？比如用同一种筷子吃饭不叫文化，一个用叉子，一个用筷子，这就叫文化，完全相同的事物没有比较的意义。所以，西方文明内部的欧洲文明之间的比较是更狭小的范围和意义上的，虽然它们有别，但基本上是脱胎于母体文明即希腊文明和两河流域的基督教文明，而要更突显意义的重大和眼光的宽阔，必须抛弃狭隘的"欧洲中心论"和"西方中心论"，把比较的眼光放在中西之间，这才是最有意义的事，这才能真正称得上是比较的文化。不仅对于认识对方有帮助，而且有更深远的意义。照这样理解，完全相同的事物不能是文化，而不同的事物才是文化。我要说明的是：完全相异的事物也不是文化，正如我前面所言，比较的意义何在？既然水火不容，黑白分明，还比较什么？现在有学者提出了"世界性因素"的观点，认为虽然人类在彼此隔绝的状态中成长，但依然具有可供比较的文化。着眼点就在于这文化上面，文化是人创造的，是人类的精神产品。正所谓"人同此心，心同此理"。不管是从生理上还是从心理上，只要是人，那就都有某些类似的精神心理因素。人们把这些掺和了相同的精神心理因素的整个人类思想投入到自然界、人类社会和人自身，就创造了无数的物质文化、制度文化和观念文化。这些物质文化、制度文化和观念文化必然具有某些共同因子，这就是人类共同的"世界性因素"。物质器物我们一眼就看到二者的相同或相异的因素，而制度和观念文化都是软件，非常复杂，既包含心理、美学上的"世界性因素"，也有主体创造性选择和接受的问题。不仅主体的"接受帷幕"不同，而且"期待视野"或者说"召唤结构"也不同。这牵涉到接受美学的问题，还有"选择性误读"和"文化过滤"等一系列问题，比较复杂。

尽管如此，我们的前人已经在这方面做了很多基础性的工作。从清朝的王国维开始，便开始了中西文化上的自觉比较，到五四运动时期出现了一个高潮。这期间，文化比较者可分为三个派别即自由派、保守派、激进派，分别以胡适、梁漱溟、鲁迅为代表。

到 80 年代，中西文化比较再抛高潮。但这种比较始终脱不了传统的窠臼。从器物到制度到文化，周而复始。几个名师讲堂的精彩观点固然可赞，但无非是拿来人家的或制度或器物或文化，终归是再建传统文化。不管怎么样，这些都说明前人在中西文化比较的领域里开辟了一片新的天地，为后人深入发展打下了良好的基础，同时也说明了中西文化比较的可行性。

三、 对如何进行中西文化比较的思考

既然中西文化比较的提法和比较是可行的，下面就要进入操作层面了。美国学者张隆溪先生有一段精彩的论述："强调东西方文化差异的论者，往往以偏概全，用一种文化的某一种或某一些特点代表那种文化的全部和本质，一句话概括了东方，再一句话又概括了西方，而且总是把东西文化对立起来。我在本书许多地方都举出文化对立的例证，并提出我自己不同的看法。要展开东西方的比较研究，就必须首先克服将不同文化机械对立的倾向，寻求东西方之间的共同点。只有在此基础

上，在异中求同，又在同中见异，比较研究才得以成立。"① 的确如此，如果拿叉子和筷子作比较，只会看到它们的不同。真正的文化比较应是同中求异或异中求同。如比较叉子中的木叉、铁叉、钢叉或筷子中的木筷、竹筷等。而中西之间也正是木叉与铁叉或木筷与竹筷的区别。正如钱钟书先生所说："东海西海，心理攸同；南学北学，道术未裂。"

四、 对中西文化比较结果的认识

由于种族、时代、环境不同，中西具备不同的思维方式和行为方式乃至价值取向，基本上是蓝色的海洋文明与黄色的农耕文明之间的对立。前者为了生存，不得不征服恶劣的大海。于是发展了征服自然和掠夺自然的性格。后者靠天吃饭，有稳定的种植业，不需征服自然，自然的恩惠是与他们的祈祷联系在一起的。大船与铁镐的区别就在于：一为征服之用，一为适应之用。为什么西方多围湖建厂，造现代化大都市的建筑；而中国的建筑大都依山傍水，即使无条件也要创造条件，比如苏州园林、圆明园。西方人发展了自然界的唯一神——基督，使人类有了彼岸世界。超越有罪的今生乃是到达彼岸的条件，却又热爱世俗的生活，造成灵与肉的分裂。中国人没有自己的主神，自然就是自己亲近的对象，通过修身养性可以与自然融合为一体。主张"内圣外王"的入世观就是灵肉一致的明显例证。西方人相信人是有罪的，所以有了罪感文化和耶稣的救赎。中国人相信人是善的，所以有了儒家的修齐治平文化。正如刘小枫先生说的，一为拯救的苦难灵魂，一为乐逍遥的儒家伦理。正因为西方人相信人与人之间是恶，所以有了法律的完善；正因为中国人相信道德的自我完善，所以强调以德治国。总之，中西之间是一动一静、一张一弛，这样的比喻无不为我们认识中西之间的差异提供了一种参照。

---

① 张隆溪：《中西文化研究十论》，上海：复旦大学出版社，2005：2。

五、 中西文化比较意义的反思

如果只是为了比较而比较，正如为了艺术而艺术一样。中国人一贯主张要有现实的道德意义。西方人有为了真理而献身的壮举，所以科学才如此发达；而中国人做学问总是有自己鲜明的现实意义，所以造成中国知识分子百年来找不到中西比较的头绪，老是重复着百年来的论题，这既是学者的悲哀，也是国人的悲哀。知识分子应该有批判善恶是非的立场，有自己的良心，至于标准怎么定，则依各人而定。但对人类善的情怀的向往和对恶的批判是不应该丢的，不然，何以以知识分子自居？

在西方，从古希腊的悲剧《俄狄浦斯王》到亚里士多德的《诗学》到莎士比亚的《哈姆莱特》再到陀思妥耶夫斯基的《罪与罚》，伦理的钢鞭也在敲打着他们的灵魂。我们的启蒙不能要求所有的国民都朝同一方向前进，即要有为艺术而艺术的精神。正如弗洛伊德所说的："作家的创作则如同做白日梦。"这样的"疯子"未尝不可以为人类增添光彩，但人人都是"疯子"，则这个世界才真正疯了。尼采认为："天才是少数人才具有的。凭借超人的意志，他们可以达到一种忘我的狄奥尼索斯精神。"后殖民主义理论家赛义德明确提出了知识分子的立场问题："不仅仅在于批善恶，更在于知识分子的良知。"中西比较的终极目的不是盲目走向"大同世界"抑或为比较而比较，更高的意义在于求同存异，提倡"和而不同"。

各民族的文化都是全球化语境下不可缺少的一部分，但同时也要警惕为文化相对主义者提供借口。照启良先生的观点①，如果文化有优劣之分，那就不要中国文化了，全部引进西方文化得了。但我想启良先生肯定不是这么想的，他或许是出于"以毒攻毒"的目的抑或肯定中西文化之间的相异性抑或出于更为崇高的目的！

---

① 启良：《真善之间——中西文化比较答客问》，广州：花城出版社，2003：302～305。

六、 结 语

在中西文化的比较中，我们认识到了自己的不足，可以借鉴其他文化的优势。如今西方不是提倡"他者"的眼光吗？这也正是西方文化在遇到发展的瓶颈之时，极力寻找不同文化的参照，以求更好地认识自己、发展自己。中西的互识、互证、互补正是在这一比较中才得以可能。长期以来的中国被当作西方的非我——他者的神话，完全是在想象的基础之上的。现在好了，他们遇到麻烦了，不得不求助于中国文化。只有在平等的基础上比较，才能获得双赢的局面。"以史为鉴可以知兴衰，以人为，鉴可以知得失"。那么以中西的文化为鉴呢？显然，我们既可以更好地认识自身，又可以吸取对方的长处，弥补自身的不足。邓晓芒将反思喻为一种"灵之舞，人之镜，灵魂之旅"①，对中西文化分野的这种反思，就充分说明了比较的意义所在。

---

① 邓晓芒：《文学与文化三论》，武汉：湖北人民出版社，2005：3~5。

美杜莎之幸抑或之殇

今天，人们提起美杜莎，似乎早已忘记了希腊神话中那个令人恐惧、给人带来死亡灾难的蛇发女妖形象。人们看到的美杜莎，更多地是在时尚服装、杂志、家具、食器具上面的艳丽形象。美杜莎的形象被频频应用在动漫人物、珠宝盒、军事监视系统、炫车上，甚至连电脑安全插件也被冠以美杜莎的标志。最为惹人注目的要数著名服装大师范哲思的服装标志——美杜莎了，这让美杜莎一下成为最惊世骇俗和最具魅惑力的存在。现代人追求的是一种"娱乐至死"的致命诱惑，在后工业社会的短平快中，人们寻求巨大压力下的瞬间审美和极限体验，即使面临生死的考验，也在所不惜。在当前消费时代语境下，根本不存在关于美杜莎带来死亡和危险的恐惧，取而代之的是一种新型的审美体验和感受，这既是社会工业化带来的后果，也是美杜莎在消费时代的变异和意义的消解。

而对于真实的美杜莎，人们知之甚少或不屑知之。对于她所遭受的痛苦，人们更是浑然不知。可我们不禁要问，在美杜莎成为符码的背后，谁还记得美杜莎曾经的纯洁与美好？谁还记得她的美丽与良善？在这个标志背后，人们不需要关心她的生死，而仅仅关注自身的极乐体验，她成了一种不断被结构和解构的代码，这到底是美杜莎的悲哀还是我们这个时代的悲哀？

一、 消费时代的魅惑

服装品牌大师詹尼·范思哲慧眼独具，在一张鬼魅的面孔前，他灵机一动，决心用这充满死亡气息的面貌作为他服装品牌的标志。不过，在他的帝国里，死亡气息已然全无，所有的只不过是致命的魅惑。他的时尚帝国引领了一个时代，他把死亡转变成了一个充满致命诱惑的标志，人们愿意成为这样一张充满致命诱惑图像的俘虏。不仅如此，美杜莎的形象还屡屡出现在香水瓶盖、时装纽扣、时尚 T 恤上，人们从这些色彩鲜明的线条上感受到一股妖艳的震慑力，而这正是范思哲一生所追求的"拥有范思哲的女人便拥有无与伦比的美艳，蛊惑人们为其而心动，不顾后果地张望，在惊艳过后被耀眼的艳丽石化、慑服"。范思哲成功地谋杀了这个神话原先的一些含义。在当今时代，人们思考的是如何取得这种致命的诱惑，而不是如何去避免这种风险，原有的劝诫意味荡然无存。美杜莎那曾经洞穿一切的可怕眼神，在这个纷呈的社会里被彻底消解了。人们不再受制于她的眼神，反而希望被这样的眼神所电击、所俘获。一切都敞开了，再没有恐惧和危险。几经轮回，美杜莎经由危险的妖魔一变而为时尚帝国的潮流和标志。在穿越了千年的烟尘后，她来到这个充满韶华的时代，她以多变的妖娆和致命的诱惑力，不断激起现代人的各种欲望。但是，我们看到，美杜莎被范思哲牢牢地操纵着她的意义建构和未来，她还是处于禁语和失语的状态。对于美杜莎来说，这个社会还是如此残酷而没有任何改变。

美杜莎在其他方面的应用还表现在：动漫产业对美杜莎形象的借用。主要用意在于借用美杜莎的恐怖形象，突出其神秘的力量。如日本动画片《噬魂师》中的女巫形象，就借用了美杜莎的神奇力量，给敌方以致命打击。还有如日本东京人 TatsuneriMorimoto 将其 62 款雪佛兰敞篷车命名为"美杜莎"时，其意义又不一般了，真正起到了盘活存货、点腐成奇的效果。而中国的百度新推出的一款安全插件"Baidu. Medusa"，从其名称中我们很显然可以知道是对"美杜莎"名称的借用，这实际上起到了一种心理暗示的作用，表明其产品的强大功能。正是借此，百度与奇虎 360 上演了一轮又一轮的博弈。在珠宝行业，我们看到，BOUCHERON 整个系列以蛇形为重点，贵重金属柔顺自然的线条搭配奢华珠宝，具有无法形容的权威感设计，华丽异常，散发出美杜莎般妖娆魅惑。

在消费时代，我们看到各种致命的诱惑都跟她有关。她成了魅惑的代名词。人们为了一时的所谓高峰体验，追求所谓审美的极乐，宁愿做一个俘虏。就像当初那些好奇的男人们，为了一睹她的容貌，宁愿立刻变成一具冰冷冷的石头。但是，时过境迁，人们当初对她存有深深的敌意，而此刻美杜莎已经成为一个极具魅惑和魔力的存在。人们对她感兴趣，并投以巨大的想象力，而所谓的危险和恐惧，早已抛诸脑后。他们想到的是如何获得她的芳心，让自己成为她的贴心守护者。

那么，美杜莎是如何由一个纯洁美丽的少女一变而为拥有致命诱惑的存在呢？由此溯思，就让我们从美杜莎那深邃而绝望的眼神来寻觅她那千年来孤独寂寞的幽影吧！

二、 历史烟尘中的美杜莎

美杜莎本是希腊战神雅典娜的女祭司，一位纯洁的少女，面目清秀。作为祭祀，她是不能拥有像凡人那样的婚姻的，从美杜莎被选为祭司开始，她的命运就注定了是一个悲剧。雅典娜尽管是女神，但她具有男性神的特征。雅典娜虽然没有从肉体上占有美杜莎，但是从精神层面上，她永久性地占有了美丽的少女美杜莎。没有真实的爱，也没有肉体的欢娱，这是那个时代作为祭司的尴尬。从人的角度来说，这是不幸的，她是神和人的牺牲品。但"祭司"，多么神圣的字眼和光荣的职业，这在当时是作为沟通神与人的使者。她们代神立言，拥有崇高的地位和尊严。我们换一个角度来看，谁又能诉说她们心理所承受的压力与无法言说的沉默之苦呢？而且她们还要呈现心甘情愿的表情，哪怕是在心底也不能丝毫显露出对神的不敬来。我们钦敬、尊重这样的选择，也理解处于童年时代的人们的行为和处事方式。或许在美杜莎的心底曾经闪过一丝被迫的不满，这种无意识的叛逆也许只是偶然地在她的心底划过了。但美杜莎的这种微弱反抗之光，在希腊男权社会中，犹如飞蛾扑火，很快就熄灭了。

希腊人对待生活的态度是现世的，是一种注重肉体享受的享乐主义精神，相比希伯来人注重彼岸的精神超越，希腊人更贴近人情人性。但作为祭司，似乎天生就被剥夺了这一切，美杜莎默默地忍受着这一切。但即使这样，命运还是捉弄她。强大的海神、风暴神与地震神波塞冬迷上了美杜莎的美貌，竟然在侄女雅典娜的庙堂里强暴了美杜莎。可怜的美杜莎，在强劲的男性神波塞冬面前，她的反抗犹如脆弱的鸡蛋面临坚硬的石头，她怎么能够逃脱厄运呢？这从一开始就是一个阴谋，她因美丽而被选为祭司，她因美貌而被强暴。美丽有错吗？但在那个时代，美丽的女人总是被其他女人嫉妒，为男人所垂涎，甚至连神都不例外。在希腊神话里，神与人是同形同性的，神都风流成性，这在波塞冬三兄弟身上表现得尤为明显。冥王哈迪斯抢走谷物女神德墨忒耳的女儿珀耳塞福涅。宙斯更是到处留情，不惜自毁形象变成公牛欺骗亚细亚无知少女欧罗巴。海神波塞冬更是不用说了。他们都是男权社会的代表，对女性的权利都采取了漠视的态度，女性仅仅是他们发泄的对象和利用的工具而已。

雅典娜一怒之下，将美丽的美杜莎变为最丑恶的死尸形象，而且头上还长满毒蛇。她的变化引起了男性莫大的好奇心，同时也激起了他们探险的勇气，男人争相把杀死美杜莎作为勇气的象征。美杜莎是不幸的，宙斯的私生子珀尔修斯在天神的帮助下，最终杀死了她。美杜莎是孤立无援的，即使身在荒岛，也难逃悲剧的命运。雅典娜给予她一双洞穿世间万物、望即化石的惊骇眼神，但这并不是对她的恩赐，而是对她的无情惩罚和宣判。美杜莎被彻底孤立了，此刻对于一个人不像人、鬼不像鬼的美杜莎，为什么连天神都不放过她呢？为什么就不能让她独自享受这最后的一刻宁静呢？由此可见，男人的权威是建立在对女性权利扼杀的基础之上的。美杜莎的存在，于他们来说是一个威胁，所以他们千方百计找寻各种途径来消灭她。女性拥有反抗的武器，这在当时于男性来说是致命的威胁，不能让她存在。美杜莎，一个应该死也必须死的女妖！

希腊神话中的女性形象，大都是男权压制之下的牺牲品。她们没有自己的主体性，即使有自己的个性，这种个性也是与嫉妒（天后赫拉）、凶残（美狄亚）、死亡（塞壬）联系在一起的。她们被剥夺了自己言说的权力，他们的角色是被规训的，男性的欲望和权力都凌驾在她们身上。她们既是男性欲望的对象，也是男性斗争的牺牲品，美杜莎只是其中一个。海伦是欲望、死亡与战争的象征，潘多拉被宙斯塑造成美丽妖媚的少女的同时也被赋予致命灾祸的来源，这就明显地表明了女性的美是不属于她们自身的，同时她们的恶毒也是被强加的。不用去寻求强权社会下男性对女性的隐性的恶毒，美杜莎的例子就实实在在说明了他们对待女性的态度：女性才是一切罪恶的肇始者！即使美狄亚对男权进行了反抗，但是这种反抗也是被异化了的。她被赋予失去理智的行动，以极其残忍的行为杀死了自己的双子，却还是无法惩罚对爱情不忠的伊阿宋。这就说明男人犯了错，他们本身是没有罪的，有罪的只是女人。所以，美杜莎的苦难只是她自身带来的苦果，如果她不是祭司，如果她不美丽，她就不会带来这一切。如果美狄亚原谅了丈夫的不忠，她就不会出现这样残忍的形象。但是，这一切又怎么能够解释清楚呢？我们用现代的角度和观点来看，简直荒唐至极、不可思议。但是，这一切在男权社会下都是合理的！

在中国古代，有大量这样的女性形象。女性形象在男权社会里，她们的意义和形象是被男人们建构的一种存在。如西施、褒姒、王昭君、貂蝉、杨玉环、陈圆圆。她们的存在是被男权社会操控的，事业成功了，是男人的功劳，而一旦失败就都变成了红颜祸水。所谓"最毒妇人心","唯女子与小人为难养也",将女人和小人并列在一起,正说明男性的险恶用心,他们心中的女性一方面是他们赏玩的对象,另一方面却把亡国之痛的责任一股脑儿推向女人,这合理吗?

哪里有压迫,哪里就会有反抗。事实证明,女性面对压迫并不是历来就无动于衷。从美杜莎的微弱抵挡,到美狄亚杀子的极端反抗,再到现代西方女权主义者的崛起,她们都在历史的进程中做出了其他女性应该做却不敢做的事情。对于现代的女权主义者来说,她们把女性置于与男性平等的地位来对待,这是值得赞赏的,但要警惕女权中心,在解构男权的同时,不要掉入男权中心主义所设下的陷阱。

1975 年,法国女性主义作家埃莱娜·西苏写了一本书叫《美杜莎的笑声》。通过书名,我们隐约可以知道这是对美杜莎绝望之笑的正名。在男权社会中,被禁锢了几千年的女性,完全成了妖魔的化身。笑声意味着对男权社会的解构和颠覆。其实,几千年以来,女性一直在寻找自己的地位和尊严,但是沉重的菲勒斯中心主义(男权主义)让她们说不出任何话来。在单一的男权社会里,她们是彻底的失语者。长久以来,她们活在男性的阴影里,在男权建构的世界里和他们想象的世界里符号化地生存。如今,她们一反历史的常态,决心冲破历史的束缚和牢笼,用身体本身来对抗。这对于男权社会无异于天大的讽刺,被男权社会当作罪恶和耻辱的女性身体,既是男性欲望得以实施和发泄的对象,同时也是他们批判为罪恶温床的工具。此时,女性颠倒了这种秩序,用男性眼中的罪恶来反对男性,这是最厉害的武器。在哪里被改写,就在哪里重新改写过来。这着实让男权主义者没有想到。但是,我们也要看到一个严峻的现实:严肃的女性文学存在与所谓的美女下半身写作同流合污的危险。这种现象一方面有人为的直接原因,另一方面我们看到事实恐怕永远不会如此简单。社会的发展总是充满着变数,永远不会顺利地朝着既定的目标发展。后工业化的气息冲击着人们的脸目,麻痹着人们的神经,在物欲面前,没有人具有天生的免疫力。但同时,我们也应该有着深刻的警醒,在倡导男女差异和提倡女性独立地位的同时,避免陷入男权主义建构的陷阱,滑入唯女权主义的片面和极端。

现代的女权主义者经历了从女权到女性再到女人的发展之路。女权主义攻击父系霸权文化;女性主义注重性别平等,倡导两性和谐;而到了女人层面,则强调差异和不同。可以这样说,女权主义者由最初的简单攻击男权文化,到强调女权主义而不可避免地陷入了男权文化所建构的文化陷阱。女性主义的崛起,将女性带到了一个美好的平等之境,但事实上绝无可能,只能是一种文化幻象。她们明白,是到了做回女人的时刻了。但这个女人不是受男性摆弄和戏耍的形象，而是有着独立审美体验和精神人格的女人，是一种不同于男人的另一种独立存在。正是因为有了女人，这个世界才如此完美，由男人和女人共同治理的世界才是完整的、和谐的。

事实上，在美杜莎成为女权主义滥觞的背后，美杜莎自身的形象也在岁月中经历了淘洗和变异。这种变异，一方面是男权社会对女性的无情解构和再建构；另一方面，美杜莎形象被不断塑造的同时，她自身也成了不同时代的风向标。

在希腊神话中，雅典娜把美杜莎的人头像刻在自己的盾牌和胸前，作为震慑敌人的护身符。其实，雅典娜之所以赋予美杜莎作为叛逆的蛇发女妖形象，是与西方的文化密切相关的。蛇这一形象是具有原罪的，它是亚当和夏娃的叛逆种子，自从听从了狡猾的蛇的劝告后，他们才被上帝逐出了伊甸园。所以，人的原罪是跟蛇有关联的，是因蛇而起的。从此，在人类历史上，蛇被赋予罪恶、黑暗、恐怖的象征，一切不好的事物都跟蛇扯上了关系。美杜莎的蛇发形象恐怕多是来源于此。

此后，士兵们都如此效仿，仿佛他们也染上了美杜莎的魔法，一旦敌人看见美杜莎的面貌，就会立刻变成僵死的石头。致命的美杜莎，成了战场上瞬间将会丧命的士兵们的救命符。她既是死亡的标志，也是生命的标志。只不过是对敌人的死，而对自己的生。于是，美杜莎成为了一种"图腾崇拜"的象征，拥有辟邪守护的意义。

自文艺复兴时期以来，美杜莎又变为表达黑暗与邪恶的象征，彻底沦为反面人物。而到了现代消费社会，她又成为极具魅惑力的存在，出现在各种图像、服饰和器具等上面。

三、结　语

对于美杜莎的命运来说，她既是野蛮的，也是唯美的；她既是死亡的存在，也是生命的新生；她既是粗俗的，也是文明的；她既是罪恶，也是清白；既是毁灭，也是重生。美杜莎就是一个矛盾的存在体。她就是一个被不断解构和建构的存在。她没有自己的主动权，也没有自己的意识。她已死去，她的灵魂被不断赋予新的意义。

但对于真实的美杜莎来说，她早就躺在历史的陈迹里，她的眼里充满幽怨，还是那般深邃、鬼魅不可测，透过千年的历史帷幕，她还在那里，静静地看着这人世间的一幕幕。这到底是美杜莎之幸还是美杜莎之殇？

美与爱的见证

——观《阿凡达》有感

《阿凡达》给观众带来了 3D 影视技术的全新体验。动感的影片展现了以生存为中心的矛盾冲突，批判了物质世界中的人类中心主义倾向，更表达了对爱的呼唤与美的追寻。

一、 以生存为中心的几组矛盾

一如我预想的一样，被冠以 3D 的《阿凡达》首先吸引和震撼观众的肯定是 3D 的影视技术无疑了。在震耳欲聋的吼叫、咆哮声中，我确实被这一身临其境的境界所感染，也喟叹国内技术的不如人。然而，这种画面和音效上的感受却并非笔者思考最深的东西。说实话，场面的新奇对大众来说早已习以为常。这以在网络上早已可以看到无数国外音质画面皆好的大片为证。当然，3D 影视技术带你进入现场的奇妙高峰体验还是值得称道的。《阿凡达》的故事情节很简单，地球殖民者为争夺矿产资源，来到另外一个星球。结果与星球上的原居民发生冲突，便派遣杰克（通过基因技术，把杰克的意识转移到复制的外星人身上）来到原居民中进行谈判。但杰克却背叛了初衷，与原居民结为一体，共同对付地球人的侵略。结果自然是邪不胜正，地球人被赶走，杰克以外星人的身份永远与原居民同在。其间，便是贯穿了杰克与女外星人的爱情故事。随着情节的推移，外星人与地球人的矛盾越来越激烈，他们的爱情故事也越来越精彩，关系也越来越亲密，直至心心相印。

这里，有几组矛盾值得一提：杰克以及他的科研团队与侵略方以军方为代表之间的矛盾，军方与外星人之间的矛盾，杰克与外星人公主之间的矛盾：

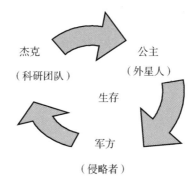

如图所示，这几组矛盾是影片中最大的矛盾，矛盾的焦点在于生存。双方都是为了生存而展开了激烈的斗争。为了生存，人类不惜一切代价殖民外星球；同样为了生存，外星人为保卫星球而战。当科研团队、外星人与军方的矛盾越激烈时，杰克与公主的矛盾也就越小，两者形成了一个鲜明的对比。原本属于人类的杰克，却被美丽的星球、多情的公主吸引了。最终，杰克和科研团队与外星人结成同盟，共同对付星球的入侵者，最后将他们赶走。

影片中，奇幻的森林山石，怪异的动植物，许许多多在现实中无法看见的东西都可以在这个星球上见到。当然，这只是精明的卡梅隆导演借助无数聪明的头脑于一身，依靠强大的高科技手段来展现他无比丰富的想象力。如果不是卡梅隆，很难想象得出谁有这一史诗般的大手笔。但笔者同时也持这样一种观点：没有卡梅隆，肯定也会有另一套令人叹为观止的集最新科技于一身的饕餮大餐。理由很简单，对于日新月异的高科技来说，没有其他什么更好的方式可以打开观众的钱包，并且赚取他们的眼泪和欢笑。影片的成功秘密不仅仅在于令人眼花缭乱的高科技，还在于借用高科技讲述一个情节动人的流畅故事。而情节之所以感人，就是因为有矛盾的冲突。

二、人类中心主义的反思

卡梅隆是用极端的技术强调极端的事件造成极端的影响。而在哥本哈根召开的全球气候大会，在影片《阿凡达》中似乎得到了某种回应。人类应该到了停下来好好思考自己行为的时刻了。在以技术为中心的物质世界里，过度地开发自然、利用自然、掠夺大自然的资源，必然会造成严重的后果。影片中地球人被赶走还不是最坏的结果，如果此刻还不进行反思，后果将不堪设想。人应该学会与大自然休戚与共，大自然是有生命的，外星球上的人与自然是一体的，没有对大自然的悉心照顾与保护，哪有大自然的回报！

笔者十分惊叹于卡梅隆的丰富想象，他竟能将外星人与星球上的所有动植物都融为一体，这是十分精彩的。外星人通过发梢上的神经，与大自然中的神经接触，然后就可以进行对话，他把这个星球上的每件事物都当成是有生命的，持一种"万物有灵"的观点，表达了对生命的充分尊重与虔诚。当杰克把受伤的科研人员送过来要求外星人医治时，他们的救治方式是通过发梢神经传送信息到圣母那里，凭借圣母的力量来挽救生命。而最终外星人之所以能打败地球人，是因为圣母彻底发怒了，它传递信息给一切星球上的有机体，开展疯狂的抵抗和报复行为。

人类长久地将自己排斥在自然之外，以胜利者的姿态来对待自然，直至如今，自然资源也枯竭了。这种主客二分的思维方式必然导致人与自然之间的悲剧越演越烈。其实，这些冲突主要体现在西方民族国家之中，而东方一些国家反到可以找到救赎的道路。比如，中国有"和而不同""天人合一"思想，中国人的思维里从来没有与自然分开过，而是倡导人与自然和谐相处。笔者无意在这里站在自身的角度唱赞歌，只不过是提供另一种思考的维度而已。转换强势的思维态度，以他者的眼光来学习别国的思维模式。而不是一味由于自身的固执己见导致自身的漠视和不见，从而带来更大的灾难。

如果说以往的影片过度强调了以人为中心的对大自然占领后的胜利姿态，那么《阿凡达》则造成了一个大自然对人的疯狂报复的印象。如果世人还不警醒，或许影片《2012》中世界末日就真的会变成现实。

三、 爱与美的见证

影片的主人公杰克徘徊在信仰与背叛的两难之间。对人类的背叛意味着与人类决裂，后果是带来生存上的困境。同样，违背自己的信仰，不坚持心中的美与善，也同样会让自己的灵魂不安。如何选择，这是一个问题。不仅仅是瘸腿给了他过多的苦恼，也不仅仅是金钱的缺乏给了他不安，更多的是精神上的归宿与何去何从。作为直接联系着地球人与星球人的矛盾冲突的调解人，杰克的处境何其艰难！其实，讲述这类故事的影片也不少见。描写爱与美是人类一个永恒的主题，主人公一般弃恶从善，在邪恶与正义、对与错之间，经过复杂的思想斗争最终选择为真理和道义而战。然而，《阿凡达》思考的绝不如此简单，它是人类在资源枯竭之后，面对生存困境所作出的理性选择。为了生存，一个生命种类选择开发外星球，这难道有错吗？然而，正是这种道德难题增加了影片的思考性。他带给我们的绝不仅仅是画面和音效上的震撼，更多的是用音画合成的强大震撼来刺激道德抉择上的难题带给世人的警醒。然而，我们的选择不仅给另一种生命带来了不安，也直接威胁着外来文明。

这使我想起了亨廷顿的"文明冲突论"，他在《文明的冲突》里断言："在苏联解体和冷战时代结束之后，21世纪世界的主要冲突形式将不再是意识形态方面的冲突，甚至也不再是政治和经济方面的冲突，而是文明的冲突。非西方世界中的传统文化，特别是传统宗教的感召力和凝聚力将再度加强，不同文明之间的文化壁垒将再次凸现出来，从而使文明的冲突成为未来世界冲突的主题。"如果同一星球上的东西方文明是冲突的，那么不同星球上的文明放在一起时，是否永远都是不可调和的？如果是这样，那永远不可能有和平与和谐？或许卡梅隆真正的用意不是音效上的神奇，他那鬼斧神工的画面都不过是为了完美地再现隐藏在那心灵深处的深深忧虑！或许，票房的成功是浇铸其强悍画面效果的理论来源。但笔者认为正是对人类善与美的展示才是其真正的艺术之源。为了等这一刻，他沉寂了十三年，真可谓是"十年磨一剑"。在《泰坦尼克号》成功之后，人们便寄希望于卡梅隆再次有大手笔，这一等竟是十多年。其实，早在十多年前，《阿凡达》的构想就呈现于他的头脑之中，可惜由于技术问题，他没能实现。如今3D技术成熟了，他可以将自己全部的丰富想象与理想投注于高科技之中，借助强大的技术手段帮他一展平生所愿。

人类从来不缺善、爱与美的主题，不管在文字中或影片中，都是如此。然而，要描写这一永恒的人类共同的主题，不管是文字还是画面，都无数次地在人类的心灵田野上激荡过，不管以何种形式出现，它都激不起瞬间震撼的强烈效果。不排除有这样的文字和影片，但对比强悍的 3D 技术，他们都要逊色三分。在轰隆的机器声中，在野兽的怒吼中，在飘着雪花的林中，你都是影片中的一分子，是 3D 技术带你到这如梦如幻的境界中。加上矛盾冲突的情节，流畅的叙事手法，观众强烈地感受到了大自然的生命是多么真切，一切都是那么新奇，那么清晰，那么富有动感的活力。在如此宏大的场面中，观众似乎参与了这一场生存游戏，每一个人都是其中不可或缺的一部分，观众在构成主人公的不同方面，在生成影片的意义。这些都构成了影片从制作到观赏的完整部分。从接受美学的角度讲，而不仅仅把影片的欣赏者都看成一个被动者。因为在参与的过程中，在动感的画面前，观众时时刻刻都在参与影片的每个活动，而每次活动都将他们推向前端，都和主人公同呼吸共命运，真切感受主人公的爱与恨、喜与怒，直至进入一个主人公水乳交融的境地。如果观众果真能在这种画面寻找到一个审美点的话：那这个画面不仅仅是震撼的、身临其境的，更在于它的内容是善的和美的。无论你以何种方式来述说，都离不开对善的追求和对美的发现。没有善和美，人不能称之为人。没有星球的和谐美好，生命的真奇、心灵的善良，就没有人与人之间的和谐、人与自然的和谐。卡梅隆或许早就有了故事的剧本，只是苦于没有适当的震撼人心的表达方式而已。当外部条件成熟时，他便如鱼得水，将它的想象完美展现无遗。一切的追求与梦想都只是为了表达一个关于美与善的完整故事而已，除此，别无其他。极度的情怀要造成极度的影响只能用极度的方式去表达，而 3D 影视技术的成熟，无疑是目前最好的方式。

　　如果笔者是杰克，肯定也会是那背叛者中的一个。人类短视的行为中心主义背后是无穷无尽的欲望。对生命的漠视，对友谊的破坏，对文明的不尊重，人类应该睁开眼醒来了。在《阿凡达》面前，每个人都不禁要问，善、美还在吗？笔者依然要重复一个既简单而又复杂的问题：人啊，在茫茫的宇宙中，你到底在追寻什么？

侯孝贤电影美学与东方古典神韵

——评《刺客聂隐娘》

对于集 10 年之功、花费 5 年时间进行拍摄，在以侯孝贤、钟阿城、朱天心等实力文学家为编剧的团队 8 易电影剧本，终成影片《刺客聂隐娘》。而侯孝贤本人为了这部电影更是投入了大量的精力来阅读剧本背后的文献史料，如《资治通鉴》《新唐书》等，一时之间因其独特的电影美学而引发了不少人的热评。最终，该影片在 68 届戛纳电影节斩获最佳导演奖。应该说，这既是对电影《刺客聂隐娘》的艺术肯定，也是对导演本人才华的认可。影片获奖并上映后，一时之间，形成了两种截然异趣的评价：一种大呼影片沉闷无聊，可谓上好的催眠曲；一种认为影片展示了一部不同以往的武侠片，可称之为文艺武侠片，它是侯氏电影美学的集中代表。在我看来，呼之差者，全然不顾影片的独特内涵，只是在为自己在消费时代已然被暴力和蒙太奇效应的剪辑快餐麻痹和迟钝了的神经叫屈。呼之好者，又全然容不得眼里有沙子，对侯氏电影的一切批评（包括善意的）全部弃置一旁，好像只要有了国际的大奖，我们就取得了完全的胜利。对于这样一部无论是在艺术手段的创新上，还是艺术观念的革新上都别具一格的影片，这两种态度都不是我们所应该具有的。

对于一部成功的影片，引起观影的轰动和异彩纷呈的评价应该说是意料中的事。但是，对于《刺客聂隐娘》来说，它的票房并不很如意，甚至有点惨淡经营的意味。一部影片的票房成功并不能说明一切，然而当下的实际是，票房成功恰恰成为电影人能够生存下去以及此类电影能够继续拍摄的关键因素。惊险、刺激、搞笑和娱乐已经成为时代潮流中被神话了的票房关键词，如窘态百出的《人在囧途》《泰囧》，以致又即将推出《港囧》；如美国大片《谍影重重》《速度与激情》《碟中碟》以及《变形金刚》等，都在上述这些关键词的诱发下充塞着观众的眼球、刺激着观众的感官，它们伴随着一套复杂精致化的商业运作模式，让电影十分卖座，这也是电影续集能够一拍再拍的公开秘密。侯孝贤导演的电影《刺客聂隐娘》恰恰不属于这上述类型中的任何一种，这注定了它的票房命运不会太佳。在该电影拍摄前，侯孝贤以一位资深的电影人便预见了这一点，但这不能成为阻挡他拍摄这部心仪已久的唐朝电影。早在 1987 年 2 月，侯孝贤与杨德昌等人就一起签署了"台湾新电影"宣言。宣言声称："我们相信电影有很多种可能，我们要争取商业电影以外另一种电影的存在空间。"①

在专业评论圈内，不少学者认为《刺客聂隐娘》冲击了中国传统电影的美学思维，体现了鲜明的道家美学思想。也有人认为，电影挑战了人们的观影底线，在消费时代的这一选择无疑是很不明智的。还有人认为，尽管该影片有着极大的创新性，但是其技术上的硬伤也明显可见。如此等等，不一而足。

那么，这里首先要搞清的问题就是，电影《刺客聂隐娘》如何反映了侯孝贤一贯的电影美学思想？这部影片对比他以往的影片，有哪些突破？其次，如果说《刺客聂隐娘》是道家思维的集中体现，影片是如何集中体现的？又反映了道家思维的哪些特征？最后，我们要进一步追问的是，侯氏电影的美学思想与中国传统的道家思维是如何关联的？侯孝贤为什么选取了道的思想来刻画他的影片？影片又给我们带来了哪些思考？

一、 侯孝贤的电影美学： 极端个人化叙事

侯孝贤一贯的电影美学思想，按照他拍摄的风格，我们可以分为两种：一种是精雕细刻的历史透视，代表作有《戏梦人生》《好男好女》《海上花》；一种是事无巨细的人情描摹，代表作如《南国再见》《千禧曼波》《最好的时光》《咖啡时光》一类描写都市百态的小情调作品。应该说，侯氏的电影中，这两种美学思维是互为交叉的，既在历史场景中展露人物的复杂心态，同时也赋予生活中真实的男男女女一种历史的视野和动态感。侯孝贤的电影既不同于神幻式的武侠大师徐克，也不同

① 詹宏志：《台湾电影宣言》，《文星杂志》，1987—01—24。

于融普世之情于东方竹林的悲情大师李安，更不同于于故事"花样年华"般衔接处透露一个时代的"野心"大师王家卫。侯孝贤曾说："电影有太多种。我拍电影的方式是很个人的，我喜欢怎样就怎样，这个不是所有人能理解的，因为每个人的背景不一样。所以这个一点都不勉强，是很自然的事情。"① 他要做的仅仅是顽强地执守一种极端的个人化叙事：以极简化的故事情节、高度意象化的生活场景、极为简单的人物对白、精益求精的生活画面来客观真实地描摹一个时代的人物生活图谱，揭露了人物于无声处内心涌动的复杂情感，表露了虚空余白中的一种有意味的形式架构。总体而言，影片体现了一种鲜明的道家思维。

影片《刺客聂隐娘》讲述了一位从小被道姑带走的名叫聂隐娘的女童被训练成天下顶级杀手，因其动了恻隐之心，不忍杀人，公然违抗师命的故事。在此期间，隐娘与其刺杀对象魏博藩主田季安发生了一段复杂的纠缠爱恨情仇。最终，聂隐娘和倭国磨镜少年远走他乡。应该说，影片故事十分简单，甚至可以用剧情平淡、毫无悬念、没有血雨腥风的武侠片来形容。电影改编自唐朝裴铏的《聂隐娘》，影片对其情节进行了全然的改动，比照裴铏文本，仅余其框架和故事人名。这种改编，在我看来，既不是为了迎合商业目的，也不是有意地标新立异。侯氏电影以其一贯的美学思维冲击着国人的观影底线和价值评判。《刺客聂隐娘》与侯氏其他电影唯一的区别在于使用了武术功底。即便如此，我们并不指望在影片中找到那种酣畅淋漓的打斗场景，整部影片洋溢着一种诗意的文人武侠意境，是无情世界里的有情人生。按照侯孝贤的说法，他要展示的是主人公跟他周围的土地、周围的人之间的密切关系，表露了人对世界的观感。因此，这也是他拍电影的方式为一般人所不解的地方。

有学者认为，《刺客聂隐娘》既不是传统武侠片，也不是单纯的文艺片，而是武侠片与文艺片的结合。它是文艺武侠片，以文艺的形式展示武侠的精神实质和精髓。但在我看来，《刺客聂隐娘》正统的叫法应该是文艺刺客片，但二者在精神骨子里确实有相通的地方。因为，武侠必然生活在一个热闹的江湖中，所谓"人在江湖，身不由己"，有人存在的地方，就有江湖，也才有武侠的发挥之地。武侠的身份是公开的，行的是锄强扶弱，奉的是侠客精神。而刺客的身份是隐蔽的，所以我

---

① 张喆：《真正的创作者若想着竞赛就完了》，《东方早报》，2015-5-26（A26）。

们在《刺客聂隐娘》中几乎看不到也听不到隐娘的正面刻画和几句对白。她要么是隐藏在密林里，伺机而动；要么是深藏大梁之上，以静制动。刺客是没有自己的道德底线的，只要有人肯出钱出利，刺客为谁服务都一样。《酉阳杂俎》卷二十言："凡禽兽必藏匿形影，同于物类也。是以蛇色逐地，茅兔必赤，鹰色随树。"① 但是，在《刺客聂隐娘》中，我们见到的是一位敢于公然背叛师门、不听号令，为了一己私情而不惜放弃刺客的理念和规则的女侠客形象。这一己私情又被导演放大到不忍之心和普世之情，由此，刺客变身为具有武侠风范和道义精神的侠客式的刺客。因此，我们也明白了许多人将《刺客聂隐娘》解读为文艺武侠片的缘由。究其根由，二者在精神气质上是相通的。

二、《刺客聂隐娘》与道家美学

"强调意义的不可言说性始终是中国文化的一个潜在的、深层的文化规则。"②《老子》指出："道可道，非常道；名可名，非常名。"③ 那么，仍然要说，就要少说，注重"文已尽而意有余""味外味""象外之象，景外之景""韵外之致""味外之旨"。中国传统的"无中生有"（天下万物生于有，有生于无）的意义生成方式，应该说被导演很好地理解了。这就是庄子所谓的"言者所以在意，得意而忘言"。实际上，空无中包含深刻的含义，这才是导演的深刻用意。只不过，这个用意的权利，侯孝贤把他交给了观众，而不是像其他导演的影片那样靠强行灌输。

理解了中国古代道家思想的这种独特的思考世界的方式，侯孝贤把自己对道家的这种理解和思考付诸他的具体影片中，其中尤以《刺客聂隐娘》为代表。首先在人物对白上，整部影片采取的是文言文对白，这既是对演员文化功底的考验，同时更是对观众耐心的测验。而且对白非常简洁，除必要的交代外，一切都是沉默。如隐娘回家之际，由其母亲告知她走后发生的一切。又如，在刺杀对象田季安的府

---

① ［唐］段成式：《酉阳杂俎》（前集卷之二十·肉攫部），北京：中华书局，1981：193。
② 曹顺庆：《比较文学与文论话语——迈向新阶段的比较文学与文学理论》，北京：北京师范大学出版社，2011：233。
③ ［魏］王弼注，楼宇烈校释：《老子〈道德经〉注校释》，北京：中华书局，2008：1。

中，隐娘隐伏于大梁之上，偷听田季安与小妾的一段往事回忆。除此之外，整部影片都是极为简单的对话，根本见不到一般影片中人物的大段诗情画意的倾诉或聒噪不已的吵闹。

其次，在故事情节上，导演大量使用中长镜头，尤其是频繁使用长镜头造成缓慢的叙事时间，形成镜头叙事对戏剧化叙述的征服。这也是影片为一般观众所诟病的缘由。这导致影片在缓慢甚至静止的时间里流淌，没有剧烈的情节冲突和强烈的故事趣味性，这是该影片给人的最大印象。

再次，在场景设置上，高度意象化展现了东方特有的古典写意手法。画面里大量俊奇的山峰，习习的雾霭，阴冷的叠石，渚中的枯木，这一切都尽显导演把握、捕捉大自然机心的动机与深远意蕴。剧组不惜代价地远赴武当、神农架、内蒙古、日本等地精雕细刻地选景，企图"复原唐人的风韵"，这种客观写实是奠定在实地考证、扎实的文献阅读以及大自然的神韵构造等各方面的综合基础之上的。影片留给观众的印象是一副高度写意的诗意盎然的水墨画。这种影片留白的方式给了观众大量的思考时间，而不是如一般影片的画面那样密不透风，连轰带炸，根本不给你思虑和商量的余地。

最后，人物塑造的高度生活化、情境化。侯孝贤一心要复原唐人神韵，就必须要营造一个人物生活的真实场景，其部分细节的真实甚至达到了苛刻的程度。但是，这种客观写实的态度和用意，并不在于复原生活的点点滴滴，因为这既是不可能的，也是没有必要的。他选取的是极为写意的生活画面，如影片开头在雾气缭绕的山顶，道姑和隐娘置身其中，颇显一种神秘和仙风道骨的气象。而隐娘的几次刺杀，都是藏身于看不清容貌的黑暗中。居高临下的地位，既符合人物的刺杀身份，同时也为人物的活动提供了一个刻画的空间。漆黑夜中闪动的眸子以及帷幕间飘荡的纱巾，都被细心的导演运用得惟妙惟肖。这些细微的刻画在一般的导演看来似乎可有可无，但是在侯孝贤看来，就是这些细节决定了影片的层次和质量。

整部影片透露出来的一个主题就是无情世界里的有情人生。不忍杀人是围绕隐娘的一个重心和焦点。不管是出于幼年的私情，还是作为人本有的怜悯之心，都表露了电影人要展现的一种东方心境：道家思想。中国古代的道家讲究形法自然，不露痕迹，即"不著一字，尽得风流"。这已经形成了我们一种独特的审美韵味和兴味追求。具体来讲，就是"以少总多""虚实相生"和"意在言外"。

《刺客聂隐娘》就是道家思维的一个典型例证。人物的对白和情节极为简略，可谓"少"。但是，这个"少"中却包含极大的丰富性。侯孝贤极为理解中国古代的这种美学意蕴，不说即说，说得多，并不意味着意义丰富；相反，有些影片给人的感觉就是说得越多，观众理解的反而越模糊，懂得的越少，原因就在于它们留给观众的思考太少。一部成功的影片，从来不在于它说了什么，而在于它没有说什么，这个什么不是影片主动告诉我们的，而要我们自己从影片中寻找。只有经过深层思索和理性思考的影片，才能更加深入人心，也才能起到一部影片真正所起到的作用。而不是如一次性快餐，一旦消费，就万事大吉。

另外，在虚实的处理上，影片也颇为典型。"虚实相生"本是我国道家的一种思维方法，也是我们从古至今艺术思维的一种方式。在文本的处理上，在绘画、书法的技巧运用上，都必然要使用这种思维方法和艺术方式。《刺客聂隐娘》作为一部影片，同样如此。不管是在人物的场景设置上，还是自然景物的细致描绘上，都鲜明地凸显了这一思维。人物生活的真实客观性与高度写意性紧密结合，既展示了唐人真实生活的客观画面，同时也突出了现代人主观价值思考的一种企图。正如《红楼梦》所言：假作真时真亦假，真做假时假亦真。真正可谓尽得道家思维精髓。

这种"以少总多"和"虚实相生"的价值观最终带来的是一种"意在言外"的意义生产方式。有限的表达方式和虚虚实实的场景刻画，最终达到的效果就是意义不在画面里，而是在画面之外，在每一位观影人的思考中。影片中，不仅动作的迁延为我们的思考腾挪了时间，而且大量的空镜和自然景物的静态描摹，为我们留下了可以大量思考的空白之地，每一位观众都可以在这段时间里进行思考、分析和探索。

三、 《刺客聂隐娘》 带来的思考

尽管侯孝贤的电影运用了十足的道家思维，但是，影片的中心主题还是突出了有情人生。在一个尔虞我诈的冷漠世界里，导演要展示的始终是一颗火热、滚烫的同情之心、怜悯之心、慈悲之心。这种个人情怀又被放大到普世情怀，人物也就具有一种博大苍凉的感慨。影片"根本是表达了人生共有的苍凉感。为什么会有苍凉

感？没办法，现实人生就是这样，侠客也不容易"①。人生于天地间，比人更广阔的是大自然的广阔无边，只有在这样的环境和语境中，人才能认识自己的渺小、孤独和不堪。《刺客聂隐娘》实际引导观众思考的是人性的层面，应该说是进入一个深层的文化阶段，而不是停留在表面。文化一到深层，都是生活层面的事情。所谓大道就在日常生活中，这才是我们所理解的深刻含义。

聂隐娘本是一个薄情冷漠的刺客，但是，这个人物在刺杀对象面前却犹豫不决，迟迟不能行动，原因就在于不忍杀人，不忍的缘由就是对象与小儿相戏。在随后的刺杀田季安的时刻，也是出于儿时的情义而不忍杀之。孟子曰："人皆有不忍之心。"这个不忍之心在一个刺客身份的人身上体现出来，不能不说是导演的一个有意安排。"一切历史都是当代史"，著名历史学家克罗齐如是说。古人的这种不忍被现代人予以重新理解，并被置于一个刺客身上，在展示这种不忍之心的同时，也即展示现代人的一种历史观和价值观，具体来说，展示了导演侯孝贤对历史的一种深沉思考和理解方式。

中国古代历来讲求佛、道、儒三家互补，历史上三家合流的轨迹也历历在目。

《刺客聂隐娘》尽管运用了颇多的道家思维和手法，但是，它的底子仍然是儒家的"古道热肠"，即在混杂不堪的阴冷世界里，追求人情和人性的一种野心和企图。中国佛家的空无思想，尤以禅宗的"以心传心""不立文字"为鲜明特征。这与道家的"天人合一"思想、物我交融的审美境界是一脉相承的。美国当代诗人史耐德认为："谈论自然就是谈论一种完整性，人类都是来自这种完整性。"② 侯孝贤把道、佛两家的"意在言外"的思维观与儒家的这种入世情怀融合为一体，充分表现了一种追求人的整体感和完整性的宏大构图。人不是类型化的人，人物有人物生活的特定场景和时代阶层，同时，人也具有人之所以为人的普世特征，这既是侯孝贤在把握影片过程中的一种有意构思，同时也是我们观影人自然而然的一种整体感觉。

这是一部"需要凝望，而不只是观看的佳作"，面对这样的评价，我们对《刺客聂隐娘》确实不能无动于衷，绝不能以一句"看不懂"为由而打发掉。而实际上

---

① 任姗姗、张颖：《用电影展现丰富的人性》，《人民日报》，2015-08-27（012）。
② G. Snyder：The Practice of the Wild，San Francisco，North Point Press，1990，P.11。

"电影的画面、人物给你一种感受，与你的日常生活、阅历有关联，自然会打动你，所以并不存在看不懂的问题"①。《刺客聂隐娘》带给我们的也绝不仅仅是技术手段的革新和冲击，而更是一种思想观念的革新和考验。具体来说，影片给予我们以下几个方面的思考：

（一）恢复古典诗意

在以往的影片中，我们不会有一种唤醒阅读传统和经典的欲望。虽然我们有大量表达和借鉴传统的电影题材，但最终在影片的展示中却丢失了诗意。唯一剩下的就只有卖点和噱头，一切以商业法则为中心，观众眼中的好看和导演心中的票房形成了一睹严密的网和密不透风的墙。这使得本已低俗的消费观在这种恶性循环之下越来越糟，直至观众审美力的完全丧失。

《刺客聂隐娘》不一样。它有着神秘的古风，简单、纯粹而又通透。影片中大量的空镜头留白，如鸟儿点水而飞，渚中枯树呈现的雅静，可谓自然主义的古风神韵十足。当然，这一刻画与当时的时代和人物的身份相匹配。但是，最重要的是，导演给了观众思考的时间，这才是留白的最大用意。这也是这部文艺武侠片不同于以往武侠片和其他一些商业片的最大亮点。

（二）破除技术神话

《刺客聂隐娘》破除了现代摄影技术的神话，回到镜头本身，用镜头语言说话。以往的影片，呈现的大多是没有多少新意的低俗大段对话和蒙太奇效应造成的激烈火爆打斗场景，这些在《刺客聂隐娘》中都见不到。这里，既没有《夜宴》中的竹楼和越人歌，也没有《英雄》中的个人英雄主义的打斗，更没有《满城尽带黄金甲》中的抹胸服和一片"金黄"的大手笔。上述影片，在我看来，都未能尽显东方的神韵和古典叙事的自然节奏，而是沉浸在商业化所牵引的技术和科幻神话中。

《刺客聂隐娘》中有的是沉缓和延滞，画面色彩的层次感强烈，主要以黑白为主色调。而色彩的冷暖变化、画面的静与动、情节的繁与简，都呈现了导演的一种

---

① 任姍姍、张颖：《用电影展现丰富的人性》，《人民日报》，2015-08-27（012）。

追求和眼光，他用一种原始、古朴的写意境界来营造一种现代技术所不曾拥有的历史感与空间感。我以为，这才是一部好电影的基本素质，它能够最大限度地调动观众的思考力和想象力，让观众来参与影片的最终完成。我们得出的聂隐娘或许千差万别，但是，我们绝不要那种类型化的、定型化的刻板的聂隐娘。这才是大师的手笔和电影的魅力所在。

(三) (电影) 创作从背对观众开始

这是侯孝贤拍电影的一个声明，也是他之所以与众不同的独特所在。《刺客聂隐娘》之所以在戛纳电影节获奖，就是因为它具有独特的电影艺术风格。它既是侯孝贤强劲的电影美学思维的体现，同时也是古老东方美学思想在电影中的渗透。

消费时代的电影选择背离观众，到底是电影人的幸运还是电影人的不幸？我们似乎很难给出一个决然的答案。但是，我们所知道的是，侯孝贤选择了在消费时代顽强地坚守自己的电影理念，既不对西方亦步亦趋，也不奉观众为上帝，而是在一片寂静的天地里默默地耕耘着他的古老诗意画面。这幅神韵无限的水墨画，只有极少的言语、极简的色彩、虚虚实实的模糊身影和数不清的层峦叠嶂。然而，透过这样层层的雾霭和幔帐，我们发现，画面竟然蕴含着如此丰富的意义。

当然，任何一件事都要有一个度。在《刺客聂隐娘》中，也必然会存在过度的形式化风格与着力表现出来的风韵内涵之间所形成的裂隙。人物的语言和情节过度简洁，可能在某种程度上损失了艺术表现的力度和深度，与此同时，也超出了考验观众的限度。另外，在明知票房不佳的情况下，电影人的某些理念执守可能会变异为某种程度的固执，从而失去连续拍摄的动力和基础。比如，侯孝贤对拍摄场地的选择和自然神韵的捕捉有时超出了人力所限的范围，这就难免出现无法解决的矛盾。而对于像《刺客聂隐娘》这样的好电影来说，观众的审美欣赏力显然还有待于极大的提高。合理的情况似乎是，在既保证能够营造最大限度的自然环境以引发人对时代的无尽联想的同时，也要让电影人和类似的好电影能够有一个心灵的安慰和休憩地，以及继续起航的基点和动力。

东西古今关照，纵横综论比较

——评《东方文学史论》

　　相比国内众多的西方文学史的论著，东方文学史的论著显得很少见。国内已有的关于东方文学史的论著，或从国别文学史的角度，或从文学自古至今的发展线索，或从文学本身的发展规律展开论述。黎跃进教授的《东方文学史论》（于 2012年 5 月由北京昆仑出版社出版，并被编入《东方文化集成》）则是从东方文学总体宏观的角度加以综合比较论述，既有纵向的文学发展史实，又有横向的东西文学关照；既有宏观的整体东方文学的透视，又有各民族文学的具体而微的动态发展与横向比照。点面结合，史论结合，审美分析与文化批评相结合，客观详细地呈现了东方文学的发生发展轨迹。作者建立在深入解析文本基础上的细读批评、强烈的比较视域、综合把握的广阔视野，为我们献上了一顿东方文学领域的大餐。

　　黎著认为，文化与文学是包含与被包含的关系，有什么样的文化，就有什么样的文学。文学不仅是文化的"缩影"，更是一种独立的审美体系的符号呈现。这就辩证地揭示了文化与文学之间的互动统一关系。在绪论部分，黎著从以下三个方面展开自己的论述：东方、东方学、东方文学之间的定义与发展轨迹，东方文学的文化潜质以及东方文学的基本特征。"史论"论述的东方，主要是集中在历史文化概念与地理学概念即指亚非地区。简明扼要地梳理了东方学作为一门学科的发展历程，为我们进入东方文学的领域描绘了一个清晰的背景图。作为西方中心立场下的东方学，目前缺少宏观理论的支撑，并且由于其鲜明的意识形态化，为人所诟病，尤以阿拉伯后裔的美国学者赛义德等人为首。东方文学作为东方学的分支，诞生于20 世纪之初，从中国本土立场而言（虽然东方文学中中国文学不列入具体的研究，但对东方文学作整体论述时，要纳入中国文学的成就），其研究始于 20 世纪 20～

30 年代，以周作人、谢六逸、许地山、郑振铎开其端。至 20 世纪 50 年代始形成独立学科，60 年代开始该学科的体系建构。"文革"中断后至 80 年代重振旗鼓，90 年代以来发展迅速，出版了一批有分量的学术成果。

2000 年，黎跃进教授的专著《东方文学史论》出版，是这一领域内的代表成果之一。由于该著出版时间早，印量少，加以作者多年在东方文学领域内的不断深入思考与勤奋耕耘，黎教授于 2012 年又修订了此著。此次出版，仍用原名，正如他自己所言："不求体系完整，追求史述简洁和特征与规律的把握，以及自由灵活的章节结构。"① 黎著以马克思唯物主义社会史观为主轴即东方的"亚细亚生产方式"与古老的君主专制相结合，提出了自己对东方文化的整体观：天人合一的宇宙观，思维方式的内倾化与直觉化，人际关系的伦理化、等级化，生活方式的克俭无争。这种整体观（"东方精神"）又构成了东方文学统一的文化潜质。

运用比较的思维，以东西方文学的横向关照，黎著由此又过渡到对东方文学的整体特质的概括：多元发展，相互交流；偏重于表现，追求主体内在的主观真实；载道教化，惩恶劝善的文学观念；民间文学的突出地位；和谐、温雅、恬静的整体艺术风格。黎著还特别指出，以上东方文化与文学的特征概括是就宏观总体而言，集中体现在东方古代时期。近现代以来，由于中西之间的激烈碰撞与融合，东方文化与文学呈现出不同于以往的巨大变化，但传统的痕迹仍深深烙印在新的文化与文学之中。

第一章为东方文学纵向发展论。从五个阶段分别论述东方文学由古至今的历史轨迹即古代、中古、近代、现代、当代。每个阶段分三个部分来展开论述，讲述每一阶段的社会、文化发展特征，具有代表性的文学成就以及在此基础上的文学特征。

上古时期（公元前 5000 至公元 5 世纪）以神话传说和诗歌创作为主。如巴比伦的马尔都克的勇武创世、美神阿佛洛狄忒与爱神阿都尼斯的绝美之恋、埃及埃西丝的寻夫悲剧、印度两大史诗的博大精深等，给人以美的享受。东方素有"诗国"之称，这一体裁是上古东方文学的最突出成就，它反映了东方原始初民万物有灵的

---

① 黎跃进著：《东方文学史论》，北京：昆仑出版社，2012：580。

宗教观和朴素的自然情感，流溢和凝聚着东方民族的审美体验和智慧经验。

中古（公元 5 世纪至 19 世纪中叶）东方文学的三大文化圈既具有自己的民族特性，又融汇发展。以中国为中心的东亚文化圈（以诗歌和小说为主），以印度为中心的南亚、东南亚文化圈（以史诗为主），以阿拉伯为中心的西亚、北非文化圈（以诗歌为主），相互交流影响，深深地促进了各自文化圈和各民族文学的发展。与此同时，三大文化圈还与西方文化紧密相连，如阿拉伯文化作为桥梁和中介，将自身与印度、中国的文化传入西方，促发了西方的文艺复兴。而西方的文化也通过阿拉伯，影响了东方民族的文学与文化。

东方近代（19 世纪中期至 20 世纪初）以来，东方国家大多沦为西方帝国主义的殖民地，这一阶段东方民族经历了血与火的考验，在交织着民族屈辱与自强的历史境遇中，东方传统文化与西方文化在激烈的冲突对抗中出现了一系列选择的矛盾与困惑。如救亡有启蒙、民族化与世界化等。东方民族"在情感上选择民族传统，理性上选择西方文明"[①]。体现在东方各民族文学上的统一性为：民族解放运动的紧密开展，复兴民族传统与借鉴西方同时并存，艺术上表现为"悲愤与躁动"。

东方现代（20 世纪两次世界大战之间）以来，黎教授深入地辨析东方各民族近、现代民族解放运动的不同特征、无产阶级文学与民族主义文学的区别，全面展示了东方各民族民族解放运动与民族文学的发展线索与性质特征，其实是指出了自近代以来，东方各民族文化与文学的发展实质。日本成为东亚文学发展的一个异类，走上了法西斯主义的道路。撒哈拉以南的非洲地区成为现代东方文学的一颗新星。东方当代（二战以来）各民族面临民族独立后一系列现实发展的困境。这一时期的文学以后殖民文学为主潮。其实质是"探索世界殖民体系解体后，原殖民地民族文化的整合与发展"[②]。东方各民族文学自觉地借鉴西方现代主义、后现代主义技巧，丰富各自的民族文学，不少作家成为世界文学领域里极有分量的代表，为东方民族文学乃至世界文学都作出了巨大贡献。

第二、三、四、五章分别论述了波斯、阿拉伯、印度和日本的文学。从横向角

---

① 黎跃进著：《东方文学史论》，北京：昆仑出版社，2012：55。
② 黎跃进著：《东方文学史论》，北京：昆仑出版社，2012：82。

度关照了东亚、南亚、西亚的具有代表性的民族的文学发展轨迹和性质特征。而每个民族的文学发展又建立在纵向的历史发展线索和动态的审美视域与比照中来论述，这就既给了读者从东方各民族文学的视角来看文学发展的线索，又给读者提供了作者建立在文本审美分析上的深入思考。同时，所选取的民族文学具有代表性，在各个区域里面甚至各大区域之间都有很深的交流融汇和影响，所以能够以点带面，重点把握，线索清晰而不显纷繁杂沓，给人以豁然开朗之感。而对于整个东方文学又能够很好地建立一种宏观整体观感，由于作者所具有的文本细致独到的解读和论析，又给读者以审美的享受和各民族文学发展的独到之处。

古代波斯文明灿烂辉煌。前期属于帕拉维语文学和达里波斯语文学阶段，后期属于文学的"黄金时期"以及随后的衰落期。前期的集大成者为萨珊王朝文人整理的《阿维斯塔》，凝聚着波斯古民族人民的民族精神与情感。它所体现的"善恶二元论"和宗教哲学观，深深地影响了后世。10 到 15 世纪，波斯文学群星灿烂，取得辉煌的成就。主要代表是七大诗人（"波斯诗歌之父"鲁达基、民族史诗《列王纪》的作者菲尔多西、四行哲理诗人海亚姆、"叙事诗大师"尼扎米、人道主义"诗圣"萨迪、抒情诗人哈菲兹和波斯古典诗歌的集大成者贾米）和两大思潮（"舒毕主义"和"苏菲主义"，作者比较了两种思潮的区别，一为民族主义，一为宗教思想）。16 到 19 世纪，是波斯文学"沉默的世纪"。对于波斯古代文学的衰落，作者提出了自己的看法：一个民族的文学经历了它的高潮阶段，若没有异质文化的文学与之交流刺激，只能走下坡路，或者在"烂熟"的文化氛围中走上形式艳丽矫饰，或者在纵向的"顾盼"复古中因袭前辈，作亦步亦趋的"学舌"。[①] 从 19 世纪中期以来，波斯文学进入自己的现代发展期，分别经历了过渡、确立、成熟和发展四个阶段。现代波斯文学在"民族危机、西方文化与传统文化、民主进步与专制反动的多种社会文化的矛盾冲突中产生和发展"。作者分别选取了波斯古代文学的代表萨迪和现代文学的代表赫达雅特展开论述。萨迪是波斯 13 世纪的杰出诗人，他的创作以深刻的哲理和表达下层人民的疾苦见长。其代表作是诗集《果园》和《蔷薇园》。前者由 160 个寓意深刻的故事组成，表达了萨迪的"善良、纯洁、理想和

---

① 黎跃进著：《东方文学史论》，北京：昆仑出版社，2012：125。

赤诚"的人生理想。后者包括 180 个故事和 100 余首诗歌，它是萨迪一生的经历和智慧总结。《蔷薇园》体现了诗人强烈执着的探索精神和深厚的人道关怀。诗人以现实为基础，取材广泛，作品韵散兼呈，既说理劝诫，又形象生动，充满道德训诫，但又丝毫不显枯燥无味。赫达雅特是波斯现代文学的代表，他的创作满怀"民族危机意识和悲愤的情感体验"，以揭露社会的黑暗现实和讽刺见长。赫达雅特一方面不满于尔虞我诈的混乱的伊朗现代社会；另一方面将自己的满腔热情和希望寄托于古老波斯文明的灿烂辉煌之中，最终深陷其中无法自拔。

阿拉伯文学是"后起之秀"，自公元 7 世纪伊斯兰教创立始，阿拉伯民族逐渐建立了一个政教合一横跨亚非欧的大帝国。阿拉伯现代文学经历了三个发展阶段：20 世纪最初的 20 年，以"复兴派"的诗歌创作为代表；20 世纪 20 到 50 年代，以浪漫主义风格诗人（"笛旺派三杰"、"旅美派"和"阿波罗诗社"）和"自由体诗派"（如黎巴嫩的艾杜尼斯）为代表，小说上是成就斐然的"埃及现代派"（代表作家为塔哈·侯赛因、台木尔兄弟、陶菲格·哈基姆）；20 世纪 60 年代以来，以埃及的马哈福兹为代表。阿拉伯现代文学地区发展不均衡，但对民族前途的探索和宗教精神是其共同特征，一批现代作家的作品"呈现出一种古今相通、东西合璧的艺术境界，其中既有现代的悲剧意识，又具古典的积极人道主义精神，既蕴涵了东方宗教对精神慰藉的追求和神秘的生命体验，又反映了对西方自由平等价值和科学理性精神的向往。在融会贯通的基础之上，他们作品中显露出东方式的神韵与智慧"①。黎著选取了阿拉伯古代民间故事集《一千零一夜》和现代作家纪伯伦、陶菲格·哈基姆、马哈福兹展开论述。《一千零一夜》（公元 3 到 16 世纪）历经一千多年成型，它是东西方几种先进文化交流、融合的结晶，同时也是阿拉伯民族智慧的集中体现。作品中既有对爱情的讴歌，也有对宗教信仰的虔诚，还有对商业繁荣的描绘，更有对下层人民疾苦的关注。其浪漫幻想与现实人生相结合，善用对比、比喻和夸张，但由于故事大多来自民间，不可避免地缺乏挖掘故事背后的深刻含义。纪伯伦是享誉世界的著名黎巴嫩作家，其代表作《先知》为人类描摹了一个理想历程：摆脱动物性、发扬人性、走向神性、获得自由。纪伯伦站在东、西文化交

---

① 黎跃进著：《东方文学史论》，北京：昆仑出版社，2012：198。

汇的高度上，俯视人类文明，超越民族和文化疆界的限制，以深沉的哲理和人类实现跨越的先知形象留下了不朽的诗篇。陶菲格·哈基姆是埃及著名的思想家、文学家，其代表作《灵魂归来》"在现实与神话的同构中，在现代理性思维与远古思维的交织中，使作品获得一种深厚的历史感，也有效地表达了具有现实意义的民族主义主题"①。纳吉布·马哈福兹的皇皇巨著"开罗三部曲"为我们打开了一扇通往开罗的大门，透过这扇大门，我们得以了解埃及广阔的社会生活和历史画卷，1988年因其"通过大量刻画入微的作品——展示了洞察一切的现实主义，以唤起人们树立雄心——形成了全人类所欣赏的阿拉伯语言艺术"而荣获诺贝尔文学奖。

印度文学源远流长，虽然其民族没有鲜明的历史感，但我们从它古老的文学资源中和历代作家的创作中能够明显地找到一条民族文学的发展之迹。黎著选取了印度古代的史诗《摩诃婆罗多》的插话《那罗传》作为论述的开端。自古以来，印度两大史诗博大精深，被印度历代人民视为珍品，而其中的插话更是珍品中的珍品。黎著抛开以往的统治阶级与被统治阶级的"阶级论"的观点，提出自己独立的见解："《那罗传》是古代印度人民以浪漫主义的创作方法，在那罗和达摩衍蒂的爱情故事中，表达了对真、善、美的赞誉和追求，对假、恶、丑的憎恨和厌恶的思想感情。"② 迦梨陀娑的《沙恭达罗》是印度民族公认的讴歌爱情的典范，也为各族人民带来了美的享受。黎著通过深入分析文本，揭示出爱是贯穿该剧作始终的中心。以往对国王豆扇陀的分析，大多建立在阶级分析和批判的立场上来指责统治阶级的荒淫腐朽。而黎著指出："我们认为剧本中表现的豆扇陀不是一个世俗的国王，而是一个理想的、具有纯真、热烈的爱情的'国王'。"③ 对作品的分析，要放在一个广阔的文化视野中和文化传统中来理解，不能仅仅停留于事物表象。这是黎著独到和深入的文本解读为我们带来的思考和启示。《沙恭达罗》既有悲欢离合的爱情欢唱，又有净修林中的细致而美好的景物描绘。国王多情，沙恭达罗忠贞，整个剧情冲满诗情画意，平和舒缓，体现了东方式的宁静与和谐，表达了东方人民的审美情感与体验。

① 黎跃进著：《东方文学史论》，北京：昆仑出版社，2012：222。
② 黎跃进著：《东方文学史论》，北京：昆仑出版社，2012：238。
③ 黎跃进著：《东方文学史论》，北京：昆仑出版社，2012：258～259。

　　泰戈尔是印度伟大的现代作家，其创作将人物命运和民族的历史前途紧密相连，既揭示了民族社会的复杂现状，又探索了民族的未来发展道路。他既是一位民族作家，同时也是一位具有国际视野的世界作家。黎著着眼于泰戈尔的《家庭与世界》这部代表作，分析了泰戈尔对民族解放道路的不懈探索与追求。那么泰戈尔的民族主义究竟是怎样一回事呢？黎著通过深入分析认为：“泰戈尔的确是用永恒的道德观念抹杀和掩盖了殖民者与被殖民者之间残酷而难以调和的掠夺与被掠夺的关系。”① 一方面泰戈尔对民族解放自信满满，先争取改革和启蒙民众，印度才能最终获得真正意义上的自治；另一方面泰戈尔对极端的民族主义思潮持批判态度，印度应该正视自己的贫穷和落后，以弘扬民族精神为本位，他坚信印度民族精神一定能够克服西方机器工业对人类的控制。泰戈尔寻求的是一种个人式的印度民族独立之路。

　　普列姆昌德是印度文学史上继泰戈尔之后的伟大作家。黎著比较了两位作家的不同之处：泰戈尔的创作主要表现的是城市中、上层人物的思想和愿望，普列姆昌德的创作主要展现的是农村下层人民的生活图景，他是处在印度社会最底层人民的真正代言人。他为印度文学开辟了新领域。普列姆昌德创作的简朴明白、通俗晓畅的艺术风格，也为印度文学打开了一个新的窗口，丰富发展了印度文学。其代表作《戈丹》“以何利一家的悲惨遭遇为中心，广泛描写印度 30 年代的现实生活，揭露社会罪恶，同情人民痛苦，探索未来出路。尽管小说中表现了作者的思想矛盾，但以它广阔的生活画面，对社会问题的深刻揭露，巨大的批判力量和感人的艺术魅力，成为雄踞印度现代文学史上的一座令人瞩目的高峰”②。为印度民族解放鼓与呼的旗手安纳德的代表作有《苦力》《贱民》《两叶一芽》、“拉卢三部曲”（《村庄》《黑水洋彼岸》《剑和镰》）。作品中既有对奴性的揭示，又有对苦难的思索，更有对出路的探寻。通过解读作品，黎著认为：“西方文化中的激烈竞争与个性的极端发展也带来许多新的社会问题，印度传统文化中的谦卑忍让在一定程度上也是一种美德，安纳德对民族主义的超越中存在文化选择时的困惑。实际上这种困惑岂止安纳

---

① 黎跃进著：《东方文学史论》，北京：昆仑出版社，2012：274。
② 黎跃进著：《东方文学史论》，北京：昆仑出版社，2012：292。

德，又岂止印度的现代作家，整个 20 世纪东方民族作家都普遍存在这种超越和选择的困惑。"① 印度著名的乌尔都语作家克里山·钱达尔，黎著通过对其作品《失败》的精细解读，剖析了钱达尔对印度传统文化的反思。作品中既有爱情悲剧带来的毁灭感，又有传统无意识带来的盲目自傲。通过分析小说中的象征意象，分析其所蕴含的思想情感，整个作品具有强烈的艺术感染力和冲击力。

东亚的日本属于岛国文学，其古代深受中国汉文化圈的影响，明治维新后，日本走上了军国主义道路。在文学上极力摆脱传统的束缚，大力引介西方文学思潮，用几十年时间走完了西方文学几百年的历程。日本文学分为以下几个阶段：

形成阶段（公元前数千年至公元 8 世纪），以口头文学汇集的《古事记》和大型抒情诗集《万叶集》为代表。前者"集神话、传说、诗歌于一体，生动地再现了日本先民的生活情景和精神面貌。"后者是日本文学的第一部纯文学作品，表达了强烈的生活体验和自我抒情性，感情真挚，手法质朴。

发展阶段（9 世纪至 12 世纪末），先后有《古今和歌集》，假名散文文学为物语文学（即"感物兴叹"，以紫式部的《源氏物语》为代表），散文文学以清少纳言的《枕草子》为代表。这一时期尤以平安时期的女作家为突出，黎著认为："正是这种时代精神的客观要求与女性作家的主观条件在深层次上遇合，成就了平安女性文学的繁荣；她们的心灵起伏与时代脉搏一起律动。"②

第三阶段为演变阶段（13 世纪至 16 世纪），这一阶段各种文学形态共存，如贵族文学（和歌和拟古物语）、武士文学（以《平家物语》为代表）、佛教文学"法语"、五山文学、隐逸文学、庶民文学（狂言和御伽草子）。

第四阶段为鼎盛及其衰落期（16 世纪后期至 19 世纪中期），其繁盛时期是元禄文学（1688—1703），以俳圣松尾芭蕉、写浮世草子的井原西鹤以及净琉璃剧作家近松门左卫门为代表。江户后期，町人文化陷入颓废和迷乱状态。日本明治维新后，积极学习借鉴西方文学，成为亚洲与西方接轨程度最深的国家。

日本古代文学，黎著选取了紫式部的《源氏物语》展开论述。黎著从作家的生

---

① 黎跃进著：《东方文学史论》，北京：昆仑出版社，2012：312。
② 黎跃进著：《东方文学史论》，北京：昆仑出版社，2012：339。

平经历透视她的心灵世界，进而审视她的艺术世界，分析深刻独到，可谓为读者把握作品的深刻意蕴提供了一把必备钥匙。艺术特征分析也是建立在深入解析文本基础上的审美评判，给人以丰厚的功底和美的愉悦。日本近代文坛选取了多才多艺而又英年早逝的女作家樋口一叶。黎著认为："现实主义文学的真正形式是 20 世纪初期夏目漱石、岛崎藤村等人的创作，一叶作为早期现实主义文学的开拓者，将他们联结在一起，在日本文学史上，作出了特殊的贡献。"① 随后，论述了日本近代文学成熟的标志即自然主义文学以及代表作家德田秋声。黎著从自然主义的文化成因、代表作家作品和自然主义的特征与价值几个方面展开论述，并概括了日本自然主义的精神实质即求"真"的美学追求，强烈的自我意识，忧伤、悲观的基调。以自己的创作实践汇入自然主义潮流的作家是德田秋声，其代表作品有《新婚家庭》《缩影》等。其创作"质朴平淡的描述中潜藏着深深的慈悲，抑郁伤感中夹带着冷峻的玩味，身在其中又似乎有些超脱，加上对人物情感的准确表达、简洁洗练的语言等，是近代心灵与日本文学传统的圆熟结合"。明治末年，日本唯美主义登上文坛，这是一股反自然主义的潮流，其代表是"潘神会"和《卯星》派。木下工木太郎和北原白秋成为其中卓有成效的唯美主义诗人，最终将唯美主义推向高潮的是永井荷风和谷崎润一郎。尽管作为一个流派的唯美主义退潮了，但它的影响余及大批日本作家，产生了深远的影响。

　　第六章是综论与比较研究。这一部分黎著从七个部分展开论述。分别选取西亚两河流域的文学与文化的重点巴比伦史诗《吉尔伽美什》和希伯来民族圣典《圣经·旧约》进行详细剖析。对东南亚的越南文学、非洲的现代文学，黎著也进行了重点的解读与阐释。此外，对一些重大的文学现象如东方古代的流散文学、中印之间的民族主义诗歌的比较、日本启蒙文学与中国"新小说"的比较、普列姆昌德在中国的传播与影响，也进行了深入研究与分析。这既是对东方各民族文学的重点把握与进一步深入阐释，同时也在东方文学的宏观把握上作了进一步的探索与思考，读来令人感觉对东方文学的理解更进一层，结构更加完备，思路更为明晰，其中不乏作者独到精细的审美评判，为更加深层次地学习和掌握东方文学

---

① 黎跃进著：《东方文学史论》，北京：昆仑出版社，2012：379。

提供了不可或缺的研究。

《吉尔伽美什》作为人类第一部完整的史诗，描述了古代巴比伦的英雄吉尔伽美什和恩启都由敌化友，最后共同为民除害的故事，表达了两河流域居民的生活与理想。作品想象丰富，充满传奇浪漫的色彩，运用多种象征、比喻、夸张的艺术手法，表达了古代人民对生命的探求和思索，对自然的抗争与征服。《圣经·旧约》是古希伯来民族的民族圣典，也是他们的古代文学总集。包括"摩西五经"（《创世纪》《出埃及记》《利未记》《民数记》《申命记》）、历史书、先知书以及诗文集四个部分。它以希伯来民族的历史文化为背景，深刻地凝聚着希伯来民族的民族精神。它"不仅仅为满足审美或提供一种娱乐而创作，作者的创作冲动总与人与上帝关系的传教意图相联系"。

越南古代文学经历了口传文学、汉语文学和字喃文文学的阶段。字喃文文学阶段代表作家有阮攸的《金元翘传》和阮廷炤的《蓼云仙传》，是越南民族史上南北呼应的两部古典名著，揭露了社会的黑暗现实和反恐压迫，以爱情的悲欢离合宣扬了惩恶扬善的理想。此外，黎著对东南亚其他地区的文学发展也作了管窥。

现代非洲文学是世界文学发展史上的新星，尤以尼日利亚和南非的成就最为突出。非洲民族大多独立于20世纪中后期，其口头文学发达，书面文学直至20世纪初才形成潮流。因此，现代非洲文学大多揭露殖民统治的罪恶和描述民族解放的社会现实。作家大多涉及政治，关心民众疾苦，反抗殖民暴政，寻求民族独立与解放的道路。这些国家独立后，作家也大多把眼光放在社会现实的揭露和批判上，探索民族前进的道路和发展途径。对民族传统的复兴具有代表性的是桑戈尔领导的"黑人性"运动。对尼日利亚作家索因卡和阿契贝以及南非作家戈迪默和库切做了精到的解读，为我们更好地理解非洲文学提供了借鉴和参考。

中印近代民族主义诗歌在呼唤民族精神、赞美民族英雄、揭露殖民统治的暴行和罪恶、建立统一民族国家都表现出了相似性。黎著分析了中印之间的这种相似性的具体成因和表现，并比较了民族主义在中印民族之间的不同之处，即二者都是对"民族自我"的追求。日本明治维新以来启蒙文学对中国的"新小说"的影响巨大，都"同样承担着启蒙社会、促进社会的变革和发展的任务，而且'新小说'受到日本启蒙文学的深刻影响和刺激，但中日两国社会、文化内在结构的差异，决定了各自文学的差异"。印度现代文学史上著名的短篇"小说之王"普列姆昌德在中国的传播，经历一个期待视野中的选择过程，即"从反帝爱国主义思想，到反封建民族主义思想，再到超越民族和现实的人性思索，步步深化拓展"。在中国引发了对现实主义还是理想主义的争论。黎著以为，文学研究应是多侧面、多方位的展示，单一视角难免失之片面。但文学批判有两个标准是非常重要的：一是真实性；二是感染力。这就表明不能仅从一个单一方面看待伟大的作家，经典是常读常新的，并且是新意迭出的，但其艺术真实性和感染力是毋庸置疑的。黎著还通过比较相互之间的文本和分析相关的评论，客观信实地指出了普列姆昌德还深深地影响了我国作家浩然和刘绍堂。

具体来说，该论著主要体现了几下几方面的特色：

一是运用系统分析方法，把文学作为文化的一个子系统来阐述文学与文化的互动关系。从总体上把握每一个时期和阶段的社会和文化背景，从而过渡到对这一阶段的文学阐述，这就使文学的发展过程有了依托。但每一个时期的文学发展又不是孤立的，而是相互连贯的。对每一个时期和每一个民族的文学发展线索进行了具体的勾勒，选取文学发展史上具有代表性的事件、作家作品、重要的文学思潮、文学流派来先做微观的历史勾画，再做宏观的特点总结。史论结合，文化分析和审美分析相结合，全面阐述了东方文学与文化的动态历史发展过程和交互影响。

二是既有宏观整体思维，又有散点透视。绪论部分对整个东方文化与文学进行阐述，就是从宏观思维上来关照。而把东方文学分为五个发展阶段即古代、中古、近代、现代、当代来具体地加以阐述，就是散点透视了。在专章评述的东方具有代表性民族的文学发展状况时，就更显微观了。同时，在宏观的概括中又有具体而微的评判分析，在点的视线内又有整体与部分的联动，点线面三位一体，构成一个宏大磅礴的东方文学整体架构，给人一种一目了然的整体观感。如在区域文学古代西亚的介绍中，选择了巴比伦的史诗《吉尔伽美什》和希伯来的《圣经·旧约》进行详细解读。既介绍了它们产生、发展以及演变情况，同时也深入分析它们的艺术特色和深层次的象征意蕴。对东南亚的文学进行了整体宏观透视，并以受汉文化影响最深的越南为代表。

三是运用唯物主义历史观和辩证法，以生产方式的变革影响社会的演进和变革。亚细亚生产方式（土地公有制和农村公社的普遍存在，小农业和家庭手工业的紧密结合，以及氏族血缘为基础的共同体的长期延续）使东方社会在演变的历史过程中，具有相似的共通性。这是由生产力的发展水平和当时的实际状况决定的，符合马克思科学的唯物主义历史观。但同时，思维的发展又不完全取决于生产力发展水平，而呈现出曲折多变的特点。东方各国的文化艺术水平并不都是平行发展的，在各个不同历史阶段，其成就有高有低，呈现灿烂多彩的局面。该著以科学、求实的历史观来分析问题，同时又遵循着文学艺术的自身规律。比如，上古的诗歌成就最突出，而戏剧发展不充分；中古的诗歌和小说发展突出；近代的东西文化的剧烈冲突；现代的民族主义文学；当代的后殖民主义文学。

四是强烈的比较视域。在东、西方文学和文化的比较中深化对东方文学本质的认识，在东方范围内不同民族文学的比较中加深对各自民族文学的理解。如对中古东方社会的阐述中，就东、西之间进行横向比照，这样就加深了对东方社会发展特征的认识。对东方文化圈如中古三大文化圈的形成进行了相互比照，同时也对各个民族内部的历史纵向发展特点都加以比较，这就很好地突出了东方社会文化与文学发展的特点。

运用比较文学平行研究的方法，东、西之间的比较同样可以运用到东方内部国家的对比上。如中、印之间的诗歌比较："中、印近代诗人在民族压迫与反抗、侵略与反侵略的现实背景下，自觉承担民族解放'号角'的使命，'诗人'的身份被'民族成员'的身份压倒，使诗歌工具化，为民族的痛苦而痛苦，为民族的灾难而悲愤，为民族的前途和命运而鼓与呼。"① 对于中国的"新小说"和日本启蒙小说也做了详细梳理，运用影响研究的方法，仔细了探讨了这两种小说的渊源和相互关系。

对纪伯伦的论述尤为精到。"纪伯伦游离于母体文化之外，客观上没有狭隘民族主义者的种种负担，能在西方文化某些因素的启发之下，冷静地关照民族传统，进行深刻的民族自省。"这样东、西文化互为参照系加以关照，纪伯伦在不同的文化环境中熏陶、洗礼，并逐渐能够突破地域和文化的界限，站在一个较高的角度来

---

① 黎跃进著：《东方文学史论》，北京：昆仑出版社，2012：524。

看待东西文化的冲突：人类面临的不是哪一个民族、哪一个国家的问题，人类需要的是一种突破民族和文化疆域的思考。

五是民族文学的本位。东方社会自近代以来，遭受西方资本主义、帝国主义和本国封建统治三重压迫，他们面临着反帝、反殖、反封的艰巨任务和重建民族文学、重拾民族自信心的重任。但东方民族面临着"民族化与世界化""启蒙与救亡"的各种矛盾与困惑。他们在情感上皈依民族传统，但理性判断上又不得不选择西方文明。就是在这种两难的境地中，东方民族文学在艰难地行进着。因此，他们的文学风格中体现出一种"悲愤与躁动"。如对诗国波斯两大思潮的介绍，"舒毕主义"和"苏菲主义"两大思潮都是波斯人对外来入侵者的反抗。"但前者作为民族主义思想在文学领域的表现，其民族激情非常强烈，对异族文明的轻蔑和对抗非常明显；后者作为宗教思潮在文学领域的渗透，更多的是对异族文明的融汇。"

对赫达雅特的分析也是着重于他的民族主义情感，并以他的四部作品为例，详细地为读者进行了解读。赫达雅特在创作中表达了对往昔波斯帝国辉煌灿烂的文化的无比怀念，但是实际上回到那种文化不可能，因此文中表现出一股感伤阴郁的情调、理想与现实脱离的痛苦感："但其中却融凝了现代东方知识分子的民族情怀、历史责任感和社会良知。"这种强烈的民族情感，在埃及陶菲格·哈基姆的《灵魂归来》中有着鲜明的体现。作者向往一种充满爱的原始文明，包括"淳朴、团结、诚挚、坚韧等价值概念的农业文明"。《灵魂归来》运用神话象征思维，在历史与虚幻中相互交织，既有历史的纵深感，也有民族的情感皈依。

在介绍阿拉伯文化时，紧紧抓住代表阿拉伯古代文化的代表《一千零一夜》，既分析了它形成的社会和文化背景，还对其主题思想和艺术特色进行了分析。认为它具有"民间文学的艺术特征"，但也具有民间文学的不足即"粗糙和稚气"，缺乏"内在价值"。对20世纪的阿拉伯文学，作者指出其特色："呈现出一种古今相通、东西合璧的艺术境界，其中既有现代的悲剧意识，又具古典的积极人道主义精神，既蕴涵了东方宗教对精神慰藉的追求和神秘的生命体验，又反映了对西方自由平等价值和科学理性精神的向往。在融会贯通的基础之上，他们作品中显露出东方式的神韵与智慧。"①

在对民族传统的思考中，黎著提出这样的看法：一个民族的文化，经过长期积淀，凝聚成民族传统。传统作为一种先在的东西，影响、制约人们的行为实践②，并引述其他学者关于"传统无意识"的概念来说明传统对一个民族的深刻影响。其实，"传统无意识"对一个民族的影响犹如一把双刃剑，既影响着民族的过去，也影响着民族的未来。积极的传统可以带领民族走向未来，而消极的传统却阻碍一个民族的发展进步。

六是紧跟东方文学学科发展的前沿。黎著对非洲文学的代表尼日利亚的阿契贝、索因卡和南非的戈迪默、库切作了详细的解读，既展现了非洲文学发展的实际状况，同时也表现了东方文学学科的发展现状。作者还在后殖民主义文学、东方古代流散文学等方面进行了深入思考；既关注影响较大的作家作品，也选取不被关注或易受到忽视的作家，如印度的钱达尔、安纳德，阿拉伯的陶菲格·哈基姆，波斯的赫达雅特等。作者突破了以往的阶级分析方法，在文本细读的基础上重新进行审美分析，如对多情郎豆扇陀的探讨、对苦命才女紫式部心灵世界的探索，等等。

总之，该著将文化批评与审美分析相结合，点面结合、史论结合，运用比较的思维方法，以民族义学为本位，紧跟东方文学学科发展的前沿，在科学的唯物主义历史观指导下分析、总结了东方文学与文化的整体发展特征与规律。东西古今关照，纵横综论比较，确实是东方文学史论著里一部研究翔实、见解独到而又视野宏阔的开拓性论著。

---

① 黎跃进著：《东方文学史论》，北京：昆仑出版社，2012：198。
② 黎跃进著：《东方文学史论》，北京：昆仑出版社，2012：317。

主要参考文献

[1] 夏目漱石. 旅宿//夏目漱石选集：第二卷. 丰子恺，译. 北京：人民文学出版社，1958.

[2] 夏目漱石. 文学论. 张我军，译. 北京：神州国光社，1931.

[3] 夏目漱石. 夏目漱石集. 章克标，译. 上海：上海开明书店，1932.

[4] 夏目漱石. 夏目漱石选集：第二卷. 丰子恺，译. 北京：人民文学出版社，1958.

[5] 何乃英. 夏目漱石和他的小说. 北京：北京出版社，1985.

[6] 何少贤. 日本现代文学巨匠夏目漱石. 北京：中国文学出版社，1998.

[7] 李光贞. 漱石小说研究. 上海：外语教学与研究出版社，2007.

[8] 张小玲. 夏目漱石与近代日本的文化身份建构. 北京：北京大学出版社，2009.

[9] 李玉双. 疯狂与信仰——夏目漱石研究. 中国社会科学出版社，北京：2013.

[10] 刘柏青. 鲁迅与日本文学. 长春：吉林大学出版社，1985.

[11] 刘振瀛. 日本文学论集. 北京：北京大学出版社，1991.

[12] 程麻. 沟通与更新——鲁迅与日本文学的关系发微. 北京：中国社会科学出版社，1990.

[13] 王向远. 中日现代文学比较论. 长沙：湖南教育出版社，1998.

[14] 刘振瀛. 日本文学论集. 北京：北京大学出版社，1991.

[15] 陈福康，蒋山青. 章克标文集. 上海：上海社会科学院出版社，2003.

[16] 严绍璗. 日本中国学史. 南昌：江西人民出版社，1991.

[17] 钱婉约. 从汉学到中国学：近代日本的中国研究. 北京：中华书局，2007.

[18] 王晓平. 亚洲汉文学. 天津：天津人民出版社，2009.

[19] 张洪仪，谢杨. 大爱无边——埃及作家纳吉布·马哈福兹研究. 银川：宁夏人民出版社，2008.

[20] 孟昭毅. 丝路驿花：阿拉伯波斯作家与中国文化. 银川：宁夏人民出版社，2002.

[21] 季羡林. 简明东方文学史. 北京：北京大学出版社，1988.

[22] 郑克鲁. 外国文学史. 北京：高等教育出版社，2006.

[23] 黎跃进. 东方文学史论. 北京：昆仑出版社，2012.

[24] 外国文学名著丛书编辑委员会. 阿拉伯古代诗选. 仲跻昆，译. 北京：人民文学出版社，2001.

[25] 汉纳·法胡里. 阿拉伯文学史. 郅溥浩，译. 银川：宁夏人民出版社，2008.

[26] 赖干坚. 外国文学人文精神论集. 厦门：厦门大学出版社，1999.

[27] 阿伦·布洛克. 西方人文主义传统. 董乐山，译. 北京：生活·读书·新知三联书店，1997.

[28] 张隆溪. 中西文化研究十论. 上海：复旦大学出版社，2005.